Eva Nöldeke

Ein Hauch von Zitronen

Eva Nöldeke

Ein Hauch von Zitronen

Stieglitz Verlag
D-75417 Mühlacker
A-8952 Irdning/Steiermark

Gestaltung des Umschlags: Elser Druck GmbH
Foto: Zitronenbild Stefan Nöldeke
Das Schloss in Karlsruhe

Bibliografische Information der Deutschen Bibliothek
Die Deutsche Bibliothek verzeichnet diese Publikation
in der Deutschen Nationalbibliografie;
detaillierte bibliografische Daten sind im Internet
über http://dnb.ddb.de abrufbar.

ISBN 10: 3-7987-0387-6
ISBN 13: 978-3-7987-0387-2

Druck: Karl Elser Druck GmbH, Mühlacker

Später wollte niemand mehr darüber sprechen. Ich verstehe das desto besser, je älter ich werde, denn auch über meine Knabenjahre fiel lange Zeit ein Schatten und ein Hauch von Grauen durch zwei Ereignisse, die sich in Karlsruhe einige Wochen nach meinem zwölften Geburtstag ereigneten.

Dieser Geburtstag war schön, denn mein Vater verstand es wie kaum ein anderer Mensch, den ich kenne, Feste zu feiern. Er verlieh diesem Tag einen besonderen Glanz durch die Musik, die er für mich komponiert hatte und mir am Morgen auf dem Spinett vorspielte. Fast nie blieb der Dekkel des Instrumentes geschlossen, denn jede freie Minute, die mein Vater nicht bei Hofe verbringen musste, übte oder komponierte er. Auch meine Mutter ließ sich manchmal zaghaft und leise mit einem einfachen Menuett oder einer melancholischen Sarabande vernehmen.

Sie ist dunkel wie ich, sanft und schön wie eine Madonna, und es scheint, dass die Jahre spurlos an ihrem Gesicht vorübergleiten.

Mein Bruder Gino dagegen hat die rotbraunen ungebändigten Haare meines Vaters, sicher ein spätes Erbe jener Goten oder Germanen, die immer wieder die Poebene heimsuchten, aus der mein Vater stammt. Er heißt Hyacintho Sciatti und ist Kapellmeister am Hofe des Markgrafen, ein Posten, den er mit Freude und Liebe ausfüllt.

Mich tauften sie Felice, aber seit ich einen Beruf habe, hat sich mein Name zu Felix Schatti gewandelt, da die Schreiber in den deutschen Amtsstuben weder die Feinheiten der italienischen Aussprache noch die Schreibweise recht begreifen.

In jenem Sommer 1772 machte man einem Mädchen namens Katharine Wirbs aus Klein-Karlsruhe den Prozess, weil sie ihr neugeborenes Kind getötet hatte aus Angst vor der Schande. Klein-Karlsruhe ist jener Stadtteil aus ungeordneten Bretterhäusern und Katen, wo die armen Leute und Hintersassen wohnen.

Jedermann wusste, dass auf dieses Verbrechen der Tod steht, doch kaum einer glaubte wirklich, dass ein siebzehnjähriges Mädchen auf das Hochgericht vor dem Mühlburger Tor geschleppt würde, um dort unter dem Schwert des Henkers zu sterben. Aber genauso kam es. Schlimmer noch war, dass es im Nachsatz des Urteils hieß: Die Bevölkerung ist gehalten, zur Abschreckung dem Vollzug der Strafe beizuwohnen.

Ich ging noch in die Lateinschule, nur wenige Minuten von unserer Wohnung in der Waldhornstraße entfernt. Auch hier wurde wie an vielen anderen Orten der Stadt das Urteil mit jenem schrecklichen Nachsatz an die Tür geheftet, und unser Präzeptor teilte uns ernst und trocken mit, dass wir am Tage der Vollstreckung schulfrei hätten.

Gino war schon fünfzehn, keck und unerschrocken, immer mit einem schnellen Wort bei der Hand. Hätte mein Vater nicht im Laufe der Jahre gelernt, sein ebenso ungestümes Temperament zu zügeln und in sanftere Bahnen zu lenken, wären er und Gino sicher oft aneinander geraten. Ich danke es meinen Eltern bis heute, dass wir in Liebe und Frieden miteinander lebten.

An dem Tag allerdings, als ich verstört nach Hause kam und mir ganz übel war von dem bevorstehenden Ereignis, hörte ich schon an der Tür einen lauten Wortwechsel zwischen Vater und Gino, dazwischen leise Einwürfe meiner Mutter.

„Was muss sie auch herumhuren", hörte ich Ginos verächtliche Stimme, „und nachher ist dann großes Geheule."

„Schweig", sagte mein Vater laut und scharf, „solche Worte wünsche ich in meinem Hause nicht zu hören. Du kennst weder die Umstände noch das Mädchen."

„Das will ich nicht sagen", hörte ich Gino antworten, „ich bin ihr schon zweimal begegnet."

„Du willst doch nicht sagen -", das war Mutters leise erschrockene Stimme.

Gino lachte:

„O nein, so eine hätte ich niemals angerührt."

Jetzt hörte ich ein lautes Klatschen, Gino hatte eine Ohrfeige bekommen. Das war noch nicht geschehen, solange ich denken konnte.

Ich war für die anderen unsichtbar auf dem Vorplatz stehen geblieben, denn solche Dinge wurden nie in meiner Gegenwart verhandelt, auch wenn ich längst darüber Bescheid wusste.

Ich schlich mich unbemerkt in die Schlafkammer, die ich mit meinem Bruder teilte.

Es war, als wehrte sich am Tage der Hinrichtung auch die Natur gegen dieses ungeheure Schauspiel. Meine Erinnerung ruft einen verschleierten, dunstigen Tag hervor, an dem die Sonne sich nicht sehen lassen wollte, an dem es dennoch heiß und drückend war und an dem die Mücken uns zudringlich und ohne Ende plagten. Mein Vater hatte uns so streng wie sonst nie verboten, das Haus zu verlassen. Meiner Mutter wäre es niemals eingefallen, vor das Mühlburger Tor zu wandern, wie das viele Nachbarn aus unserer Straße taten. Er selber musste bei Hofe erscheinen, aber sein Wort war so gut wie seine persönliche Aufsicht.

Zu der Hitze lastete eine beklemmende Stille über den Straßen. Wir saßen stumm am Küchentisch, unfähig irgendetwas anzufangen. Mutter ließ unablässig die Perlen ihres Rosenkranzes durch die Finger gleiten, und ich wusste, sie betete viele „Ave Maria" für das arme Mädchen auf dem Richtplatz.

Nach langer Zeit, als ich dachte, der schwere Himmel müsse auf uns herabstürzen, unterbrach ein Krähenschwarm die Stille, mit Krächzen und lauten Zurufen strebte die schwarzglänzende Schar dem jüdischen Friedhof zu. Ich wusste, wohin sie flogen, denn dort gab es Bäume, die ungestört wachsen konnten, weil die Juden die Ruhe ihrer Toten durch keine Veränderung stören dürfen. Ich hatte oft beobachtet, wie die Krähen gerade diesen Ort aufsuchten, ihre unheimlichen Zwiegespräche hoch in den Ästen führten und sich abends um die besten Schlafplätze stritten.

Nicht etwa, dass wir den Friedhof betreten hätten, das war uns ebenso verboten wie grausig, obgleich dort nichts anderes geschah als auf unserem eigenen Gottesacker. Außerdem lief ringsherum eine Mauer, die von Zeit zu Zeit erhöht wurde, so dass ein Blick ins Innere nur durch das große Tor möglich war. Von dort aus konnte man die Grabsteine sehen, die nichts Besonderes an sich hatten, außer dass wir die hebräische Schrift nicht entziffern konnten.

Die Krähen sagten den Regen an. Kaum waren sie aus unserem Blickfeld verschwunden, da ging ein schweres Gewitter über uns nieder, riesige Hagelkörner prasselten auf die Straße, und der Himmel wurde so dunkel, als sei es schon Nacht. Mutter betete jetzt laut, ich hörte, wie sie die Heiligen und Engel um Schutz anrief.

Ich atmete leichter in der abkühlenden Luft und stellte mir vor, wie nun der Regen und der Hagel das Blut des Mädchens abwuschen.

Am andern Tag machte ich auf dem Rückweg von der Schule einen Umweg über den Marktplatz, weil mir das bunte Treiben der Händler so gut gefiel. Aber es wäre besser gewesen, ich hätte einen anderen Weg genommen. Auf dem Lasterstein am Rathaus stand eine Frau, die von den Passanten beschimpft und bespuckt wurde.

„Das ist Katharines Mutter", hörte ich eine Frau, die einen Korb mit Gemüse am Arm trug, „das geschieht ihr ganz recht, der Schlampe."

Dann nahm sie einen weichen, matschigen Apfel aus dem Korb und warf ihn der Frau ins Gesicht. Die rührte sich nicht und senkte nur den Kopf. Ich drängte mich näher heran und sah das Schild auf ihrer Brust, darauf stand: *Wegen schlechter Kinderzucht.*

Ich war kein zimperliches Muttersöhnchen, wenn ich auch nicht so groß gewachsen und stark war wie Gino. Ich ging keiner Rauferei mit meinen Schulkameraden aus dem Wege, aber dies hier war mir dann doch zu viel. Ich drängte mich durch die Gaffenden und rannte nach Hause.

Die Krähen sagten nicht nur den Regen an. Sie waren aufgebracht, unruhig und zänkisch, bis ungefähr eine Woche nach der Hinrichtung sich in der Stadt Gerüchte verbreiteten. Es hieß, man habe bei Nacht die Gebeine eines jüdischen Toten ausgegraben und auf dem Friedhof verstreut. Ich hörte zuerst in der Schule davon, wo das Geraune der

Knaben untereinander gar nicht aufhören wollte. Dies war auf eine unerklärliche Weise noch schlimmer als die Hinrichtung des Mädchens, weil es mit dem Odium der Lästerung und des Grauenvollen behaftet war.

Mein Vater kam ernst und bleich nach Hause, denn auch bei Hofe schwirrten die wildesten Gerüchte, und die Stadtverwaltung hatte Büttel und Polizeidiener zu scharfen Nachforschungen ausgeschickt.

Aber es fand sich keine Spur des Übeltäters, kein noch so kleiner Hinweis ließ sich auftreiben. So musste die jüdische Gemeinde selber die Gebeine wieder einsammeln und begraben, da niemand anders ihren Friedhof betreten wollte. Die vielen Proteste, Eingaben und Bechwerden bei der Stadt und dem Markgrafen verliefen im Sande, und allmählich breitete sich Schweigen über den ganzen Vorfall.

Ich aber vergaß die Ereignisse dieses Sommers nicht und ich bin sicher, dass sie auch vielen anderen Menschen im Gedächtnis blieben.

Für mich begann am Ende des Sommers eine aufregende Zeit ganz anderer Art, die meinem Leben eine Würze und Heiterkeit gab, die sich schwer beschreiben lässt. Da mein Vater so ganz erfüllt war von seiner musikalischen Tätigkeit, die er niemals nur als einen Broterwerb betrachtete, versuchte er natürlich auch, in uns Kindern die Liebe zu dieser Kunst zu wecken. Bei mir gelang ihm das leicht, während Gino nur lachte, selbst als er noch ganz klein war. Er ließ sich nie dazu bewegen, auch nur eine Taste auf dem Spinett niederzudrücken oder mit uns zu singen. Er machte einfach den Mund zu und schüttelte den Kopf. Gino hat andere Talente.

Mit zwölf hatte ich eine bestrickende Sopranstimme, das sagten damals alle, eine Stimme, die ohne Mühe das hohe C erreichte, so dass ich mit Lust und Behändigkeit alle Lieder und Arien sang, die ich irgendwo aufschnappte.

Diese meine Knabenstimme bescherte mir den Zugang in die Welt des Hoftheaters, in den Staub der Kulissen, die

Winkel zwischen den Garderobenräumen, aber vor allem in den geheimnisvollen Glanz der Aufführungen.

Eine richtige Oper gab es zwar noch nicht, meist kamen reisende Schauspielertruppen in das langgestreckte Haus am Linkenheimer Tor, das einmal eine Orangerie gewesen war. Aber die Hofkapelle war zu einer stattlichen Zahl angewachsen, weil der Markgraf befohlen hatte, die Badener Kapelle mit der Karlsruher zu vereinigen, und mein Vater nun einer Reihe vorzüglicher Geiger, Flötisten, Oboisten, einem Fagott und Waldhorn vorstand.

Serenissimus liebte kleinere Singspiele und Serenaden, die sich auch ohne großartige Opernsänger verwirklichen ließen. So fand ich mich denn oft zusammen mit anderen singbegabten Schulkameraden im Chor der Blumenkinder oder mythologischen Faune, als Teufel oder Engelchen, meist aber als Solist, wenn denn eine solche Rolle zu vergeben war. Ich kannte keine Noten, aber was mein Vater mir einmal vorspielte, behielt ich untrüglich im Gedächtnis.

Neben den Instrumentalisten gab es noch einen Tenor, einen gutmütigen, wohlbeleibten Menschen, und einen Sopranisten, der mir das größte Unbehagen erregte. Er sang mit klarer, blechern hoher Stimme und war dennoch ein Mann, hochgewachsen und ebenso hochmütig, so dass wir Knaben, wenn es ging, einen möglichst großen Bogen um ihn machten. Aber Karl Friedrich, unser Markgraf, hatte anscheinend ein besonderes Faible für die hellen und schier abstrakten Höhen der menschlichen Stimme, so dass auch ich öfters seine Aufmerksamkeit und sein Wohlwollen auf mich lenkte.

Zu meinem größten Entzücken wurde im Herbst zu diesen Musikern noch eine junge Dame engagiert, die als Schäferin und neckische Liebhaberin auftrat, begabt mit einem weichen, erst in der Tiefe recht aufblühenden Mezzosopran. Nicht nur ihre Stimme war weich, auch all ihre Formen bis hin zu ihren braunen Locken. Sie lachte, wenn sie unsere verehrenden Blicke auffing, und hielt uns mit gutmütigem Spott in der richtigen Distanz. Ich aber verliebte mich heillos und schmerzhaft zum ersten Mal in meinem Leben.

Jenes Singspiel, das im Herbst und Winter mehrere Male wiederholt wurde, weil es so gut gefiel, wurde mir gleichermaßen zur Qual und zur Freude.

Demoiselle Liebermann war darin eine Schäferin, bedrängt von den Liebesschwüren unseres Tenors, der einen als Bauern verkleideten Edelmann darstellte. Dazwischen stellte sich der selber liebeskranke Zauberer, der Sopranist Hogart. Mir fiel die Rolle des Amor zu, der, umringt von applaudierenden Eroten, zur rechten Zeit seinen Pfeil auf die richtige Person abschießen musste.

Meinem Vater war die Ehre zuteil geworden, die Musik zu komponieren. Er hatte in aller Bescheidenheit einige Tänze Haydns eingeflochten, die Arien aber nach eigenem Geschmack verfertigt. Es lag nahe, dass er den Amor genau den Möglichkeiten und besonderen Fähigkeiten meiner Stimme anpasste, wofür ich bei der ersten Aufführung reichen Beifall bekam. Ich verging fast vor Seligkeit, als hinter den Kulissen die schöne Schäferin beifällig nickte und leicht in die Hände klatschte. Aber so gut war das auch wieder nicht. Mein Vater war trotz seiner Klugheit ein argloser Mensch und sah in meiner Begeisterung nur die Liebe zur Musik. Es war Gino, der zuerst hinter das Geheimnis meiner Verliebtheit kam. Es schien, ich hatte im Schlaf gesprochen und mich verraten.

Gino ist ein Spötter, auch wenn er mich liebt und unsere Liebe sich bis heute brüderlich bewährt. Aber er konnte es nicht lassen, mich vor den Eltern mit Augenzwinkern zu entlarven und aufzuziehen.

Das war am zweiten Tag des neuen Jahres, an dem der Himmel tief und grau über der Stadt hing und es nach Schnee roch. Gino ahnte an diesem Morgen wohl nicht, wie tief er mich traf. Er riss seine grauen Augen auf, als ich mich blitzschnell, die Schamröte im Gesicht, auf ihn stürzte in dem blinden Wunsch, ihn durchzuprügeln. Natürlich kam es nicht dazu. Mein Bruder, der damals ein beträchtliches Stück größer war als ich, hielt mich leicht mit einem Arm von sich ab. Aber erst, als Mutter leise und mahnend „Felice" sagte, ließ ich Gino los. Vater sagte gar nichts. Ich klemmte mein Bücherbündel unter den Arm und rannte, die Augen voll Tränen, ohne Jacke und Mütze in den kalten Wintertag hinaus.

Ich wünschte meine Stimme, meine Rolle und das ganze Theater zum Teufel und wäre am liebsten nie wieder dort hingegangen. Aber daran war aus vielen Gründen gar nicht zu denken.

Zum einen erlaubte Vaters abhängige Stellung keine Eigenmächtigkeiten, zum andern wurde bei Hofe fürstlicher Besuch aus Holland erwartet, und das bewährte Singspiel sollte dabei zur Abendunterhaltung dienen.

Mein Geburtstag ist im April. Ich bin nicht so launisch wie er, aber ich liebe den leicht bewegten Wind, die flüchtigen Spiele der Wolken, vielleicht bin ich selber deshalb leichtfüßig und beweglich in meinen Gedanken. Der springende Widder ist mein Sternzeichen. Mein Vater und Gino dagegen sind im August unter dem heißen Atem des Löwen geboren. Mutters Geburtstag ist im Dezember, und als Kind dachte ich oft, sie wäre die Madonna bei dem Kind im Stall. Jetzt, so viele Jahre später, wundere ich mich oft, dass nicht Feuer und Wasser unserer verschiedenen Temperamente zischend zusammenprallten. Nicht etwa, dass wir unseren Eltern keinen Kummer gemacht hätten, das taten wir wohl. Aber dieser Kummer erwuchs nicht aus Zank und Streit, viel eher aus den verschiedenen Wegen, die wir gingen.

Gino löste sich als erster aus unserer Familie. Ich war schon lange in seine Pläne eingeweiht, während meine Eltern nichts davon wussten. Wie oft hatte mein Bruder mir abends in der Schlafkammer erklärt, wie er sich sein Leben dachte. Gino wollte reich werden, und er hatte sehr genaue Vorstellungen. Darin waren Vater und er sich ähnlich, beide hingen ihren Träumen nach und setzten ihre Verwirklichung beharrlich durch. Nur träumten sie von verschiedenen Dingen.

„Morgen sage ich es ihnen", flüsterte Gino am Abend vor seinem sechzehnten Geburtstag, als wir beide schlaflos auf unseren Betten lagen, weil es so heiß war.

„Vincenz Melazzo nimmt mich als Lehrling an, und ich werde von Anfang an etwas verdienen."

Ginos Stimme drang wie ein kalter Schauer durch die stickige Luft unserer Kammer. Seine Bettstelle knarrte, und ich wusste, er drehte sich auf den Bauch, wie er es immer tat, wenn er nachdachte.

Vincenz Melazzo war einer der vielen Italiener, die in Karlsruhe lebten, und ein weit verzweigtes Handelsnetz verband ihn mit seinen Landsleuten und Glaubensgenossen in Rastatt, Bruchsal und Frankfurt.

„Ich werde bei ihm wohnen und mit ihm herumreisen, wenn er seinen Zitronenhandel ausweitet." Ginos Stimme war nur undeutlich zu hören, da sein Mund halb auf dem Kopfkissen lag.

„Aber du brauchst Vaters Einwilligung", sagte ich.

„Mm - ja", kam es unwillig von Ginos Bett.

Mir war schlimm zumute. Ich würde Gino verlieren und ich war dabei, meine Stimme zu verlieren. Die hohen Töne brachen sich zu einem scheußlichen Krächzen, so dass ich gar nicht mehr versuchte zu singen.

„Und Mutter, was wird Mutter dazu sagen?" fragte ich in die Dunkelheit.

Gino lachte.

„Mutter wird es trösten, dass Camillo öfter auf diesen Handelsreisen dabei sein wird."

„Camillo Bettinardo - unser Vetter aus Durlach?"

Der alte Bettinardo war heftig gegen eine Heirat seiner schönen Tochter mit dem brotlosen Musiker gewesen, wie er es nannte.

Wir mochten beide unseren Vetter nicht, diesen schwätzenden, glattzüngigen Angeber, der aber gerade aus diesen Eigenschaften seinen Erfolg zog. Camillo war schon zwanzig und half seinem ebenso erfolgreichen Vater im Handel mit Obst und Wein.

Mutters Bruder Raffaele - kaum zwei Menschen konnten verschiedener sein als Vater und Sohn. Unsere Besuche in Durlach waren selten, Vater hatte wenig freie Zeit, uns war das Haus zu vornehm, und Mutter ging ihrer Schwägerin lieber aus dem Weg. Raffaele hatte eine deutsche Frau geheiratet, die ihren Sohn vergötterte und in ungehemmtem Redeschwall seine Vorzüge pries. Italienisch begriff sie nur sehr unvollkommen, während wir in beiden Sprachen zu Hause waren. Camillo pflegte uns Jüngere gönnerhaft und von oben herab zu behandeln. Lieber Gott, dachte ich, Gino und sein Vetter, das konnte niemals gut gehen.

Wieder hörte ich Gino im Dunkeln lachen.

„Ich weiß, was du denkst", sagte er, „aber keine Sorge, ich werde mit ihm schon fertig."

In diesem Moment glaubte ich ihm das aufs Wort.

So viel konnte geschehen. In dieser Nacht schliefen wir beide nicht viel, obwohl wir nichts mehr redeten. Ich hörte Ginos Bettstelle knarren, wenn er sich wieder herumdrehte, keine ruhigen Atemzüge sagten mir, dass er schlief. Ich lag flach auf dem Rücken, die Arme unter dem Kopf, bemüht, mir das Leben und diese Kammer ohne Gino vorzustellen.

Wir hätten ruhig schlafen können, denn Vaters Antwort war anders, als Gino gedacht oder befürchtet hatte. An diesem Morgen war endgültig meine Kindheit vorbei, auch wenn vorläufig alle Entscheidungen Gino betrafen. Zugleich trat da ein anderer Mensch vor uns hin, nicht Vater, sondern einer, der für mich sein festgefügtes Bild zerbrach.

„Vincenz Melazzo, ich weiß", sagte Vater, als Gino tief Luft holte, um seine Pläne mitzuteilen, „Vincenz ist ein guter Mann, ich bin mit deiner Tätigkeit einverstanden. Meine Einwilligung hat er schon bekommen."

Gino war sprachlos, ich hatte noch nie erlebt, wie er so seinen Mund wieder zuklappte.

„Woher weißt du -" stotterte er schließlich.

„Gino", sagte Vater mit nachsichtigem Lächeln und legte seinem Sohn, der schon so groß war wie er selbst, die Hand auf die Schulter, „ich bin zwar Musiker, aber kein Träumer. Melazzo und ich haben aus Gründen, die ihr nicht kennt, öfter miteinander zu tun. Und dann", setzte er leise hinzu, „alles wiederholt sich."

Mutter war wohl die Einzige, die diese Worte verstand. Sie nickte, stand auf und begann mit Gino über die praktischen Seiten seines neuen Lebens zu reden.

Ich aber begriff in diesem Augenblick, wie sehr sie mit Sanftmut und Verstand die Balance in unserer Familie in der Hand hielt.

„Und du", sagte Vater zu mir, „solltest schnell in die Schule gehen, du wirst viel zu spät kommen."

Ich nahm stumm meine Bücher auf und dann hörte ich Vater hinter meinem Rücken sagen: „Vom Singen bist du in nächster Zeit dispensiert."

Mehr wurde über meinen Stimmbruch nicht gesprochen, auch nicht ob er ihn oder mich schmerzte.

Bis dahin hatte ich mir nie den Kopf darüber zerbrochen, was ich mit meinem Leben machen wollte. Vater dachte wohl, ich solle wie er Musiker werden. Neben dem Spinett und der Orgel spielte er sehr geläufig auf der Geige und hatte mich seit mehreren Jahren sorgfältig darin unterrichtet. Ich besaß ein kleines handliches Instrument, auf dem ich gern die süßen melancholischen oder fröhlichen Lieder spielte, die ich hörte. Jetzt fing Vater an, mich ernsthaft in der Notenschrift zu unterweisen und mich beim Üben kleiner Sonaten auf dem Spinett zu begleiten. Ich tat ihm gerne den Gefallen, denn ich sah, wie schwer ihm der bevorstehende Abschied von Gino fiel. Ich lebte in dieser Zeit in einem seltsamen Niemandsland, aus dem ein schmaler verborgener Pfad mich in Bereiche führte, die ich sonst nicht betrat.

Gino ging im September. Er konnte es kaum erwarten, sich in seiner neuen Tätigkeit zu bewähren. Schon im August war er mehr in Melazzos als in unserem Haus. Er lachte, wenn er mein bekümmertes Gesicht sah.

„Ich bin doch nicht aus der Welt", sagte er dann und fuhr mir durch meine glatten Haare, die zu einem artigen Pagenkopf geschnitten waren. Ich versuchte, mit ihm zu lachen oder ihn zu boxen wie früher, wenn ich auf ihn böse war.

Aber Gino ließ einfach die Arme hängen und wollte sich nicht wehren.

Ich fand, seit ich allein in unserer Schlafkammer war, andere Dinge anziehender als die lateinische Grammatik oder die öden Erörterungen über die zehn Gebote. Das Lernen hatte mir nie Schwierigkeiten gemacht, aber jetzt begann ich auf anderes in unserer Klasse zu lauschen als auf die Stimmen der Lehrer. Mehr als einmal kam ich schlecht oder gar nicht vorbereitet zum Unterricht, heimste dafür die schmerzhaften Stockschläge ein, die als Strafe üblich waren. Ich ertrug das ohne zu murren und fing als prickelnden Ausgleich dafür einige anerkennende Blicke von solchen Knaben auf, mit denen ich früher keinen Umgang gehabt hatte. Mutters besorgte Blicke wollte ich nicht sehen, und Vaters ermahnende Worte wollte ich nicht hören.

Als Gino sich längere Zeit nicht zu Hause blicken ließ, weil er mit Melazzo nach Frankfurt gereist war, fing ich an, die Schule zu schwänzen und mich ziellos in der Stadt herumzutreiben. Für meine Bücher fand ich eines Tages ein unerwartetes Versteck. Direkt hinter dem Tor des jüdischen Friedhofs gab es an der Innenseite der Mauer eine Nische, in die sie gerade hineinpassten. Dass ich diesen Ort überhaupt betrat, hatte seinen Grund in meiner unbezwingbaren Neugier und dem prickelnden Grausen, das diese Neugier nur noch steigerte.

An einem schönen stillen Herbsttag im Oktober, als in der Nähe des Tores weit und breit kein Mensch zu sehen war, als Sonne und Schatten Streifen und Muster auf die Grabsteine malten, öffnete ich das Tor und lehnte mich an die warmen Steine der Mauer. Erst langsam beruhigte sich mein Herzklopfen und mein Atem, und langsam, aber stetig breitete sich ein tiefer Friede über mein Gemüt. Nur die Stimmen der Vögel und das Knistern der fallenden Blätter waren zu hören. Ich ließ meine Augen über die Grabsteine wandern, die ich nun zum ersten Mal aus der Nähe sah. Mein Blick blieb an den Bildern hängen, da ich die Schrift nicht lesen konnte. Ein Krug war zu sehen, der schräg geneigt einen dünnen Wasserstrahl entließ, wie um den Toten zu begießen. Daneben sah ich zum Segen erhobene Hände, die plastisch aus dem Nichts des Steines wuchsen. Lange Zeit verweilte ich bei ihnen, und es schien mir, als ginge von diesen Händen der Friede aus. Fast jeden Tag kam ich seitdem hierher, von unerklärlichen Kräften gezogen, während sich in der Schule und zu Hause ein gewaltiges Unwetter zusammenbraute.

Ich dachte gar nicht daran, dass mein Verhalten irgendeine Strafe verdiente, bis mein lateinischer Präzeptor mir die Verweisung von der Schule androhte, meine Mutter weinte, was ich nie bei ihr gesehen hatte, und mein Vater mit so scharfen Worten zu mir sprach, wie ich sie noch nie gehört hatte.

Gino war, von seiner Reise nach Frankfurt zurück, in den wenigen Wochen zu einem Mann geworden, selbstbewusst, aber immer noch spottlustig. In seinen Augen blitzte es bei Vaters Strafpredigt auf, und er wagte es, mir ganz ruhig den Arm um die Schultern zu legen.

Ich hätte zerknirscht, betreten, reuig sein müssen, aber gar keine solchen Gefühle wollten sich bei mir einstellen. Nur wusste ich jetzt, dass ich nicht wie Vater Musiker werden wollte. Mir war es nicht wie Gino um das Geld zu tun, obwohl ich heute ein reicher Mann bin. Vor meinen Augen tauchten Bilder auf, die aus einem ganz anderen Leben zu kommen schienen.

Ich stand immer noch neben Gino, im Zimmer war es still geworden, als warteten alle auf meine Antwort.

Ich habe diese Antwort nie gegeben, in gewisser Weise nahm Gino mir das ab. Er schlief diese Nacht in unserer Kammer, und wir redeten fast bis zum Morgengrauen. Gino zeigte mir eine verlockende Welt des Handels, in die ich ihm gerne folgen wollte.

Die Lehrzeit bei meinem Onkel Raffaele war alles andere als einfach. Vater hatte verlangt, dass ich bis zu meinem vierzehnten Geburtstag in der Schule blieb und in der Zeit auch meine musikalischen Studien fortsetzte. Die Aussicht auf ein Ende der grammatischen, kalligrafischen und mathematischen Übungen beflügelte meinen Eifer, so dass ich mit glänzenden Noten die dumpfe Luft des Klassenzimmers endgültig hinter mir lassen konnte.

Mein Onkel Raffaele hatte verlangt, ich solle während der Lehrzeit in seinem Hause wohnen so wie Gino bei seinem Lehrmeister Melazzo. Zu dieser Verabredung und Ausfertigung des Vertrages kam Mutters Bruder zu uns ins Haus, ein seltenes Ereignis, das ihre Augen zuerst mit Glanz und dann mit Tränen füllte.

„Du wirst zuerst die praktischen Seiten des Handels kennen lernen, Felice, so wie es sich für einen Lehrjungen gehört", sagte mein Onkel zu mir. „Du wirst auf dem Markt helfen, das Obst und Gemüse zu verkaufen, das wir in unserer Landwirtschaft züchten, du wirst helfen, es zu verschiedenen Kunden in die Häuser zu tragen. Ich hoffe, deine Kenntnisse in Latein und sonstigen gelehrten Dingen werden dich nicht daran hindern."

Mutter schaute ihren Bruder sehr erschrocken an, aber ich sah das Blitzen in seinen Augen und den Mund, der sich zu einem Lächeln verzog.

„Ich werde schon damit fertig werden", sagte ich lachend, noch in Unkenntnis dessen, was mich erwartete.

Trotz der Begierde, mit meiner neuen Tätigkeit anzufangen, fiel mir der Abschied von meinen Eltern und meiner vertrauten Umgebung schwer. Auf der anderen Seite sah ich nun mit vierzehn die Welt sehr von oben herab an, als ich an einem Apriltag voll Wind, Sonne und Regen nach Durlach umzog.

Ich bestand darauf, alleine zu gehen, die nötigsten Dinge in einem Ranzen auf dem Rücken. Mutter lächelte beim Abschied, obwohl sie sicher lieber geweint hätte, sie machte ein Kreuz auf meine Stirn. Vater umarmte mich und murmelte: „Sei brav, wir sehen uns am Sonntag."

Raffaele Bettinardos Haus liegt außerhalb der Stadtmauer oder dem, was davon noch übrig ist. Dort, wo das Gelände zum Turmberg ansteigt, hatte er sich ein langgestrecktes, zweistöckiges Gebäude errichtet, umgeben von einem weiträumigen Garten, der in kleinen Terrassen bis zum Eingang ansteigt. Ich sah zwischen den geschichteten Steinen die Pflanzen hervorwachsen und oben auf den Beeten Anemonen, Krokus und Küchenschellen. Damals wusste ich ihre Namen noch nicht, aber seitdem habe ich sie und noch viele andere gründlich gelernt.

Die Haustür war geschlossen und sah so steif und abweisend aus, dass ich nicht wagte, den glänzenden Metallklopfer zu betätigen. Eine Weile stand ich unentschlossen da, denn sonst, wenn wir nach Durlach kamen, wartete Onkel Raffaele im Eingang, um uns zu begrüßen. Aber jetzt war ich kein Besuch, ich kam als Lehrling, und so war es wohl besser, es an der Hintertür zu versuchen. Wie gut ich daran tat, wurde nach dem ersten Klopfen klar, die Stimme meiner Tante ließ keinen Zweifel daran.

„Na endlich bequemst du dich, hier zu erscheinen", sie stand mit einer großen weißen Schürze angetan zwischen Köchin und Küchenmädchen neben dem Herd und stemmte jetzt die Hände in die Seiten.

„Guten Tag, Tante Henriette", sagte ich artig, „ich wusste nicht genau, wo ich mich melden soll."

„Geh in die Gärtnerei, dein Onkel ist in dem großen Glashaus. Deinen Ranzen kannst du hier lassen."

Sie war nicht unfreundlich, aber es machte ihr sichtlich Vergnügen, über mich zu bestimmen. Jetzt war sie die Frau Meisterin und hatte sozusagen Mutterstelle an mir zu vertreten. Dass ich selbst keinen Wert darauf legte, spielte in meiner neuen Stellung gar keine Rolle.

Ich legte meinen Ranzen neben den steinernen Spültisch, der die ganze Breite unter dem Fenster einnahm. Als ich mich wieder aufrichtete, fing ich den Blick des Küchenmädchens auf, das mich neugierig musterte. Sie war wohl nicht sehr viel älter als ich, so nickte ich ihr freundlich zu, worauf sie zu kichern anfing. Ich wartete nicht, bis meine Tante ihren Mund zu einer Rüge öffnete.

Ich fand meinen Onkel in dem großen Glashaus, das ich schon von unseren Besuchen her kannte. Er trug einen Kittel und derbe Hosen wie die anderen Arbeiter, die sich aber in der warmen Luft zum Teil ihrer Oberkleider entledigt hatten. Er begrüßte mich beiläufig, ließ mir einen Kittel bringen und wies mich an, kleine Salatpflanzen in größere Töpfe umzusetzen.

„Schau zu, wie Rufio es macht", war alles, was er sagte.

Wie alt Rufio war, konnte ich schwer abschätzen. Er hatte wirre schwarze Haare, ein Gesicht, das von tiefen Pockennarben übersät war, und kleine, scharf blickende schwarze Augen. Seine langen schlanken Finger arbeiteten flink und mechanisch, ohne dass er viel hinsehen musste auf das, was er tat. Ich sah ihm eine Weile schweigend zu, ohne selbst eine Hand zu rühren. Erst als Rufio mich anstieß und mir einen Topf und eine Pflanze hinhielt, versuchte ich mein Glück. Es war nicht so einfach, wie es bei ihm aussah, auch schüttelte er immer wieder missbilligend seinen schwarzen Kopf. Allmählich bekamen meine Finger ein Gefühl dafür, wie sie das Pflänzchen einsetzen und die Erde andrücken mussten, und schließlich, als ich dachte, mein Rücken müsse von der gebückten Haltung in zwei Teile zerbrechen, schlug jemand draußen Metall auf Metall. Rufio richtete sich auf und sagte: „Komm, es gibt Essen." Er sprach Italienisch, ohne zu fragen, ob ich es auch verstünde. Ich fragte ebenso, ob man sich irgendwo die Hände abspülen könne. Da lachte er, und sein narbiges Gesicht sah sehr lustig aus.

„Wir kommen an der Regentonne vorbei", antwortete er.

Ich wusch mir nicht nur die Hände, ich steckte auch mein Gesicht ins Wasser, das von der ungewohnten Wärme und Arbeit ganz heiß geworden war.

Das Wetter war schön, so blieben wir im Freien und setzten uns auf Steine und Mäuerchen. Wir, das waren drei junge Burschen, die sich lautstark in dem singenden heimischen Tonfall und Dialekt unterhielten, und neben Rufio und mir noch zwei schwarzhaarige Männer, die Italienisch sprachen. Das Küchenmädchen, das ich schon kannte, kam mit einem Korb Wecken, einem kleineren voll säuberlich geschichteter Käsestücke und einem Krug Apfelmost, der sogleich von Mund zu Mund ging. An mich kam die Reihe zu trinken zuletzt, da ich der jüngste Lehrling war. Ich sah, dass meine Tante sich mit der Versorgung ihrer Arbeiter nicht lumpen ließ. Nach einer halben Stunde, die Rufio wohl am Gang der Sonne ablesen mochte, ging jeder an seine Beschäftigung zurück. Es schien, Rufio hatte das Sagen, solange mein Onkel nicht anwesend war.

Als ich voll Abscheu, aber ohne Worte, die Menge der noch wartenden Setzlinge betrachtete, lachte Rufio und fragte:

„Möchtest du lieber etwas anderes arbeiten?" Ich nickte erleichtert. „Geh zu Domenico nach draußen, der gibt dir etwas zu tun."

Ich wusste, welcher Domenico war, denn die beiden Italiener hatten sich beim Essen mit Namen angeredet. Der andere hieß Carlo.

Als ich ihn nach Arbeit fragte, drückte Domenico mir eine Schaufel in die Hand, deutete auf einen Haufen schwarzer Erde, neben dem ein großes Sieb stand, und sagte:

„Wirf die Erde durch das Sieb und fahre sie dann ins Gewächshaus, eine Karre findest du dort im Schuppen." Auch er sprach Italienisch zu mir, obgleich er es bestimmt anders hätte sagen können. Ich nickte, sagte: „Si, signor" und nahm die Schaufel in die Hand. Da lachte er und sagte: „Ich heiße Domenico." „Si, Domenico", antwortete ich und fing mit dem Schaufeln an.

Wenn ich gedacht hatte, die Arbeit im Glashaus wäre anstrengend gewesen, wurde ich jetzt eines Besseren belehrt. Schon nach kurzer Zeit brannten meine Arme und mein Rücken wie Feuer, und nach jeder Schubkarre, die ich über den holprigen Weg schob, musste ich mich einen Augenblick auf einen Stein setzen, um wieder zu Atem zu kommen. Aber ich biss die Zähne zusammen, an diesem ersten Tag wollte ich mir bestimmt keine Blöße geben, denn ich sah wohl, dass Domenico und Carlo, die in der Nähe einen Streifen Land in rhythmisch abgestimmten Bewegungen umgruben, mich aus den Augenwinkeln beobachteten.

Kann sein, dass sie heimlich grinsten und spekulierten, wie der feine Neffe ihres Meisters sich halten würde. Nach einer Weile fand auch ich meinen Rhythmus im Schaufeln und Sieben und bekam den Schwung heraus, wie man die Schubkarre am besten balancierte. Arme und Rücken spürte ich kaum noch, aber ich war gewärtig, am nächsten Morgen mit einem gewaltigen Muskelkater aufzuwachen.

Als der Erdhaufen verschwunden, die gesiebte Erde weggekarrt war, säuberte ich die Schaufel in der Regentonne, klopfte den letzten Rest Erde aus der Karre und räumte die Geräte in den Schuppen. Die beiden Italiener waren inzwischen mit ihrem Streifen Land fertig geworden und kamen mit geschulterten Spaten auf mich zu.

„Finito", sagte Carlo, „wir sind fertig." Im gleichen Augenblick kam Onkel Raffaele vom Haus herüber und rief mich zu sich:

„Die Abendmahlzeit nimmst du mit der Familie ein", sagte er, „deine Tante wird dir zeigen, wo du schläfst."

Er fragte nicht, wie mir der erste Tag gefallen hatte, so antwortete ich nur: „Ja, Onkel Raffaele" und ging zum Haus hinüber, das ich wieder durch die Hintertür betrat. Der Ranzen stand noch an der gleichen Stelle, wo ich ihn am Morgen hingesetzt hatte. Ich hob ihn auf und schnupperte nach den Düften, die die Küche durchzogen, dabei merkte ich, dass ich großen Hunger hatte.

Meine Tante führte mich ins obere Stockwerk, wo am Ende des Ganges eine Stube für mich bereitet war. Sie befand sich an der Rückseite des Hauses, und ich konnte durch das Fenster den Hang des Turmberges hinaufsehen.

„Danke, Tante Henriette", sagte ich, „das ist eine schöne Stube."

„Wir essen in einer halben Stunde", antwortete sie, „du wirst die Glocke von unten hören", damit ging sie hinaus.

Noch eine Prüfung stand mir am Abend bevor, wenn schon der Tag in gewisser Weise eine gewesen war. Mein Vetter Camillo saß am Tisch, und auch Rufio aß mit der Familie. Mein Onkel sprach den Segen, und wir bekreuzigten uns, wie ich das von zu Hause gewohnt war.

Kaum aber hatten wir die Löffel aufgenommen, um die Suppe zu essen, sprach Camillo mich über den Tisch an. Ich hatte ihn im letzten Jahr kaum gesehen, und mir fiel wieder die sonderbare Mischung auf, aus der sein Gesicht zusammengesetzt war. Er hatte seines Vaters dunkle Haare, aber die wasserblauen Augen seiner Mutter, und der breitlippige Mund passte schlecht zu seiner schmalen Nase.

„Na, kleiner Vetter", sagte er jetzt, „wie hat die Arbeit geschmeckt?" Dabei war der spöttische Ton nicht zu überhören. Ich wusste nicht, ob ich an diesem Tisch, an dem ich zum ersten Mal als Lehrling saß, so ohne weiteres das Wort ergreifen könne und sah deshalb meinen Onkel fragend an. Als der mir zunickte, sagte ich zu Camillo:

„Die Arbeit hat mir gefallen, auch wenn sie ungewohnt und anstrengend war." Camillo sah mich verblüfft an, er hatte wohl nicht erwartet, dass ich das zugeben würde. Er sagte nichts mehr und fing an zu essen. Bis zum Ende der Mahlzeit schwieg ich, hörte mit gesenktem Kopf der Unterhaltung zu, die meiner Tante wegen auf Deutsch geführt wurde, auch Rufio redete von Zeit zu Zeit mit. Wie ich gedacht hatte, konnte er unsere Sprache ganz gut.

Nach dem Essen überfiel mich die Müdigkeit, und ich fragte meine Tante, ob ich schlafen gehen könne.

„Sicher", sagte sie, „wenn um sechs die Glocke tönt, musst du aufstehen, du bekommst in der Küche etwas zu essen."

Ich schob meinen Stuhl zurück und wollte mich still entfernen, da hörte ich, wie Rufio leise und schnell auf Italienisch zu meinem Onkel sagte:

„Er hat sich gut gehalten heute."

Ehe mein Onkel oder gar meine Tante antworten konnten, hatte ich die Tür hinter mir zugemacht.

Das war mein erster Tag in Durlach, und als am nächsten Morgen die Glocke erklang, war mir, als hätte die Nacht nur wenige Minuten gedauert.

Jeden Tag bekam ich eine andere Arbeit in der Gärtnerei oder im Glashaus, ich schleppte Wasserkannen, hackte Unkraut oder musste erneut Setzlinge umtopfen.

Die drei Durlacher Burschen beäugten mich zuerst misstrauisch, weil sie mich mit Rufio und den anderen beiden nur Italienisch reden hörten. Aber am Ende der Woche, als ich mit ihnen Zucchini und Winteräpfel für den Markt in Körbe packte, versuchten sie mich anzurempeln und in die Enge zu treiben, so dass ein schöner, schon etwas weicher Apfel zertreten wurde. Da entfuhr mir ein richtiger derber Fluch, wie ich ihn aus der Schule kannte, und ich warf mit einem blitzschnellen Schwung den ärgsten Drängler auf den Boden, so wie ich es von Gino gelernt hatte. Zu meinem Pech stand plötzlich Onkel Raffaele neben uns, musterte mich streng und fragte sehr kühl:

„Machst du Streit?"

„Nein", sagte ich, „ich wehre mich."

Mein Onkel zog die Augenbrauen hoch und betrachtete uns vier, die wir wohl alle ziemlich betreten aussahen. Es kam keine Strafrede, wie ich gedacht hatte, er sagte nur zu mir:

„Diese drei heißen Richard, Heinrich und Karl", und zu ihnen: „Vertragt euch."

Dann ging er zu Rufio hinüber und fing mit ihm eine Besprechung an. Ich warf den zertretenen Apfel auf den Komposthaufen und fuhr mit dem Einpacken fort. Ob nun meines Onkels Worte den Ausschlag gaben oder ob ich mir selbst Respekt verschafft hatte, konnte ich nicht wissen, jedenfalls von da an betrachteten sie mich als ebenbürtig. Später, als sie mich nach meiner Familie fragten und danach, was ich denn vor meiner Lehre gemacht hätte, erfuhr ich auch, warum sie mich akzeptierten. Es war der derbe deutsche Fluch gewesen, mit dem ich mich gleichsam auf ihre Stufe gesetzt hatte.

Abends aß ich wie besprochen mit der Familie, wobei Camillo mich stets kritisch musterte, aber keine spitzen Bemerkungen mehr machte. Meine Tante sprach wenig mit mir, ordnete aber eigenhändig meine Wäsche und meine Kleider in den Schrank, als nach zwei Tagen der große Deckelkorb mit meinen Sachen gebracht wurde. Mutters Rosenkranz, der zwischen der Wäsche lag, legte sie wortlos auf den Tisch. Nur ich wusste, wie viele Gebete meine Mutter damit zu mir herüberschickte.

Ich habe noch gar nicht von meinem Großvater Bettinardo gesprochen, der hier bei seinem Sohn im Haus lebt. Sein Zimmer lag am anderen Ende des Ganges. Zwischen meiner Stube und seiner befand sich das Schlafzimmer der Eheleute und eine Stube, die Camillo bewohnte, wenn er zu Hause war. Ich hatte ihn schon lange nicht mehr gesehen, denn er verließ sein Zimmer nicht, auch nicht wenn wir zu Besuch gekommen waren. Nur meine Mutter ging dann die Treppe zu ihm hinauf, mit gewissem Zögern wie ich wusste, denn er hatte ihr die Heirat mit dem Musiker noch nicht ganz verziehen. Es war Freitag geworden, ehe meine Tante am Ende der Mahlzeit zu mir sagte:

„Dein Großvater will dich sehen."

„Jetzt?" fragte ich.

„Ja, jetzt."

Ich schluckte die letzten Bissen hinunter und klopfte wenige Augenblicke später an seine Tür. Er saß am Fenster, eine Decke über den Knien, und aus den eingesunkenen Augenhöhlen sahen mich meiner Mutter schwarze Augen an. Mager war er geworden seit unserer letzten Begegnung, aber seine Rede war scharf wie eh und je. Er sprach Italienisch zu mir, natürlich, sein Deutsch war schlecht und mangelhaft, nicht weil er keinen klugen Kopf hatte, sondern weil er es nicht lernen mochte, denn er hielt es für eine barbarische Sprache.

„Lernst du endlich richtig zu arbeiten", fragte er ohne Übergang, „hast du dein Latein und Larifari jetzt hinter dir?"

„Mit der Schule bin ich fertig, Großvater", gab ich zur Antwort, „ich arbeite gern bei Onkel Raffaele."

Eine Weile betrachtete er mich schweigend, dann sagte er unvermittelt:

„Du siehst aus wie deine Mutter, ein richtiges Mädchengesicht."

Es stimmte, es wuchsen mir noch keine Barthaare, auch hatte ich mir darüber noch nie Gedanken gemacht. Es war komisch, obgleich er so schroff zu mir war, mochte ich ihn.

„Der Bart wird schon noch kommen", sagte ich lachend aus meinen eigenen Gedanken heraus.

„So, so, schlagfertig ist das Bürschchen auch", knurrte mein Großvater, aber in seinen Augen blitzte das Lachen.

Von da an machte es mir nichts mehr aus, ihn in seiner Stube zu besuchen und ihm von dem zu erzählen, was ich in der Gärtnerei tat.

Wir sehen uns am Sonntag, hatte mein Vater gesagt, aber mit Erlaubnis meines Onkels wanderte ich schon am Abend zuvor nach Karlsruhe. Nach einer Woche Abwesenheit unser Haus zu betreten, war recht seltsam.

Es war still im Vorplatz, es roch wie immer, ich kam heim, aber nicht aus der Schule, und sie hatten mich offenbar noch nicht erwartet, vielleicht waren die Eltern bei der abendlichen Beichte vor dem Sonntag. Dann aber hörte ich, wie auf dem Spinett leise und zögernd einzelne Töne angeschlagen wurden, die sich zur Melodie eines Liedes zusammenfügten. Das hatte meine Mutter mir früher vorgesungen, wenn ich nicht einschlafen wollte.

Ich klappte mit der Tür, dass sie mich hören musste, und sah einen Augenblick später in ihr freudestrahlendes Gesicht.

Am Sonntag läuteten die Glocken von der Konkordienkirche, aber es waren nicht unsere Glocken. Der Markgraf ließ uns Katholiken beten und Messe halten, wie wir wollten, aber eine Kirche durften wir nicht haben, und so konnten wir auch keine Glocken läuten. Unser Bethaus stand in der Lammstraße an der Ecke des inneren Zirkels, und von Kindertagen an habe ich darin nie einen Mangel empfunden. Wenn Gino und ich an der Hand unserer Eltern den Raum betraten, entzückte ich mich an dem in Weiß gehaltenen Altar mit den weißen Kerzen und der Kanzel, zu der ich ehrfürchtig hinaufsah. Wie Gino damals dachte, weiß ich nicht, er hat nie darüber gesprochen. Immer wenn ich später den Beichtstuhl sah, dachte ich an das Herzklopfen und die Beklemmung, die mich vor meiner ersten Beichte befiel, dachte an dieses Tor zu einer Welt, die ich noch kaum begriff. Ich hatte niemals das Bewusstsein, irgendwelche Sünden begangen zu haben, und wenn ich mich jetzt an jene Zeit erinnere, war mein Empfinden ganz richtig.

An diesem Sonntag kamen auch Gino und Vinzenz Melazzo in unser Bethaus, dazu Melazzos Frau und seine drei älteren Kinder. Mein Vater und Melazzo nickten sich freundschaftlich zu, Gino aber nahm mich mit unverhohlener Freude in die Arme. Ich saß und kniete nahe bei ihm, und ich muss gestehen, dass ich recht wenig auf den Gang der Messe achtete, noch weniger auf das, was der Kapuzinerpater in seiner Predigt sagte. Ich kannte ihn nicht, denn wir durften keinen eigenen Pfarrer haben, die Kapuziner kamen von Bruchsal herüber. Ich träumte vor mich hin und sah nur ab und zu Gino von der Seite an, der das aber wohl bemerkte und mich grinsend anstieß. Meine Mutter war so in ihre eigenen Gebete versunken, dass sie gar nicht auf uns achtete.

Erst an diesem Sonntag beim Essen begriff ich, dass die Interessen und Aktivitäten meines Vaters weit über seine Musik hinausgingen. Es schien, eine Woche fern von zu Hause und bei fremder neuer Arbeit hatten mich hellhörig gemacht. Mein Vater und Melazzo sprachen gar nicht von Musik oder der Hofgesellschaft, sondern über die Machtkämpfe zwischen den Kapuzinerpatres aus Bruchsal und den Jesuiten aus Ettlingen. Sie sprachen über Melazzos Zitronenhandel und über das Ärgernis mit den Juden, die dauernd die Preise zu unterbieten trachteten. Zu meinem größten Erstaunen war mein Vater über all das bestens unterrichtet, und ich bekam einen Vorgeschmack dessen, was später weite Wege meines Lebens bestimmen sollte.

Ich musste am Abend zurück, da half alles nichts, und so männlich ich mir auch vorkam, verbiss ich mir nur mit Mühe die Tränen. Ich atmete erst auf, als Gino sich bereit fand, mich noch ein Stück zu begleiten.

Die Wochen des Frühjahrs und Sommers arbeitete ich in der Gärtnerei, meine Haut bräunte sich, meine Schultern wurden breiter, auch ließ ich in der Sommerhitze wie die andern meinen Kittel beiseite. Es machte mir bald keine Mühe mehr, eine Schubkarre voll Erde über die Wege zu schieben oder im gleichen Takt mit den anderen ein Stück Land umzugraben.

Jeden Sonntag ging ich nach Hause, oft in der kühlen Morgenfrühe des anbrechenden Tages. Meistens war es Mutter, die mit mir über meine Arbeit und die Verwandten sprach, Vater fragte fast nie danach. Er musterte mich oft, wenn er meinte, ich merke es nicht, aber manchmal fing ich seinen halb bedauernden Blick auf. An einem heißen Nachmittag im August, an dem er bei Hofe keine Pflichten hatte, fragte er mich:

„Möchtest du einmal wieder eine Sonate mit mir spielen? Ich habe deine Geige inzwischen immer gut gestimmt."

Es ist wahr, ich hatte die Geige nicht mit nach Durlach genommen.

„Ja, gern", sagte ich, aber es dauerte eine Weile, bis meine schwielig gewordenen Finger sich wieder an das zarte Werk der Musik gewöhnten. Vater war geduldig bei der Begleitung, auch wenn er seine Enttäuschung nicht ganz verbergen konnte, Mutter dagegen lächelte ermunternd.

„Ich werde die Geige mitnehmen", sagte ich, „dann geht es das nächste Mal besser."

Vater nickte, er war traurig, das konnte ich sehen.

So hielt die Geige Einzug im Haus meines Onkels, und wenn ich abends nach der Arbeit darauf spielte, um wieder geläufige Finger zu bekommen, war mir, als zahlte ich eine gewisse Schuld gegen meinen Vater ab.

Natürlich blieben meine musikalischen Übungen nicht lange verborgen. Zuerst sprach mein Großvater mich darauf an mit jenem Unterton von Schroffheit, den ich nun schon bei ihm gewohnt war.

„Na, hast du dein Larifari von Karlsruhe hierher gebracht?" fragte er.

Das wusste ich nun, Larifari war für ihn alles, was nicht mit Arbeit und Handel zu tun hatte. Ich wusste inzwischen auch, dass ein Teil seiner Bitterkeit aus dem Zustand seiner Beine herrührte, die er nur wenig und unter Schmerzen bewegen konnte. Da ich aus kaum erklärlichen Gründen keine Angst vor ihm hatte, antwortete ich:

„Großvater, Musik ist kein Larifari, wie du es nennst. Und mein Vater kann weit mehr als Musik machen."

Warum ich das sagte, weiß ich gar nicht mehr genau, damals schien es mir plötzlich notwendig.

„Raffaele sagt, du arbeitest gut und jammerst nicht", war seine Antwort.

Es kam öfter vor, dass wir uns in so erratischen Blöcken unterhielten und doch jeder genau wusste, was der andere meinte.

Der Nächste, der auf meine Musik zu sprechen kam, war Rufio. Er war all die Wochen hindurch mein Lehrmeister gewesen, ohne dabei viele Worte zu machen. Ich wusste, dass er meinem Onkel genau Bericht über mich gab, und es schien, dass beide mit mir zufrieden waren.

„Warum spielst du nicht einmal für uns hier draußen oder abends für die Familie?" fragte Rufio. Wir saßen mittags beim Imbiss, den Elsie, das Küchenmädchen, gebracht hatte. Ich lachte:

„Hier im Glashaus oder im Garten?"

„Warum nicht, oder bist du dir zu fein dazu?"

Auch Richard, Heinrich und Karl hörten unserem Gespräch gespannt zu und murmelten beifällig zu Rufios letzter Frage. Da fluchte ich zum zweiten Mal in ihrer Gegenwart, diesmal auf Italienisch. Ich war so wütend, dass ich meinen Imbiss stehen ließ und die große Schere packte, mit der ich vorher die Hecke hinter dem Glashaus getrimmt hatte. Ich hackte mehr von der Hecke herunter, als schön war, und merkte erst nach einer Weile die Tränen, die mir übers Gesicht liefen. Warum stichelte Rufio gegen mich, ich hatte ihn für meinen Freund gehalten. Er musste doch wissen, dass ich weder für die Arbeit noch für die Gesellschaft der anderen zu fein war. Das war tatsächlich sein und nicht mein Gedanke.

Zu alledem erschien kurz vor Feierabend Onkel Raffaele in der Gärtnerei, betrachtete mit Kopfschütteln die verunstaltete Hecke und erteilte mir für diesen Ausbruch meiner Unbeherrschtheit eine scharfe Rüge. Selbst mit vierzehn war ich nicht so dumm zu glauben, dass er wegen der Hecke so ungehalten war. Hier war eine ganz andere Lektion zu lernen, von der ich noch nicht die Hälfte begriffen hatte.

Da ich nicht antwortete und nur die Schultern hängen ließ, sagte er auf einmal ganz freundlich:

„Rufio hat ganz recht, warum spielst du nicht heute Abend für die Familie?" Ich sah ihn erstaunt an, aber nickte als Antwort.

In dem Zimmer, das meine Tante Henriette den Salon nannte, stand ein Hammerklavier, das mein Vater sehr bewunderte, wenn er die seltene Gelegenheit hatte, darauf zu spielen. Er und ich wussten beide, dass dieses schöne Instrument nur gekauft worden war, weil meine Tante meinte, es gehöre zum Stil einer gehobenen Familie. Mutters Bruder legte keinen Wert auf solche äußeren Dinge, auch wenn er wie fast alle Italiener ein Ohr für Musik hatte. Mir tat das schöne Klavier leid, denn im Haus konnte niemand darauf spielen.

Nach dem Essen holte ich meine Geige und fand die Familie und Rufio im Salon, selbst Großvater hatten sie heruntergeholt.

Ich sah Rufio an, zuerst recht finster, und spielte ein altes italienisches Lied, das ich früher oft gesungen hatte und das ich besonders mochte. Rufio kannte es offenbar auch, denn er fing bei der Wiederholung an, leise mitzusummen und schließlich richtig zu singen:

„La bella Franceschina, che la voria mari..."

Doch dann konnte ich mir das Lachen nicht mehr verbeißen und fing über seiner Stimme eine lustige Verzierung an. Der Beifall kam von einer Seite, die ich nun gar nicht erwartet hatte.

„Bravo", rief Tante Henriette und klatschte in die Hände, und selbst Großvater hatte im Takt mit dem Kopf gewakkelt. Camillo war an diesem Abend zum Glück nicht anwesend. Auch Onkel Raffaele lächelte und sagte:

„Da capo, per favore."

Da sangen und spielten wir das Lied noch einmal von der schönen Francesca, der man den Sohn eines Grafen anbietet, die aber lieber den armen Jüngling heiraten will, der ihretwegen im Gefängnis sitzt.

Ach Rufio, du lieber Geselle, das konnte ich damals nicht ahnen, dass wir später diese Kunst noch oft zusammen ausübten.

Im September hatten wir genug zu tun, an den Hängen des Turmbergs begann die Weinlese, in den Gärten die Obsternte. Von früh bis spät war ich mit den anderen bei der Arbeit, eine Kiepe auf dem Rücken. Der Duft der Trauben und der vergilbenden Weinblätter erfüllte die Luft, von der Kelter hörten wir die Rufe der Arbeiter, und mittags gab es den ersten prickelnden süßen Apfelmost.

Ich dachte voll Mitleid an die Kinder, die während dieser Zeit in der Schule sitzen mussten und nicht teilhaben konnten an dem berauschenden Fest der Natur.

Einmal am Abend, als der erste federweiße Wein aufgetischt wurde, kamen meine Eltern herüber, und nach dem Essen klappte Tante Henriette eigenhändig das Hammerklavier auf und bat meinen Vater und mich, Musik zu machen. Er blickte sie ebenso erstaunt wie erfreut an, ich aber intonierte auf der Geige noch einmal das Lied von Franceschina, dem mein Vater gleich eine lustige Folge von Variationen beifügte.

„Rufio soll kommen", sagte meine Tante plötzlich und überraschte uns alle noch einmal. Rufio war aus Rücksicht auf den Besuch nicht zum Abendessen erschienen. Wir blieben bei den italienischen Liedern, Rufio kannte sie fast alle und wenn nicht lernte er sie schnell und sang ohne Worte. Wenn man in sein pockennarbiges Gesicht sah und in seine scharf blickenden schwarzen Augen, hätte man ihn leicht für einen durchtriebenen Bösewicht halten können. Aber sobald er seinen Mund zum Singen auftat, glaubte man das nicht mehr. Er hatte eine blühende Stimme, rund und weich, auch in der Höhe ungebrochen. Aber auch sein Gesicht war uns später von Nutzen, besonders wenn er es grimmig und finster verzog.

Nach der Weinlese und Apfelernte bekam ich eine neue Aufgabe. Es schien, ich hatte den ersten Teil meiner Lehrzeit beendet und durfte nun als Adlatus in die Welt des Handels treten.

Zuerst dachte ich, mein Onkel betreibe auf dem Saumarkt in Durlach seine Geschäfte, aber er blickte weiter und hatte schon lange auf dem Markt der wachsenden Stadt Karlsruhe einen großen Stand. Zu Hause hatten wir nie darüber gesprochen, aus welchen Gründen kann ich nicht sagen.

Äpfel, Weißkraut und Rotkraut, Wirsing und Rüben waren die erste Fuhre, die ich dorthin begleitete. Mein Onkel selbst saß mit Domenico auf dem Kutschbock, und ich quetschte mich hinten zwischen Körbe und Säcke. Es war früh am Morgen, der Dunst hing noch über Feldern und Gärten, die Beine der beiden Braunen, die den Wagen zogen, verschwanden vollständig in dem weißen Gebräu.

Obgleich noch keine Kunden auf dem Markt waren - die Händler durften nicht vor acht mit dem Verkauf beginnen - herrschte schon genug Lärm: Zurufe, das Schnauben der Pferde und über allem die Stimme des Marktmeisters, der hier das Sagen hatte. Meinen Onkel und Domenico kannte er, mich aber nicht. Jetzt wurde ich in die Liste derer eingetragen, die berechtigt waren, hier auf dem Markt tätig zu sein. Wir luden die mitgebrachten Waren ab und breiteten etliches davon auf dem hölzernen Tisch aus. Onkel Raffaele und Domenico blieben nicht in Karlsruhe, nach einem Peitschenknall zogen die Pferde an, denn vor dem Beginn des Verkaufs mussten alle Wagen vom Markt verschwunden sein. Da stand ich allein mit dem energischen, robusten Paar, das hier die Waren aus Durlach verkaufte. Jakoba Hinzin war rund und rotbackig, ihre stämmigen Arme hoben ohne

Mühe einen Korb voll Äpfel oder auch einen Sack mit Rüben, und ihre Stimme war genauso ausladend wie ihre ganze Gestalt. Ihr Mann Ludwig überragte sie um ein beträchtliches Stück, und bei dieser unserer ersten Begegnung erschrak ich nicht wenig. Was für einen Mann hatte mein Onkel sich ausgesucht, um seine Waren zu hüten und zu verkaufen. Breitschultrig, mit dicht behaarten Armen, denen man ihre Stärke ansah, auch wenn er sie nur lose herunterhängen ließ, so stand er da und musterte mich von oben bis unten. Seltsamerweise waren seine Augen in dem zerfurchten Gesicht mit der großen gebogenen Nase leuchtend blau, aber ich las in ihnen nicht die geringste Spur von Freundlichkeit. Ich reichte ihm gerade bis an die Schulter und musste zu ihm aufsehen, als ich etwas zaghaft „Guten Morgen" sagte.

„Na, Bürschchen", knurrte er, „glaubst du, das hier ist ein Spielplatz?"

„Nein", sagte ich, „das glaube ich nicht" und sah ihm direkt in die Augen, obwohl mir die Hände zitterten.

„Ludwig", hörte ich seine Frau vorwurfsvoll hinter seinem Rücken sagen, da lachte er, aber auch das klang nicht sehr freundlich.

Ich hatte keine Zeit, mir weitere Gedanken zu machen, die ersten Kunden kamen auf den Markt, einzeln oder zu zweit, überwiegend waren es Frauen.

Da mir niemand Anweisungen gab, stellte ich mich neben Jakoba und reichte ihr Äpfel oder Kraut, die sie auf ihre Waage legte. Ich nahm den Frauen ihre Körbe ab und ordnete ihnen die Einkäufe ordentlich hinein, wobei ich ihnen freundlich einen guten Tag wünschte. Am anderen Ende des Tisches stand Ludwig Hinz, er kassierte das Geld, wechselte Gulden und Kreuzer, wobei er gemächlich jedes einzelne Geldstück nachzählte. An jenem ersten Tag geschah es mehrmals, dass über die Summe ein Wortwechsel entstand, aber ernstlich wagte niemand, dem riesigen Mann zu widersprechen. Ich fragte mich, ob er wohl ehrlich wäre gegen meinen Onkel, aber im gleichen Augenblick dachte ich an dessen Klugheit und dass er sicher wusste, wem er vertrauen konnte.

Zweimal in der Woche fuhr ich nun mit dem Wagen zum Markt, und an den übrigen Tagen erwartete mich eine neue Aufgabe, in die ich mich mit viel Vergnügen vertiefte. Den ganzen Winter über wurde ich eingeweiht in die Kunst der Buchführung und daneben in die praktische Seite des Ankaufs von Wein, dessen Lagerung und Abfüllung.

In diesen Monaten bis zum nächsten Frühjahr lernte ich vieles, vor allem aber eine Dimension des Reichtums, die ich mir nie hätte träumen lassen. Nun gut, das Haus war vornehm, das Essen vorzüglich, meine Tante konnte über Köchin und Dienstmädchen verfügen, sie konnte, soviel ich sah, kaufen, was sie mochte. Aber das war nur die eine Seite der Sache. Wenn ich in diesem meinem fünfzehnten Jahr die Liste der Zahlen zu schreiben hatte, die man mir zur Reinschrift übergab, dachte ich zunächst, mein Onkel hätte sich in der Anzahl der Nullen geirrt, jedesmal aber antwortete er auf meine Nachfrage ganz gelassen, dass dies schon seine Richtigkeit habe.

Nichts lässt einen jungen Menschen wohl schneller erwachsen werden, als wenn er gezwungen ist, seinen bisherigen Lebenskreis mit anderen zu vergleichen. Ich begriff, warum Camillo gegen uns Vettern so hochnäsig war, bis zu einem gewissen Grade konnte ich auch verstehen, wie Tante Henriette in ihrem Überfluss schwelgte, aber vornehmlich sah ich meinen Großvater mit ganz anderen Augen. Sein Widerstand gegen die Heirat seiner schönen Tochter bekam für mich eine neue Bedeutung. Nicht etwa, dass ich mein Elternhaus mit kritischen Augen sah, dazu hatte ich nicht den geringsten Grund, auch kein Gefühl des Mangels oder Makels, ganz im Gegenteil. Ich spürte, welch ein Reich der geistigen Freiheit mein Vater uns geschaffen hatte und wie meine Mutter dazu die Wärme ihrer Liebe gab.

Heute weiß ich sehr wohl, dass meine Erinnerung mir keine Idylle vorspiegelt, ich weiß, wie dieses Leben meiner Eltern aus vielen bitteren Realitäten erwuchs, die dennoch nicht bitter blieben. Erst im Laufe vieler Jahre war es mir gegeben, all die Ereignisse aufzudecken, die ihre Gemeinschaft ausmachten.

In der Adventszeit, die nicht mit Kälte, sondern mit trübem Himmel und Nebel herankam, herrschte auf dem Markt regeres Leben als sonst. Mag sein, dass die Menschen sich auf das herannahende Weihnachtsfest freuten oder nur vor den kalten Wintermonaten ihre Vorräte ergänzen wollten, ich hatte an unserem Stand jedenfalls buchstäblich alle Hände voll zu tun. An einem Donnerstag vor dem 3. Advent kam Gino über den Markt geschlendert und suchte sich bei uns umständlich verschiedene Apfelsorten aus. Erst als alles abgewogen und bei Ludwig bezahlt war, tat er ganz erschrocken, dass er kein Gefäß hatte, die Äpfel nach Hause zu tragen. Ludwig und Jakoba kannten ihn nicht, mir hatte er nur beiläufig zugenickt.

„Lasst diesen jungen Mann meine Äpfel nach Hause tragen", sagte Gino lässig und wie nebenbei zu Ludwig, der diensteifrig einen der Körbe unter dem Tisch hervorzog, die wir zu solchem Zweck in Bereitschaft hatten. Ich ordnete die Äpfel hinein und biss mir auf die Lippen, um nicht laut zu lachen. Dass Ludwig so unterwürfig tat, lag an Ginos eleganter Kleidung und seiner überlegenen Art zu sprechen. Erst als wir außer Hörweite waren, fingen wir beide an zu lachen.

So kam ich zu einem unverhofften Besuch bei meiner Mutter, der Gino die Äpfel schenkte. Sie lachte auch, obgleich sie mit Ginos Verhalten nicht ganz einverstanden war. Wir konnten beide nur einen Augenblick bleiben, da ich mich nicht lange vom Markt entfernen durfte und weil mein Bruder in Geschäften für Melazzo unterwegs war. Nachdem die Tür unseres Hauses hinter uns zugefallen war, holte er einen Gulden aus der Tasche, hielt ihn mir hin und sagte:

„Kann der Lehrjunge ein Trinkgeld brauchen?"

„Du Schuft", sagte ich lachend, knuffte ihn wie früher und beeilte mich, wieder an unseren Stand zu kommen. Ich legte den Gulden vor Ludwig auf den Tisch und sagte:

„Ein Trinkgeld von dem jungen Herrn."

Ludwig konnte man nicht mit vielen Dingen imponieren, aber Geld war eines davon. Er sah mich an, als hätte ich den Verstand verloren und fragte:

„Warum behältst du es nicht selbst?"

Ich tat sehr unschuldig.

„Oh, ich dachte, das steht mir nicht zu."

Ludwig warf den Gulden in die Kasse, dass es klimperte, murmelte etwas, das ich nicht verstand, ich aber drehte ihm den Rücken zu und stellte mich wieder neben Jakoba.

Ich muss gestehen, dass meine Berechnung genau aufging, Ludwigs Zugänglichkeit war käuflich. Bis Weihnachten machte ich noch viele Gänge, vor allem in die vornehmen Häuser der Handelsherren in der Langen Straße. Ich trug den Damen, die mit ihren Dienstmädchen hierher kamen, die schweren Körbe, in denen nicht nur Obst und Gemüse lag, denn oft waren sie zuvor an den Fleischbänken gewesen oder bei den Brotbänken. Von jedem Trinkgeld legte ich sorgsam Ludwig einen Teil auf den Tisch, den er stets ohne Kommentar kassierte.

Im Laufe des folgenden Sommers fand ich über Ludwig Hinz noch einige andere Dinge heraus, solche, die ihm ein gewisses Maß an Achtung abnötigten, und andere, die ihn furchtbar ärgerten.

Immer wenn der Verkauf auf dem Markt sich dem Ende zuneigte, erschienen hier und da zwischen den Ständen einige Frauen, aber auch Kinder, denen man ihre Armut schon von weitem ansah. Wie ich mit der Zeit herausfand, kamen sie alle aus Klein-Karlsruhe. Sie bettelten nicht gerade, aber sie suchten unter den Tischen nach heruntergefallenen Äpfeln oder Gemüseresten. Die Kinder entwickelten eine große Geschicklichkeit, blitzschnell etwas zu stiebitzen, die Frauen fragten meistens ganz bescheiden, ob sie die beschädigten Waren etwas billiger haben könnten. Solche Menschen vertrieb Ludwig Hinz mit großer Wut, und wehe dem kleinen Bengel, den er mit seinen großen Händen erwischte, ein paar wohlgezielte Hiebe auf sein Hinterteil waren das

Mindeste. Jakoba Hinzin und ich führten dagegen einen eher verborgenen Kleinkrieg, indem wir den Kindern halfen zu entweichen oder Ludwig von den Frauen abzulenken suchten. Ich begegnete hier zum ersten Mal in meinem Leben wirklicher Armut und etwas später in verschiedenen Häusern von Klein-Karlsruhe der bittersten Bedürftigkeit.

Eines Tages in der größen Augusthitze war Ludwigs Hand zu heftig ausgefahren, der kleine Bursche, den er unter unserem Tisch hervorgezogen hatte, blieb mit blutender Nase liegen. Jakoba nahm ihn kurzerhand unter den Arm, steckte seinen Kopf in das Becken des Marktbrunnens, der zum Glück direkt hinter unserem Stand war, und stellte den schnaufenden und spuckenden Buben wieder auf die Beine. Der holte einmal tief Luft, wischte sich das Wasser aus den Augen und war schon zwischen den Menschen verschwunden. Jetzt allerdings erlebte ich eine völlig neue Szene. Jakoba stellte sich vor ihren Mann und zischte ihn mit leiser, kalter Stimme an:

„Ludwig Hinz, mach so etwas nie wieder."

Und er, der auch sie leicht hätte schlagen können, stand mit hängenden Armen und machte seinen Mund nicht auf. Sie gehörte offenbar zu den wenigen Menschen, die ihm Respekt einflößten. Ich selbst hatte meine Angst vor ihm schon längst verloren, denn in manchen Augenblicken, wenn auch selten, sahen seine blauen Augen mich mit einem Hauch von Wohlwollen an. Hinter den Grund für dieses Wohlwollen oder die Achtung, wie man es nun nennen will, kam ich erst nach und nach. Anfangs hatte ich schweigend zugehört, wenn er sich mit den Kunden über die Kreuzer und Gulden stritt, dann hatte ich einmal, weil ich schneller und besser rechnete als er, die richtige Summe genannt, noch ehe er mit dem Zusammenzählen fertig wurde. Es war eine der reichen Bürgerfrauen, die mit ihrem Dienstmädchen meinem flinken Addieren beifällig zunickte. Längere Zeit wusste ich nicht, ob er mir wegen dieser vorlauten Einmischung grollte. Erst, als er es mir immer häufiger überließ, das Geld von den Kunden zu kassieren, während er sich vom Markt entfernte, wurde mir der Grad der Anerkennung klar.

Jakoba hatte mich längst ins Herz geschlossen, wie ich aus ihren derben, aber gutmütigen Bemerkungen entnehmen konnte.

Aber eines war klar, ich gehörte nicht zu ihnen. Ich war nützlich, willig und gelehrig, auch konnte ich, wenn ich wollte, die Frauen mit witzigen Reden an unseren Stand locken, dass sie mehr kauften, als sie vorgehabt hatten. Aber ich gehörte nicht zu ihnen. Auch zu den Arbeitern in der Gärtnerei gehörte ich nicht. Wir kamen gut miteinander aus, manchnmal gab es mit den Durlachern ein Wortgefecht oder eine kleine Rempelei, aber auch zu ihnen gehörte ich nicht. Die beiden Italiener behandelten mich höflich und freundlich, stets bereit, mir zu helfen oder mich zu belehren, aber ihre Reden untereinander bezogen mich in keiner Weise ein.

Mit Rufio war es anders, er war überall zu Hause, bei der Abendtafel meines Onkels ebenso wie bei den Arbeitern in der Gärtnerei oder bei den wenigen Gelegenheiten, wenn er unseren Stand in Karlsruhe aufsuchte. Er sprach mit meinem Onkel höflich, aber vollkommen unbefangen und vertraut. Ich kam lange Zeit nicht dahinter, welche Stellung er eigentlich im Durlacher Hause einnahm, und erst nach Jahren erfuhr ich, dass er den gleichen Namen trug wie mein Onkel und meine Mutter.

Sie erzählte es mir, da war ich siebzehn und meine Lehrzeit zu Ende. Wieder war es April, der Monat meines Geburtstags. Immer wenn ich wie an jenem Tag neben ihr in der Stube saß, schien keine Zeit vergangen, obgleich mir inzwischen die Barthaare wuchsen. Mein Großvater lachte jedes Mal, wenn er das sah, er dachte dann wohl an unsere erste ernsthafte Unterredung. Ich aber schabte die Haare sorgsam ab, da mir ein glattes Gesicht besser gefiel, obgleich ich zugeben musste, dass Ginos rötlicher Schnurrbart sehr verwegen aussah.

„Rufio", sagte meine Mutter, „warum hast du noch nie nach ihm gefragt?"

„Ich weiß nicht", sagte ich, „eigentlich gab es nichts zu fragen, ich habe jetzt erst erfahren, dass er Bettinardo heißt", und da fiel es mir ein, dass ich auch von der Geschichte meiner Mutter so gut wie gar nichts wusste.

„Wir wohnten damals am Gardasee", begann sie, „und als ich zwölf war, haben wir das schöne Land verlassen." Wie von selbst sprach sie Italienisch, als gehöre das zu ihren Erinnerungen aus jener Zeit. „Meine Mutter war gestorben, ich schmückte ihr Grab auf dem felsigen Friedhof jeden Tag mit Blumen und weinte. Aber mein Vater konnte es dort nicht mehr aushalten, er wollte auch nicht mit mir zum Friedhof kommen, unser steinernes Haus am Rande der Weinberge rührte seinen Schmerz jeden Tag von neuem auf, denn es war ohne meine Mutter darin still und dumpf geworden. Kein Butterfass klapperte, der rote Kater war weggelaufen, und die Ziege stieß mich mit dem Kopf, wenn ich sie melken wollte.

Ich mühte mich redlich, die Stuben sauber zu halten und die Mahlzeiten zu wärmen, die meine Tante für uns kochte. Aber was kann ein kleines Mädchen schon tun, das selbst voll Kummer ist und Sehnsucht nach der Mutter hat. Dazu kam, dass mein Gesicht den Vater jeden Tag an die Verstorbene erinnerte, du musst wissen, dass ich ihr sehr ähnlich sehe.

Raffaele war damals schon fünfzehn, auch er verfiel immer mehr in ein mürrisches Schweigen und wollte sogar mit mir nicht reden. Trotzdem war es schön dort, wenn im Sommer die Sonne auf die Mauern in den Weinbergen brannte und die Eidechsen reglos an den Steinen klebten oder wenn im Frühling die blühenden Reben dufteten, dass die ganze Luft davon erfüllt war." Mutters Stimme verlor sich, ihre Augen sahen mich nicht mehr, sie war ganz in das Land ihrer Kindertage eingetaucht.

„Mutter", sagte ich leise, „wann seid ihr dort weggegangen?" Sie streichelte meine Hand, die auf der Lehne ihres Stuhles lag.

„Ein paar Monate nach meiner Mutter Tod, als die Weinlese vorbei war und alle Hänge rot schimmerten von den sich verfärbenden Blättern. Raffaele und ich hatten fleißig bei der Lese geholfen, das war gut, denn ich hatte keine Zeit, meinem Kummer nachzuhängen und schlief auch abends sofort ein. Dann kam der Tag, an dem mein Vater uns abends am Küchentisch festhielt und sagte: 'Ich habe unsere Weinberge und unser Haus verkauft, wir gehen fort von hier.' Ich konnte vor lauter Schreck gar nichts sagen und sah, dass mein Bruder ganz blass wurde.

Auch ich habe zuerst in Durlach gewohnt mit Vater und Bruder, anfangs in einem kleinen Haus, das große hat Raffaele erst gebaut, als unser Handel blühte."

„Und Rufio", fragte ich noch einmal, „wie war das mit Rufio?"

„Rufio ist mein Vetter", sagte sie, „und wie er es fertigbrachte, mit uns hierher zu kommen, ist eine lange Geschichte."

Ich hatte noch nie nach Mutters Familie gefragt, Kinder und junge Menschen nehmen wohl lange nur das wahr, was sie sehen.

„Erzähl", sagte ich jetzt.

„Du weißt, dass dein Großvater sehr streng ist, aber sein Bruder, mein Onkel Sandro, war es so sehr, dass wir uns alle vor ihm fürchteten."

Ich lachte leise.

„Zu mir ist Großvater gar nicht streng", sagte ich, „ich mag ihn gern."

Meine Mutter nickte:

„Ich weiß, das ist, weil du mir und seiner Frau Catarina so ähnlich bist. Und er mag dich, weil du keine Angst vor ihm hast."

„Und Onkel Sandro und Rufio?"

„Sie wohnten nicht weit von uns im gleichen Dorf, unsere Weinberge grenzten aneinander. Raffaele und Rufio waren die besten Freunde, sie sind fast gleich alt, aber auch das gefiel meinem Onkel nicht, er versuchte ständig, sie auseinander zu bringen. Er hielt seinen Sohn für schlecht und böse, nur weil sein Gesicht nicht so schön ist. Rufio war in der Tat ein wilder Bursche, aber niemals schlecht, doch gegen seinen Vater wurde er trotzig, je mehr der ihn tadelte. Dann kam der Sommer, in dem in unserer Gegend viele Menschen an den Pocken erkrankten, auch Rufio wurde befallen wie manche Kinder in unserem Dorf. Für ihn war das doppelt schlimm, denn sein Vater sagte, das sei die Strafe für seine Schlechtigkeit. Rufio hat es überlebt, wie du weißt, er war damals dreizehn und Raffaele zwölf. Ich selbst war erfüllt von einem unbestimmten Grauen, denn Rufio war wochenlang in einer verdunkelten Kammer eingesperrt, sehr zu seinem Heil wie ich heute weiß. Zu jener Zeit aber hielt ich das für eine grausame Strafe, die sein Vater über ihn verhängt hatte. Sein Gesicht war nicht schöner geworden durch die Narben, als er endlich blass und mager aus seiner Kammer hervorkam. Ich werde nie den Tag vergessen, an dem er nach seiner Genesung wieder unser Haus betrat, ich weinte vor Schreck, aber Rufio nahm mir das überhaupt nicht übel. Er lächelte, und da wurde sein Gesicht ganz lieb, so dass ich mich nicht mehr fürchtete."

„Ich kenne das", sagte ich, „so ist es mir am Anfang auch ergangen. Erzähl weiter."

„Dann kam der Tag, an dem unser Hausrat, Töpfe und Kleider auf einem großen Planwagen zusammengepackt waren. Noch ehe die Sonne über dem Horizont erschien, kehrten wir unserem Dorf Tolosa den Rücken und zogen nach Norden. Mein Vater kutschierte die beiden Pferde selbst, Raffaele und ich hockten hinten im Wagen, ich in Tränen aufgelöst, er stumm und unzugänglich. Aber nach einer Weile schien ihn mein Weinen doch zu rühren, er zog mich an sich, dass ich mein Gesicht an seine Schulter legen konnte, und hörte ihn fragen: 'Weißt du überhaupt, wohin wir fahren?' Ich schüttelte den Kopf, ich wusste gar nichts. 'Vater will nach Baden, er hat in einer Stadt namens Durlach durch einen Agenten Weinberge und Land gekauft, er hat es mir vor ein paar Tagen gesagt.' 'Wo ist das Land, und können Fremde da einfach hinkommen?' Ich war damals ganz verzagt vor so viel unbegreiflichen Dingen. 'Das Land ist nördlich der Alpen', sagte Raffaele, 'wir müssen das ganze Etschtal hinauf und über die Berge.'

Mein Vater sprach nicht viel mit uns auf dieser Fahrt, aber es schien, er hatte alles sorgsam geplant. Schon der Pferde wegen fuhren wir in kleinen Etappen, abends bekamen wir Unterkunft in einfachen Gasthöfen oder in einem Bauernhof, und ich begann allmählich die Landschaft um mich herum zu betrachten. Ich werde nie vergessen, wie der Fluss an den felsigen Hängen heruntertobte, immer uns entgegen, und oft genug wäre ich gern mit ihm umgekehrt in unsere Heimat. Wir mochten schon eine Woche unterwegs sein, denn die Fahrt bergauf ging langsam, auch forderte mein Vater uns manches Mal auf, dem Wagen zu Fuß zu folgen, als eines Abends in der Dämmerung eine Hand die Wagenplane teilte und Rufios Gesicht erschien. Es regnete, wir waren vor den herbstlichen Schauern unter die Plane geschlüpft, und Rufio triefte vor Nässe, als er mit einem Schwung in den Wagen kletterte. Ich wollte aufschreien vor Schreck, aber Raffaele hielt mir den Mund zu. Vater saß vorne auf dem Kutschbock und merkte von alledem nichts. Rufio war vor seinem strengen und finsteren Vater ausgerissen ebenso wie vor seiner Mutter, die nie den Mund zu seiner Verteidigung zu öffnen wagte, und war uns heimlich, bettelnd, stehlend oder hungernd, gefolgt. Jetzt hockte er erschöpft und hohläugig neben uns und sagte leise: 'Habt ihr was zu essen?' Ich kramte in unserem Vorratskorb nach Brot und Käse und hielt es ihm wortlos hin.

Es gelang uns, seine Gegenwart vor Vater geheim zu halten, bis wir an die badische Grenze kamen. Am Tage hockte Rufio zwischen unserem Hausrat und abends verschwand er wie ein Schatten in eine Scheune oder in einen Stall. Wenn das Wetter gut war, schlief er einfach im Freien. Wir zweigten ihm einen Teil unseres Essens ab, und mit der Zeit gefiel mir dieses geheime Leben in den Wochen unserer Reise ungemein gut."

Ich sah, wie meine Mutter lächelte im Gedenken an das schon so lange vergangene Abenteuer.

„Und Großvater, war er böse, als alles herauskam?"

„Und wie", sagte meine Mutter, „furchtbar böse, aber er sah auch, dass es nun zu spät war, Rufio zurückzuschicken. Raffaele umd ich bekamen einen beträchtlichen Teil seines Zorns zu spüren. Vater musste an der Grenze erklären, dass Rufio zur Familie gehörte, und so konnten wir ungehindert nach Durlach reisen."

Das also war Rufio. Wenn ich ihm in den nächsten Tagen begegnete, schwankte ich zwischen Verlegenheit und neu gewonnener Zuneigung. Nicht etwa, dass ich nun die Bande des Blutes besonders spürte, ich mochte ihn einfach sehr gern und wusste nicht, ob ich ihm meine neue Kenntnis offenbaren sollte oder nicht. Ich sah ihn öfter verstohlen an und dachte, er merke es nicht, aber darin täuschte ich mich. Eines Tages verstellte er mir den Eingang zum Glashaus und fragte lachend:

„Na, bist du nun hinter das Geheimnis meines Gesichtes gekommen?"

Ohne zu denken antwortete ich:

„Credo di si, zio mio", denn so etwas Ähnliches war er ja.

Auch wenn wir später noch lange Wege miteinander gingen, er nahm mich nur dieses eine Mal in die Arme und küsste mich auf beide Backen.

Jetzt da meine Lehrzeit zu Ende war und ich ein richtiger Angestellter meines Onkels wurde, führte mein Weg mich oft auf den Karlsruher Markt, nicht mehr als Gehilfe und Laufbursche, sondern in dem Auftrag, die Geldgschäfte dort abzuwickeln. Es stand ein neuer Lehrling zwischen Jakoba und Ludwig hinter dem Tisch, ein schmächtiger Bursche, dessen sandfarbenes Haar in glatten Strähnen herunterhing.

Endlich hatte ich Gelegenheit, dem nachzuforschen, was mich schon lange neugierig gemacht hatte, nämlich wohin Ludwig Hinz ging, wenn er zeitweise den Markt verließ. An einem Nachmittag im Juni, nachdem ich mit ihm abgerechnet hatte und Jakoba mit dem Lehrjungen auf dem Markt zurückblieb, um aufzuräumen, folgte ich ihm. Er hatte einen kleinen Sack über die Schulter geworfen, worin wohl Gemüse oder Obst sein mochten. Wie ich schnell bemerkte, strebte er Klein-Karlsruhe zu, und in der ersten engen Gasse hätte ich ihn fast verloren. Ich sah gerade noch, wie seine lange Gestalt gebückt durch die Tür eines der ärmlichen Häuser verschwand. Wer dort wohnte, wusste ich nicht, aber ich war entschlossen, es herauszufinden. Ein paar recht schmutzige Kinder lärmten um mich herum, ein älterer Mann hinkte vorbei und warf mir einen schiefen, misstrauischen Blick zu. Seit ich nicht mehr in der Gärtnerei und auf dem Markt arbeitete, hatte ich recht feine Kleider an und passte überhaupt nicht hierher. Ich wusste in diesem Augenblick nicht, wie ich jäh zurückversetzt werden sollte in die Zeit meiner Schultage. Ludwig Hinz kam nicht so schnell wieder aus dem Haus hervor, und ich setzte mich wartend auf die Stufen des nächsten Eingangs. Das hätte ich besser nicht getan, kaum saß ich, klappte die Tür auf, und ein Schwall Spülwasser prasselte knapp an mir vorbei auf die Gasse. Ich sprang erschrocken auf und sah einer ebenso erschrockenen Frau ins Gesicht, was eine Flut von Gefühlen in mir weckte. Ich hatte nicht vergessen, wie sich dieses Gesicht vor dem Wurf des matschigen Apfels senkte, ich hatte nicht das Schild um ihren Hals vergessen. Sie fasste sich schneller als ich.

„Wünscht der junge Herr etwas Bestimmtes?" fragte sie leise. Ich schüttelte den Kopf und sagte ebenso leise:

„Frau Wirbs?" Im gleichen Augenblick erschien hinter der Frau im dämmerigen Flur ein Mädchengesicht, flachshaarig, blauäugig, blass und ängstlich.

Katharine ist gar nicht tot, durchfuhr es mich, sie haben sie leben lassen. Aber die Frau drehte sich um und sagte:

„Geh hinein, Laura." Das Mädchen verschwand, und ich atmete tief, um mein Herzklopfen zu beschwichtigen. Natürlich konnte dies nicht Katharine sein, das blonde Mädchen war sicher nicht älter als ich.

„Ihr seid ja ganz blass geworden", sagte Frau Wirbs, „kann ich Euch helfen?"

„Ihr seid also Frau Wirbs?" Sie nickte. „Und wer wohnt dort?" Ich deutete auf das Nachbarhaus.

„Der alte Hinz, sein Sohn ist gerade zu ihm hineingegangen. Sonst lässt er niemanden ein. Und was wollt Ihr von mir?"

„Nichts", sagte ich schnell, „nichts, ich sah Euch nur damals am Rathaus, ich war erst zwölf."

Sie wusste gleich, was ich meinte, und ihre Miene verdunkelte sich. Mir tat es bitter leid, dass ich diese schrecklichen Erinnerungen in ihr aufgerührt hatte.

Für diesmal entfernte ich mich, aber ich war fest entschlossen, wiederzukommen und mehr über Katharine zu hören. Über Ludwig Hinz musste ich nun Onkel Raffaele befragen, denn ich war nach all der Zeit immer noch nicht sicher, ob er ehrlich handelte und rechnete. Der alte Vater in Klein-Karlsruhe bestärkte mich noch darin, dass Ludwig Geld zusammenraffte, wo er konnte. Ich war nicht gerade sehr freundlich in meinen Gedanken, denn Menschen wie er in seiner Stärke und Schweigsamkeit, vor der ich mich einmal gefürchtet hatte, erregten all mein Misstrauen.

Mein Fehler war, dass ich zuerst Rufio nach seiner Meinung fragte, der aber lächelte nur nachsichtig und sagte: „Du solltest dir nicht den Kopf zerbrechen über die Angestellten des Hauses Bettinardo."

Aber gerade das tat ich mehr denn je, vielleicht kitzelte mich auch eine gewisse Abenteuerlust, in Verhältnisse einzudringen, die mir bis jetzt fremd gewesen waren. Drei Tage später schon bat mein Onkel mich abends in das Arbeitskabinett, das sonst nur ihm vorbehalten war, wo neben dem Schreibpult an der Wand ein eiserner Geldschrank stand und auf verschiedenen Regalen die Rechnungsbücher lagen. Mir wurde vor der ernsten Miene meines Onkels sehr beklommen zumute. Es gab hier keinen Stuhl oder Hocker, und schon deshalb war die Unterredung für mich recht unbehaglich.

„Warum hast du mich nicht früher nach Ludwig gefragt", begann mein Onkel, „oder mir gleich anfangs gesagt, dass du dich vor ihm fürchtest?"

Ich zuckte die Achseln.

„Die Furcht hat sich schnell gelegt, er hat mir nie etwas getan, und Jakoba ist nett. Aber ich habe ihm nie getraut und nun wollte ich eben wissen, wo er hingeht, wenn er vom Markt verschwindet. Ich bin ihm gefolgt."

„Ich weiß, wo er hingeht", sagte Onkel Raffaele, „und ich weiß auch, dass er mich in kleinen Dingen betrügt."

„Und das duldest du?" entfuhr es mir. Jetzt lächelte er genauso nachsichtig wie Rufio.

„Ja, das dulde ich Jakobas wegen, sie ist brav. Wenn ich ihn hinausschmeiße, muss sie darunter leiden. Und ich dulde es, weil er gut zu seinem Vater ist. Wenn Ludwig sein Gewerbe verliert wegen einer Anzeige, muss er Karlsruhe verlassen, und was wird dann aus dem Alten?"

Ich schwieg beschämt über meinen Vorwitz, es schien, meine Lehrzeit war noch lange nicht zu Ende.

„Kann man ihn nicht ändern?" fragte ich leise. Da lachte mein Onkel so, dass mir ein Stein vom Herzen fiel.

„Ach Felice, es gibt Menschen, die kann man nicht ändern." Dann, nach einer Pause, sagte er auf einmal: „Gab es noch etwas in Klein-Karlsruhe, mir schien, du warst bedrückt." Ich nickte, aber ich schwieg, wie sollte ich jetzt von vergangenen Schrecken sprechen.

„Es hat nichts mit deinem Geschäft und mit unserer Familie zu tun", sagte ich schließlich.

Er zog zwar die Augenbrauen hoch, fragte aber nichts weiter.

„Du kannst gehen", sagte er, „und wenn du das nächste Mal mit Ludwig abrechnest, schau ihm ruhig auf die Finger."

Das tat ich mit einigem Vergnügen. Ich gönnte ihm zwar die geringen Beträge, die er für sich herauszuschlagen suchte, aber ich gönnte ihm nicht, dass er mich hinters Licht führen wollte. Manchmal sah ich, dass er seinen Zorn nur schwer beherrschte, einen Zorn, der mich nun schon lange nicht mehr einschüchterte, dessen tiefe Ursache ich aber gar nicht kannte.

Es war schon seltsam, obgleich ich nicht Musiker werden wollte, vielmehr im Geschäft und Handel meines Onkels zu seiner Zufriedenheit arbeitete, war mein Vater stolz auf mich. Wohl mehr, als ich wusste, wurde über mich gesprochen, während ich meinen eigenen Dingen nachging. Diese eigenen Dinge waren vielfältiger Natur und hatten nur am Rande mit meiner Arbeit zu tun. Onkel Raffaele zog mich nun fast ganz in den Weinhandel, der sich nicht nur auf den Verkauf der Erträge aus den eigenen Gütern am Turmberg bezog. Mein Großvater hatte schon damals, als er von Italien hierher kam, die Fäden zu seiner alten Heimat nicht abreißen lassen. Wann immer es die Umstände erlaubten und nicht irgendwelche Kriegszüge die Wege versperrten, ließ er Wein hauptsächlich von den Gütern seines Bruders kommen. Die vornehme Kundschaft der reichen Bürger, auch die des Adels am markgräflichen Hofe, hatte ihm bald einen schönen Wohlstand und später sogar Reichtum beschert.

Was früher so einfach verlaufen war in meinem Leben, das Elternhaus, Schule, Musik, verzweigte sich nun in viele Richtungen. Es schien, mein Onkel traute mir viel zu in diesem meinen achtzehnten Lebensjahr. Da Camillo in gewisser Weise schon lange sein Geschäftspartner war, bekam auch ich mit der Zeit immer häufiger mit ihm zu tun, anfangs sehr zu meinem Missvergnügen, das muss ich sagen. Wenn ich abends, wie ich öfter tat, bei meinem Großvater saß, sagte der mir deutlich und auch ungehalten darüber seine Meinung.

„Was hast du gegen Camillo", fragte er, „ihr seid beide meine Enkel, und ich möchte, dass ihr euch vertragt."

„Ich streite nicht mit ihm", sagte ich, „aber er ist hochnäsig und weiß alles besser."

„Er weiß bestimmt vieles besser", sagte Großvater, „das musst du zugeben."

„Ach Großvater", sagte ich und musste lachen, „du weißt genau, was ich meine. Onkel Raffaele weiß noch viel mehr besser, aber er betrachtet mich nie von oben herab. Und Rufio…", aber darüber wollte ich eigentlich gar nicht sprechen.

„Und wie kommst du mit Henriette aus?" fragte er unvermittelt.

„Gut", sagte ich, nicht mehr und nicht weniger.

Aber Großvater ließ die Sache mit Camillo nicht ruhen. „Camillo ist klug, ich glaube, dein Bruder Gino hat das längst begriffen."

„Ich weiß, Gino lässt sich nicht so schnell verblüffen, er lacht über Sachen, die ihm nicht gefallen, und er geht seine eigenen Wege. Schon mit fünfzehn hat er sich nichts von seinem Vetter gefallen lassen."

„Henriette", fing Großvater an, aber dann sprach er doch nicht weiter.

„Ich weiß, du magst sie nicht besonders, aber zu mir war sie immer gut, solange ich hier im Hause wohne. Ich glaube, wirklich lieben kann sie nur ihren Sohn."

„Und Raffaele?"

Darauf mochte ich nun wirklich nicht antworten, schon deshalb, weil ich es selbst nicht wusste. Tante Henriette war hübsch, groß und hellhäutig, anders als Großvater, meine Mutter und ich, und auch von anderer Wesensart.

„Großvater", sagte ich, „warum kommst du nicht öfter zu uns herunter zur Abendmahlzeit, du kannst doch gehen, und ich helfe dir gern."

Wieder wusste er genau, was ich damit sagen wollte, und diesmal lächelte er sogar.

Seitdem war nun abends immer ein weiteres Gedeck auf dem Tisch, auch wenn Großvater nicht erscheinen mochte oder konnte. Aber wenn er da war, mischte er sich in die Gespräche und richtete in seinem schlechten Deutsch sogar das Wort an seine Schwiegertochter. Wenn sie darüber erstaunt war, ließ sie sich das bestimmt nicht anmerken. Sie war eine vorzügliche Hausfrau, und was die äußeren Dinge des Lebens betraf, konnte Großvater sich wirklich nicht beklagen, ihm fehlte es an keiner Bequemlichkeit und Aufmerksamkeit, die er irgend verlangte.

Ich wurde in diesem Jahr meinem Vetter Camillo zugeteilt als Gehilfe und Partner bei den Verhandlungen, die über den Verkauf des Weines an verschiedenen Stellen geführt wurden. So lernte ich die reichen Handelshäuser de Vries und Marx kennen, und vor allem das zweite zog mich aus mancherlei Gründen unwiderstehlich an. Als ich mit Camillo zum ersten Mal die weitläufige Diele betrat, fiel mir eine wunderbare Uhr ins Auge, die gerade zur vollen Stunde ihre silbernen Schläge hören ließ. Um das Zifferblatt liefen die gleichen Schriftzüge herum, die ich auf den Grabsteinen des jüdischen Friedhofes gesehen hatte und die ich immer noch nicht lesen konnte.

„Sind dies Juden?" flüsterte ich Camillo zu. Er nickte, bedeutete mir aber, still zu sein, denn im gleichen Augenblick erschien der Herr des Hauses. Er war ein stattlicher Mann im mittleren Alter, dunkle Augen sahen uns aus einem schönen kühnen Gesicht mit gebogener Nase an. Camillo verbeugte sich und ich mit ihm.

„Dies ist mein Vetter und Gehilfe Felice Sciatti", sagte er, „Felice, dies ist Herr Josef Marx."

Während Herr Marx uns begrüßte, kam eine schöne weißhaarige Frau die Treppe herunter, neigte den Kopf zum Gruß gegen uns und verschwand hinter einer getäfelten Tür. Herr Marx lächelte:

„Das ist meine Mutter, sie weiß gern, welche Leute ins Haus kommen."

Das Kontor, in das wir geführt wurden, sah ähnlich aus wie das in Durlach, nur war es weitläufiger und hatte mehrere Sitzgelegenheiten. Camillo führte die Verhandlungen mit unserem Kunden, das war klar, mir fiel es zu, die Aufträge schriftlich festzuhalten. Dazu durfte ich das schöne Schreibgerät an einem der beiden Pulte benutzen. Ich spürte, wie von Zeit zu Zeit die Blicke des Hausherrn auf mir ruhten, nur wenn ich aufsah, wendete er sich wieder Camillo zu. Es wurde eine große Bestellung, am Ende mit Handschlag und Unterschriften bekräftigt.

Herr Marx begleitete uns selbst zur Tür, und beim Abschied in der Diele fragte er mich:

„Seid Ihr der Sohn des Hofmusikers Sciatti? Ich kenne ihn."

Ich sagte ja, ich wäre der Sohn, und da er mich so freundlich ansah, wagte ich zu fragen:

„Was steht in den hebräischen Schriftzeichen auf der Uhr geschrieben?"

Camillo stieß mich an, er hielt wohl meine Neugier für unpassend, aber Herr Marx schien sich über meine Frage zu freuen.

„Auf dem Zifferblatt steht: Der Name des Höchsten sei gelobt. Die Uhr war ein Geschenk für meinen Vater."

Ich trat etwas näher heran und betrachtete das fein gearbeitete Metallwerk.

„Schön", sagte ich und dachte dabei an die Bilder auf dem jüdischen Friedhof, „das Lob Gottes entgegen dem Lauf der Zeit."

„Ihr wisst etwas von der hebräischen Schrift?" Ich schüttelte den Kopf.

„Nur dass man sie verkehrt herum lesen muss, mehr leider nicht."

„Und woher…"

„Oh, das ist eine lange Geschichte."

Ich spürte Camillos wachsende Verwunderung, aber auch seine Ungeduld, dass ich solche Dinge in unsere nüchternen Geschäfte mischte. Herr Marx mochte das auch spüren, aber er ließ sich davon nicht beeindrucken.

„So kommt ein andermal wieder und erzählt mir davon", sagte er sehr freundlich beim Abschied.

Kaum waren wir auf der Straße, sagte Camillo mit Verachtung in der Stimme:

„Was bist du für ein gelehrter kleiner Heimlichtuer. Ich verbiete dir, auf eigene Faust das Haus Marx aufzusuchen."

Dazu schwieg ich, mit Camillo zu argumentieren, fiel mir gar nicht ein.

Erst eine Woche später, als Camillo sich zusammen mit Herrn Melazzo und Gino auf einer Reise nach Bruchsal befand und ich von meinem Onkel in einer schwierigen Abrechnung über Steuern und Abgaben unterwiesen wurde, fragte ich ihn:

„Wie weit geht meine Freiheit zu kommen und zu gehen, wenn ich nicht für dich arbeite?"

Er sah mich erstaunt an.

„Du weißt, ich habe deine Freiheit noch nie eingeschränkt. Macht Camillo dir Vorschriften?"

Ich wollte Camillo nicht gerade anschwärzen, aber ich wollte auch nicht lügen, so schwieg ich denn.

„Wenn du nichts tust, was unserem Geschäft schadet, kannst du kommen und gehen, wie du willst", sagte Onkel Raffaele.

„Gut", sagte ich und sonst nichts.

Ich hatte in all der Zeit meine Geige nicht vergessen, und es war zu einer schönen Gewohnheit geworden, dass an gewissen Sonntagen im Hause meines Onkels musiziert wurde. Tante Henriette freute sich, wenn dann mein Vater das Hammerklavier stimmte und wir zusammen die Familie mit unserer Musik unterhielten. Großvater saß meistens dabei, und meine Mutter durfte den Platz neben ihm nicht verlassen.

Ich wusste damals nicht, was in all den verschiedenen Köpfen vorging, es hatte bestimmt jeder seine eigenen Gedanken. Mir gefiel, wie sie untereinander redeten, und wenn Rufio dabei war, gingen zwischen ihm und meinem Vater gewisse Blicke hin und her.

Von meinen eigenen Gedanken und Wegen sagte ich niemandem etwas. Immer wenn ich auf dem Markt mit Ludwig Hinz zu tun hatte, sprach ich auch eine Weile mit Jakoba, die mich aber leider gar nicht mehr so unbefangen behandelte wie früher. Kleidung und Tätigkeit rückten mich anscheinend schnell und gründlich von ihnen ab. Meine vorsichtigen Fragen nach der Familie quittierte Ludwig nur mit finsteren Blicken und unwilligem Knurren. So ließ ich das denn auf sich beruhen. Meine Wege nach Klein-Karlsruhe ließ ich allerdings nicht, mich trieb das blasse Gesicht des blonden Mädchens um, nur wusste ich nicht, unter welchem Vorwand ich noch einmal zu Frau Wirbs ins Haus kommen sollte. Immer wieder strich ich durch die Gasse, in der sie wohnte in der Hoffnung, eine von den beiden Frauen möge auftauchen. Schließlich wurde mir der Zutritt sehr direkt, wenn auch voll Unwillen gewährt.

Es schien, Frau Wirbs hatte mich beobachtet und wollte endlich wissen, was ich im Schilde führte. Als ich an einem späten Nachmittag durch die Gasse schlenderte und die Häuser und das Kommen und Gehen der Menschen betrachtete, ging ihre Tür auf, ich wurde unsanft am Arm gepackt und ins Haus gezogen.

„Ich mag das nicht länger dulden", sagte sie voll Zorn, „ich habe nichts getan. Was wollt Ihr von mir?" Sie zerrte mich durch den dunklen Flur in die Küche, schubste mich auf einen Stuhl und fauchte mich an wie ein gereiztes Tier: „Redet schon."

Jetzt, am Ziel meiner Wünsche, wäre ich allerdings am liebsten unsichtbar geworden. Ich spürte, wie mir die Röte ins Gesicht stieg, und zuerst konnte ich gar nichts sagen. Ich sah aber, wie meine Verlegenheit sie beruhigte und ihr aufwallender Zorn sich legte.

Mir blieb nichts übrig, als mich mitten in das zu stürzen, was ich über all die Jahre nicht vergessen hatte. So erzählte ich von dem schulfreien Tag, von der Hitze, den Krähen und dem Gewitter. Ich erzählte, wie wir alle das Urteil über Katharine gar nicht verstanden hätten, schließlich erzählte ich auch, was Gino damals gesagt hatte.

Nachdem ich zu Ende war, schwiegen wir beide eine lange Weile.

„Sie war nicht schlecht", sagte Frau Wirbs und stützte das Kinn auf ihre gefalteten Hände. „Sie war ein liebes Kind und wusste nichts von der Schlechtigkeit und Gier mancher

Männer. Wir waren immer arm, mein Mann, der nun schon viele Jahre tot ist, verdiente als Tagelöhner nur so viel, dass wir uns gerade am Leben erhalten konnten. Nur manchmal, wenn unser erlauchter Markgraf im Herbst eine Treibjagd hielt mit Gästen von auswärts, durfte er als Treiber helfen. Das waren gute Tage, an denen wir alle satt wurden und ich ein paar Kreuzer übrig hatte für die nötigste Kleidung. Die Mädchen waren dann so glücklich und sangen den ganzen Tag."

„Laura", fragte ich, „sie ist auch Eure Tochter?"

Frau Wirbs nickte.

„Sie ist ein gutes Kind, aber sie hat so viel Angst und kann nicht mehr richtig lachen."

„Wie alt war sie damals?" Ich musste nicht sagen, was ich mit 'damals' meinte.

„Elf", sagte Frau Wirbs. Mein Gott, wenn ich mir das vorstellte, die eigene Schwester unter dem Beil des Henkers. Frau Wirbs sah mich an. „Euch geht das nahe", sagte sie.

„Es ging mir damals nahe, und ich habe es nie vergessen."

„Wie sollte man das vergessen", sagte sie, „Laura weinte so sehr an dem Tag, als sie mich auf den Lasterstein stellten mit dem Schild um den Hals, ich konnte sie auch die ganze Nacht lang nicht beruhigen. Das war eine schlimme Zeit, wir waren schon allein damals." Sie hielt plötzlich inne. „Ich erzähle Euch zu viel, ich weiß nicht einmal, wer Ihr seid."

Sie hatte recht, eigentlich war es unverzeihlich, was ich hier tat, und doch hatte sie mich selbst in ihr Haus gezogen. Ich sagte ihr meinen Namen, wer meine Eltern waren und wo ich jetzt lebte und arbeitete. Oben ging eine Tür, die Stufen knarrten.

„Bitte, geht jetzt", sagte Frau Wirbs. Sie schob mich zur Küche hinaus in den Flur, von oben hörte ich flüstern:

„Mutter, wer ist das?"

Ich sah wieder das helle Mädchengesicht im Dämmern.

„Darf ich wiederkommen?" fragte ich, aber da fiel schon hinter mir die Tür ins Schloss, und ich stand auf der Straße.

Rufio war der Einzige, der merkte, wie aufgewühlt ich von dieser Begegnung war, obgleich er mich nicht nach dem Anlass fragte.

Den nächsten Besuch plante ich besser und sehr direkt. Bei meiner Abrechnung mit Ludwig auf dem Markt ließ ich mir von Jakoba einen Korb füllen mit den schönsten Äpfeln, die noch vom Herbst her bei uns im Kellergewölbe lagerten, und machte mich wieder auf den Weg nach Klein-Karlsruhe. Ich lungerte nicht in der Gasse herum, sondern klopfte beherzt an die Tür. Diesmal öffnete das Mädchen, aber das Lächeln verschwand von ihrem Gesicht, offensichtlich hatte sie jemand anderen erwartet.

„Mutter, kommst du", rief sie und wich in den Flur zurück. Ich hielt Frau Wirbs den Korb mit Äpfeln hin, als sie aus der Küche kam, und sagte:

„Seid mir nicht böse, dies ist ein Gruß von unseren Obstbäumen in Durlach." Was ich nicht erwartet hatte, sie lächelte, legte die Äpfel sorgsam einen nach dem anderen auf ein Bord in der Küche und gab mir den leeren Korb zurück.

„Und nun?" fragte sie.

„Ich möchte wissen, wie das mit Katharine war", sagte ich.

Es war eine bittere Geschichte, die ich zu hören bekam. Vielleicht wusste ihre Mutter gar nicht, welch ungeheures Vertrauen sie mir entgegenbrachte mit ihrer Erzählung, denn sie konnte nicht ahnen, welche Schlüsse ich daraus zog.

„Als Katharine vierzehn war und nicht mehr in die Schule ging", fing Frau Wirbs an, „musste sie in der Spinnstube arbeiten, die gerade fertig eingerichtet worden war. Die meisten größeren Mädchen aus Klein-Karlsruhe lernten dort Hanf, Flachs und Wolle spinnen. Man sagte uns, der erlauchte Markgraf sorge so dafür, dass niemand betteln müsse. Ich war herzlich froh, sie lernte etwas und verdiente ein paar Kreuzer. Leider führte ihr Weg jeden Tag durch die Kronengasse, wo der jüdische Rabbiner wohnt und wo auch die Synagoge steht. Ich wusste lange Zeit gar nichts davon, denn ich hatte hier genug zu tun und ging außerdem zweimal in der Woche in andere Häuser, um zu waschen. Ihr müsst wissen, Katharine war ein schönes Mädchen, so blond wie Laura mit einem frischen, fröhlichen Gesicht. Erst allmählich fiel mir auf, dass sie immer blasser und stiller wurde und bei meinen Fragen nach ihrer Arbeit gleich anfing zu weinen, da war sie gerade sechzehn geworden. Bald konnte gar kein Zweifel darüber sein, dass sie schwanger war. Verzeiht, junger Herr, dass ich so unverblümt darüber spreche, aber Ihr wolltet es wissen."

Mir war der Mund trocken geworden, denn ich wusste schon, wie es weiterging. Die Verstrickung baute sich vor meinen Augen auf, die furchtbare Verstrickung, die über Katharines Tod hinaus wirkte.

„Lange wollte sie mir nicht sagen, wer der Vater ihres unseligen Kindes war, aber nach und nach, als sie wegen ihres wachsenden Leibes nicht mehr auf die Straße gehen wollte, fing sie an, mir das ganze Unglück zu erzählen. Sie sprach von dem jungen Mann mit dunklen Locken und dunklen bittenden Augen, der sie seit geraumer Zeit grüßte, wenn sie ihm in der Kronengasse begegnete, der sie ansprach und in Gespräche verwickelte, der sie schließlich in seinen Garten lockte, wo das geschah, was sie zuerst mit Schrecken, dann mit Wonne über sich ergehen ließ." Frau Wirbs stockte in ihrer Rede, ich sah, wie Tränen in ihre Augen stiegen und wie sie das Gesicht in den Händen verbarg.

„Und wer war der junge Mann?" fragte ich leise.

„Der Sohn des Rabbiners", sagte sie undeutlich hinter ihren Händen, „der seine Lust mit dem blonden Christenmädchen hatte."

O Gott, ich hatte es geahnt vom ersten Wort der Erzählung an.

„Vielleicht hat er sie wirklich geliebt", sagte ich ebenso leise.

„Geliebt -" ihr Gesicht kam hinter den Händen hervor, und mich traf ein Blick voll Hass und Verachtung.

„O nein, er hat sie bestimmt nicht geliebt. Als Katharine ihm von dem Kind erzählte, hat er sie mit Kälte und Spott überschüttet und ihr ganzes Leben zerbrochen." Jetzt weinte sie, und ich fühlte tiefe Reue, dass ich ihr diese alte und doch ewig schmerzende Geschichte entlockt hatte. „Ich war nicht zu Hause, als das Kind geboren wurde, es kam früher, als wir gerechnet hatten. Katharine hatte es einfach auf den Boden fallen lassen und sich in ihrer Not nicht weiter darum gekümmert. Als ich kam, war es schon tot. Den Rest der Geschichte kennt Ihr."

Ich kannte den Rest, obgleich sie mir lange nicht alles erzählt hatte.

Mein Besuch bei Herrn Marx kam nicht so schnell zustande, wie ich wünschte. In der Stadt, vor allem bei den Geschäftsleuten herrschte große Unruhe. Hoher, allerhöchster Besuch wurde erwartet, der österreichische Kaiser gab unserem Markgrafen die Ehre. Ich wusste nichts über die politischen Hintergründe, sie interessierten mich nicht besonders, erst etliche Jahre später wurden wir alle handgreiflich damit bekannt. Jetzt aber trachtete jeder nach seinem Profit. Schneider, Wachszieher und Hutmacher hatten alle Hände voll zu tun, wenn auch wohl keiner von den neu ausstaffierten Bürgern jemals mit den hohen Herrschaften in Berührung kommen würde. Eins allerdings konnten sie wohl genießen, die abendliche Beleuchtung des Zirkels und des Schlossgartens.

Auch Onkel Raffaeles Handel profitierte von diesem kaiserlichen Besuch. Wein und Obst wurden in Mengen benötigt, und auch die Zitronen, mit denen Melazzo handelte, fanden immer mehr Eingang in die markgräfliche Küche. Diese Früchte, die nicht bei uns wachsen, die so wunderbar duften, deren Säure nach Süße verlangt und die so viele heilsame Eigenschaften haben, setzten wenig später mein Leben in wundersame Bewegung. Aber das geschah erst im kommenden Sommer, als ich mein achtzehntes Jahr vollendet hatte.

Auf meinen Gängen mit Camillo sprachen wir nicht mehr von Herrn Marx, höchstens traf mich ein warnender Blick, wenn wir an seinem Haus vorübergingen. Ich kümmerte mich nicht darum, tat meine Arbeit und hatte meine eigenen Pläne. Jede Woche brachte ich einen Korb voll Obst und Gemüse zu Frau Wirbs, so wie es die Jahreszeit eben bot, und sie zierte sich nicht, die Gaben anzunehmen. Was ich ihr brachte, bezahlte ich von meinem eigenen Lohn, auch wenn Rufio darüber lächelte. Er war der Einzige, dem ich von dieser Bekanntschaft erzählte. Laura hatte inzwischen keine Angst mehr vor mir und öffnete ganz zutraulich die Tür, wenn ihre Mutter gerade ausgegangen war. Es freute mich, ihr helles Gesicht zu sehen, denn was ihre Mutter mir eines Tages noch erzählen würde, lag wie eine dunkle Drohung über mir.

Herrn Marx besuchte ich an einem stillen sonnigen Sommerabend. Ich hatte mich schon von meinen Eltern verabschiedet, um nach Durlach zurückzukehren. Auf der Langen Straße war an diesem Sonntag kaum ein Mensch zu sehen. Vom Schlossgarten wehte der Duft blühender Bäume herüber, und von weitem hörte man die misstönigen Schreie der Pfauen. Zweimal ging ich am Hause Marx vorbei, ehe ich zu klopfen wagte. Eine Magd in Haube und Schürze öffnete die Tür, knickste und bat mich einzutreten. Es schien, man hatte mich schon vom Fenster aus gesehen. Herr Marx gefiel mir genauso gut wie das erste Mal, als er mir in der schon dämmerigen Diele entgegenkam.

„Seid mir willkommen", sagte er und gab mir die Hand, „ich sehe, Ihr macht Euer Versprechen wahr."

„Ich hoffe, ich komme nicht ungelegen, ich bin auf dem Rückweg nach Durlach, ich habe Euer Haus und die Uhr nicht vergessen."

„Trude, bring Licht", sagte er zu der Magd, die immer noch wartend dastand. Im Schein des dreiarmigen Leuchters, den Herr Marx hochhielt, damit ich die Uhr betrachten könne, glitzerte das Zifferblatt, Gold auf Silber die Schriftzeichen, die Zeiger mit Blatt- und Rankenwerk verziert. Ich vergaß in meinem versunkenen Anschauen, dass etwa meinem Gastgeber der Arm müde werden könnte. Als er schließlich den Leuchter auf einen Tisch setzte, dass die Schatten tanzten, erschrak ich fast.

„Kommt mit hinauf ins Wohnzimmer", sagte Herr Marx, „meine Frau ist neugierig auf Euch geworden, erzählt Ihr, warum Euch die hebräischen Schriftzeichen so gefallen."

Sie stand am Fenster, das letzte Licht fiel auf ihre schwarzen Haare und auf ihr herrisch gemeißeltes Gesicht. Mitternächtlich war das Wort, das mir bei ihrem Anblick in den Sinn kam. Sie war groß, fast so groß wie ihr Mann, nur zu mir musste sie ein wenig hinaufsehen.

„Miriam", sagte Herr Marx, „dies ist Felice Sciatti, der Sohn unseres Hofkapellmeisters." Ich verbeugte mich tief, denn sie flößte mir von Anfang an große Ehrfurcht ein. Sie lächelte und gab mir wortlos die Hand, eine Geste voll Grazie, die ihr Willkommen vollendet ausdrückte. Herr Marx ließ Wein kommen, hob sein Glas gegen mich und sagte: „Ihr habt nicht nur meine Frau neugierig gemacht, es geschieht nicht oft, dass ein junger Christ sich für unsere Religion interessiert. Außerdem habe ich mich gewundert, dass Ihr nicht Musiker geworden seid."

„Das hat mein Vater sich auch gefragt", gab ich zur Antwort, denn meine Befangenheit schmolz vor seiner Liebenswürdigkeit schnell dahin. Die dunkle Frau sah mich fortwährend aufmerksam an, als wolle sie mein Gesicht ganz und gar ergründen.

„Musik ist schön", sagte ich, „und ich spiele gern auf meiner Geige, aber andere Dinge locken mich noch mehr. Vater liebt seinen Beruf, aber ich wollte nie so sehr eingeengt sein wie er."

Herr Marx lächelte und sagte dann leise, mehr wie zu sich selbst.

„Die Verlockung der Freiheit. Ihr seid noch jung."

„Ich mochte schon den Zwang der Lateinschule nicht, obgleich mir das Lernen nie schwerfiel. Eigentlich ist die Schule schuld, dass ich auf dem jüdischen Friedhof die Schrift auf den Steinen betrachtete." Und ich erzählte von unserem Grausen vor dem Unbekannten, als wir Kinder waren, von den Bäumen und den Krähen und welchen Frieden ich beim Betrachten der Bilder erlebte.

„Der Krug mit Wasser - die segnenden Hände..." sagte ich.

Meine beiden Zuhörer waren ganz still geworden. Es schien, ich hatte einen Gegenstand berührt, der ihnen nahe ging.

„Das ist sonderbar", sagte Frau Marx, ich hörte nun ihre Stimme zum ersten Mal, raunend fast, aber ganz deutlich: „Ihr habt das Grab meines Vaters betrachtet."

„Das mit den Händen?" fragte ich.

„Das mit den Händen."

„Was bedeutet dieses Zeichen?" Ich wandte mich an Herrn Marx, weil ich nicht wusste, ob jüdische Frauen über religiöse Dinge reden dürfen. Aber sie antwortete mir selbst: „Mein Vater war aus dem Stamm Aaron, jener Männer, die einmal Tempelpriester waren. Ihr Zeichen sind die segnenden Hände. Ich habe das Grab nicht mehr gesehen, seit er gestorben ist. Wir verunreinigen uns, wenn wir auf den Friedhof gehen."

„Das verstehe ich nicht", sagte ich, „wie können wir uns verunreinigen, wenn wir dem Gedenken der Toten die Ehre geben." Jetzt sprach Herr Marx:

„Das sind uralte Gesetze, das versteht Ihr sicher nicht."

„Verzeiht", sagte ich erschrocken, „ich wollte Euch nicht zu nahe treten, ich habe sehr viel Ehrfurcht vor dem Heiligen. Das habe ich früh in unserer Kirche gelernt."

„Ihr seid katholisch?"

Ich nickte.

„Wie alle Italiener in unserer Stadt."

Wir waren gleich in tiefe Wasser geraten bei meinem ersten Besuch. Ich weiß nicht, wie es kam, dass diese Menschen mich magisch anzogen, es war nicht nur der Zauber der Persönlichkeit. Vielleicht war es ihre fremde Religion, ihre andere Lebensweise, von der ich allerdings nur wenig wusste. Mir ging so vieles durch den Kopf in diesem Augenblick, Camillos Verbot, dieses Haus allein zu besuchen, das geschändete Grab auf dem Friedhof und Katharines unglückliche Beziehung zu dem Sohn des Rabbiners.

„Ich muss mich verabschieden", sagte ich und stand auf, „ich bedanke mich für Eure Freundlichkeit." Wieder verbeugte ich mich vor der Hausfrau. Herr Marx begleitete mich zur Haustür und lud mich ein, wiederzukommen, wann immer ich wollte.

Es war schon dunkel, als ich Durlach erreichte, und ich kam zu spät zur Abendmahlzeit. Ich entschuldigte mich förmlich bei meiner Tante, wich Onkel Raffaeles fragendem Blick aus und mochte auch auf Großvaters scharfe Rüge nichts sagen. Leider war Camillo an diesem Abend zugegen und bedachte mich mit dem Spott seiner eigenen Art:

„Na, kleiner Vetter, gehst du auf abendliche Liebschaften aus?"

Klein war ich inzwischen nicht mehr, ich hatte längst seine Größe erreicht und auch zu Gino musste ich nicht mehr aufsehen. Ich ballte meine Fäuste unter dem Tisch, doch der Zorn war sehr wohl in meiner Stimme zu hören:

„Ich bin nicht auf Liebschaften aus, großer Vetter."

Großvaters Augen funkelten, und Tante Henriette sah mich gespannt an.

„Wo warst du denn?" fragte Camillo.

„Das muss ich dir nicht sagen." Ich hatte ihm noch nie so unverblümt widersprochen in Gegenwart seiner Eltern. Den Schatz meiner neuen Freundschaft wollte ich mit niemandem teilen, mit Camillo zu allerletzt.

Was Liebschaften betraf oder auch nur die Möglichkeit einer solchen, brachte mich in jenem Sommer genug in Verlegenheit. Es war unübersehbar, dass Elsie, das Küchenmädchen, mir nachstellte. Sie war immer noch bei meiner Tante im Dienst, inzwischen groß und stattlich geworden, wie man so schön sagt, und unsere Begegnungen auf dem Flur, im Garten oder Glashaus waren mit der Zeit alles andere als zufällig. Anfangs fiel mir das noch nicht besonders auf, und ich lächelte jedesmal freundlich, wenn sie plötzlich vor mir stand. Erst als Rufio mich eines Tages spöttisch darauf ansprach, fing ich an, die Augen besser aufzumachen. Bisher hatte ich Mädchen eher von ferne, wenn auch mit gewissen geheimen Gedanken betrachtet, dies hier wurde mir im Laufe der Wochen doch zu deutlich. Allerdings muss ich gestehen, dass mich zuweilen schon die Versuchung ankam, das zu tun, was Elsie mir sicher gewährt hätte und was Gino bestimmt schon längst wusste, aber ich tat es nicht.

Und eines Nachts im heißesten August, als ich fast unbekleidet und ohne Decke auf meinem Bett lag ohne zu schlafen, kam sie plötzlich leise herein mit aufgelösten Haaren und im Hemd.

„Was zum Teufel tust du hier", fuhr ich sie an, lauter als im stillen Haus klug war.

„Scht -" machte sie und wollte sich zu mir aufs Bett setzen. Ich aber sprang auf, halbnackt wie ich war, und schubste sie sehr unsanft zur Tür hinaus. Bei dieser so unverblümten Annäherung war mir nichts als ein kalter Schrecken in die Glieder gefahren.

Großvater war anscheinend der Einzige, der die nächtliche Unruhe gehört hatte, ich wusste, er schlief nicht immer gut.

„Was war los in der Nacht?" fragte er am folgenden Abend, als ich ihm die Treppe hinunterhalf.

„Nichts", sagte ich, „ich konnte nicht schlafen und bin herumgelaufen."

Von dem Tag an ließ Elsie mich in Ruhe, warf schnippisch den Kopf zurück, wenn sie mich sah, und erwiderte keinen Gruß. Ich lächelte und kam mir vor wie Joseph bei Potiphar, wenn ich auch hoffte, nicht wie er im Kerker zu landen.

In diesem Herbst verlangte mein Onkel von mir, ich solle reiten lernen. Er sagte, das wäre nützlich, wenn ich für ihn auswärts geschäftliche Dinge erledigte, denn Camillo konnte nicht immer abkommen. Mein Vetter saß elegant zu Pferde, wie alles, was er tat, einen gewissen Stil hatte, das muss ich zugeben. Dass ich diesen Stil nicht mochte, war eine andere Sache.

In Durlach gab es nur einen kleinen Stall, in dem auch die Wagenpferde standen. Nun wurde der Stall vergrößert, denn mein Onkel wollte zwei weitere Pferde erwerben. Zu meiner großen Verwunderung wurde dieser Handel nicht irgendwo auf dem Lande getätigt, sondern er lief über das Handelshaus Marx.

Trotz der wachsenden Stadt gab es nördlich des Schlosses am Rande der Hardt immer noch eine große Allmende, wo mein Onkel, Camillo und ich uns Ende Oktober mit Herrn Marx trafen. Er lachte über mein erstauntes Gesicht, ihn hier selbst zu sehen.

„Ich habe diese Vorliebe geerbt", sagte er, „mein Großvater ist in Karlsruhe mit Pferde- und Kornhandel reich geworden."

„Und Euer Vater?" fragte ich.

„Mein Vater konnte vorzüglich reiten, aber handeln wollte er mit den Tieren nicht."

Wäre sein Vater nicht bei uns gewesen, hätte Camillo mich sicher wieder ermahnt, weil ich so freundschaftlich mit Herrn Marx sprach. So sah er nur finster drein und drängte darauf, die Pferde zu begutachten.

Ich bekam eine sanfte braune Stute, die zutraulich ihre Blesse an mir rieb. Camillo schnaubte verächtlich durch die Nase, als ich ängstlich zurückweichen wollte. Mit Pferden hatte ich noch nie etwas zu tun gehabt. Onkel Raffaele packte sie an der Mähne, dass sie stillstand, und sagte:

„Du musst dich schon daran gewöhnen."

Das andere Pferd war ein temperamentvoller dunkler Wallach, dem sich sogar Camillo vorsichtig näherte. Wie es auf dem Viehmarkt üblich war, besiegelten Herr Marx und mein Onkel den Kauf durch Handschlag. Er und Camillo ritten die Pferde nach Durlach, nur mit Zaumzeug und ohne Sattel, während ich mit Herrn Marx an der Allmende zurückblieb. Wir sahen uns an, ich recht verlegen, denn ich wusste nicht, sollte ich ihn begleiten oder einfach verschwinden.

„Habt Ihr Zeit?" fragte er, „ich würde Euch gerne noch einmal zu meiner Frau mitnehmen, und auch meine Mutter ist sehr neugierig geworden."

„In Durlach erwarten sie mich wohl nicht so schnell", antwortete ich und wurde, so sehr ich auch stets dagegen kämpfte, rot vor Freude, und dann sagte ich ganz schnell: „Sagt doch bitte du zu mir, ich bin noch nicht einmal achtzehn und bestimmt kein Herr."

Er sah mich nachdenklich an.

„Gerne, wenn dein Onkel nichts dagegen hat."

Ich lachte.

„Bestimmt nicht."

„Und Camillo?" Er hatte schnell begriffen, wie es zwischen uns stand. „

„Camillo hat mir gar nichts zu sagen."

Frau Marx war nicht allein in dem Wohnzimmer, das ich schon kannte. Die schöne weißhaarige Dame saß neben ihr und ein Mann in einem eng geknöpften schwarzen Rock und mit einem weißen spitzen Bart.

„Mama", sagte Herr Marx, als wir eintraten, „hier bringe ich Felice Sciatti, den du so gerne sehen wolltest."

Ich verbeugte mich wieder und konnte meine Augen gar nicht von Herrn Marx' Mutter lassen. Wären ihre weißen Haare nicht gewesen, ich hätte sie für jung gehalten. Ihre schwarzen Augen strahlten mich an, und sie lächelte. Anders der Mann, der sich bei unserem Eintritt erhoben hatte, er blickte streng und ernst, und aus seinen Augen kam keinerlei Freundlichkeit.

„Felice", sagte Herr Marx, „ich mache dich mit unserem Rabbiner Nathan Löw bekannt."

Ich spürte, wie ich schneeweiß wurde, und hörte das erschrockene Atemholen der beiden Frauen. Ich fühlte mich am Arm gefasst und in einen Stuhl gedrückt. Dann hörte ich eine kalte Stimme sagen:

„Flößt Euch der Anblick eines jüdischen Geistlichen so viel Furcht ein, junger Mann?"

Seine Gegenwart flößte mir allerdings große Furcht ein, wenn ich dem Rabbiner auch nicht sagen konnte, warum. Da ich nicht antwortete, lenkte Herr Marx das Gespräch auf andere Dinge, und zu meiner Erleichterung verabschiedete Herr Löw sich bald.

Die ganze Zeit spürte ich die ängstlichen Blicke der Frauen auf mir, aber sie sprachen erst, als wir wieder allein waren und auch Herr Marx ins Zimmer zurückkehrte.

Wenn ich ihnen eine Erklärung für meinen Schrecken schuldig war, so konnte ich doch keine geben. Alles, was ich wusste, war zu unbestimmt, und was meine Gedanken zusammenreimten, war weder erhärtet noch wollte ich es gern für wirklich halten.

„Geht es wieder?" fragte Herr Marx, da ich noch immer schwieg.

„Verzeihung", sagte ich endlich, „mir war nicht gut", und dann: „Hat der Rabbiner einen Sohn?"

Jetzt war es die alte Dame, die mir antwortete:

„O ja, er hat einen Sohn namens Samuel, das ist ein richtiger Gelehrter, er studiert die Rechte. Kennt Ihr ihn?"

„Nein", sagte ich, „Ich kenne ihn nicht", und ich dachte, hoffentlich begegne ich ihm nie in meinem Leben.

Die Reitstunden waren eine vergnügliche Sache, sie lenkten mich zum Glück von anderem ab, an das ich nicht gern denken wollte. Rufio war mein Lehrmeister und er nahm mein anfängliches Zögern von der heiteren Seite. Wir nannten die Stute Rosi, und Rufio taufte den Wallach Basta, weil er frech und neugierig war, alles anknabberte und stets mit diesem Zuruf gezügelt werden musste. Eigentlich gab sich das Pferd diesen Namen selbst, denn auf 'basta' hörte es ohne Ausnahme.

Rufio hatte für Pferde eine wunderbare Hand, er war nicht aus der Ruhe zu bringen, aber bestimmt und knapp in seinen Anweisungen. Bevor ich das erste Mal auf Rosis Rücken stieg, musste ich sie füttern und striegeln, ich lernte, ihr das Zaumzeug anzulegen und mit ihr zu reden. Es war ein seltsames Gefühl, wenn sie mich mit einem Schnauben oder Wiehern begrüßte und ihren Kopf an mir rieb.

Ich hatte in all meinen Lehrjahren Rufio stets geduldig gefunden, jetzt bewunderte ich ihn allerdings noch viel mehr. Er hatte kein Spottwort für meine Angst und Scheu und er verlegte den Reitunterricht in die allerfrühesten Morgenstunden, wenn wir sicher sein konnten, dass Camillo noch schlief, wenn er denn zu Hause war. Das alles geschah ohne große Verabredung, und mit der Zeit hatten wir beide großen Spaß an meinen Fortschritten. Ich werde nie den Augenblick vergessen, als ich Rosis warmen Rücken unter meinen Schenkeln spürte, sie stand lammfromm ohne sich zu rühren, bis Rufio mir die Zügel in die Hand gab und neben mir den Wallach bestieg. Der Klang der klopfenden Hufe war wie Musik und vertrieb mir ein für allemal die Angst.

Dann kurz vor Weihnachten erlebte ich einen Triumph, wie er in keinem Bilderbuch schöner vorkommen kann. Rufio und ich preschten im Galopp über einen knisternd grau gefrorenen Boden auf Schloss Gottesaue zu, als Camillo uns in gemächlichem Trab entgegenkam, begleitet von zwei Männern, die ich nicht kannte. Ich parierte Rosi, dass der Reif unter ihren Hufen stob, verbeugte mich gegen Camillo und sagte:

„Guten Tag, großer Vetter."

So erlebte ich es einmal, dass ihm das Wort im Halse stecken blieb und er meinen Gruß nur stumm zurückgab. Als wir in entgegengesetzter Richtung weiter ritten, lachte ich so, dass ich fast vom Pferd gefallen wäre.

„Na, na", sagte Rufio neben mir, aber auch er konnte sich das Lachen nicht verbeißen.

Wenn ich meine Eltern besuchte, ging ich stets zu Fuß, diese Gewohnheit meiner ersten Lehrzeit mochte ich nicht ablegen.

So schleppte ich Weihnachten, das ich mit Gino zusammen bei den Eltern verbringen wollte, einen Korb mit lauter guten Dingen, die Tante Henriette aus ihrer duftenden Küche für uns eingepackt hatte. Sie war großzügig, das muss ich sagen, und ich hatte im Laufe der Jahre mein Urteil über sie in mancher Weise geändert. Ich verstand sie durchaus nicht immer, aber mir war in all der Zeit nie ewas Schlechtes von ihr widerfahren.

Ich freute mich so, als Gino und ich uns gegenüberstanden, die ungleichen Augen auf gleicher Höhe, sein lachender Mund und der Schnurrbart, der mich bei seiner Umarmung an der Wange kitzelte. Mutter musste schon lange zu ihren

Söhnen aufsehen, Vater allerdings nicht. Im Schein der abendlichen Lampe sah ich, wie sich graue Strähnen in seinen rotbraunen Schopf mischten. Ich selber trug die Haare inzwischen kurz geschnitten, denn ein Mädchengesicht mochte ich mir nicht mehr nachsagen lassen. Mutters Haare waren dunkel wie eh und je, ihr Gesicht alterte einfach nicht, so jedenfalls schien es mir.

Es war ein Weihnachtsfest gemischt aus Freude, Spannung und Wehmut, die Spannung war ganz auf meiner Seite, die Wehmut auf Mutters. Nach der festlichen Messe, die bis Mitternacht dauerte, gingen wir durch die stillen Straßen nach Hause, angerufen nur vom Nachtwächter, der meinen Vater kannte.

Am anderen Morgen, dem Tag des Christfestes, erfuhr ich den eigentlichen Zweck meiner Reitstunden. Alles, was Onkel Raffaele mir gesagt hatte, war in der Tat nur vorläufig, und was Vater mir jetzt im Kreis der Familie unterbreitete, erweckte bei mir eine so knisternde Spannung, dass ich kaum auf dem Stuhl sitzenbleiben konnte. Hätte nicht Mutter meine Hand in ihrer gehalten, wäre ich sicher in der Stube herumgelaufen. Gegenüber saß Gino und sah mich halb kühl, halb spöttisch an, wie es so seine Art war. Vater redete nicht um die Sache herum.

„Ich möchte, dass du im Frühjahr nach Italien reitest. Dafür gibt es eine Menge Gründe, die ich dir jetzt nach und nach erklären will. Warte", sagte er, denn ich hatte tief Luft geholt, um ihm zu antworten. „Du musst mich schon bis zum Ende anhören und drück Mutters Hand nicht mehr zusammen als nötig." Ich ließ sie erschrocken los, aber Mutter lachte und sagte:

„Lass ihn nur." Erst später begriff ich, warum sie den engen Kontakt mit mir so lange wie möglich beibehalten wollte.

„Kannst du dich noch an Ginos sechzehnten Geburtstag erinnern? Ich sehe, du kannst es. Ich sagte damals, dass sich im Leben alles wiederholt, als er seine Lehre beginnen wollte. Ich habe euch keine Erklärung dafür gegeben, aber jetzt ist die Zeit gekommen. Auch du, Felice, hast diese Erkenntnis auf deine Weise bestätigt. Vielleicht wisst ihr, dass ich in der Poebene zwischen Milano und Monza geboren wurde."

Ich nickte, aber das war auch so ziemlich das Einzige, was mir bekannt war. So erfuhr ich denn fast zu gleicher Zeit nicht nur Mutters Geschichte.

„Mein Vater hatte dort einen großen Landbesitz, auf dem er Wein anbaute, lang gestreckte Felder, auf denen die Reben so gezogen wurden, dass sie zwischen den Reihen ein Dach bildeten, unter dem man die Trauben pflücken konnte. Am Rande dieser Weinfelder wuchsen Zitronen- und Orangenbäume, und meine Mutter zog hinter dem Haus einzelne edle Apfelsorten. Das Haus - ich sehe immer noch den lang gstreckten ockergelben Bau vor mir, das flache Dach und die in der Sommerhitze geschlossenen Läden. Die halbe Nacht machten dann die Zikaden ihren schrillen Lärm, dass man kaum schlafen konnte. In all den Jahren, seit ich dort weggegangen bin, bekam ich von Zeit zu Zeit eine Nachricht von meinem älteren Bruder, mein Vater hat sich nie entschließen können, seinen Zorn abzulegen und mir zu schreiben."

„Noch ein Onkel", entfuhr es mir.

„Ja, ja", sagte mein Vater, „aber dieser Onkel schweigt nun auch schon ein ganzes Jahr lang, ich weiß nicht, ob mein Vater noch lebt und wie es um den Besitz steht. Melazzo und ich werden das Geld für die Reise aufbringen, denn er ist an den dortigen Zitronen interessiert, und ich möchte, dass du in meine alte Heimat reitest."

„Und deine Mutter?" fragte ich.

„Meine Mutter starb, kurz nachdem ich dort weggeangen war, sie hatte viel Kummer meinetwegen."

„Du und Kummer?" fragte ich, „das kann ich mir nicht vorstellen."

„Ich war wie dein Bruder Gino", sagte Vater, „eigenwillig, aber bei weitem nicht so brav wie er. Aber jetzt hab bitte Geduld und hör alles der Reihe nach an.

Mein Bruder heißt Lorenzo, mein Vater hatte diese Vorliebe für etwas ausladende Namen, die dann im täglichen Gebrauch zu Cinto und Renzo zusammenschrumpften.

Mein Vater wird, wenn er noch lebt, im Frühjahr 64 Jahre alt, ich möchte sehr gerne wissen, wie es ihm geht. Aber zuerst sollt ihr Söhne hören, warum ich meine Heimat verließ und hierher kam. Im Gegensatz zu meinem Bruder hatte ich nie Lust zur Landwirtschaft. Schon als kleiner Junge hörte ich lieber im Schatten der Bäume den Vögeln zu oder machte mir abends eine wilde Sinfonie aus dem auf- und abschwellenden Zirpen der Zikaden. Als ich etwas älter war, stahl ich mich oft genug weg von der Arbeit, um all die Melodien im meinem Kopf besser zu hören. Mein Vater war nicht zimperlich mit seinen Strafen, es setzte dann gewöhnlich eine Tracht Prügel oder einen Tag mit Wasser und trockenem Brot. Das machte mir nicht so viel aus, viel schlimmer war, dass meine Mutter weinte und auch, dass mein Vater es überhaupt nicht verstand, wenn ich versuchte, ihm von meiner inneren Musik zu erzählen. Lorenzo hatte Spaß an unserem Weinbau, und so zog Vater ihn bald enger an sich und hielt ihn mir als Beispiel vor Augen. Auch das machte mir nicht so viel aus, denn ich mochte meinen Bruder und gönnte ihm das alles, ich bedauerte nur, dass sie mich zuweilen wie einen Fremdling ansahen. Ihr müsst nicht denken, dass mein Vater nur hart und streng war, ganz bestimmt nicht, er sorgte sich um alles und wollte, dass wir tüchtige Menschen würden.

Aber stellt euch vor, ich hatte bis zu meinem vierzehnten Jahr noch nie irgendein Musikinstrument gesehen. In unserer dörflichen Kirche bimmelten die Glocken auf dem Dachreiter, und der Pfarrer intonierte die Liturgie, mehr hatte ich noch nicht gehört.

In diesem Sommer nahm mein Vater Lorenzo und mich mit in die Stadt, nicht etwa nach Milano, sondern nach Monza. Er hatte dort Geschäfte und wollte seinen Söhnen zeigen, wo und mit wem er handelte. Das war ein Unglück oder Glück, je nachdem wie man es ansieht. Monza ist nicht groß, aber schön, ich stand wie angenagelt vor der großen Kathedrale mit ihrer glänzenden Marmorfassade, das war wie eine neue, nie gesehene Welt.

'Ich treffe mich hier mit einem Handelsmann', sagte Vater, 'ihr könnt mitkommen oder hier warten, in einer Stunde bin ich zurück.' Lorenzo begleitete meinen Vater, ich blieb allein auf dem Platz zurück.

'Mach keinen Unsinn und erwarte uns hier', ermahnte mein Vater mich im Weggehen. Ich nickte nur stumm, und kaum waren die beiden in einer Gasse verschwunden, folgte ich einem Priester, der durch eine Seitentür in die Kirche ging. Es war nicht so sehr der Raum, der mich gefangennahm, es war die Musik, die mich festbannte. Zuerst wusste ich gar nicht, ob sie in meinem Kopf entstand wie schon so oft oder ob jemand außer mir sie machte. Aber bald musste ich sie für sehr real halten, denn sie ertönte über meinem Kopf aus einer Orgel, von der ich doch nicht wusste, was das für ein Ding war. Dieser Moment bestimmte unweigerlich mein weiteres Leben, anders kann ich es euch nicht erzählen. Ich weiß gar nicht mehr, wie ich die enge und steile Holzstiege hinaufkam und fast zu Füßen des Organisten meinen Kopf auf die schmale Empore streckte. Ich sah die Füße auf den Pedalen, die Hände auf den Tasten, drei Reihen übereinander, ich sah den Mann von der Seite auf einer hölzernen Bank vor diesem großen Mechanismus, mit dem er die Töne hervorbrachte. Während ich stand und starrte, unterbrach er eine Passage in der linken Hand, das weiß ich noch ganz genau, und murmelte ärgerlich vor sich hin. Der Mann war noch jung, er trug ein Ordenshabit, und als ich mich bewegte, sah er zu mir herüber. Mich traf ein zorniger Blick aus schwarzen Augen unter ebenso schwarzen geschwungenen Brauen, die sich finster zusammenzogen.

'Wie bist du hier hereingekommen', fuhr er mich an.

'Durch die Seitentür und dann die Stiege hinauf. Bitte - wie macht Ihr diese Töne, ich dachte zuerst, sie wären nur in meinem Kopf.'

Er lachte verächtlich durch die Nase. 'Weißt du Tölpel nicht, was eine Orgel ist?' Ich schüttelte nur den Kopf, eingeschüchtert von seinem unfreundlichen Ton.

'Bitte - ' sagte ich noch einmal und brach dann ab, weil ich gar nicht mehr wusste, wie ich alles erklären sollte. Ich setzte noch einmal an zu sprechen: 'Bitte - kann jeder solche Töne machen, der diese weißen und schwarzen Platten niederdrückt?' Ich sah, wie der Geistliche sich mit Geduld wappnete, vielleicht war auch ein Gran Bosheit in seiner Antwort enthalten, die er mir, dem unbeholfenen Jungen vom Land, entgegenbrachte.

'Gewiss kann jeder Töne hervorbringen, wenn er es denn kann.' Das verstand ich zwar nicht ganz, hielt es aber doch für eine gewisse Art von Zustimmung. In dem Augenblick, als ich mich der Orgelbank vorsichtig näherte, öffnete sich neben den Orgelpfeifen eine schmale Tür, ein kräftiger Bub steckte den Kopf heraus und fragte:

'Soll ich die Bälge noch weiter treten oder seid Ihr fertig?'

'Mach nur weiter, ich bin noch nicht ganz fertig.' Dann, o Wunder, winkte er mir, mich auf die Orgelbank zu setzen. 'Die weißen und scharzen Platten heißen Tasten, und wenn du Musik im Kopf hast, wie du sagst, dann kannst du sie darauf spielen.'

Er rutschte von der Orgelbank herunter, und ich schob mich auf den noch warmen Platz. Vorsichtig drückte ich mit der rechten Hand eine Taste nieder, dann noch eine und noch eine, die ganze Reihe hinauf, probierte dazwischen eine der schwarzen Tasten, suchte mit der linken Hand einen ähnlichen Weg und hatte nach ein paar Minuten das Geheimnis des Zusammenklanges entdeckt. Den Mann, der hinter mir stand, hatte ich vollständig vergessen, ich tauchte in eine solch atemberaubende Welt ein, dass ich nichts mehr wahrnahm als dieses herrliche Zauberwerk der Tastatur. Ich erwachte erst wieder, als die Töne buchstäblich unter meinen Fingern erstarben, die kleine Tür sich wieder öffnete, und der Bub sagte:

'Jetzt ist es genug, ich habe länger getreten als sonst.' Damit hielt er die Hand auf, ein Geldstück wechselte den Besitzer, und der Bub sprang die Stiege hinunter.

'Du bist gar nicht so dumm', sagte der Pater hinter mir, als ich langsam und benommen von der Orgelbank aufstand. Mir war der Mund trocken, und mein Herz raste.

'Danke', brachte ich schließlich hervor, 'darf ich wiederkommen?' Wann und wie das allerdings geschehen sollte, wusste ich überhaupt nicht. Der Pater zuckte die Achseln.

'Du kannst es ja versuchen', sagte er, 'jetzt verschwinde, ich muss hier abschließen.'

Erst da fiel mir siedendheiß mein Vater ein, ich hatte keine Ahnung, wieviel Zeit vergangen war. Auf dem Platz vor der Kirche war es still und heiß, die Mittagssonne brannte auf die Häuser, die Helligkeit blendete mich nach dem Dämmerlicht der Kirche. Ich suchte den Platz nach Vater und Lorenzo ab und fand sie schließlich unter einem Dachvorsprung im Schatten stehen.

'Nennst du das eine Stunde?' fragte Vater sehr ungehalten, 'wir warten hier schon lange.'

'Ich - ich - ich war in der Kirche', stotterte ich.

Trotz meiner Verspätung, die eigentlich eine Strafe verdient hätte, bekamen wir in einer kleinen Trattoria einen Teller Spaghetti, den ich völlig abwesend und ohne ein Wort zu reden leer aß.

'Man meint gerade, du seist dem leibhaftigen Gottseibeiuns in der Kirche begegnet, so wie du aussiehst', sagte mein Vater, nachdem er mich während des ganzen Essens immer wieder kritisch gemustert hatte. Ich schüttelte nur den Kopf und murmelte: 'Es ist heiß hier in der Stadt.'

Das war der Anfang einer Reihe von Wochen, in denen ich fortwährend darüber nachgrübelte, wie ich wieder nach Monza kommen könnte. Was wir mit Pferd und Wagen zurückgelegt hatten, wäre zu Fuß sicher eine halbe Tagesreise und überhaupt, wie sollte ich das anstellen.

Schließlich war es nicht mehr zu verbergen, dass mir an dem Tag in Monza irgendetwas begegnet war, das mich nicht mehr schlafen ließ und mir den Appetit raubte.

Vater lachte, als ich ihm und Mutter von dem orgelnden Pater erzählte und meinen eigenen ersten tastenden Versuchen in der Musik. Er lachte sein tiefes, röhrendes Lachen, das mit dem Grad seiner Belustigung immer lauter wurde.

'Setz dir nur keine Flausen in den Kopf', sagte er und wischte sich die Tränen von den Backen, 'wir arbeiten, wir machen keine Musik.' Mutter sah mich mitleidig an, aber sie wagte es nicht, gegen Vaters Wort ihre Meinung zu sagen, auch wusste ich überhaupt nicht, welche Meinung sie zu meinen Wünschen hatte.

Ihr könnt euch schon denken, wie es kam. Eines Nachts riss ich aus und wanderte im Dunkeln den ganzen Weg nach Monza und wartete dort vor der Kathedrale, ob mein orgelnder Pater wiederkäme.

Ich wartete vergebens, den ganzen Tag ließ sich der Orgel spielende Geistliche nicht sehen. Zum Glück hatte ich mir ein Stück Brot und ein paar Äpfel in die Tasche gesteckt, ehe ich von zu Hause fortschlich. Aber die waren bis auf einen Apfel schon mittags aufgegessen. Da wurde es heiß auf dem Platz, und ich verkroch mich in den Schatten des großen Portals, obgleich ich von dort nicht mehr einen so guten Überblick hatte über das Kommen und Gehen der Menschen. Der Nachmittag kam und der Abend, da bestürzte mich zum ersten Mal mein langes Fortbleiben von zu Hause. Ich fragte mich, wo ich die Nacht verbringen sollte, denn ich war fest entschlossen zu warten, bis der Geistliche wiederkäme. Ins Gasthaus, wo wir mit meinem Vater gegessen hatten, konnte ich nicht gehen, denn Geld hatte ich nicht mitgenommen, wie sollte ich, ich besaß gar keins. Hier vor der Kirche konnte ich nicht bleiben, die Stadtwache hätte mich aufgegriffen und eingesperrt. So tat ich denn, wovor ich mich eigentlich sehr fürchtete, ich schlich mit den letzten Betenden in die Kirche und suchte nach einem Unterschlupf für die Nacht. Nach dem Einbruch der Dunkelheit hörte ich, wie die Türen zugeschlagen und die großen Schlüssel umgedreht wurden. Nur von fern am Hochaltar leuchtete schwach das ewige Licht.

Jetzt musste ich wahrhaftig zu den im Dunkeln sich verbergenden Heiligen beten, dass sie mir Schutz gewährten. Ich tastete mich nach vorn, wo das ewige Licht seinen trüben Schein verbreitete. Neben dem Hochaltar führte eine Treppe nach unten, deren letzte Stufen nicht mehr sichtbar waren. Ich weiß heute kaum noch, was mich dazu brachte, in das Dunkel hinabzusteigen. Ich tastete mich an der Wand entlang, zum Glück war es nicht ganz stockdunkel, denn auch hier unten gab es einen kleinen Altar mit einem ewigen Licht. Was ich in diesem Licht sah, war eine Reihe steinerner Särge, vor denen mich schier die Angst überkommen wollte. Aber ich war inzwischen von dem langen Warten und meiner enttäuschten Hoffnung so müde, dass ich mir nur noch einen Platz zum Schlafen wünschte. Die Toten würden mir schon nichts tun, dachte ich, kroch auf eine Art steinerer Bank, rollte mich zusammen und war schon eingeschlafen.

Was mich weckte, waren die entfernten silbernen Töne der Orgel, die in sanften Leitern auf und ab stiegen und bis zu mir hinunter kamen. Zuerst im Halbschlaf dachte ich, ich wäre nun im Himmel bei den Engeln. Aber dann, indem ich mir die Augen rieb, stürzte ich zuerst die Treppe der Krypta und dann die Stiege zur Orgel hinauf. Er ist wieder da, das war alles, was ich dachte. Ich stolperte nicht gerade leise auf die Empore, das Spiel wurde jäh abgebrochen, und der Geistliche starrte mich zornig und erschrocken an. Ich muss schön ausgesehen haben mit meinen verstrubbelten Haaren und der vom Schlafen zerdrückten Kleidung.

Da stand ich also auf der Empore und starrte genauso wortlos wie mein Orgelspieler, den ich am liebsten nie wieder aus meinem Gesichtskreis gelassen hätte.

'Die Töne' stammelte ich schließlich, 'diese helle Leiter ist bis zu mir hinuntergekommen, bis zu den Särgen.'

'Mein Gott', stieß er hervor, 'hast du etwa die Nacht hier in der Kirche verbracht?' Ich nickte und sagte:

'Ich warte schon seit gestern.' Er sah mich schweigend an, und endlich nach einer Weile kam so etwas wie ein Lächeln in sein abweisendes Gesicht.

'Du bist beharrlich', sagte er mit einem Ton von Anerkennung in der Stimme, 'willst du die Leiter spielen, die zu dir hinunterkam?' Wieder machte er mir auf der Orgelbank Platz, und ich horchte in mich hinein, um den richtigen Ton zu treffen. Von Registern wusste ich noch nichts, und die ersten Tasten, die ich probierte, hatten gar keine Ähnlichkeit mit den Tönen, die ich gehört hatte. 'Nimm das oberste Manual' sagte er und deutete darauf hin. Und da fand ich den Ton, kletterte die Leiter hinauf und wieder hinunter, fand, dass manche der schwarzen Tasten für den Klang richtig waren, wenn die weißen nicht passen wollten. Ich hätte noch lang so gesessen, wenn der Pater mich nicht von der Orgelbank geschoben hätte.

'Ich heiße Pater Benedetto, und wer bist du?' Ich sagte ihm meinen Namen. 'Ich glaube, du wirst Hunger haben und sonst noch einige Bedürfnisse', sagte er. Ich wurde rot, denn was er sagte, war nur allzu wahr. Er nahm mich mit zu dem Konventshaus, in dem er lebte, zeigte mir ein Kabinett, in dem ich mich waschen und alles tun konnte, was ich nötig hatte. Dann nahm er mich mit in eine gewölbte, weiß gekalkte Küche und ließ mir von dem Küchenbruder eine warme Grütze auftischen. Pater Benedetto saß schweigend neben mir, während ich aß, dann aber führte er mich in ein kahles Besuchszimmer, in dem es nur einen Tisch und zwei Stühle gab, und die lange gründliche Befragung begann. Ich hätte gerne dies und jenes beschönigt oder ausgelassen, aber daran war vor seinem bohrenden Blick gar nicht zu denken. Dann nach ungefähr einer Stunde sagte er mir kurz und trocken:

'Du musst nach Hause.'

Ihr müsst bedenken, ich war vierzehn und hatte schon lange nicht mehr geweint, aber als er das sagte, stiegen mir die heißen und bitteren Tränen in die Augen. Es konnte einfach nicht sein, dass ich mich wieder in der Landwirtschaft vergraben sollte und hier die Orgel mit all ihren herrlichen Tönen zurücklassen musste. So saß ich denn und schwieg und biss mir auf die Lippen.

'Du musst nach Hause', sagte der Pater noch einmal und stand auf. Das war wohl meine endgültige Entlassung. Ich murmelte ein 'Danke', verließ den Konvent und begann meinen Fußmarsch nach Hause. Ihr könnt euch denken, was mir blühte, als ich am Abend vor meinen Vater trat.

Zorn und Angst hatten bei ihm ein gefährliches Gemisch erzeugt, und das bekam ich in zweifacher Form ungemildert zu spüren. Diesmal nahm er die Peitsche, die er sonst nur für die störrischen Esel gebrauchte. Die Schmerzen waren nicht das Schlimmste, viel eher die Erniedrigung, die mir widerfuhr, denn mein Vater vollzog die Abstrafung im Beisein unserer Arbeiter. Der zweite Teil der Strafe bestand aus einem eisigen Schweigen, das tagelang mir gegenüber beibehalten wurde, ich versuchte bald gar nicht mehr, selbst ein Wort zu sagen. Aber eines stand unverrückbar für mich fest, ich würde wieder ausreißen, um in den Bannkreis der Musik zu kommen, denn die silberne Tonleiter führte in meinem Kopf ein beharrliches Eigenleben.

Meine Mutter verhielt sich zu all dem schweigend, auch wenn sie abends an mein Bett kam und die schmerzenden Striemen auf meinem Rücken mit Balsam einrieb. Sie hatte vom Weinen dauernd gerötete Augen, aber reden konnte ich mit ihr nicht, manchmal dachte ich, sie wüsste gar nicht, worum der Konflikt ging. Aber ich wusste es genau, und ich gab die Hoffnung nicht auf, einmal das Verständnis meines Vaters zu erreichen.

Im Herbst, als die Trauben gelesen waren und der junge Wein in den Fässern gärte, versuchte ich noch einmal, ihm meinen dringenden Wunsch vorzutragen. Diesmal erzählte ich ihm ausführlicher von dem Pater, der mich auf der Orgel hatte spielen lassen, der mich aber trotzdem weggeschickt hatte.

'Bitte, Vater' sagte ich, 'lass mich doch wieder nach Monza gehen, ich möchte so gerne richtig lernen, was mir immer im Kopf herumgeht.'

Wenigstens hörte er mir zu, ohne mich zu unterbrechen, denn er hatte gesehen, wieviel Mühe ich mir in den letzten Wochen bei der landwirtschaftlichen Arbeit gegeben hatte.

'Und was willst du mit solch brotloser Kunst im Leben anfangen?' fragte er, 'hier ist deine Arbeit und dein Auskommen.'

'Du hast doch Lorenzo', sagte ich leise, 'und er macht es gern.'

Dass ich nicht störrisch oder patzig antwortete, mochte ihn wohl bewegen, mir eine Erlaubnis zu geben, die mit vielen Widerhaken gespickt war und mit der er auf seine Art versuchte, mir meine Wünsche schon auszutreiben.

'Du kannst gehen', sagte er, 'wenn denn der Pater sich überhaupt mit dir abgeben will. Aber du gehst zu Fuß und bist am nächsten Morgen zur Messe wieder hier.'

Das hieß also Samstag, wenn er es sich nicht noch anders überlegte. Mir zitterten die Hände, denn ich brauchte dringend ein paar Zeilen mit dieser Einwilligung, sonst hatte es alles keinen Zweck, das hatte ich ja gesehen.

'Schriftlich?' knurrte mein Vater, und seine Stimmung wollte schon wieder kippen. 'Er kennt dich nicht', sagte ich leise. Mein Vater war Geschäftsmann genug, um das einzusehen.

Es war sicher erst drei Uhr morgens, als ich loswanderte, auch diesmal die Taschen voll Äpfel und das Herz voll von unbeschreiblichem Jubel. Aber auch Angst mischte sich darein, es waren viele Wochen vergangen seit unserer Begegnung. Wenn er nun nicht mehr da war, wenn der Zettel meines Vaters nichts nützte, wenn er von mir überhaupt nichts mehr wissen wollte. Ich versuchte zu singen auf dem Weg oder das Credo aufzusagen oder auf die Musik in meinem Kopf zu hören, aber es hatte alles keinen Zweck, mein einziger Gedanke war Eile, Eile, Eile, ich war nur davon besessen, ich könne für mein Vorhaben zu spät kommen."

Vater sah mich an, diesmal war sein Lächeln beinahe spöttisch.

„Du siehst, ich bin nicht zu spät gekommen, sonst wäre ich wohl kaum hier in der Stellung, die ich mir erworben habe, wenn es auch bis dahin noch ein langer Weg war.

Ich traf Pater Benedetto, und der Zettel meines Vaters nützte etwas. Und es kurz zu machen, er führte mich in das Reich des Orgelspiels ein, alle zwei Wochen saß ich bei ihm auf der Orgelbank und fühlte mich an den übrigen Tagen wie ein Fisch ohne Wasser. Da ich aber an diesen Tagen die Erlaubnis meines Vaters nicht verwirken wollte, schuftete ich für zwei und rekapitulierte in meinem Kopf alles, was Pater Benedetto mich über die theoretische Seite der Musik lehrte. Sein finsteres Gesicht erhellte sich zwar nur selten, auch lobte er mich nicht mit Worten, aber dass er mich zwei Jahre unterrichtete, ohne Geld dafür zu verlangen, war mir

Lob genug. Und wie oft nahm er mich mit in die Küche des Konvents und fütterte den ausgehungerten Knaben.

Mein Vater zog nach etlicher Zeit einen Widerhaken aus seiner Erlaubnis. Als er sah, dass kein Fußmarsch mich von meiner Musik abbringen konnte, durfte ich auf einem unserer Esel nach Monza reiten, und ich suchte mir stets den aus, der sich von meinen ungeduldigen Hacken zu dem schnellsten Trott bewegen ließ.

Manchmal schwatzte ich meinem Vater eine Flasche Wein ab oder stiebitzte eine aus dem Kellergewölbe, und diese Gaben nahm Pater Benedetto mit einem Neigen des Kopfes entgegen, und ganz selten lächelte er einmal. Mein Vater und er sind sich niemals begegnet, obwohl ich es heute kaum noch verstehe.

Als ich sechzehn war, hatte der Unterricht ein Ende. Pater Benedetto wurde in einen anderen Konvent versetzt, ihm oblag die Ausbildung junger Musiker in der Region, eine Aufgabe, von der ich erst spät erfuhr. Aber ob ich es nun gewusst hatte oder nicht, es änderte nichs daran, dass ich gestrandet war. So wenigstens dachte ich. Bevor Pater Benedetto aus meinem Leben verschwand, gab er mir einen Brief, versiegelt und mit seiner schönen, akkuraten Schrift addressiert. Bei unserem Abschied sprach er länger mit mir als jemals in den Jahren zuvor, die musikalischen Unterweisungen ausgenommen.

'Vielleicht weißt du, Hyacintho', sagte er zu mir, 'dass der Orden nicht nur Brüder hier in Italien hat. Gerade in Ländern unter protestantischer Herrschaft suchen wir die Kraft unserer Orden zu erhalten und zu stärken. Vor nicht allzu langer Zeit ist ein Bruder unserer Kongregation in die Residenz Bruchsal ausgesandt worden, ein Meister auf der Orgel und dazu ein begnadeter Prediger. Dieser Brief ist an ihn, und ich würde dich gern zu meinem Boten machen.'

Diese nüchternen Worte verschlugen mir damals völlig die Sprache, schon weil ich genau wusste, dass mein Vater mir niemals die Erlaubnis zu einer solchen Reise geben würde.

'Es geht nicht' sagte ich tonlos.

'Möchtest du nicht?' fragte er.

'Doch', sagte ich, 'sehr gern sogar. Was glaubt Ihr, wie mir bei der ewigen Landwirtschaft zumute ist.'

'Ich glaube dir', sagte er, ' aber wenn du wirklich Musiker werden willst, nimm diese Gelegenheit wahr. Du sollst nicht gegen deinen Vater ungehorsam sein, dazu kann ich dir nicht raten, erlange seine Einwilligung. Ich bin sicher, Bruder Ludovico wird dich beim Fürstbischof empfehlen. Du hast schnell gelernt, du bist gut.' Das war das einzige Lob, das ich je aus seinem Munde gehört habe, und es war das letzte Mal, dass ich mit ihm sprach. Da ich sozusagen als sein Bote reiste, gab er mir eine großzügige Summe als Wegzehrung. Heute habe ich den Verdacht, er ahnte schon, dass ich mich gegen den Willen meines Vaters auf den Weg machen würde."

„Und - ?" fragte ich, „bist du heimlich weggegangen?"

„Ja, ja, das kannst du dir doch denken, ich habe meinem Vater sogar einen Esel gestohlen, der mich getreulich bis nach Bruchsal getragen hat."

Vater schwieg, dann stand er auf und reckte sich. Wir würden wohl auf den Rest der Geschichte bis zu einem anderen Zeitpunkt warten müssen. Jetzt endlich rührte Gino sich auch, er hatte reglos und schweigend zugehört, ich konnte nur ahnen, was ihm dabei durch den Kopf gegangen war.

Der März kam, und Onkel Raffaele drängte zum Aufbruch, wobei mir doch erheblich angst und bange wurde. Bis jetzt hatte mir noch keiner gesagt, wie diese Reise vonstatten gehen sollte, denn jeder hatte auf seine Weise eine Menge Arbeit. Täglich ritt ich mit Rufio, und endlich eines Tages, als wir bei Gottesaue abstiegen und verschnauften, fragte er mich unvermittelt:

„Weißt du eigentlich schon, dass wir beide zusammen nach Italien reiten werden?"

Ich konnte kaum sagen, welch ungeheurer Stein mir vom Herzen fiel, denn mit Rufio zu reiten, war das Beste, was ich mir vorstellen konnte.

Ich rufe mir nicht gerne das Gesicht meiner Mutter vor Augen, als ich von ihr Abschied nahm. Sie hielt mich einen Moment eng umschlungen, und ich spürte, wie sie zitterte. Wir standen in unserem Wohnzimmer, und auch Vater und Gino machten betretene Gesichter. Es war Nachmittag, und ich wollte noch vor dem Abend in Durlach sein. Vater gab mir eine Summe Geld und einen versiegelten Brief.

„Sollte mein Vater nicht mehr leben, gib ihn Lorenzo", sagte er. Dann umarmte auch er mich und murmelte: „Gott schütze dich." Ich sah meine Mutter noch einmal an, dann wandte ich mich zum Gehen.

„Ich begleite dich", sagte Gino. Das tat er wirklich, den ganzen Weg bis Durlach. Wir sprachen fast nichts, trotzdem wusste ich, dass Gino der Abschied ebenso schwer fiel wie meinen Eltern.

Zuletzt sagte ich am Abend meinem Großvater ade, wir wussten beide, dass wir uns vielleicht zum letzten Mal sahen. Seine verkrümmten Hände, die ich mit meinen umschloss, waren kalt. Ich kniete vor seinem Stuhl, während er einen alten Reisesegen über meinem Kopf sprach. Dann flüsterte er:

„Geh jetzt und geh mit Gott."

Wir ritten den gleichen Weg, den damals vor mehr als zwanzig Jahren Großvater, Raffaele und Mutter gekommen waren. So würden wir zuerst das Dorf erreichen, woher auch Rufio stammte, und dann den Weg nach Westen nehmen, um in die Gegend von Monza zu gelangen.

Ich hätte in früher Morgenstunde gern mein Pferd zu einem flotten Galopp getummelt, aber Rufio hielt mich zurück.

„Spar deine und Rosis Kräfte", sagte er, „wir haben einen sehr langen Weg vor uns."

Er sorgte dafür, dass wir zu gegebener Zeit rasteten, so in Stuttgart, wo er etliche geschäftliche Briefe meines Onkels zu besorgen hatte. Jetzt lernte ich wieder eine neue Seite an Rufio kennen, er war bestimmt, selbstbewusst, aber von untadeliger Höflichkeit.

Über die Schwäbische Alb, in die Ebene hinab, wo träge die braunweiß gefleckten Kühe weideten, durch die altehrwürdige Stadt Augsburg immer weiter nach Süden, wo allmählich die ersten Berge auftauchten. Die Kirchen hatten hier zwiebelförmige Türme, das erschien mir gar wenig feierlich, aber was sagte schon die Art der Kirchen über die Frömmigkeit der Menschen. Ich hatte Abenteuer erleben wollen, aber je weiter wir uns von heimatlichen Gefilden entfernten, desto mehr verging mir die Lust darauf. Wir sprachen nicht viel beim Reiten, aber Rufio war heiter, er spürte sicher mein aufkeimendes Heimweh, doch das erwähnte er mit keinem Wort. Wir ritten ohne Eile vom ersten Tageslicht an bis in den Abend. Mittags machten wir eine ausgedehnte Rast, wenn es sich ergab, in einem Gasthaus am Weg oder, was mir viel lieber war, in der freien Natur. Wir waren wachsam, wenn wir im Freien lagerten, nie schliefen wir beide gleichzeitig. Ich fürchtete nicht für meine wenigen Habseligkeiten, obwohl wir eine ganze Menge Geld bei uns trugen. Das heißt, ich wusste gar nicht, wieviel Rufio besaß, mich hatte nicht nur mein Vater recht großzügig ausgestattet, auch Onkel Raffaele hatte mir mehr gegeben, als ich eigentlich haben wollte. „Reisen ist teuer", hatte er gesagt, „du wirst es schon sehen." Mir steckte ein scharf geschliffener Dolch im Gürtel, der zu allerhand Zwecken nützlich zu verwenden war, wenn ich auch nie ernsthaft daran dachte, ihn gegen einen Menschen zu erheben. Rufio gar trug eine Pistole, die ich mit Zurückhaltung betrachtete. Aber er lachte nur und sagte: „Wer weiß, wozu sie gut ist." Er hatte leider recht, aber erst, als wir in die engen Schluchten des Etschtales kamen. Die Berge engten uns allmählich immer weiter ein, mir kam es vor, als verstellten sie mit ihren mächtigen Leibern absichtlich die Wege mit den sich überschneidenden Graten und Hängen. Unten grünten schon die Wiesen, aber von oben leuchtete der Schnee, dessen tauende Überreste oft weit ins Tal hinein reichten. Es war kälter als in der Ebene, aber die Luft prikkelte und duftete nach den dunklen Tannen. So kamen wir nach Mittenwald, einem Städtchen, dessen eng gedrängte Häuser sich um die Kirche scharen, um die wiederum die steilen Bergwände sich erheben.

Rufio steuerte auf das beste behäbige Gasthaus des Ortes zu, rief in der Toreinfahrt nach dem Knecht, dass er die Pferde versorge. Der lange magere Wirt guckte zuerst recht skeptisch, aber als Rufio wie zufällig mit dem Geld in seinem Beutel klimperte, wurde er freundlich und zugänglich. Wir bekamen im ersten Stock eine behagliche Kammer, wie überhaupt die Häuser in dieser Gegend viel Wärme ausstrahlen und wie dieser Gasthof von einem gewissen Reichtum sprechen. Mir war gleich das kunstvoll geschnitzte Holzwerk an der Fassade aufgefallen, altes, von Wind und Wetter gebleichtes Holz, das an manchen Stellen wie Silber glänzte.

„Wir bleiben hier ein oder zwei Tage", sagte Rufio, „die Pferde haben die Ruhe nötig, ehe wir nach Innsbruck absteigen und dann zum Brennerpass hinauf."

Ich wunderte mich, dass er ausgerechnet hier verweilen wollte in einem Städtchen, das recht verschlafen wirkte und wo es anscheinend nichts Besonderes zu sehen gab.

Am anderen Morgen fegte ein kalter Wind von den Bergen herunter und schüttete ab und zu ein paar verspätete Schneeflocken über uns aus. Wir waren bei den Pferden im Stall gewesen und hatten uns überzeugt, dass sie ihre gehörige Portion Heu bekamen und der Knecht sie tüchtig striegelte. Und dann auf der Gasse erfuhr ich, warum wir hierher gekommen waren.

„Weißt du, dass in dieser Stadt die Geigenbauer zu Hause sind?" fragte Rufio. Ich wusste es nicht, wie sollte ich. Er zog einen Zettel aus der Tasche, auf dem eine Reihe von Namen stand. Wir brauchten nicht weit zu gehen, in der engen Gasse direkt neben der Kirchentür fanden wir die erste Werkstatt.

„Oder möchtest du vorher in die Kirche?" fragte Rufio. Erst jetzt wurde mir bewusst, dass die Menschen hier alle katholisch waren, und diese große Kirche war etwas anderes als der Betsaal in Karlsruhe. Ich nickte, und gemeinsam schoben wir die schwere Tür auf. Aus dem kühlen, lang gestreckten Kirchenraum schlug uns Weihrauchduft entgegen, der Hochaltar verlor sich im Dämmern. Ich steckte zwei Finger in den Weihwasserkessel neben der Tür, bekreuzigte mich und kniete in der ersten Bank nieder zum Gebet. Es gab so viel, für das ich zu danken hatte, und so viele Menschen, für die ich beten konnte. Ich spürte, wie Rufio neben mir kniete, und eine heiße Dankbarkeit stieg in mir auf für diesen Menschen, dem ich so unbedingt vertrauen konnte. Fast gleichzeitig hoben wir unsere Köpfe und lächelten uns an.

Aus der Werkstatt des Geigenbauers kam uns ein anderer Geruch entgegen, nach Holz und Leim, Späne raschelten unter unseren Füßen.

Der Meister saß an einer niedrigen Werkbank, neben sich einen jungen Burschen, der ihm gespannt auf die Finger sah. Im Hintergrund stand ein älterer Geselle und polierte mit einem weichen Lappen das dunkle Holz eines Violoncellos.

„Guten Morgen, Meister", sagte Rufio, „kann man bei Euch eine gute Geige erwerben?"

„Aber Rufio -" fing ich an, doch der winkte ab und sagte: „Es ist schon richtig, Felice, Raffaele hat mir aufgetragen, für dich ein neues Instrument zu kaufen."

„Meine Geigen sind alle gut", kam von unten die Stimme des Instrumentenmachers, „wenn die Herren sich durch diese Tür bemühen wollen."

Der Geselle im Hintergrund öffnete eine schmale Tür, und dann standen wir in einem Raum, in dem die fertigen Instrumente an der Wand hingen und standen, nicht nur Geigen, auch zwei Celli und ein dickbauchiger Kontrabass. Ich wünschte mir, mein Vater könnte das alles sehen. Ich blickte mich unsicher um, die Geigen sahen sehr kostbar aus, manche aus hellem, manche aus dunklerem Holz.

„Es ist schon gut", sagte Rufio auf meinen fragenden Blick, „dies ist ein Geschenk für dich. In wessen Werkstatt befinden wir uns hier?" fragte er dann.

„Raab", sagte der Meister, „ich heiße Josef Raab", und langte eine mattbraune Geige von der Wand. „Die hier ist gerade fertig geworden und wartet auf einen Musiker."

Glatt und kühl lag das Holz in meiner Hand, vorsichtig zupfte ich an den Saiten. Meister Raab reichte mir einen Bogen, und nach alter Gewohnheit begann ich, die Saiten zu stimmen. Raab nickte zustimmend und fragte:

„Ein Musiker?"

„Nein, nein", sagte ich, „ich nicht, aber mein Vater", und ich begann eines der italienischen Lieder zu spielen. Die Geige gefiel mir sehr, warm und voll im Ton, ohne dass ich irgendeinen Druck ausüben musste. Nur der Bogen lag mir nicht richtig in der Hand, er war eher für eine zierliche Mädchenhand gemacht.

„Habt Ihr noch einen anderen?" fragte ich.

„Sicher", sagte Raab, und hielt mir gleichzeitig eine zweite Geige hin, heller und schlanker als die erste.

Ich intonierte eine Partita, die mein Vater für mich komponiert hatte, und es geschah, dass ich meine Umgebung vollständig vergaß. Was für ein Ton, klar und von unbestechlicher Tragweite, ein Instrument, das nicht die kleinste Unachtsamkeit erlaubte.

„Bravo", hörte ich eine Stimme von der Tür her, dort stand der Geselle und hielt immer noch das dunkle Cello in der Hand. Ich hob die Geige wieder unters Kinn und ließ eine schnelle Tonleiter auf und ab laufen, in keiner Lage war der Klang zu tadeln.

„Diese möchte ich haben", sagte ich zu Rufio, „oder ist sie zu teuer?"

Rufio lachte.

„Darüber muss ich mit Meister Raab noch verhandeln, wenn du keine andere ausprobieren willst." Ich schüttelte den Kopf. „Gut, dann werde ich sie bezahlen und auf dem Rückweg nehmen wir sie mit."

„Nein", sagte ich schnell, „nein, nein, sie geht mit auf die Reise." Ich muss es gestehen, in diese Geige hatte ich mich auf den ersten Blick, vielmehr auf den ersten Ton verliebt. Rufio zog die Augenbrauen hoch.

„Wie du willst", sagte er, „dann brauchen wir noch einen Kasten, den du beim Reiten auf dem Rücken tragen kannst", und er sah den Meister fragend an.

Ich bekam die Geige und einen Kasten aus leichtem, hellem Tannenholz, an den der Geselle zwei starke Lederriemen nagelte, so dass ich ihn wie einen Rucksack tragen konnte. Innen war der Kasten mit dickem Tuch gepolstert, und der Bogen steckte hinter zwei elastischen Holzklammern. Ich hatte den Verdacht, dass eine Menge Geld über Meister Raabs Pult im Kontor geschoben wurde, jedenfalls ließ Rufio mich nicht sehen, wieviel.

„Danke", sagte ich, als wir vor der Tür standen, „wie komme ich zu einem so wunderbaren Geschenk?"

„Ach", erwiderte Rufio, „das sind so Gaben und Gegengaben in der Familie. Ich nehme an, dein Vater hat dir etwas von seiner Geschichte erzählt." Ich nickte. Offenbar hielt Onkel Raffaele dieses Instrument für ein Stück ausgleichender Gerechtigkeit.

„Meinst du, dass mein Großvater Sciatti mit mir reden wird oder dass er überhaupt noch lebt?"

„Das will ich doch hoffen", sagte Rufio, „beides will ich hoffen."

Wir blieben noch einen ganzen Tag in Mittenwald der Pferde wegen, wie Rufio sagte, aber ich hatte das Gefühl, er verzögerte aus einem anderen Grund unseren Aufbruch.

„Was ist es, Rufio", fragte ich ihn am Abend, „warum willst du nicht fort von hier?"

„Meine Vergangenheit", sagte er, „und weil ich nicht weiß, was ich von ihr noch vorfinde."

„Du weißt doch, dass deine Eltern noch leben", wandte ich ein, „und du bist kein kleiner Junge mehr."

„Richtig", sagte er, „aber sie sind alt, und ich weiß nicht, ob meines Vaters Zorn gegen mich jemals sterben kann." Schrecklich, wenn man so etwas von seinem Vater sagen muss.

Auf dem Brennerpass lag Schnee, hier war noch kein Hauch von Frühling zu spüren. Doch dann bei unserem

Abstieg durch das felsige, schmale Tal auf gewundenem Weg kam uns allmählich wärmere Luft entgegen, trotzdem wollte es uns dabei nicht so recht wohl werden. Hier fand man nicht leicht eine Herberge für die Nacht. Ich sah, wie Rufios Augen die Hänge entlang schweiften und wie er seine Pistole im Gürtel lockerte. Ich sagte nichts dazu, sondern achtete sorgsam auf den Weg. An diesem Tag begegnete uns nur ein Maultiertreiber, der uns mit seinen zwei bepackten Tieren an den Rand des Weges drängte. Am Abend waren wir gezwungen, uns im Freien ein Nachtlager zu suchen. Es gab am Rande der Felsen höhlenartige Einbuchtungen, vor einer solchen machten wir Halt, weil hier Gras für die Pferde wuchs.

Es war geschützt in der Grotte, die ein Dach für die Nacht bot, die angepflockten Tiere grasten friedlich, und Rufio hatte aus dem Reisig dorniger Büsche ein Feuer angezündet. Wir trugen immer einen gewissen Mundvorrat mit uns für den Fall, dass wir keine Herberge fanden. Ich benutzte meinen Dolch, das Brot zu schneiden, und konnte nach dem Essen nicht widerstehen, die Geige aus dem Kasten zu holen. Ich spielte, und Rufio sang wie so oft in Durlach, dabei vergaßen wir ganz unsere trüben Gedanken und leider auch unsere Vorsicht. Erst als Rosi schnaubte und Basta ein helles Wiehern ausstieß, war es mit unserer Ruhe vorbei. Sie waren zu zweit und hatten sich von oben her angeschlichen. Mein erster Gedanke war meine Geige, die ich blitzschnell in den Kasten schob und den Deckel zuklappte. Aber Rufio war schneller als ich, drängte mich in die Grotte zurück und hob die Pistole. Er sah mit seinem in die Stirn gedrückten Hut so grimmig und verwegen aus, dass die beiden Banditen erschrocken innehielten. Sie waren nur mit Knüppeln bewaffnet und wichen vor der erhobenen Waffe zurück. Dazu stieß Rufio eine Flut italienischer Flüche aus, dass es wirklich furchterregend klang. Basta hatte in der Aufregung seinen Pflock aus dem Boden gerissen und keilte mit der Hinterhand aus, dass einer der Angreifer zu Boden stürzte. Der andere verschwand mit einem Schreckensruf und wurde nicht mehr gesehen. Rufio steckte die Pistole in den Gürtel und kniete sich auf den halb besinnungslosen Mann.

„Gib mir deinen Gürtel", sagte er kurz angebunden, und ich gehorchte ohne ein Wort. Rufio verschnürte dem Mann die Hände auf dem Rücken, nahm seinen eigenen Gürtel und band ihm auch die Beine zusammen. Dann schleifte er ihn an den Überhang des Felsens und ließ ihn dort liegen.

„Pflock Basta wieder an", kam die nächste kurze Anweisung, während er sorgsam das Feuer austrat.

„Komm in die Höhle, wir werden abwechselnd schlafen." Die Pferde standen unter ihren Decken mit hängenden Köpfen, so wie Pferde sich eben ausruhen, wenn sie sich nicht niederlegen.

„Und der Räuber?" fragte ich.

„Lass ihn nur liegen, das ist eine kleine Strafe für einen Überfall. Morgen sehen wir weiter." Damit musste ich mich begnügen, wickelte mich in meinen Umhang und versuchte zu schlafen. Der Mond stand am Himmel, als Rufio mich weckte, es war so hell, dass die Felsen Schatten warfen.

„Ich schlafe jetzt", sagte Rufio, „aber lass den Kerl nicht laufen."

Er legte sich hin, wo ich eben noch gewesen war, und nach einer kurzen Weile hörte ich ihn tief atmen. Ich trat zu Rosi, klopfte ihr den Hals und tat so, als hörte ich das leise Stöhnen nicht. Es schien, der Mann war wach und wollte etwas sagen, ich hörte, dass er Italienisch sprach. Er wollte unbedingt freigelassen werden, er habe doch gar nichts getan. Ich antwortete ihm nicht, setzte mich zu Rosi, die sich neben mir im Gras niederließ. Damit gab ich mich härter, als mir zumute war, denn es konnte doch sein, dass Leute wie er von der Armut zu solchen Überfällen getrieben wurden.

Sonst geschah nichts in dieser Nacht, der Mond verschwand hinter den Felsen, und gegen Morgen wurde es empfindlich kalt, ich war froh über Rosis wärmende Nähe.

Mit dem ersten Morgengrauen brachen wir auf. Rufio nahm dem Mann die Fesseln ab, band seinen Gürtel wieder um, steckte die Pistole hinein und sagte:

„Wenn du wegläufst, schieße ich."

Der Bursche nickte kleinlaut, denn Rufio zog sein grimmigstes Gesicht. Ich musste beinahe lachen, jetzt bei Tageslicht sah ich einen jungen Mann, der kaum älter sein mochte als ich. Auch wusste ich, dass Rufio niemals auf ihn schießen würde.

„Was machen wir mit ihm?" fragte ich auf Deutsch.

„Im nächsten Ort abgeben, wo es eine Gendarmerie gibt", antwortete Rufio. Das Wort 'Gendarmerie' hatte der Bursche wohl verstanden, denn er fing an zu betteln, dass wir ihn dort nicht abgeben möchten. „Zito!" war alles, was Rufio sagte. Tatsächlich war der nächste Ort Klausen mit seiner Zollstation, wo wir ohnehin aufgehalten wurden.

Der Zöllner, der unsere Pässe besah und den Inhalt unserer Satteltaschen, wurde blass, als er den gefesselten jungen Mann bemerkte.

„Giovanni", flüsterte er, „was - wie..."

Gleichzeitig mit Giovannis hervorbrechender Redeflut fragte Rufio:

„Ihr kennt ihn?"

„Er ist mein Schwestersohn."

„Das tut mir leid", sagte Rufio, „er hat uns überfallen gestern Abend, der Kumpan ist leider entkommen."

„Kumpan?" Der Zöllner sah Giovanni an. „War das etwa dieser schlechte Kaspar, dieser Sohn einer -", er verschluckte das letzte Wort, aber ich konnte mir schon denken, was er sagen wollte. Giovanni nickte, und Rufio meinte ganz gelassen:

„Nimm deinen Gürtel, Felice, ich glaube, diese Sache können wir getrost dem tüchtigen Zöllner hier überlassen."

Ich tat, wie Rufio sagte, und sah die ungeheure Erleichterung auf den Gesichtern von Onkel und Neffe. Wie man sich denken kann, bekamen wir weiter keine Schwierigkeiten mit dem Zoll, ich wurde nicht einmal gefragt, was ich im Kasten auf dem Rücken trug.

Drei Tage später waren wir in dem Dorf Tolosa am Gardasee. Es war ein schweigsamer Ritt gewesen, denn ich wollte nicht gern in Rufios Gedanken einbrechen. Ich selbst hatte genug zu denken, allerdings mehr an meine Mutter als an den zornmütigen und ungerechten Sandro.

Es sah genau aus, wie meine Mutter es beschrieben hatte, die Hänge, die Reben, die Steinhäuser und der Blick auf den See. Er war blau, so blau wie der Himmel an dem Tag unserer Ankunft.

Rufio lenkte sein Pferd in die oberste Reihe des Dorfes, das mit seinen Häusern an den Hang geklebt war, graubraun, viereckig und mit flachen Dächern. In der Mitte des Weges zügelte er Basta, deutete auf ein schmuckes Haus mit blanken Fenstern und sagte:

„Hier haben deine Großeltern gewohnt mit deiner Mutter und Raffaele." Er ließ mir allerdings keine Zeit, etwa abzusteigen, sondern wartete erst wieder vor dem letzten Haus der Reihe. „Hier ist es", sagte er, stieg ab, band Basta an einen Mauerring und klopfte an die Tür. Ich sah wohl, dass er sich kein Zögern erlaubte, sondern irgendwie die Begegnung hinter sich bringen wollte. Statt eines alten Mannes öffnete eine junge Frau mit runden, neugierigen braunen Augen und fragte:

„Che cosa volete?"

„Ich möchte zu meinem Vater Sandro Bettinardo", sagte Rufio ohne Umschweife. Ich wollte bei den Pferden stehen bleiben, aber Rufio sagte: „Du kommst mit."

Die junge Frau war ganz blass geworden.

„Ihr seid Rufio?"

„Spricht mein Vater noch von mir?"

„Sprechen - meistens flucht er. Ich bin Bernarda", fügte sie unvermittelt hinzu, „mein Mann und ich haben die Weinberge gepachtet und wir sorgen für Eure Eltern." Wenn Sandro immer noch fluchte, wollte ich lieber nicht mitkommen, aber Rufio schob mich zur Tür hinein. „Oben", sagte Bernarda, „sie sind beide in den oberen Stuben."

Während wir die engen Treppen hinaufgingen, wunderte ich mich, dass Sandro seine Weinberge nicht mehr selbst bearbeitete, aber als wir in die Stube traten, wusste ich, warum. Er musste die Stimmen gehört haben, er stand gerade und aufrecht da, das Kinn vorgereckt, aber sein rechter

Ärmel hing schlaff herab, leer. Was immer mit ihm geschehen war, ich sah, er würde es auch jetzt noch an Rufio auslassen. Sie sahen sich zum Verwechseln ähnlich, Vater und Sohn, und ich begriff, wie Rufio ohne seine Narben ausgesehen hätte, nur mit dem Unterschied, dass Sandros Gesicht ohne einen erhellenden Strahl von Freundlichkeit war.

„Vater", sagte Rufio, „ich bin gekommen, um zu sehen, wie es dir geht, da du meine Briefe nie beantwortet hast." Sandro antwortete nicht, ich spürte, wie er nur mit Mühe einen ungeheuren Zorn beherrschte, den er früher wohl mit seinen Fäusten ausgetragen hätte. Aber jetzt stand da ein erwachsener Mann vor ihm, der zwei gesunde Fäuste hatte und der wenigstens äußerlich ganz gelassen schien. Rufio nahm mich am Arm und sagte: „Dies ist Felice Sciatti, Catarinas Enkel."

Sandros Kinn und Mund fingen langsam an, sich zu bewegen, dann sagte er ganz leise:

„Du hast es schon immer verstanden, mich zu kränken."

„Es war wohl eher umgekehrt, Vater", antwortete Rufio ebenso leise, „willst du uns nicht willkommen heißen und erzählen, was hier inzwischen geschah?" und damit deutete er auf Sandros hängenden Ärmel.

„Du bist hier willkommen, Sohn, und auch dein Begleiter." Aus der angrenzenden Stube trat eine kleine, schmale Frau mit grauen Haaren, zu meinem größten Erstaunen sah ich in zwei helle blaue Augen.

„Mutter!" Rufio nahm sie ohne Umschweife in die Arme und küsste sie.

„Rufio, mein Sohn, du hast lange gebraucht, hierher zu kommen."

Das war also die Mutter, die nie gewagt hatte, den Mund aufzumachen, offenbar hatte sich das geändert.

„Guten Tag, Onkel Sandro, guten Tag, Tante Maria", sagte ich, um nicht wie ein furchtsamer Schulbub dazustehen. Im gleichen Augenblick, noch ehe sie etwas antworten konnten, kam Bernarda herein und stellte Wein, Becher und Brot auf den Tisch.

„Willkommen auch von mir", sagte sie und ging wieder hinaus.

„Setzt euch", sagte Rufios Mutter, schenkte Wein ein und hielt jedem einen Becher hin. Wir setzten uns, und auch Sandro ließ sich schwer auf einen Stuhl fallen. Rufio trank, brach ein Stück Brot ab, hielt es seinem Vater hin und fragte:

„Willst du mit mir das Brot brechen?"

Widerwillig nahm Sandro das Brot und knurrte:

„Brechen musst du es schon selbst, du siehst, ich kann es nicht mehr."

Wir aßen alle von dem Brot und tranken von dem Wein, ich hoffte nur, dass unser Aufenthalt hier nicht die ganze Zeit überschattet bleiben würde von schlimmen und unausgesprochenen Gefühlen.

„Lass mich nach den Pferden sehen", sagte ich, denn ich wollte sehr gern aus dieser Stube entkommen und Rufio mit seinen Eltern allein lassen.

Da keiner etwas sagte, ging ich leise hinaus. Unten traf ich Bernarda, die hinter der geöffneten Küchentür mit gespannter Miene auf meine Schritte lauschte. Ich dankte ihr für den Willkommensgruß, sagte ihr meinen Namen und wie ich mit der Familie zusammenhing. Sie lächelte und strich sich die ungebärdigen braunen Haare zurück, und als ich auch lächelte, schien sie sehr erleichtert.

„Ist Rufio ebenso finster wie sein Vater?" fragte sie. Ich lachte.

„O nein, Rufio ist freundlich und geduldig." Dass ich Italienisch sprach so wie sie, schien sie gar nicht zu verwundern.

„Bernarda", sagte ich, „wo können wir die Pferde unterstellen und wo können wir schlafen?" Ich musste das fragen, denn es fing schon an zu dämmern. Ihr Blick ging abschätzend über meine Kleidung.

„Seid Ihr es sehr vornehm gewohnt?" fragte sie zurück. Ich lachte wieder.

„Bestimmt nicht."

„Wir haben hinter dem Haus einen Stall für die Esel gebaut, darüber ist eine Kammer, ich könnte Euch dort ein schönes Strohlager machen."

„Bene", sagte ich, „das wäre wunderbar", und dann, „sag doch einfach du zu mir."

„Gern", antwortete sie und ging mit mir zu den Pferden.

Der Stall befand sich auf einem flachen Stück Land an der Rückseite des Hauses, dahinter stieg wie ein Schutzwall eine steile Felsenwand auf, das leicht schräge Dach war mit Feldsteinen beschwert. Wir würden in der Kammer sicher unsere Köpfe einziehen müssen. Mir gefiel Bernarda und mir gefiel es, wie sie mir voll Stolz die beiden Eselinnen zeigte. Die hatten ein fast schwarzes Fell, nur um die Augen weiße Ringe, und als sie uns die Köpfe entgegenhoben, schienen sie zu lachen.

„Was für Schönheiten", sagte ich und dachte dabei an meinen Vater, der auf einem Esel seine Heimat verlassen hatte, und daran, was wohl aus diesem Esel geworden war.

Wir holten die Pferde, ich überließ es Bernarda, Rosi zu führen, denn bei Basta wusste man nie, was er tun würde. Was er dann wirklich tat, war so komisch, dass wir beide Tränen lachten. Während Rosi sich sanft und gefügig an ihren Platz führen ließ, stutzte Basta, beäugte die beiden Eseldamen, schnoberte nach ihrem fremden Geruch und stieß dann ein leises Wiehern aus, das wie eine freundliche Begrüßung klang.

„Es scheint, sie gefallen ihm", sagte Bernarda immer noch lachend und holte einen Arm voll Heu herbei. Es war gut, dass die Esel einen abgeteilten Verschlag hatten, sonst hätte Basta sich sicher zu ihnen hinübergedrängt. Jetzt senkten beide Pferde ihre Köpfe in das Heu, während ich sie absattelte und striegelte.

Bernarda war schon verschwunden. Ich kletterte die Leiter in die obere Kammer hinauf, die sauber gefegt war und heimelig nach Stroh und Heu roch. Ich holte die Satteltaschen herauf und meine Geige, da steckte schon Rufio den Kopf durch die Luke, er war mit zwei Strohsäcken und leinenen Tüchern beladen.

„Können wir hier bleiben?" fragte ich.

„Natürlich", sagte er, „ich soll dich zum Essen holen, Bernardas Mann ist nach Hause gekommen."

Vor der Küche stand ein Wasserzuber, in den ich Gesicht und Hände steckte, ich kam mir einen Moment vor wie an der Durlacher Regentonne.

Nicht nur Bernardas Mann Paolo saß am Küchentisch, auch Rufios Eltern, die mit Fürsorglichkeit zuerst bedient wurden. Anfangs gingen nur die Blicke hin und her, keiner wusste so recht, wer mit wem reden sollte. Sandro musterte mich, und Paolo musterte mich, während Rufio und seine Mutter sich ab und zu anlächelten.

"Du siehst aus wie deine Mutter, Felice", sagte Sandro, nachdem er seinen Teller mit Pasta geleert hatte, „wie geht es ihr?" Offenbar hatte er sich entschlossen, wenigstens zu mir höflich zu sein, wenn er schon alle möglichen, mir nicht verständlichen Vorbehalte gegen seinen Sohn hatte.

„Es geht ihr gut", antwortete ich, „mir scheint immer, sie wird gar nicht älter, und ihre Haare sind noch ganz dunkel."

„Und - hat sie einen guten Mann?"

„Ja sicher", sagte ich, „das solltest du doch von deinem Bruder und Raffaele wissen."

Wenn er glaubte, er könne mich einschüchtern oder provozieren, hatte er sich geirrt.

„Mein Vater ist Hofmusikus bei unserem Fürsten, und ich arbeite bei Mutters Bruder, wie du sicher weißt." Rufio sah mich erstaunt an, vielleicht dämmerte ihm, was ich von seines Vaters herrischen Allüren hielt, die selbst nach so langer Zeit noch spürbar waren. Da ich schon einmal im Zuge war, sprach ich weiter. „Ich hoffe, dass Rufio recht gute Geschäfte mit Paolo machen kann, deshalb sind wir auch hier."

Dabei sah ich ihm gerade in die Augen, damit er begriff, dass ich mich überhaupt nicht vor ihm fürchtete. Und dann fiel mir ein, dass Rufio nicht wissen konnte, was meine Mutter mir erzählt hatte, aber mir war, als müsse ich in diesem Augenblick immer noch den unglücklichen Jungen von damals in Schutz nehmen. Aus Sandros Mund kam so etwas wie ein kurzes bellendes Lachen:

„Du bist nicht grade auf den Mund gefallen."
„Nein", sagte ich, „nicht, wenn es sein muss."

Mir war es lieb, dass wir so nahe bei den Pferden schliefen, abseits vom Haus mit allen seinen sich kreuzenden Strömungen. Als wir später auf unseren knisternden Strohsäcken lagen, sagte Rufio ins Dunkel:

„So kenne ich dich gar nicht, Felice. Was weißt du von mir?"

„Was meine Mutter mir von deiner Flucht erzählt hat."
Rufio schwieg lange Zeit, dass ich schon dachte, er wäre eingeschlafen.

„Du magst meinen Vater nicht", kam dann wieder seine Stimme zu mir herüber.

„Er tut mir leid", sagte ich, „so viel Bitterkeit und Unfrieden mit sich selbst. Wie hat er seinen Arm verloren?"

„Eine Messerstecherei im Dorf, dann Sepsis, man musste den Arm abnehmen." Das war schrecklich, wenn dem zornigen Temperament eines Menschen so eine bittere Strafe folgte.

„Warum mochte dein Vater dich nicht, Rufio?"

„Ich weiß nicht, vielleicht war ich ihm zu ähnlich, ein Draufgänger, der sich vor nichts fürchtete. Und ich widersprach ihm, wenn ich nicht mochte, was er tat, wenn er ungerecht war, und das war er oft."

„Wie lange bleiben wir?"

„Mal sehen, eine Woche oder zwei, je nachdem, wie ich mit meinem Vater und Paolo verhandeln kann."

„Bernarda ist nett", sagte ich, und dann erzählte ich ihm von Bastas Zuneigung zu den beiden Eselinnen. Da lachte auch er, und wir sagten uns gute Nacht.

Wir gingen durch die Weinberge, die noch nicht den Duft der Blüten verströmten, nur die Blätter trieben schon an den sauber geschnittenen Reben. Rufio und Paolo hatten viel miteinander zu reden, es schien, sie wurden sich schnell über die praktischen und geschäftlichen Abmachungen einig. Sandro begleitete uns nicht, er zog es vor, in finsterem Schweigen im Hause zu bleiben. Bei den Mahlzeiten, die wir nach wie vor gemeinsam einnahmen, setzte er seine Musterung fort, deren Ziel zu meinem großen Unbehagen meistens ich war. Was Rufio abends mit seinen Eltern sprach, wusste ich nicht, ich blieb lieber unten in der Küche bei Bernarda oder half ihr die Esel und Pferde versorgen.

Nach ein paar Tagen allerdings überraschte Sandro mich. Ich hatte mich entschlossen, einmal allein durch das Dorf zu gehen und neben der Kirche den Friedhof aufzusuchen. Ich hatte noch niemanden nach dem Grab meiner Großmutter gefragt, die Gemeinde war so klein, dass ich es sicherlich selbst finden würde. Erst hörte ich die Schritte hinter mir, dann tauchte er neben mir auf und fragte:

„Erlaubst du, dass ich dich begleite?" Was sollte ich tun, natürlich musste ich es erlauben.

„Es ist mir eine Ehre", sagte ich und hoffte, er möge das nicht ironisch auffassen. Er sah mich von der Seite an und dann überraschte er mich noch einmal:

„Warum war Rufio früher nicht so wie du?" Ich blieb stehen, weshalb fragte er mich solchen Unsinn, nur weil er mit seinem eigenen Leben nicht zurechtkam.

„Rufio ist außer meinen Eltern der beste Mensch, den ich kenne", sagte ich und fragte ihn, ob er mich zu Catarinas Grab führen könne. Während mir die Menschen, die uns begegneten, freundlich zunickten oder einen Gruß zuriefen, mieden sie Sandros Blicke, als wollten sie sich nicht verhexen lassen. Auf dem Friedhof strebte er pfeilgerade zum Grab meiner Großmutter und blieb mit gesenktem Kopf stehen. Ich sprach leise ein Paternoster und bekreuzigte mich. Die kleine Fläche vor dem schlichten Kreuz war mit Immergrün bedeckt, das in der Frühlingssonne schon neue Blätter trieb und erste blaue Blüten. Die meisten anderen Grabstellen zeigten nur den kargen steinigen Boden oder höchstens ein paar getrocknete Kränze, dies hier aber war liebevoll gepflegt. Sandro wusste wohl gar nicht, welcher Schmerz in seinem Gesicht zu sehen war, als wir den Friedhof verließen. Sie also hatte er geliebt und nicht bekommen, meiner Mutter Gesicht und meines sprachen von ihr, darum musterte er mich fortwährend. Maria war nicht die Frau, die er begehrt hatte, und Rufio nicht der Sohn, den er haben wollte. Ich schwieg, tief in meine Gedanken versunken, und er schwieg, mit seinen eigenen Erinnerungen beschwert. Ich glaube nicht, dass meine Mutter davon wusste, sie war wohl noch ein harmloses Kind gewesen und später zu sehr mit den eigenen Kümmernissen beschäftigt.

Wenn Rufios Mutter mit der Zeit ihre Furcht vor Sandro verloren hatte, so war sie doch immer noch recht still und in sich gekehrt. Nur mit ihrem Sohn sprach sie gern und traute sich selbst bei Tisch, ihn nach den Bewandtnissen und der Arbeit in Durlach zu fragen. Und Rufio erzählte, scheinbar unbefangen, aber ohne dabei einen Blick auf seinen Vater zu werfen. Er erzählte von Raffaeles Wohlstand, von dem Haus, der Gärtnerei und den Weinbergen, von Henriette und Camillo. Und eines Abends fragte Sandro unvermittelt:

„Und mein Bruder Enrico, wie geht es ihm?"

„Sag du es ihm, Felice", meinte Rufio, „du steckst doch oft mit deinem Großvater zusammen."

Ich sah schon, dass Rufio seinem Vater nicht direkt antworten wollte, sie machten beide kaum Anstrengungen, einander näher zu kommen.

„Ich mag ihn", sagte ich einfach, „er ist bissig und scharf in seiner Rede, er ist klug, und wir verstehen uns sehr gut. Seine Beine bereiten ihm viele Schmerzen, deshalb arbeitet er nicht mehr. Ich hoffe, dass ich ihn noch gesund antreffe bei unserer Rückkehr."

„Und Raffaele?"

„Raffaele ist ein Herr", sagte ich, ehe Rufio antworten konnte, „er ist erfolgreich, höflich und freundlich gegen jedermann."

Ich kann es nicht leugnen, mich überkam die kalte Wut gegen diesen Menschen, der immer noch darauf beharrte, dass Rufio nach seiner Pfeife tanzte und seine Frau sich in Unterwürfigkeit verzehrte.

Erst am Abend, als Rufio lange nach mir seinen Strohsack aufsuchte und ich noch wach von vielen Gedanken ins Dunkel starrte, sagte er:

„Was ist in dich gefahren, Felice, du bist doch sonst so ruhig und freundlich."

„Er bringt mich auf", gab ich zurück, und dann sagte ich ganz leise: „Ach Rufio, ich möchte nicht, dass dir irgendein Mensch etwas zuleide tut."

Ich hatte so gehofft, dass sie sich versöhnen und vertragen würden, aber daraus wurde nichts. Vielleicht war das auch der Grund dafür, dass ich in all der Zeit kein einziges Mal meine Geige aus dem Kasten holte oder gar Rufio mit mir zusammen sang. In der Gegenwart mancher Menschen gedeiht Musik einfach nicht. So zogen wir nach zwei Wochen weiter nach Westen. Rufio hatte handfeste Verträge in der Tasche über die künftigen Geschäfte mit Wein. Seine Mutter zerfloss in Tränen, Bernarda küsste mich auf beide Backen, nur Sandro wollte seinem Sohn nicht die ihm verbliebene Hand reichen, geschweige denn ihn umarmen. Paolo grinste zufrieden über die günstigen Aussichten, und dann war da noch Basta, der sich nicht von den schönen Eselinnen trennen wollte. Er ließ sich nur sehr widerwillig und bockig aus dem Stall ziehen und drehte wiehernd den Kopf zurück, bis Rufio ihm einen energischen Klaps auf sein glänzendes Hinterteil gab. Im Wegreiten tastete ich in meinem Wams nach dem Säckchen Erde, die ich für meine Mutter vom Grab geholt hatte.

Ein Stück weit ritten wir nach Süden am See entlang, vereinzelte Fischerboote schwammen auf dem Blau. Ich hatte keinen Sinn und kaum einen Blick für all die verlockende Schönheit der Natur, ich hatte Herzklopfen bei dem Gedanken, dass ich in zwei oder drei Tagen meinem Großvater Sciatti gegenüberstehen würde, wenn er denn noch lebte. Immer diese Einschränkungen, entweder in Gedanken oder in der Wirklichkeit, ich sah, dass auch Rufio mit den eben vergangenen Tagen noch nicht fertig war. Er hielt die Zügel nur mit einer Hand und saß zurückgelehnt im Sattel wie sonst nie. Erst als Basta versuchte, vom Weg abzukommen, weil er sich sozusagen unbeaufsichtigt fühlte, richtete sich Rufio auf und straffte die Zügel.

„Woran denkst du?" fragte er und sah mich von der Seite an.

„Das Gleiche könnte ich dich fragen, an meinen Großvater natürlich so wie du an deinen Vater."

„Ich habe eigentlich mehr an meine Mutter gedacht", sagte Rufio, „und ob sie mich entbehrt hat, als ich damals verschwand."

„Und, hat sie?"

„Ich weiß es nicht, man kann sie so etwas nicht fragen."

Am Abend kehrten wir in einer ländlichen Herberge nicht weit von Brescia ein, da erst fiel mir ein, dass ich gar nicht genau wusste, wie wir den Landsitz meines Großvaters finden sollten. Rufio dagegen wusste es genau, er lachte und sagte:

„Du bist immer noch ein Träumer, Felice." Immer noch? Ich wusste gar nicht, dass er mich für einen Träumer hielt.

Einmal machten wir noch in Treviglio Halt, und dann am späten Nachmittag des dritten Tages sah ich das ockergelbe Haus in der tiefstehenden Sonne liegen. Die Weinreben waren noch genauso angeordnet, wie mein Vater es beschrieben hatte, wir hörten das langgezogene ih-ah eines Esels und Männerstimmen. Ich zügelte Rosi, aber Rufio sagte:

„Komm."

Vier Männer standen um einen Eselskarren, der mit allerlei Geräten beladen war, vier Gesichter wandten sich den unbekannten Reitern zu. Ich rutschte von Rosis Rücken und warf Rufio die Zügel zu. Es gab gar keinen Zweifel darüber, welcher von ihnen mein Großvater war. Er war nicht ganz so groß wie mein Vater, aber breiter und mächtiger gebaut, das rostrote Haar, das ihm struppig um den Kopf stand von grauen Strähnen durchzogen, Emilio Sciatti.

Er bellte mich an, was wir hier ohne Erlaubnis auf seinem Grund und Boden suchten, und warf einen zornigen Seitenblick auf die Pistole in Rufios Gürtel. Der Mann auf der anderen Seite des Karrens konnte nur Lorenzo sein, seine Erscheinung durchfuhr mich wie ein Schock, er sah aus wie ein älter gewordener Gino.

Was sagt man in einem solchen Moment, in dem meines Vaters Vergangenheit plötzlich vor mir stand. Alle wohl gesetzten Begrüßungsworte blieben mir im Halse stecken, so sagte ich nur:

„Ich bin Felice Sciatti, Hyacinthos Sohn, und Lorenzo sieht aus wie mein Bruder Gino." Aber auch meinem Großvater verschlug es anscheinend die Sprache. Rufio war inzwischen abgestiegen, er verbeugte sich höflich und sagte:

„Verzeiht, Signor Sciatti, dass wir hier einfach so eindringen, ich hoffe, Ihr werdet Eurem Enkel und mir ein Nachtlager gewähren."

„Wer seid Ihr denn?" fuhr mein Großvater ihn an. Rufio sagte es ihm.

Mein Gott, dachte ich, warum bewahren Menschen so lange ihren Groll auf. Dann erlöste uns Basta aus aller Verlegenheit, indem er sich mit leisem, freundlichem Wiehern dem Esel vor der Karre näherte. Ich musste lachen und sagte:

„Siehst du, Großvater, so hatte ich mir eine Begrüßung gedacht." Eines muss ich sagen, war er auch grantig und schnell zum Zorn bereit, so sah er doch die komische Seite, dass ein Pferd ihn Höflichkeit lehrte. Aber es war nicht nur Höflichkeit, was auf einmal sein Gesicht erhellte. Als er lachte, glich er so sehr meinem Vater, dass es schmerzte. Ich zog Vaters Brief aus dem Wams, wo vorher das Säckchen mit Erde gesteckt hatte, hielt ihn meinem Großvater hin und sagte: „Hier, falls du es nicht glaubst." Aber Emilio Sciatti ließ sich nicht leicht verblüffen, er war der Lage durchaus gewachsen, denn er steckte den Brief fast achtlos in die Tasche, trat dicht an mich heran und musterte mich sehr ausführlich.

„Du siehst nicht aus wie dein Vater."

„Nein", sagte ich, „daran ist meine Mutter schuld."

Jetzt kam Lorenzo um den Karren herum und tat das, was mein Großvater hätte tun sollen, er nahm mich ohne ein Wort in die Arme und reichte darauf Rufio die Hand.

„Ihr seid willkommen", sagte er einfach.

Wir lernten im Podere Sciatti einen großen Haushalt kennen, denn es war keine Rede davon, dass wir etwa weggeschickt würden. Es schien, Lorenzos Wort hatte ebenso großes Gewicht wie das seines Vaters, er ordnete an, dass unsere Pferde versorgt würden, und schickte eine Magd, das Gastzimmer herzurichten. Ich fand mich auf einmal von einer großen Last befreit. Sie lebten, das Haus, die Reben, die Bäume, alles stand an seinem Platz, mir war, als stünde plötzlich mein Vater neben mir. Aber erst, als wir zwischen den kühlen Wänden unseres Zimmers anlangten, ließ ich die Tränen hilfloser Erleichterung laufen.

Es war schon verwirrend, wer bei der Abendmahlzeit alles um den großen Tisch herum saß, ein Tisch, der in der geräumigen Küche zu ebener Erde stand. Bis Lorenzo uns in diese Küche führte, hatte ich noch kein weiteres Mitglied der Familie getroffen, jetzt wandten sich Rufio und mir eine ganze Reihe von Gesichtern zu. Am Kopfende saß mein Großvater, offenbar schon in ungeduldiger Erwartung des Essens, am anderen Ende nahm Lorenzo Platz und winkte Rufio und mich zu sich.

„Nein, nein", rief Emilio, „Felice kommt zu mir" und klopfte dabei auf den leeren Stuhl neben sich. Gehorsam setzte ich mich zu ihm und sah mir gegenüber in vier gespannte graue Augen, in zwei vollkommen identische Mädchengesichter, rothaarig wie Lorenzo und etwa so alt wie ich. Daneben saß ein schwermütig blickender junger Mann mit dunklen Haaren, der wohl kaum ihr Bruder sein konnte. Neben mich setzten sich die beiden Männer, die wir am Eselskarren gesehen hatten. Zwischen Herd und Tisch gingen zwei Frauen hin und her, die Suppe und das Brot aufzutragen. Da mein Großvater nichts zu mir sagte, hatte ich Zeit, sie anzusehen und zu raten, wer sie wohl wären. Irgendwie sahen sie sich ähnlich, beide kräftig und dunkel, die eine wesentlich älter als die andere, aber Mutter und Tochter konnten sie trotzdem kaum sein. Die ältere der beiden setzte sich auf Emilios andere Seite, alle falteten die Hände und senkten die Köpfe, bis er den Segen gesprochen hatte. Dann gab es ein geschäftiges Tellerklappern, aber auch zu reden war jetzt anscheinend erlaubt. Ich fühlte mich eingehüllt in den vertrauten Tonfall der italienischen Sprache, von der es in Karlsruhe immer nur kleine Inseln gab. Zu mir sagte weder mein Großvater noch die Frau neben ihm etwas, bis die Suppe gegessen war. Unten am Tisch sah ich Lorenzo und Rufio in lebhaftem Gespräch, nur die beiden Mädchen mir gegenüber schwiegen und sahen mich verstohlen an. Wenn ich ihre Blicke auffing, wurden sie rot, auch dies fast gleichzeitig, als strömte durch die Adern das gleiche Blut. Dann rückte mein Großvater seinen Stuhl zurück und stand auf, sofort verstummten alle Gespräche. Nun gab es wohl doch noch so etwas wie eine Begrüßung, und wieder befiel mich Herzklopfen.

„Dass wir Besuch haben", sagte er, „habt ihr alle gesehen. Dies hier", dabei deutete er auf mich, „ist Felice Sciatti, mein Enkel von dem ungehorsamen Sohn, der vor Jahren sein Vaterhaus verließ, um seiner unnützen Musik nachzulaufen. Da Felice nichts dafür kann, soll er hier willkommen sein, ebenso sein Onkel Rufio, der dort neben Lorenzo sitzt." Damit setzte er sich wieder.

„Danke, Großvater", sagte ich. Das war mehr, als ich erwartet hatte, aber ich wurde das Gefühl nicht los, als hielte Emilio meinen Vater immer noch für einen unfolgsamen Sohn, der nun leider aus der Reichweite seiner Strafe entkommen war. Es tröstete mich ungemein, dass Lorenzo und Rufio sich offenbar schnell verstanden, und als hätte Rufio meine Gedanken gelesen, sah er mich über die Länge des Tisches an und nickte mir zu.

„Du fragst nichts, bist du nicht neugierig, wer all diesee Leute hier sind?" sagte Großvater in meine Gedanken hinein. Die Frau neben ihm war aufgestanden, um das nächste Gericht aufzutragen, vielerlei Gemüse auf einer Platte, daneben goldgelbe Klöße.

„Natürlich bin ich neugierig", antwortete ich, „aber ich kann warten, und außerdem habe ich Hunger."

„Das ist recht", sagte die Frau und füllte meinen Teller. Mein Großvater warf mir einen fast unwilligen Blick zu und fing an zu essen. Wer hier im Hause kochte, verstand etwas davon, es schmeckte wunderbar, und ich konnte nicht anderes, als das laut zu äußern.

„Bist du wohl von zu Hause nicht so gewohnt", sagte mein Großvater, „arme Musiker haben meistens nicht viel. Die Köchin sitzt hier neben mir, Agnese, meine Frau."

So hatte er wieder geheiratet, ich hätte es mir fast denken können. Ich sah sie an und sagte: „Danke, Agnese, für das gute Essen, oder muss ich Großmutter zu dir sagen?" Sie ließ beim Lachen eine ganz melodische Tonleiter hören.

„Du kannst gern Agnese zu mir sagen, denn deine Großmutter bin ich ja nicht."

„Und ihr beiden Gänschen mustert nicht dauernd euren Vetter", sagte Emilio schräg über den Tisch, „das sind Bianca und Berta, Lorenzos Töchter, sie sind fünfzehn und dünken sich schon wer weiß wie erwachsen."

Ich grinste die beiden an, und schon wurden sie wieder rot bis in die Haarwurzeln. Und da mein Großvater einmal im Zuge war, ging es mit der Vorstellung weiter den Tisch herum. Der dunkle Mann neben den Mädchen war Nicolo, Agneses Bruder, und wie es schien, saßen hier drei Geschwister zusammen, die dritte war Amalia, Lorenzos Frau.

Wir blieben, es war gar keine Frage, dass wir blieben, und wie es schien, wollte mein Großvater uns auf längere Zeit hier behalten. Ich wusste nicht, was mein Vater ihm geschrieben hatte, und ich wusste nicht, ob er den Brief schon gesehen hatte, aber fast schien es so, denn in den nächsten Tagen sah er mich immer wieder nachdenklich an, setzte ein paarmal zum Sprechen an, ließ es dann doch.

Die nächsten Tage - sie wurden zu einer Woche, zu zwei, Rufio und ich glitten fast unmerklich in den Alltag dieses Hauses hinein. Für Rufio war es gar keine Frage, dass er bei allen Arbeiten zupackte, die jetzt im Frühjahr zu verrichten waren, und Lorenzo akzeptierte das ebenso bereiwillig. Ich hatte als erstes nach den Zitronen- und Apfelbäumen gesucht. Es schien, dass sie immer noch die Domäne der Frauen waren. Ein ausgedehnter Gemüsegarten zog sich neben den Reihen der Zitronenbäume hin, Frühbeete unter

Glas mit Salat und Zucchini. Hier arbeiteten Agnese und Amalia zusammen mit den Zwillingen und etlichen Frauen aus dem nahen Dorf. Das Land war flach, Garten und Weingut gerade und zweckmäßig angelegt, nur an der Rückseite des Hauses gab es eine überschäumende Flut von zartlila blühenden Büschen.

Da weder Rufio noch Lorenzo mich aufforderten, ihnen bei der Arbeit zu helfen, machte ich mich in der Gärtnerei nützlich. Manchmal fühlte ich mich zurückversetzt in die ersten Durlacher Arbeitstage, nur dass es mir jetzt leichter von der Hand ging als damals.

Umgraben, Pflanzen versetzen, Wasserkannen schleppen oder Dünger verbreiten, das alles konnte ich tun, ohne nachzudenken, Rufio war ein guter Lehrmeister gewesen. Wenn Agnese ihre Anweisungen gegeben hatte und am mittleren Vormittag mit ihrer Schwester ins Haus ging, um das Mittagessen zu bereiten, blieb ich in der Gesellschaft der Zwillinge zurück. Erst dann lösten sich allmählich ihre Zungen, vor allem wollten sie von mir wissen, wie es da war, wo ich herkam, sie fragten nach meinen Eltern, nach der Stadt Karlsruhe, und ob mein Vater immer noch Musik mache. Ich hatte es bald heraus, sie auseinander zu halten, obgleich sie dachten, sie könnten mich hinters Licht führen. Wenn Berta lächelte, erschien neben ihrem linken Mundwinkel ein winziges Grübchen, bei Bianca dagegen nicht. Sie zum Lächeln oder Lachen zu bringen, war einfach, auch wurden sie nun nicht mehr rot, wenn sie mit mir sprachen. Aber das waren nur äußere Dinge, auch im Wesen waren sie verschieden, so wenig man das vermuten mochte. Es hätte nach etlichen Tagen gar keines Grübchens mehr bedurft, um sie zu unterscheiden.

Mit Lorenzo kam ich nicht so schnell ins Gespräch, da er ganz von Rufio eingenommen schien und mich weniger beachtete, so wenigstens dachte ich.

Inzwischen trieb mich die Unruhe, endlich an meine Eltern zu schreiben, die sicher schon dringlich auf Nachricht von mir warteten. Dieses Vorhaben wurde mir allerdings weidlich erschwert, da ich zuerst niemanden fand, der mir einige Bogen Papier, Tinte und Feder geben konnte. Bianca und Berta schüttelten unisono die Köpfe, sie hatten seit dem Ende der Schule dergleichen nicht mehr vorrätig, auch Agnese konnte mir nicht weiterhelfen.

Meinen Großvater mochte ich nicht fragen, da ich dachte, Briefe seien für ihn ein heikles Thema, und bei Rufio war ich mir überhaupt nicht sicher, wie er es mit dem Lesen und Schreiben hielt. So blieb nur Lorenzo, denn er musste ja mit der Buchführung und den Geschäften des Weingutes zu tun haben. So wartete ich nach der Abendmahlzeit auf ihn, denn ich wusste, dass er dann zu den Ställen hinüberging.

Er lächelte mich an, und auch um seinen Mund trat jener Anflug von Spott, den ich von Gino so gut kannte.

„Na", fragte er, „findest du auch einmal den Weg zu mir?" Er machte mich wahrhaft verlegen, denn ich hätte gern schon eher mit ihm gesprochen, und nun kam mir meine Bitte um Papier und Tinte ganz unpassend vor. „Na?" fragte er noch einmal, „du willst doch etwas von mir."

„Mein Gott", fuhr es mir heraus, „du siehst wirklich genauso aus wie Gino."

„Erzähle mir von ihm", sagte Lorenzo und setzte sich auf den Futterkasten.

„Gino -" sagte ich, „der würde dir gefallen, er tut immer das, was er will, und das macht er gut. Er arbeitet bei Vinzenz Melazzo im Obst- und Zitronenhandel, aber das weißt du sicher schon von Rufio." Lorenzo nickte, aber offenbar wollte er noch anderes von Gino hören.

„Gino ist ein Spötter", sagte ich, „er mag das Leben nicht so ernst nehmen, er spielt mit den Dingen, aber er trifft es immer genau richtig."

„Und du, wolltest du nicht Musiker werden wie dein Vater? Rufio sagt, du spielst sehr gut auf der Geige."

Jetzt wurde ich beinahe ärgerlich.

„Alle fragen sie mich das. Nein, ich wollte und will nicht Musiker werden - aus vielen Gründen - und ich bin kein Spötter wie Gino." So hatte ich gar nicht mit ihm reden wollen, aber er lachte nur und sagte:

„Und was wolltest du von mir?"

„Papier und Tinte", platzte ich heraus, „es scheint im ganzen Haus ist nichts dergleichen aufzutreiben."

„Willst du mit mir ausreiten? Nachher bekommst du, was du brauchst."

Wir ritten in einem großen Bogen um das Gut herum, noch weit über das Dorf hinaus. Lorenzo hatte Basta gesattelt, der unter seiner Hand schnell alle Versuche aufgab, sich ungebärdig zu benehmen. Selbst Rosi zeigte Zeichen von Übermut, es wurde Zeit, sie wieder richtig zu bewegen. Als wir die letzten Häuser des Dorfes hinter uns hatten, konnte ich nicht widerstehen, Rosi zu einem Galopp anzuspornen. Hinter mir hörte ich Bastas Hufschläge, schnell und trommelnd. Ich sah mich nicht um, es war zu schön, selbst hier auf unbekanntem Gelände. Erst als ich vor uns eine Mauer auftauchen sah, parierte ich das Pferd und sah mich nach Lorenzo um. Aber er war schon neben mir und klopfte Basta beruhigend den Hals.

„Du reitest wie der Teufel", sagte er, „wer hat dir das beigebracht?"

„Rufio", sagte ich.

„Mir scheint, Rufio kann sehr viel, nur von dir weiß ich noch recht wenig."

„Frag mich einfach, und wenn du erlaubst, möchte ich von dir auch eine Menge wissen."

Wir ritten im Schritt zurück, und ich erzählte. Es fiel mir leicht zu sprechen, vor allem, weil wir uns nicht direkt gegenüber waren, ich sah geradeaus und rief mir mein Elternhaus vor Augen, so dass Lorenzo auch einen Blick hineinwerfen konnte. Wir erreichten den Stall viel zu früh, denn während ich sprach, entstand nicht nur für Lorenzo das Bild meines Vaters, so wie ich ihn sah, ich spürte auch den Sog der mich umgebenden Familie, von der ich noch gar nichts wusste. Ich hatte kaum gemerkt, dass ich schwieg, während wir die Pferde absattelten. Ich sah Lorenzo an, der äußerlich so sehr meinem Vater und Gino glich und der mir doch auf eine unmerkliche Weise fremd blieb. Woran es lag, kann ich nicht sagen, vielleicht war es der Schatten einer versteckten Trauer, deren Ursache ich nicht kannte.

Noch am gleichen Abend schrieb ich in unserer Stube einen langen Brief an meine Eltern, nun von Lorenzo ausgestattet mit dem gewünschten Papier, Feder und Tinte.

Erst als ich bei dem vierten, eng beschriebenen Bogen angelangt war, fiel mir mit Schrecken ein, wieviel mein Vater für einen so schweren Brief würde bezahlen müssen. Aber noch während ich schrieb und von allem berichtete, was uns inzwischen begegnet war, wusste ich, was meinen Vater von seinem Bruder unterschied, es war die Heiterkeit und Harmonie in seinem Wesen, die ich bei Lorenzo nicht fand.

Die zweite Schwierigkeit war, den Brief zu expedieren, hier auf dem Lande hatte man kaum die Gewohnheit großer Korrespondenz. Wieder fragte ich Lorenzo, der wenigstens in großen Abständen an seinen Bruder geschrieben hatte.

„Monza", sagte er, „du wirst nach Monza reiten müssen, alles andere ist nicht zuverlässig."

Mir war das sehr willkommen, konnte ich doch dort in den weiteren Bannkreis meines Vaters gelangen. Lorenzo beschrieb mir umständlich, wo ich die Poststation finden würde, aber ich hörte kaum zu, mir schwebten in Monza ganz andere Dinge vor Augen.

Rufio bestand darauf, mich zu begleiten, ich ließ es mir gefallen, auch wenn ich dieses eine Mal lieber ohne ihn geritten wäre.

„Ich habe es deiner Mutter versprochen", sagte er nur. Das musste ich gelten lassen. Mein Großvater dagegen brummte und schimpfte vor sich hin, ich sollte doch, da ich hierher gekommen sei, lieber in seiner Obhut bleiben. Es schien, Monza war für ihn immer noch ein Reizwort. Aber es fehlte noch, dass ich mich von ihm wie ein Kind behandeln ließ. Ich lachte ihm ins Gesicht und sagte:

„Ich bin den weiten Weg zu dir gekommen, da werde ich wohl die kurze Streckenach Monza reiten können. Außerdem bin ich gestern achtzehn geworden." Ich muss sagen, ich hatte es allmählich satt, der Erbe all dieser Bevormundungen zu sein, erst Sandro mit seinem unausrottbaren Groll und nun ein alter Mann, der nicht vergessen und verwinden konnte, was vor mehr als zwanzig Jahren geschah. „Wenn ich von Monza zurück bin, Großvater, werde ich dir erzählen, wie dein Sohn in Karlsruhe arbeitet, wie geachtet und geehrt er ist am Hofe unseres Markgrafen. Ich werde dir von unserer Mutter erzählen und wie Gino und ich erzogen wurden."

Großvater sagte gar nichts, er drehte sich um und ließ mich einfach stehen.

Rufio war schweigsam auf dem Ritt nach Monza, er wollte nicht, dass ich mit meinem Großvater stritt. Aber ich fühlte, dass die Last der Vergangenheit einmal abgeworfen und durchbrochen werden musste, jedenfalls was mich selbst betraf. Ich konnte und wollte nicht alle Dunkelheiten und Widersprüche ihres Daseins austragen.

Mein Vater hatte die Stadt gut beschrieben, der Platz vor der Kathedrale schien unverändert, die Häuser, das tiefe Portal.

„Rufio, willst du bei den Pferden bleiben, oder sollen wir sie unterstellen?"

„Wir stellen sie unter."

Es war gar keine Frage, dass ich zuerst die Kirche aufsuchen wollte, auch wenn nun kein Pater Benedetto oder ein anderer an der Orgel saß.

„Gib mir den Brief", sagte Rufio, „ich werde ihn inzwischen besorgen."

Gut, so ließ er mir doch die Freiheit zu atmen, auch wenn er glaubte, mich behüten zu müssen. Eines allerdings wusste ich nicht, ob mein Vater je unter Heimweh gelitten hatte oder sich auch jetzt noch manchmal in seine alte Heimat zurücksehnte. Das musste ich auf sich beruhen lassen. So kniete ich denn in der stillen Kirche und versenkte mich in betende Gedanken an meine Eltern und Gino. Erst jetzt kam mir wieder Lauras Gesicht vor mein inneres Auge und das besorgte Gesicht ihrer Mutter. Ich betete, dass drohendes Unheil nie geschehen möge und vergangene Taten im Grunde des Vergessens blieben. Ich war heiter, als ich aus der

Kirche trat, wo Rufio still unter dem Schatten des Portals wartete.

„Danke", sagte ich, „hast du die Poststation gefunden?"

„Sicher", antwortete er, „das war nicht weiter schwierig. Und jetzt?"

„Ich habe Hunger", sagte ich, da lachte er befreit auf, und wir gingen zu dem Gasthof, in dem unsere Pferde standen.

Es wurde eine vergnügte Mahlzeit mit Bergen von Spaghetti und einem herben Chianti.

Auch auf dem Rückweg fühlte ich mich irgendwie befreit, froh in Rufios Gesellschaft wie auf dem ganzen Ritt nach Süden.

„Manchmal wünsche ich, wir wären gar nicht hergekommen", sagte ich, „was meinst du, wie lange wollen wir bleiben?"

„Lorenzo meint, bis zum nächsten Frühjahr, aber soviel ich verstanden habe, möchte dein Großvater dich für immer hier behalten."

„Für immer? O nein, Rufio, daraus wird nichts."

„Das denke ich auch, aber ich fürchte, es wird Schwierigkeiten geben."

Mit einem Schlag war meine heitere Laune verflogen, lieber Gott, so konnte selbst ein verbohrter alter Mann nicht rechnen, dass er den einen behalten könne, da er den anderen nicht haben konnte.

„Zuerst musst du mit Lorenzo den Zitronenhandel abschließen, oder hat er keine Prokura?"

Rufio lachte:

„Du bist ja ein richtiger praktischer Handelsmann geworden. Doch, Lorenzo kann Geschäfte abschließen, ich werde mit ihm schon zurechtkommen."

Ich streckte meine Hand zu ihm hinüber und sagte:

„Ich bin froh, dass du da bist."

So endete unser Ausflug nach Monza. An diesem Abend holte ich meine Geige aus dem Kasten und spielte alle Stücke meines Vaters, die ich auswendig konnte, und als Rufio dazu kam, sang er mit mir alle Lieder, die uns lieb waren. Natürlich hörten sie es im Haus, warum auch nicht, ich trachtete nicht, meine Fertigkeit zu verbergen.

Die nächsten Tage blickte Emilio Sciatti finster und sprach nicht mit mir. Sollte er, mehr denn je wurde mir bewusst, dass ich ihm keine Rechenschaft schuldig war, und wenn er mir grollte, würde ich umso eher wieder von hier verschwinden.

Bei Tisch beäugten mich die beiden Mädchen noch mehr als vorher, ich sah wohl, dass sie mich gern etwas fragen wollten, sich aber nicht so recht trauten. Ich dachte mir schon, dass sie unsere Musik gehört hatten und sehr neugierig geworden waren. Aber es war noch etwas anderes, es stellte sich heraus, dass beide sehr gern sangen, und nicht nur das, sie hatten, wie ich bald hörte, glockenreine liebliche Stimmen. Als die Tage und Abende allmählich wärmer wurden, setzte ich mich nach der Arbeit mit Rufio unter eine Art Laube, die den Übergang vom Haus zum Garten bildete, stimmte meine Geige und fiel in das Zirpen der Zikaden ein. Meistens, wenn die ersten Töne erklangen, hielten sie jäh inne, um erst nach einer Weile mit ihrem Gesang fortzufahren. Es dauerte nicht lange, so tauchten Bianca und Berta auf und sangen mit uns. Sie kannten viele Lieder, unsere und auch andere, die wir von ihnen lernten. Sie lachten sehr über Franceschina und meinten, sie sei doch dumm, dass sie den Grafen nicht haben wollte. Wir sangen zwei- und dreistimmig, und ich erfand immer neue Weisen zur Begleitung.

Im Haus wurde darüber gesprochen, das blieb nicht aus, auch wenn das Echo sehr unterschiedlich war. Es geschah bald, dass die sonst so scheue Amalia sich bei uns einfand und mitsang, sie brauchte sich vor ihren Töchtern nicht zu verstecken. Agnese schwieg zu unserem Tun, auch wenn sie mich oft sehr nachdenklich ansah. Was in ihrem Kopf vorging, wusste ich nicht.

Mein Großvater sprach zwar wieder mit mir, schwieg aber lange zu unseren abendlichen Gesängen, die ihm doch deutlich genug zu Ohren kamen. Eines Abends, als ich mit meiner Geige unter dem Arm nach draußen strebte, verstellte er mir den Weg und fragte:

„Willst du hier einen Gesangverein aufmachen und den Mädchen Flausen in den Kopf setzen?"

„Flausen?" Ich lachte, „was hast du gegen ein paar fröhliche Lieder und ein bisschen Lebensfreude?"

„Du weißt, was ich dagegen habe, es soll hier niemand mehr so plötzlich und ohne Abschied verschwinden."

Ich konnte ihm darauf nichts antworten, alles, was ich hätte sagen können, wäre in seinen Augen wohl zu respektlos gewesen.

„Verbietest du das Singen?" fragte ich.

Darauf brummte er nur unverständlich vor sich hin, woraus ich entnahm, dass er ein Verbot nicht aussprechen wollte. Da Bianca und Berta im Einklang ihrer Gemüter mir mehr schwärmerische Blicke zuwarfen, als mir lieb war, und da Agnese immer verschlossener gegen mich wurde, hielt ich mich nun an Rufio und Lorenzo, wenn ich Arbeit suchte.

Zwischen den Weinstöcken gab es genug zu tun, Arbeiten, die ich von Durlach kannte, auch wenn hier der Weinbau in größerem Maßstab betrieben wurde. Lockern und Jäten des Bodens, Pflege der Reben gegen Ungeziefer, wozu verschiedene bittere Kräuteraufgüsse benutzt wurden. Es musste Dünger aus den eigenen und den Ställen des Dorfes gekarrt werden, wozu man auf dem Gut eine Reihe von Eseln hielt. Zu ihnen fühlte ich mich durch die Erzählung meines Vaters besonders hingezogen, und es stellte sich heraus, dass ich mit ihnen ganz gut umgehen konnte. Abends ritt ich oft auf Rosi über das hier vollständig flache Land, meistens in Rufios Begleitung, manchmal war auch Lorenzo dabei. Sein Pferd war nicht gerade ein edles Reittier, vielmehr sattelte er einen der schweren Gäule, die sonst den Wagen zogen und die sich um keinen Preis zu einem Galopp bequemten. So trat Rufio ihm manchmal Basta ab, und dann war ich mit Lorenzo allein. Mir war das lieb, denn auf solchen Ausritten begann er von sich und seinem Vater zu sprechen. Eines allerdings war mir nicht lieb, dass ich offenbar durch mein Kommen und meine Person eine Unruhe und Gärung in die Familie gebracht hatte.

„Weißt du", sagte Lorenzo an einem kühlen Maiabend, als die ersten Blüten der Reben zu duften begannen, „mein Vater ist sehr zufrieden, dass du so viel von der Landwirtschaft verstehst. Er meint, du wirst dich gut hier einarbeiten." Dazu schwieg ich, die Dauer meines Aufenthaltes wollte ich nur mit Rufio zusammen bestimmen.

„Erzähl mir von meinem Vater", sagte ich stattdessen, „wie war er als Junge, wart ihr euch ähnlich? Und wie war es hier, als er wegging?"

„Ich wünschte, du würdest deinen Großvater besser verstehen", gab Lorenzo darauf zur Antwort, „auch musst du wissen, dass er angefangen hat, dich sehr zu lieben."

„Erzähl von meinem Vater", sagte ich noch einmal, über meines Großvaters Besitzansprüche wollte ich mit Lorenzo lieber nicht reden.

„Du musst nicht denken, dass es für uns leicht war, als Hyacintho so plötzlich verschwand. Wir hatten ihn wohl alle falsch eingeschätzt. Ich hielt ihn für einen Träumer, der mit der Zeit trotz der Musik unsere Arbeit hier eines Tages schätzen würde. Der Fehler war wohl, dass ich von Musik gar nichts wusste und ihn auch nie habe spielen hören. Ist er gut?"

„Er ist sehr gut", sagte ich, „besser als viele andere."

„Für meinen Vater", fuhr Lorenzo fort, „war Musik nie etwas anderes als eine sehr entfernte Zutat des Lebens, die man nicht weiter ernst zu nehmen brauchte. Dass er meinem Bruder zwei Jahre lang den Unterricht erlaubte, war für ihn schon ein ungeheures Zugeständnis. Hyacintho hat auch nie von seinen Fortschritten erzählt, er wusste wohl, warum."

Ich nickte, das konnte ich gut verstehen.

„Und dann war da noch unsere Mutter, sie litt furchtbar unter den Unstimmigkeiten, wagte aber nie, ihren Sohn offen in Schutz zu nehmen, wie sie wohl gern getan hätte."

„Ich weiß", sagte ich, „Vater hat es mir erzählt."

„Ich werde nie die ersten Tage vergessen, nachdem Hyacintho verschwunden war und auch noch unseren besten Esel genommen hatte. Zuerst tobte mein Vater und ließ Ausdrücke hören, die er noch nie in den Mund genommen hatte.

Mutter dagegen hörte nicht auf zu weinen und am dritten Tag bekam sie Fieber und redete wirres Zeug."

Wir waren so weit gekommen, wie wir gewöhnlich zu reiten pflegten. Ich stieg ab, zog Rosi die Zügel über den Kopf und hockte mich auf einen Stein unter der einzigen großen Pinie der Umgebung.

„Erzähl weiter, hier kann ich dir besser zuhören."

„Wenige Wochen später war meine Mutter tot, und auch das ist eine Schuld, die deinem Vater zugeschoben wird."

Ich sah wohl, dass er damals mehr Mut bewiesen hatte, als ich jemals ermessen konnte, und ich sah, mit wie vollkommen ungleichen Waffen sie gekämpft hatten, die nun abermals ins Treffen geführt werden mussten.

„Jetzt wurde ich der einzige Sohn, der andere war für deinen Großvater nicht mehr vorhanden, und noch schlimmer wurde es, als er seine Frau begraben musste. Ich selbst habe lange gebraucht, meinen Bruder auch nur entfernt zu verstehen. Inzwischen weiß ich, dass es für jede Handlung starke Triebfedern gibt, die alles andere außer Kraft setzen. Jetzt spielst du so schön auf deiner Geige, meine Töchter singen mit dir, du trägst eine fremde und ferne Welt zu uns herein." Lorenzo schwieg, und ich ahnte, dass er wohl auch von gewissen Triebfedern in seinem eigenen Leben gesprochen hatte. „Das erste Jahr war überaus trübsinnig, es gab nur Arbeit und immer wieder Arbeit, dem Haushalt fehlte die ordnende Hand, die Magd, die wir hatten, lief davon, weil sie die finstere Laune des Hausherrn nicht mehr ertragen konnte. Ich schickte meinem Bruder nicht sehr viele freundliche Gedanken hinterher, obgleich ich ihm auch wieder wünschte, dass er das Ziel seiner Träume erreichen möchte. Und wie es scheint, hat er es erreicht."

„Ja", sagte ich, „er hat es erreicht, und außerdem hat er meine Mutter geheiratet."

Lorenzo lachte, er merkte wohl, wie sehr ich meine Mutter liebte.

„Und Agnese?" fragte ich.

„Sie kam erst später in unser Haus, in der Zwischenzeit schlugen wir uns recht und schlecht mit wechselnden Mägden durch. Agnese ist aus Monza, sie ist die Nichte des Gastwirts, bei dem mein Vater abzusteigen pflegt, wenn er dort Geschäfte hat. Sie und die kleine Amalia hatten es nicht so gut dort, sie lebten bei ihrem Onkel nur gnadenhalber. Agnese musste in der Gaststube helfen, was ihr ein Greuel war, denn manche Gäste hatten ein recht loses Maul ihr gegenüber. Als mein Vater sie fragte, ob sie ihm den Haushalt führen wolle, hat sie mit Freuden zugesagt. In einem blieb sie allerdings hart, sie käme nur, wenn sie ihre kleine Schwester mitbringen könne. Amalia, musst du wissen, ist das jüngste einer Reihe von Geschwistern, während Agnese die Älteste ist. Mein Vater wurde wieder freundlich und zugänglich, denn sie hat wirklich die Gabe, ein Hauswesen gründlich und ohne viel Geräusch zu führen. Aber das hast du sicher schon gemerkt."

„Und wann hat er sie geheiratet?"

„Oh, erst später -" Lorenzo schwieg eine Weile, wie mir schien, mit einer Spur von Verlegenheit. Ich konnte mir schon denken, was das hieß , und ich konnte mir auch denken, dass es Agnese war, die auf Heirat gedrängt hatte.

„Lass uns zurückreiten", sagte ich und legte Rosi die Zügel über den Hals. Wir sprachen nicht mehr auf dem Heimweg, aber ich wusste, das war noch nicht das Ende der Geschichte.

Der Mai ging zu Ende, der Juni kam, ich ließ mich allmählich einlullen in das sommerliche Gleichmaß der Landschaft und der Arbeit, mein Großvater betrachtete mich nun als einen festen Bestandteil seines Haushalts und seiner Arbeitsplanung. Erst nach Wochen war ich in einen Raum vorgedrungen, den er als sein Büro bezeichnete, einen kleinen Raum, in dem ein großer Tisch fast allen Platz einnahm. Auf diesem Tisch lagen verschiedene Papiere, die, wie ich sah, dringend eine ordnende Hand gebrauchen konnten. Ich kam hier herein, weil mein Vater mir geschrieben hatte und ein gefaltetes, versiegeltes Blatt für Emilio Sciatti bestimmt war. Ich hoffte sehr, er würde es lesen oder wenigstens nicht gleich wütend werden.

„Setz dich", sagte mein Großvater, „du hast mir noch nicht erzählt, wie Hyacintho in Karlsruhe arbeitet."

„Bis jetzt hast du es nicht hören wollen, Großvater", sagte ich.

„Jetzt will ich es hören."

Ich tat, wie er sagte, und sah dabei zu, wie er den noch ungeöffneten Brief hin und her drehte, ihn hinlegte und wieder aufnahm. Ich erzählte viel und als ich schließlich schwieg, saß er mit gesenktem Kopf, den Brief unter ruhig gewordenen Händen. Ich ging leise hinaus, sicher, dass er ihn nun lesen würde.

An mich schrieb mein Vater, wir sollten uns mit der Rückkehr ruhig Zeit lassen, nur Mutters unten an den Rand geschriebener Gruß sagte etwas anderes.

Ich ließ mich noch von etwas anderem einhüllen als vom Sommer und dem Gleichmaß der Tage, um es deutlich zu sagen, von Teresa. Sie kam oft vom Dorf herüber, machte Botengänge für Agnese oder half halbe Tage im Garten. Sie musste sich so ihr Brot verdienen, denn ihr leichtsinniger und abenteuerlustiger Mann war eines Tages fortgegangen und nie mehr wiedergekommen. Teresa war hübsch und immer lachte sie, wenn sie mich sah. Ich lachte auch und dachte mir weiter nichts dabei bis zu dem Abend, als sie in dem Schuppen wartete, wo das Stroh lagerte. Rufio war mit Lorenzo ausgeritten, und ich wollte frische Streu für die Pferde holen. Sie drückte mit dem Rücken die quietschende Tür ins Schloss, ohne ein Wort kam sie auf mich zu und legte mir die Arme um den Hals. Sie roch wie der frische Wind, der über blühende Felder geht, und ihr Mund schmeckte nach den Kräutern des Gartens.

Ich zog sie in das knisternde Stroh, und sie ließ mich mit Lächeln gewähren. Sie lachte noch, als ich mich nach einer Ewigkeit darauf besann, was ich hatte tun wollen. Wir hörten beide den Hufschlag der zurückkehrenden Pferde und die Stimmen der Männer.

Teresa wusste immer irgendeinen Ort, wo wir uns treffen konnten, ich überließ mich einfach diesem Spiel des Zufalls, der für sie nie ein Zufall war. Wenn mein Großvater wünschte, dass ich hier bliebe, so wollte sie es auch, vielleicht sogar noch dringender als er. Dass sie älter war als ich, störte mich nicht, nur dass sie böse wurde, wenn ich absichtlich ein zugeflüstertes Wort überhörte und nicht dahin kam, wo sie auf mich wartete. Mit Rufio sprach ich nicht darüber, aber ich war sicher, dass er wusste, was mir in diesen Sommerwochen widerfuhr.

Eines Abends im Dunkel unserer Schlafkammer fragte ich ihn unvermittelt:

„Rufio, warum hast du nie geheiratet?"

Ich hörte ihn lachen, aber es klang nicht sehr heiter.

„Was für Gedanken du hast", sagte er, „hast du etwa Heiratspläne?" Jetzt lachte ich auch.

„O nein, ganz sicher nicht."

„Gute Nacht" sagte Rufio und ließ meine Frage unbeantwortet.

Eines Abends in der zunehmenden Hitze des Juli zog mein Großvater mich nach der Abendmahlzeit beiseite.

„Agnese wird dir in den nächsten Tagen eine eigene Kammer einrichten," sagte er, „es geht nicht an, dass du auf die Dauer mit Rufio zusammen wohnst."

„Auf die Dauer? Ich habe nicht vor, auf die Dauer hier zu bleiben. Was hat Vater dir geschrieben?"

Er ließ sich Zeit mit seiner Antwort.

„Dein Vater denkt, dass ihr im Frühjahr zurückkommt, ich habe mit dir andere Pläne."

Ich sagte darauf nichts, auch wenn er das für eine Art Zustimmung halten sollte.

Am nächsten Tag schrieb ich noch einmal an meinen Vater, schilderte ihm kurz und bündig, was Emilio dachte, und versicherte ihm, dass ich nicht die Absicht hätte, mich Großvaters Wünschen zu fügen. Nachts, als wir beide wegen der Hitze schlaflos auf unseren Betten lagen, sagte ich:

„Rufio, du musst morgen mit mir nach Monza reiten."

„So eilig?"

„Ja, so eilig, mein Großvater will mir ein Zimmer für die Dauer einrichten."

„Und du willst das nicht?"

„Bist du verrückt, er hat inzwischen anscheinend gar nichts gelernt."

„Und Teresa?"

„Ach, Rufio, ich will nicht herzlos sein, aber Teresa ist so eine Art Schule des Lebens."

Da lachte er so laut, dass ich fürchtete, das ganze Haus müsse es hören.

„Und der Zitronenhandel, bist du mit Lorenzo einig?"

„Wir sind schon lange einig, ich habe einen Kontrakt in der Tasche, und wir haben über den Transport gesprochen. Ich wollte nur warten, wie lange du bleiben möchtest."

„Mm", sagte ich und ließ mich in den Schlaf sinken.

Wir wären sicher noch lange geblieben, wenn da nicht die Sache mit Amalia und den Zwillingen gewesen wäre. In all der Zeit war ich nicht dahinter gekommen, was für ein Verhältnis Lorenzo zu seiner Frau hatte. Agnese ging mit meinem Großvater freundlich und bestimmt um und kannte genau das Gewicht und den Wert ihrer Stellung. Amalia und Lorenzo dagegen sah ich kaum miteinander sprechen, sie war ihm gegenüber scheu und unterwürfig, ich konnte nicht sehen, dass da eine große Liebe im Spiel war. Selbst zu ihren hübschen Töchtern herrschte eine deutliche Distanz, niemals wurden sie von ihrer Mutter zurechtgewiesen oder gar gelobt, wie man doch hätte erwarten können. Lorenzo schien sehr stolz auf sie zu sein, aber erzogen wurden sie ganz augenscheinlich von ihrem Großvater und Agnese. Es war schon eine seltsame Familie, und die äußere Ähnlichkeit zwischen Lorenzo und Gino, zwischen meinem Vater und meinem Großvater schmolz allmählich als etwas ganz Bedeutungsloses dahin.

Oft wenn es nachts zu heiß war zum Schlafen, zog es mich nach draußen, wo wenigstens der Hauch eines Windes ging und wo die Zikaden ihre unaufhörlichen lärmenden Gesänge in den Bäumen vollführten. Es war leicht hinauszukommen, unser Zimmer lag zwischen der Küche und Großvaters Büro zu ebener Erde. Rufio schlief besser als ich und so hörte er mich nicht, wenn ich aus dem Fenster stieg. Ich ging dann zu den Zitronenbäumen, deren Früchte einen betörenden Duft ausströmten, an dem ich gar nicht satt werden konnte.

Es gab dort an der Ecke zum Garten eine steinerne Bank, auf der ich mich ausstreckte und in den Himmel starrte, wo die Sternhaufen nicht stillzustehen schienen. Im Morgengrauen einer solchen Nacht, in der ich auf der Bank eingeschlafen war, hörte ich sie weinen. Die leisen Jammertöne kamen aus dem Garten, kamen näher und entfernten sich wieder, als ginge dort jemand herum. Ich richtete mich auf und sah die dunkle Figur zwischen den Kräuterbeeten, wie sie Blätter in einen Korb sammelte. Kräuter im Morgentau gepflückt, vielleicht hatte das eine besondere Bedeutung. Es war Amalia, die im Garten herumging, geschäftig trotz der klagenden Töne, die aus ihrem Mund kamen.

„Amalia", sagte ich leise, „was tust du hier und warum weinst du?"

„Ich pflücke die Kräuter zum Trost und ich weine, weil Lorenzo mich nicht mag."

„Hat er dir etwas getan?"

Ich konnte im aufkeimenden Tageslicht sehen, wie sie den Kopf schüttelte.

„Lorenzo sieht mich nicht an, er liebt eine andere."

„Aber er hat dich doch geheiratet."

„Ja, damals - aber ich glaube, sein Vater hat es so befohlen."

„Und du, magst du ihn nicht?"

Jetzt fing sie wieder an zu weinen.

„O doch, ich mag ihn sehr, aber jetzt fängt Emilio wieder an."

Sie tat mir so leid, dass ich die Arme um sie legte und sachte ihre Haare streichelte. O Gott, was für eine Geschichte, ein grimmiger Verdacht stieg in mir auf.

„Amalia", sagte ich sanft, „ihr habt doch so schöne Töchter." Da ließ sie einen solchen Klagelaut hören, dass mir ganz kalt wurde. „Komm", sagte ich, „wir gehen ins Haus."

In der Küche prasselte schon das Feuer im Herd, Agnese füllte den Kaffeetopf, stellte Tassen auf den Tisch und streifte uns mit einem prüfenden Blick. Amalia setzte den Korb auf ein Seitenbord und huschte hinaus.

„Hat sie wieder Kräuter gesammelt?" fragte Agnese. Ich nickte, warum ich selber von draußen kam, sagte ich nicht. Ich setzte mich, goss mir Kaffee ein und stützte den Kopf in die Hände.

Kurze Zeit später kamen nacheinander die anderen und aßen schweigend ihr Frühstück. Als die Zwillinge erschienen, ging ich hinaus, ich wusste auch nicht recht, warum.

Den zweiten Teil der Geschichte erfuhr ich von Lorenzo. Wir gingen zu zweit unter den Reben entlang und schnitten etliche Trauben aus, damit die anderen umso kräftiger wachsen konnten. Das war eine ganz gemächliche Arbeit, die dazu noch in dem angenehmen Schatten der Weinstöcke lag, die über unseren Köpfen ein Dach bildeten. Ich dachte, Lorenzo würde mir aus vergangenen Tagen erzählen, als mein Vater noch hier war, stattdessen fragte er:

„Habt ihr schon entschieden, wie lange ihr bleiben wollt?"

„Nein", sagte ich, „aber ich glaube, nicht mehr lange."

„Gefällt es dir hier nicht?"

„Ja und nein", antwortete ich, „vieles gefällt mir und manches auch nicht."

Lorenzo sagte darauf nichts, und eine Weile arbeiteten wir schweigend nebeneinander. Aber lange hielt ich es nicht aus.

„Was ist mit Amalia und dir? Ich traf sie früh am Morgen weinend im Garten."

Jetzt blieb Lorenzo mit einem Ruck stehen, und seine Antwort war voll Zorn:

„Was soll sein, sie liebt mich und ich sie nicht. Ich habe sie geheiratet, weil sie schwanger war."

„Aber nicht von dir", sagte ich und wunderte mich über meinen Mut.

Jetzt war Lorenzos Gesicht wahrhaftig weiß vor Zorn, und seine Augen sprühten.

„Was geht dich das an."

Er hatte recht, es ging mich nichts an und doch auch wieder so viel.

Indessen waren Agnese und eine Magd eifrig damit beschäftigt, mir ein eigenes Zimmer einzurichten. Ich sagte nichts dazu, weil ich doch wusste, dass ich es niemals benutzen würde. Mich beklemmte mein Wissen, und ich ging meinem Großvater aus dem Weg soweit das möglich war. Natürlich bemerkte Rufio den Umschwung meiner Stimmung, und auf unserem nächsten abendlichen Ritt sagte ich ohne Einleitung:

„Rufio, meine Kusinen sind meine Tanten, wenn du dir das ausrechnen kannst."

Wir stiegen bei der großen Pinie ab, die meistens der Wendepunkt unserer Ausritte war, und setzten uns auf die Steine.

„Wie ich sehe, möchstest du bald nach Hause", sagte Rufio. Wieder einmal erfuhr ich, wie er die Dinge für mich zurechtrückte, ohne viele Worte zu machen.

„Ja, sicher", sagte ich, „wenn du damit einverstanden bist."

„Und dein Großvater?"

„Ich weiß es nicht, ich werde wohl von hier verschwinden müssen, wie mein Vater es getan hat."

„Das solltest du nicht tun", sagte Rufio, „aus vielen Gründen nicht."

„Meinst du, der Zitronenhandel wird sonst gestört?"

„Ach, Felice, das meine ich nicht, das weißt du genau. Ich glaube, du solltest mit deinem Großvater reden, auch wenn das nicht so angenehm wird."

„Du meinst, ich soll ihn wegen Amalia fragen?"

„O nein, sicher nicht, du sollst ihm einfach sagen, dass du nicht bleiben willst und wir vor dem Winter reiten werden."

Ich hätte mir keinen schlechteren Zeitpunkt für die Unterredung aussuchen können als den Abend, an dem mein Großvater mich voll Stolz in das nun fertige Zimmer führte. Der rote Fliesenboden glänzte, darauf Möbel aus hellem Holz, Tisch und Stuhl unter dem Fenster, ein geräumiger Schrank, ein breites Bett mit blauen Vorhängen und davor ein schneeweißes Lammfell. Mein Großvater sah mich erwartungsvoll an, auf Lob begierig, was sonst gar nicht seine Art war.

„Wenn du noch etwas brauchst, sag es den Frauen."

Ich schwieg, unfähig, meine widerstreitenden Gefühle auszudrücken.

„Danke", sagte ich schließlich, „aber ich werde hier nicht wohnen. Rufio und ich werden nach Hause reiten."

Ich weiß bis heute nicht, was er in jenem Augenblick dachte oder fühlte, jedenfalls fehlten ihm ebenso wie mir die Worte. Es tat mir leid, ihn zu kränken, ich hätte es viel lieber anders gehabt, aber mich zog es auf einmal mit Macht und Sehnsucht fort in meine alte, geordnete Welt.

Am andern Tag ging ich als gut erzogener Sohn meiner Eltern zu Agnese, bedankte mich für die Mühe, die sie sich gemacht hatte, und sagte dann kurz und bündig, dass Rufio und ich in der nächsten Woche Abschied nehmen müssten. Sie war nüchterner als mein Großvater, auch scheute sie sich nicht, die Dinge beim Namen zu nennen.

„Ich hatte mir schon gedacht, dass du nicht hier bleiben kannst, Emilio will immer noch die Verhältnisse so biegen und formen, wie es ihm gut scheint."

„Ja", sagte ich, „schade, dass er die Welt nicht so nüchtern sieht wie du. Hast du Amalia auch gedrängt, Lorenzo zu heiraten?"

„Ich musste sie nicht drängen, sie wollte es selbst."

Das alles lag nun schon so lange zurück, fast so lange wie mein eigenes Leben währte, doch die Spuren vergangener Taten waren da, sie ruhten im Verborgenen wie eine Krankheit, die immer wieder ausbricht. Lorenzos neue Liebe, wer immer sie sein mochte, riss einen Graben der Verwüstung in Amalias Gemüt, und an das, was mein Großvater begehrte, wollte ich lieber nicht denken. Aber eins musste Agnese mir noch beantworten.

„Wissen die Zwillinge, wer ihr Vater ist?"

„O nein", sagte sie, „und das sollen sie auch nie erfahren."

Rufio und ich fingen an, unsere Sachen in die Satteltaschen zu packen, meine Geige ruhte ohnehin schon seit Tagen in ihrem Kasten. Wie flüchtig waren unsere Gesänge geworden, wie nichtig mein Begehren nach einer großen harmonischen Familie. Auch Teresas Liebe war schal geworden. Seit sie wusste, dass wir bald weggehen würden, war sie zänkisch und drohte, mich vor aller Welt bloßzustellen.

„Ach Teresa", sagte ich nur, „wenn du meinst, dass es dir hilft, musst du es eben tun." Ich war froh, dass sie darauf nichts sagte und mich in Ruhe ließ.

Bevor ich Agnese bat, uns für die ersten Tage der Reise einen Mundvorrat einzupacken, begab ich mich in die Höhle des Löwen. Mein Großvater hatte es immer noch nicht wahrhaben wollen, dass unsere Abreise bevorstand. Immer noch sprach er davon, welche Rechte und Pflichten er mir auf seinem Gut einräumen und auferlegen wollte, immer noch betrachtete er mich wie auch die übrige Familie als sein Eigentum. Die Höhle des Löwen war sein Büro, ich suchte ihn auf, als ich ihn dort allein wusste.

Er saß an dem Tisch, auf dem die Unordnung der Papiere sich nicht geändert hatte, aber er schrieb nicht und er las nicht, er hatte den Kopf in die Hände gestützt.

„Großvater", sagte ich, „in zwei Tagen werden Rufio und ich aufbrechen. Ich komme, um dir zu danken für deine Gastfreundschaft und um dich zu fragen, ob du mir wohl einen Brief für meinen Vater mitgeben möchtest."

Er rührte sich nicht und antwortete nicht, so lehnte ich mich an die Tür und wartete, denn einen zweiten Stuhl gab es nicht. Nach einer Weile hob er den Kopf, suchte zwischen den Papieren und zog einen fertig geschriebenen und versiegelten Brief hervor. Wem zuliebe er das nun tat, wusste ich nicht, und noch weniger wusste ich, mit welchen Gedanken er umging.

„Du bist anders als dein Vater", sagte er, der gefürchtete Zornausbruch blieb aus, „ich kann mir schon denken, warum du fort willst, aber ich habe Amalia nie Gewalt angetan, das wenigstens sollst du wissen."

Ich konnte und wollte nicht in diese ganze Verwirrung der Gefühle eindringen, so nahm ich nur den Brief und ging still hinaus.

Es gab keinen fröhlichen Abschied, das kann ich nicht grade sagen. Sie standen alle ziemlich betreten herum, als wir in aller Morgenfrühe unsere Pferde bestiegen. Aber eins muss ich meinem Großvater lassen, er umarmte mich und küsste mich auf beide Backen, und Lorenzo murmelte an meinem Ohr:

„Ich würde gerne einmal zu euch nach Karlsruhe kommen."

„Warum tust du's nicht", sagte ich, „du begleitest einfach den ersten Zitronentransport."

Er nickte, und ich hoffte, dass er wirklich kommen würde. Die beiden Mädchen heulten, und die Frauen blickten ernst vor sich nieder. Rufio spornte Basta mit den Hacken an und grüßte alle mit einer weit ausholenden Handbewegung. Ich ließ Rosi die Zügel locker und drehte mich nicht mehr um.

Trauer überkam mich, so viel Trauer, meine Tränen fielen auf Rosis glattes Fell, die glänzende Morgenlandschaft trübte sich vor meinen Augen. War mein Herz bei unserer Ankunft voller Erwartung und Aufregung gewesen, so war davon nicht viel übrig geblieben.

Wir ritten einen anderen Weg zurück. Ich sah Milano, wohin mein Vater nie gekommen war, den Dom, der aussah wie eine riesige Zuckertorte, dann am Comersee entlang, woher die Melazzos stammten. Wir forschten allerdings nicht nach irgendwelchen Verwandten, ich sagte Rufio klipp und klar, dass ich davon vorerst genug hätte. Wir ritten durch Täler und über Pässe, und da noch Sommer war, machte uns der Schnee auf den Höhen nicht viel zu schaffen. Als wir endlich in Basel den Rhein wiedersahen, war er wie ein Vorbote der Heimat. Ich wollte ihn nicht mehr gern aus den Augen verlieren, bis wir nach Karlsruhe gelangten. Rufio hatte allerdings eine weit bessere Idee als brav am Ufer entlang zu traben.

„Was meinst du", sagte er, „wir könnten uns einen großen Lastkahn suchen, der flussabwärts fährt, am besten einen, der Vieh transportiert, dann nehmen sie auch die Pferde mit."

Mir gefiel das, auch wenn ich noch nie meinen Fuß auf die unruhigen Planken eines Schiffes gesetzt hatte.

Wir mussten fast eine Woche warten, bis sich die gewünschte Gelegenheit ergab. Jetzt erst war ich meinem Vater und Onkel Raffaele von Herzen dankbar, dass sie mich so reichlich mit Reisegeld versorgt hatten. Hier war es in der Tat teuer, da wir in der Stadt nahe beim Fluss Quartier nehmen mussten und dazu den Stall für die Pferde bezahlten. Andererseits war es auch nützlich, denn der Wirt kannte fast alle Schiffe, die unterhalb der Stadt anlegten und nach Köln oder gar bis Holland ihre Güter brachten. Der Schiffer, mit dem wir schließlich einig wurden, wollte nur bis Köln. Das war seine Heimat und weiter war er noch nie gekommen. Er besaß einen breiten Kahn, das Steuerhäuschen weit hinten am Heck, auf der großen Ladefläche standen Kisten mit Schweizer Käse, ein großer Käfig mit Hühnern und ein anderer noch größerer mit Gänsen, die mit ihrem durchdringenden Geschrei gegen ihre Gefangenschaft protestierten. Weiter vorne waren Körbe gestapelt, der Schiffer nahm eben mit, was sich ihm bot und was er in seiner Heimat zu verkaufen hoffte. Zwei zahlende Gäste mochten ihm eben recht sein, denn auch die Pferde brachten ihm gutes Geld ein.

Es war ein Tanz, ehe ich Rosi über die schräge Planke brachte, so fügsam sie sonst war, das schwankende unbekannte Gelände wollte sie absolut nicht betreten. Basta war schon längst im vorderen Teil des Schiffes angebunden, er war forsch und voll Neugier über den Steg gegangen, hatte die Gänse angeprustet, dass sie für einen Moment still waren, und drehte nun den Kopf nach uns um.

Rufio und der Schiffer mussten mir zu Hilfe kommen, mit vereinten Kräften schoben und zogen wir Rosi an Bord, und erst neben ihrem vetrauten Gefährten wurde sie ruhig und ließ ergeben den Kopf hängen.

Ich hatte nie gedacht, dass es auf dem Wasser so schön sein könnte, wie da geruhsam und still das Ufer an uns vorbeizog, wie Rufe zu uns herüberklangen oder die Schiffsglocke angeschlagen wurde zum Zeichen für andere Fahrzeuge. Der Strom war hier breit und gerade und floss jetzt im späten Sommer ohne Ungestüm dahin. Der Schiffer erzählte uns, wie im Frühjahr, wenn die schmelzenden Gletscher ihn reißend und unberechenbar machten, die Schifffahrt äußerst gefährlich sei und auch die Ufer immer wieder abbrachen und manche zu dicht am Wasser gebaute Häuser mit sich rissen. Das war in dieser sommerlichen Stille schwer vorzustellen. Mir tat ein solcher Abgesang der Reise gut, innerer Aufruhr legte sich nach und nach, und ich schob die Bilder südlicher Unruhe zurück.

Fast den ganzen Tag lehnte ich mit Rufio an der Reling in Betrachtung der Landschaft, und erst jetzt beantwortete er meine Frage, warum er nicht geheiratet hatte. Sicherlich gingen auch ihm die Verhältnisse in meines Großvaters Haus durch den Kopf und lenkten so seine Erinnerung.

„Ich wollte nie so werden wie mein Vater", sagte er, „davon waren meine Jugendjahre beherrscht in all der Zeit, die ich mit Raffaele und deiner Mutter in Durlach verbrachte. Raffaele war immer mein Freund, und du weißt, wie lieb deine Mutter ist. Selbst dein Großvater Bettinardo, so wütend er anfangs auf mich war, hat mir geholfen, die bitteren Gefühle und Erinnerungen allmählich zu vergessen. Er ließ mich hart arbeiten, aber er war gerecht und hat mich nie benachteiligt. Als ich mich zum ersten Mal so richtig verliebte, hatte Raffaele schon geheiratet. Ich beneidete ihn und wollte es ihm gerne gleichtun, aber das ist mir nicht gelungen. Es tut nichts zur Sache, wer das Mädchen war. Anfangs tat sie freundlich und vertraulich, aber heiraten wollte sie mich nicht. Sie lachte nur und sagte, sie wolle nicht ihr ganzes Leben mit einem hässlichen Mann herumgehen. Ich wusste ja, dass ich nicht schön bin, aber so deutlich hatte das noch niemand zu mir gesagt außer meinem Vater. Siehst du, und seitdem habe ich es nie mehr darauf ankommen lassen."

„Du bist nicht hässlich, und das Mädchen hat dich bestimmt überhaupt nicht geliebt." Ich war so wütend auf diese nun schon lange entschwundene Geliebte, dass Rufio bei einem Blick in mein Gesicht anfing zu lachen.

„Du musst dich wirklich nicht um meinen Seelenfrieden kümmern", sagte er immer noch lachend.

Sie wussten noch nicht, dass wir an diesem Tag durch das Mühlburger Tor in Karlsruhe einritten. Ein Gewitter war vorübergezogen, es roch gut. Dort, wo die Straßen schon gepflastert waren, gurgelte das Wasser in den Gassen.

Heimkehr - ich hatte nicht erwartet, die Stadt verändert zu finden, und doch wunderte ich mich, sie genauso wieder zu sehen, wie ich sie verlassen hatte.

„Willst du allein zu deinen Eltern?" fragte Rufio, „dann reite ich weiter nach Durlach." Ich tauchte aus meinen Gedanken auf.

„Wieso allein, du bist doch da."

Rufio sagte nichts mehr, und kurze Zeit später pochten wir an unsere Tür. Ich hatte plötzlich Mühe zu atmen, wenn sie nun alle verschwunden waren, wie das manchmal im Märchen vorkommt, oder alles hatte sich verwandelt. Dann hörten wir Schritte, und mein Vater öffnete die Tür. Ich weiß nicht mehr, wie ich vom Pferderücken herunterkam, nur noch wie ich mich von seinen Armen umfasst fühlte. Es war wohl Rufio, der sich um die Pferde kümmerte, denn ich sah nichts mehr wegen all der Tränen, die mir vor Erleichterung herunterstürzten. Mein Vater sagte gar nichts, und erst Rufios ruhige Stimme riss mich in die Gegenwart zurück.

„Dürfen wir hereinkommen?" fragte er.

Die Freude meiner Mutter mag ich hier nicht beschreiben, auch erzählten wir an diesem Abend nicht viel. Ich legte nur das Säckchen mit Erde auf den Tisch und übergab meinem Vater den Brief. Ich bedauerte, dass Gino nicht da war, aber was hatte ich erwartet.

Was wir zu erzählen hatten, brauchte seine Zeit und wurde nicht an einem Tag gesagt. Noch am gleichen Abend ritten wir nach Durlach weiter, ich mit dem Versprechen, am andern Tag wieder zu kommen. Nicht ob es Raffaele noch gab oder Henriette, beschäftigte mich auf dem scharfen Ritt über die Felder, nur ob ich meinen Großvater wiedersehen würde. Das Abendessen war längst vorbei und das Haus schon still. Diesmal half ich Rufio, die Pferde unterzubringen, aber dann öffnete ich leise die Küchentür, lief die Treppe hinauf und trat in sein Zimmer. Er saß auf seinem Stuhl, die Decke über den Knien, so wie ich ihn vor langer Zeit zuerst gesehen hatte. In diesem Augenblick, da ich neben seinem Stuhl kniete und seine alten Hände auf meinem Kopf spürte, drängte sich vieles zusammen, was in den vergangenen Monaten geschehen war. Ich konnte nichts sagen, aber im Stillen versprach ich manches, von dem wenigstens ein Teil Wirklichkeit geworden ist.

Camillo sah ich erst etliche Tage später wieder, nachdem ich fast unmerklich in den Alltag hineingeglitten war. Er machte nicht viele Worte, musterte mich nur von oben bis unten, reichte mir die Hand, und dann glitt, o Wunder, ein Lächeln über sein Gesicht. Wenn er lächelte, was in meiner Gegenwart sehr selten geschah, fügten sich die unharmonischen Züge seines Gesichtes zu einer neuen Einheit zusammen.

„Na", sagte er. „genug von der Fremde?"

„Na", gab ich zurück, „immer fleißig in Handel und Wandel?" Da lachte er, und ich muss sagen, dass er mich seitdem wie einen ebenbürtigen Partner behandelte. Möglich, dass es auch an dem lag, was Rufio seinem Vetter berichtete, und an den neuen Handelsbeziehungen, die wir in Italien geknüpft hatten.

Ich legte am Tag nach unserer Ankunft meinem Onkel Raffaele den Rest des Geldes, das er mir gegeben hatte, auf das Pult seines Kontors, denn ich hatte lange nicht alles verbraucht. Aber er schüttelte nur den Kopf und sagte:

„Behalt es, was ihr getan habt, ist nicht mit Geld zu bezahlen."

Wie es im Hause Sciatti bei meinem Großvater und Lorenzo aussah, berichtete ich nur meinen Eltern und Gino. Das war an einem Sonntag, fünf Tage nach meiner Rückkehr. Natürlich hatte mein Vater inzwischen den Brief gelesen, aber was darin stand, sagte er nicht.

Manches von dem, was ich erzählte, überraschte ihn anscheinend nicht mehr, jedenfalls nicht das, was seinen Vater betraf. Nur von seinem Bruder Lorenzo wollte er alles wissen, und während ich sprach, sah ich Gino an, denn die Ähnlichkeit zwischen beiden war ein verblüffendes Spiel der Natur, in dem dennoch Anschein und Wirklichkeit weit auseinander klafften.

Und schließlich, bevor wir zur Ruhe gingen, öffnete ich den Kasten, den mein Vater immer wieder neugierig betrachtet hatte, und holte meine neue Geige heraus. Ich muss nicht sagen, wie sie ihm gefiel, und selbst Gino hörte unserem Spiel ganz selbstvergessen zu, was sonst gewiss nicht seine Art war.

Erst als ich Mutter gute Nacht sagte, sah ich die ersten feinen silbernen Fäden in ihrem Haar.

Laura fand ich nicht mehr bei ihrer Mutter. Immer glauben wir, Veränderungen vollzögen sich nur dort, wo wir selbst gegenwärtig sind, und Zeit sei anderswo so lange außer Kraft gesetzt. Ich kam vor eine verschlossene Tür, und erst nach Tagen fand ich Frau Wirbs allein in der Küche. Ich hatte einen Teil meines Reisegeldes in der Tasche und wusste nicht recht, wie ich ihr das ohne Peinlichkeit zukommen lassen könnte. Sie war verändert, und auf meine Frage nach Laura verschloss sich ihr Gesicht ganz und gar.

„Sie hat geheiratet, so jung sie ist, aber ich glaube nicht, dass es ihr gut tun wird."

„Wen hat sie geheiratet, sie kannte doch niemanden."

„Das dachte ich auch, aber du siehst, dass wir uns beide getäuscht haben."

„Wen?" fragte ich noch einmal.

„Einen Händler", sagte sie, „mit Namen Castello, und er ist katholisch."

„Ich bin auch katholisch, wie du dir denken kannst."

„Das wusste ich nicht." Es schien, Frau Wirbs war darüber sehr erschrocken.

„Und wo ist Laura jetzt?"

„Sie hat es vornehm getroffen, in der Langen Straße beim Durlacher Tor. Aber der Mann ist viel zu alt, er ist schon dreißig."

„Und wird sie auch katholisch?"

„Sie ist es schon", sagte Frau Wirbs und hatte Mühe, ihre Tränen zu verbeißen.

Ich hatte noch niemals auch nur im Traum daran gedacht, dass unsere Religion etwas wäre, worüber man weinen musste. Denn auch unser Landesherr, obgleich er protestantischen Glaubens war, zeigte den Katholiken seiner Stadt viel Entgegenkommen. Mein Vater, der Serenissmus schon von Berufs wegen oft begegnete, wusste in dieser Hinsicht nur Gutes von ihm zu sagen.

Für diesmal ging ich recht traurig und sozusagen unverrichteter Dinge aus Klein-Karlsruhe fort, denn wenn Frau Wirbs einen wohlhabenden Schwiegersohn hatte, brauchte ich ihr kein Geld zu geben. Andererseits wurmte es mich, dass Laura mich so schnell vergessen hatte, auch wenn mir nie in den Sinn gekommen war, sie etwa zu heiraten. Jetzt waren die Verhältnisse neu gemischt, und ich nahm mir vor, in absehbarer Zeit Laura und ihren Mann in der Langen Straße aufzusuchen.

Aber es kam alles ganz anders, als ich dachte. Eines Abends im September erschien Gino in Durlach, er stand mit Rufio am Glashaus, in eine lebhafte Unterredung vertieft.

„Hallo, kleiner Bruder", sagte er, von ihm ließ ich mir dieses Attribut gerne gefallen. „Hättest du Lust, mit Signor Melazzo, Rufio und mir eine Reise nach Frankfurt zu machen, so etwa in vier Wochen?"

Es geschah mir wirklich nicht oft, aber diesmal blieb mir buchstäblich der Mund offen stehen, ich merkte das erst, als beide anfingen zu lachen. Ich holte tief Luft.

„Lust? Natürlich habe ich Lust, aber Onkel Raffael…"

„Du handelst mit mir in seinem Auftrag", sagte Rufio.

„Nicht mehr mit Camillo?" Jetzt fingen beide an zu lachen.

„Leg doch endlich einmal dein Misstrauen gegen Camillo ab", sagte Gino, „er ist gar nicht so verkehrt, wie wir früher dachten."

In diesem Augenblick war mir Camillo wirklich ganz egal, eine Reise mit Gino und Rufio war das Beste, was ich mir denken konnte.

„Reiten wir?" fragte ich.

„Natürlich", sagte Gino, „aber immer schön neben dem Wagen mit Wein und Zitronen."

„Zitronen?" „Die erste Ladung, so wie ich es mit Lorenzo vereinbart habe", sagte Rufio.

„Lorenzo – kommt er?"

„Ich weiß nicht, wir werden sehen."

Das waren in der Tat Neuigkeiten, die mich sehr vergnügt stimmten.

Vier Wochen – heute scheinen sie mir eine sehr lange Zeit. Als wir endlich aufbrachen, war die Reise, auf die ich mich so gefreut hatte, fast bedeutungslos geworden. Was sich dazwischen schob, entwickelte sich aus kleinstem Anstoß zu einem unaufhaltsamen Erdrutsch, der alle sorgsam gehüteten Geheimnisse mit sich zu reißen drohte.

Trotz meiner ersten Enttäuschung, Laura nicht mehr anzutreffen, fuhr ich doch fort, Frau Wirbs zu besuchen. Ich brachte ihr jetzt im Herbst die ersten Weintrauben von den Durlacher Hängen und suchte die schönsten Äpfel aus. Irgendwie war es mir ganz aus dem Sinn gekommen, dass ich Ludwig Hinz hier noch einmal begegnen könnte. Doch es schien, sein alter Vater lebte noch immer im Nebenhaus. Der Tag, an dem sich unsere Wege kreuzten, war still und dunstig, die engen Gassen Klein-Karlsruhes strömten ihren dumpfen unverwechselbaren Geruch aus. Ich wollte, da die Dämmerung schon kam, den Heimweg nach Durlach antreten und stand einen Augenblick mit Frau Wirbs vor ihrer Tür, da bog Ludwig um die Ecke, wie eh und je den Sack über der Schulter. Er stutzte bei meinem Anblick, aber erwiderte doch mit finsterem Gesicht meinen Gruß. Obgleich ich nun schon lange nicht mehr seine finanziellen

Machenschaften auf dem Markt kontrollierte, schien er immer noch einen tiefen Groll gegen mich zu haben.

„Du kennst ihn?" fragte Frau Wirbs.

„Ja, allerdings, unter ihm habe ich meine Lehrzeit auf dem Markt durchgemacht."

„Er ist unheimlich", sagte sie, „mich friert es, wenn ich ihn sehe."

„Er tut dir bestimmt nichts", sagte ich lachend, aber darin täuschte ich mich ganz furchtbar.

Die nächsten zwei Wochen war ich sehr beschäftigt. Mehrmals ritt ich mit Rufio zu Vincenz Melazzo nach Karlsruhe und wurde von beiden in die dort weit verbreiteten Handelsgeschäfte außerhalb der Stadt eingeführt. Wie ich es bei Onkel Raffaele gelernt hatte, sollte ich mich auf der bevorstehenden Reise nach Frankfurt hauptsächlich um die finanzielle Abwicklung kümmern, um die Abgaben, die wir zu leisten hatten, und nicht zuletzt um die Umrechnung der Währungen. Ich muss gestehen, dass mein Ehrgeiz angestachelt wurde, denn ich wollte gern diese erste ernsthafte Bewährungsprobe bestehen. Ich machte sozusagen im Vorbeireiten einige kurze Besuche bei meinen Eltern, aber nach Klein-Karlsruhe kam ich nicht.

Es war ein kalter, windiger Sonntag, an dem Gino und ich nach der Messe bei unseren Eltern saßen. Mutter war glücklich, beide Söhne um sich zu haben, Vater dagegen ging mit einem besorgten Gesicht im Zimmer auf und ab. Er brachte oft Gerüchte mit, die bei Hofe kursierten, diesmal wollte er allerdings lange nicht mit der Sprache heraus.

„Setz dich, Hyacintho", sagte meine Mutter schließlich, „erzähl uns, was es Unangenehmes gibt." Mein Vater zog einen Stuhl neben sie, fasste nach ihrer Hand und sah dabei uns an.

„Unangenehm ist wohl nicht das richtige Wort", sagte er. „Könnt ihr euch noch an die Hinrichtung vor sechs Jahren erinnern und daran, was wenig später auf dem jüdischen Friedhof geschah?"

Gino nickte, aber ich fühlte, wie mir alles Blut aus dem Gesicht wich und ich Mühe hatte zu atmen.

„Ich sehe, es nimmt dich immer noch mit, Felice", sagte mein Vater, und ich nickte, unfähig zu sprechen.

„Es gibt jetzt", fuhr er fort, „nach so langer Zeit einen Denunzianten, der eine gewisse Frau aus Klein-Karlsruhe mit der Schändung des jüdischen Friedhofes in Verbindung bringt. Da die jüdische Gemeinde über diesen Punkt nie zufriedengestellt werden konnte, hat Serenissimus angeordnet, die alten Protokolle wieder aufzurollen, denn die beschuldigte Frau ist die Mutter der Hingerichteten."

Ich stürzte hinaus in den Hof und übergab mich dort vehement hinter den Büschen. Ludwig Hinz musste aus Neid und Bosheit gestöbert und gebohrt haben. Gott allein mochte wissen, aus welchen Quellen sein Verdacht stammte.

Gino stand auf einmal neben mir und zog mich hinter den Büschen hervor.

„Mein Gott, Felice", sagte er fast ärgerlich, „nimm dir doch solche alten Sachen nicht zu Herzen. Außerdem, was geht es dich an."

Darauf konnte ich ihm wirklich nichts antworten.

„Ist schon gut", murmelte ich, „mein Magen ist manchmal etwas empfindlich." Da ich weder auf Vaters noch auf Mutters erschrockene Fragen antworten wollte, zog ich mich mit einer Entschuldigung in unsere alte Schlafkammer zurück und streckte mich auf meinem Bett aus. Ich musste Frau Wirbs warnen, das war klar, wenn sie noch nichts wusste. Ich verabschiedete mich von meinen Eltern früher als gewöhnlich und eilte nach Klein-Karlsruhe. Sie war nicht da, auf mein Klopfen und Rufen blieb die Tür verschlossen. Aber die Tür des Nachbarhauses öffnete sich, und zwei Gestalten schauten heraus. Ludwig Hinz stierte mich an und hinter ihm ein altes, verrunzeltes Gesicht, das ihm vage ähnlich sah. Ich wollte mit keinem von beiden reden, ganz bestimmt nicht, jetzt blieb nur noch Laura, die ich nach ihrer Mutter fragen konnte. Obgleich mir immer noch furchtbar übel war, ging ich zurück in die Lange Straße, um das Haus der Castellos zu suchen.

Zufall, was ist schon Zufall, an diesem Abend konnte ich es ganz und gar nicht so betrachten. Es war Trude, die Magd aus dem Hause Marx, die mir auf der Straße begegnete. Sie knickste und fragte:

„Wollt Ihr zu Herrn Marx, mein Herr?"

„Nein, Trude", sagte ich, „ich suche das Haus des Herrn Castello."

„Da drüben ist es", sie deutete mit dem Finger schräg über die Straße. „Der Herr hat kürzlich Hochzeit gehalten, aber jetzt ist großer Jammer, sie haben die Mutter der jungen Frau geholt."

„Wer hat sie geholt?"

„Oh, man sagt, der Büttel und die Stadtwache", sie war ganz eifrig, diese Neuigkeiten weiterzutragen, da kam ich ihr grade recht.

„Weißt du, ob die Herrschaften zu Hause sind?"

„Ich glaube schon", antwortete sie, „aber ich muss jetzt gehen." Mit einem Winken lief sie davon.

Wie ich meinen Besuch in dem völlig unbekannten Haus begründen sollte, wusste ich wirklich nicht, aber ich musste zu Laura, das war gar keine Frage.

Sie hatten einen dicken Türklopfer aus Messing an der Haustür, der auf der abendlich stillen Straße laut tönte. Es dauerte eine Weile, bis ich Schritte hörte, dann wurde ein Riegel zurückgeschoben, und ich sah in Lauras Gesicht. Warum sie selbst öffnete, weiß ich bis heute nicht. Sie war so verändert, dass ich erschrak, schön anzusehen, das ist wahr, aber fremd in einem dunklen, hochgeschlossenen Tuchkleid, die hellen Haare kunstvoll aufgesteckt. Aber das war es nicht allein, ihr Gesicht schien fast hochmütig verschlossen, und ihre blauen Augen hatten allen Glanz verloren.

„Felice", flüsterte sie, „was willst du?"

„Deine Heirat und deine Mutter", stieß ich hervor, „ich wollte dich sehen."

„Tretet ein, mein Herr", sagte eine Stimme hinter Laura, „ich habe schon gedacht, dass Ihr kommen würdet."

„Ihr kennt mich?"

„Laura hat mir von Euch erzählt, auch weiß ich von Euch durch Herrn Melazzo."

Herr Castello sah ganz anders aus, als ich ihn mir vorgestellt hatte. Ich fragte mich, warum Laura so schnell in eine Heirat gewilligt hatte, denn er war sicherlich kein feurig schöner Südländer. Auf den ersten Blick wirkten seine schmale Gestalt und sein schmales knochiges Gesicht eher trocken, seine braunen Haare waren schlicht und schmucklos nach hinten gekämmt. Seine grauen Angen blickten ernst und durchdringend, als er mich jetzt nach meinem Anliegen fragte.

Obgleich ich nun wirklich schon etwas in der Welt herumgekommen war, fing ich bei meiner Antwort beinahe an zu stotttern.

„Ich wollte Laura sehen, weil sie so schnell geheiratet hat - und nun ist ihre Mutter eingesperrt."

„Ich glaube, wir gehen besser ins Zimmer, da können wir über alles reden."

Ich war froh, dass er die Ruhe nicht verlor und dass er, wie es schien, behutsam mit Laura umging. Ich war, als wir uns gegenübersaßen, so verwirrt, dass ich gar nichts sagen konnte. Aber Laura hatte keine Scheu, ihren Mann zu bitten:

„Fabio, sag ihm, was sie meiner Mutter vorwerfen."

„Ist sie im Gefängnis?" fragte ich dazwischen.

„Eins nach dem andern, junger Mann", sagte Fabio Castello. „Nein, sie ist nicht im Gefängnis, sie ist hier. Vorläufig ist es nur ein Verdacht, und man hat sie verhört. Da ich einer der Stadträte bin, hat man sie in meine Obhut gegeben."

Ich stieß unwillkürlich einen Seufzer der Erleichterung aus, so dass Castello mich erstaunt ansah.

„Euch geht die Sache anscheinend sehr nahe", sagte er. Ich nickte. Es war schwierig, ihm zu antworten, denn ich wusste nicht, was er wusste, noch weniger wusste er, was ich dachte. Ob Laura die ganze Geschichte ihrer Schwester kannte, hatte ich nie von ihr erfahren. Und dann - was konnte Ludwig Hinz herausgefunden haben, um es so lange Jahre für sich zu behalten. Wieder kam ich ins Spiel als Instrument und Anstoß seiner Eifersucht. Es war schrecklich, dabei wusste ich ja selber nichts Genaues, wenn mein Verdacht auch sicher gut begründet war.

„Was wirft man ihr vor?" fragte ich schließlich.

„Sie soll vor Jahren die Gebeine eines Juden ausgegraben haben bei Nacht."

„Sie – eine Frau?" Ich legte so viel Erstaunen und Ungläubigkeit in meine Stimme wie ich konnte.

„Das hat sie bestimmt nicht getan", flüsterte Laura und sah mich flehend an, als könne ich irgendetwas ändern.

„Geh zu deiner Mutter, Laura", sagte Herr Castello ganz freundlich, aber bestimmt, „sie braucht dich jetzt."

Laura stand gehorsam auf und ging hinaus.

Eins war sicher, wenn ich Frau Wirbs helfen wollte, musste ich Castello vertrauen.

In diesem Augenblick schoss mir allerdings ein ganz anderer Plan durch den Kopf, nämlich zum Markgrafen selbst vorzudringen, schließlich kannte ich ihn, und er kannte meinen Vater. Aber jetzt war ich hier und musste sozusagen den Stier bei den Hörnern packen.

„Wisst Ihr, warum Katharine hingerichtet wurde?" fragte ich.

„Gewiss", sagte er, „Laura hat es mir erzählt, ich bin erst nach diesem Ereignis in die Stadt gekommen. Warum fragt Ihr danach?"

Dann kannte er also nicht das Bindeglied, das ich fürchtete, ebenso wenig wie Laura.

„Es hat mit dem Verdacht zu tun, unter dem Karoline Wirbs jetzt steht."

Castello zog die Augenbrauen hoch, wie es aussah, in echtem Erstaunen.

„Was wisst Ihr?" fragte er.

„Ich kenne Katharines Geschichte, sonst weiß ich nichts. Erlaubt Ihr, dass ich allein mit Lauras Mutter spreche?"

„Gewiss", sagte er, und stand auf.

Die beiden saßen eng umschlungen und mit verängstigten Gesichtern auf dem Bett einer behaglichen Schlafkammer.

„Guten Abend, Karoline", sagte ich und redete sie zum ersten Mal mit ihrem Vornamen an.

„Komm, Laura", sagte Herr Castello, „euer Freund möchte allein mit deiner Mutter reden." Wieder stand sie gehorsam auf und folgte ihrem Mann hinaus.

Ich kniete mich vor das Bett und fasste Karolines Hände, die eiskalt und steif in meinen lagen. Als ich die Todesangst in ihren Augen sah, wusste ich, dass sie es getan hatte. Ich brauchte gar nicht zu fragen, sie nickte und fing an zu zittern.

„Ruhig", sagte ich immer wieder, „ganz ruhig, sie sollen dir nichts tun. Was hat Ludwig Hinz gegen dich in der Hand?" Es war besser, sie sprach zu mir, denn ich war fest entschlossen, sie vor der Strafe am Galgen zu bewahren. Niemals wieder, auch jetzt nicht, da ich ein erwachsener Mann war, wollte ich den Greuel einer Hinrichtung erleben.

„Und Ludwig Hinz?" fragte ich noch einmal.

„Er sagt, er hätte mich gesehen, damals mit einer Schaufel."

„Was hast du beim Verhör geantwortet?"

„Dass ich es nicht war, er hätte sich geirrt."

„Gut", sagte ich, „bleib dabei. Was hast du angehabt?"

„Einen dunklen Umhang mit einer Kapuze, er liegt in der Schlafkammer in einer Truhe."

„Gib mir den Schlüssel", sagte ich, „und denk daran, du warst es nicht."

Mit zitternden Händen holte sie aus einem Beutel den Schlüssel hervor, den ich wortlos in meine Tasche steckte. Dann fiel mir die Schaufel ein.

„Gibt es die Schaufel noch?" fragte ich.

Sie schüttelte den Kopf:

„Schon lange nicht mehr."

„Gut, vergiss deine Angst und bete, ich werde das Gleiche tun." Sie sah mich ungläubig an. Ich dachte an ihren Schrecken über meinen katholischen Glauben und musste trotz der schlimmen Lage fast lachen: „Es ist der gleiche Gott, da kannst du ganz sicher sein." Damit ließ ich sie allein, aber ich sah noch, wie sie tatsächlich ihre Hände faltete.

Laura stand fest in den Arm ihres Mannes geschmiegt, als ich das Zimmer wieder betrat. Jetzt fühlte ich mich seit dem Bericht meines Vaters zum ersten Mal wirklich getröstet. Ich zwang mich zu einem Lächeln und sagte:

„Sie war es nicht", gleichzeitig schlossen sich meine Finger um den mir anvertrauten Schlüssel.

„Ich danke Euch, Herr Castello, wenn Ihr erlaubt, werde ich morgen wiederkommen."

„Natürlich", antwortete er, „ich begleite Euch zur Tür."

Laura gab mir wortlos die Hand, aber als ihr Mann mich verabschiedete, musste ich seinen bohrenden Blick aushalten. Ob er mir glaubte oder nicht, konnte ich wirklich nicht sagen.

Den Umhang musste ich noch in der gleichen Nacht holen, aber dazu war es noch zu früh. Mein Besuch hatte nicht lange gedauert, und ich war unschlüssig, wohin ich so lange gehen sollte, doch die Entscheidung darüber wurde mir abgenommen. Auf der anderen Seite der Straße vor der Haustür der Familie Marx wartete Trude auf mich.

„Der Herr bittet Euch, einen Augenblick hereinzukommen", sagte sie und knickste wieder. Was blieb mir anderes übrig, auch wenn mein Witz und meine Lebensgeister diese Begegnung lieber hinausgeschoben hätten. Ich konnte nur hoffen, dass Herr Marx nicht wusste, wer Lauras Mutter war.

Trude führte mich die Treppe hinauf, und im Vorbeigehen grüßte ich die schöne Uhr. Auf dem kurzen Weg von der Diele bis ins Wohnzimmer überstürzten sich meine Gedanken. Sollte ich Herrn Marx vertrauen, sollte ich schweigen und alle Zusammenhänge leugnen oder mich aus allem heraushalten. Aber das Letzte ging nun nicht mehr, und vor der Tür des Wohnzimmers stand mein Entschluss fest – schweigen.

Frau Marx saß an einem großen Stickrahmen, er stand lesend vor einem kostbar geschnitzten Pult, Trude knickste und machte die Tür hinter mir zu.

„Willkommen in der Heimat", sagte Herr Marx, „und ich hoffe, meine Bitte um einen Besuch kommt dir nicht ungelegen."

„Nein, gewiss nicht", antwortete ich und verbeugte mich vor beiden.

Ich überließ es ihm, ein Gespräch anzufangen, denn ich musste wissen, auf welchem Grund ich mich bewegte. Aber beide waren, wie es schien, nur begierig, etwas über meine Reise in den Süden zu hören. So erzählte ich bereitwillig und brachte sie mit der Geschichte von Basta und den Eselinnen sogar zum Lachen. Es war gut, dass auf diese Weise die Zeit verging. Sobald es draußen ganz dunkel geworden war, verabschiedete ich mich und versprach, vor der Reise nach Frankfurt noch einmal wiederzukommen. Erst im Weggehen an der Haustür fragte Herr Marx ganz beiläufig, ob ich mit Herrn Castello schon länger bekannt sei.

„Noch nicht lange", sagte ich, „er hat mit Herrn Melazzo und meinem Bruder zu tun." Damit musste er sich zufrieden geben.

Wie ein Dieb schlich ich durch die Straßen, trat in eine Toreinfahrt, als ich den Nachtwächter rufen hörte oder wenn sich sonst Schritte näherten. In einer solchen Einfahrt wartete ich, bis die ferne Schlossuhr Mitternacht schlug. Niemand begegnete mir in den Gassen Klein-Karlsruhes, leise, ganz leise schloss ich die mir bekannte Haustür auf und tastete mich ohne Licht die enge Treppe hinauf. Es war ein Segen, dass es nicht viele Möbel gab und in der Truhe nur wenige Kleidungsstücke lagen. Ich wickelte den Umhang zu einem kleinen Bündel zusammen, stopfte ihn unter meine Jacke, schloss das Haus sorgfältig wieder zu und machte mich auf den nächtlichen Weg nach Durlach.

Von der Kirche schlug es zwei, als ich lautlos in mein Zimmer schlich. Ich schlief nicht mehr viel in dieser Nacht, zuerst suchte ich ein sicheres Versteck für den Umhang und überlegte, wie und wo ich mich endgültig von ihm befreien könnte. Ich wickelte ihn in ein altes Hemd und steckte ihn in meinen Ranzen, der im untersten Eck des Schrankes lag.

Dann grübelte ich, wie ich Frau Wirbs ihren Schlüssel schnell und heimlich wieder zustecken könnte.

In diesen Stunden vor dem Morgengrauen, in denen jedermann im Schlafe lag, überkam mich bohrende Unsicherheit und Angst, denn dieses hier konnte ich nicht einmal meinem Beichtvater anvertrauen. Trotzdem tat ich das, was ich Karoline Wirbs geraten hatte, ich betete. Und da erst kam mir der wahrhaft erlösende Gedanke, dass es einen Menschen gab, dem ich bedingungslos vertrauen konnte, mein Bruder Gino. Ihm musste ich die ganze unselige Geschichte erzählen, und auch wenn er keinen praktischen Rat hatte, so teilte ich doch meine Last mit ihm. Bei diesem Gedanken muss ich endlich eingeschlafen sein.

Ich stand in aller Herrgottsfrühe auf, füllte einen Korb mit den schönsten Äpfeln, die ich finden konnte und suchte dann meinen Onkel Raffaele.

Ich fand ihn beim Frühstück in der Küche und fragte ohne Umschweife, ob er mich wohl für diesen Tag entbehren könne. Tante Henriette tischte mir wortlos mein Frühstück auf, das ich gar nicht essen wollte. Da ich noch nie um einen freien Tag gebeten hatte, zog mein Onkel erstaunt die Augenbrauen hoch, nickte dann und sagte:

„Ja gewiss, wenn du gleichzeitig für mich etwas erledigen kannst."

Ich weiß nicht, ob eine Zauberhand das fügte, mir kam es jedenfalls so vor. Mein Auftrag ging an Fabio Castello, bei dem ich auch Gino und Melazzo treffen würde, offenbar hatte es mit der Reise nach Frankfurt zu tun.

„Weißt du, wo er wohnt?" fragte Onkel Raffaele.

„Ja", sagte ich.

So ritt ich nach Karlsruhe, vorsichtig und im Schritt den Korb mit Äpfeln vor mir auf dem Sattel, den Auftrag an Herrn Castello in der Tasche. Ich musste Rosi immer wieder zügeln, denn sie wollte in der Morgenluft gern einen Trab versuchen.

Ich dankte Gott aus tiefstem Herzen, dass die beiden anderen Pferde schon vor Castellos Haus angebunden waren, so fiel mein Erscheinen hier wirklich nicht auf. Ich übergab mit einer Empfehlung den Brief, begrüßte Herrn Melazzo und meinen Bruder und bat, die Äpfel der Frau des Hauses bringen zu dürfen. Ich sah, dass Gino eine Bemerkung machen wollte und schüttelte unmerklich den Kopf.

„Sie ist nebenan", sagte Herr Castello und öffnete mir die Tür. So kam es, dass ich Laura allein wiedersah, sie war blass und hatte verweinte Augen. Ich stellte die Äpfel zu Boden, nahm ihre Hände und sagte:

„Hab keine Angst, es gibt immer Hilfe. Wie geht es deiner Mutter?"

„Sie ist oben, willst du sie sehen?" Ich nickte und war schon leise zur Tür hinaus.

Karoline Wirbs hatte sich besser gefasst als ihre Tochter. Sie saß mit einer Handarbeit am Fenster und blickte mich fragend an. Ich gab ihr wortlos den Schlüssel und flüsterte:

„Ich kann nicht bleiben, der Umhang ist weg." Dann nickte ich ihr zu und war in einem Augenblick zurück bei der Besprechung über die Frankfurter Reise.

Vor dem Haus bei den Pferden sagte ich leise zu Gino:

„Ich muss dich sprechen, es ist dringend." Er nickte, sagte ein paar Worte zu Melazzo, und dann ritten wir nach Süden zur Stadt hinaus, ließen den Landgraben hinter uns und waren auf dem neu angelegten Weg zum Dorf Rüppurr. Es gab auf halber Strecke nahe an der Alb eine Schenke für Fuhrleute, vor dem Haus standen roh gezimmerte Bänke und Tische. Dort erzählte ich Gino die ganze Geschichte von Laura und ihrer Mutter, von Katharine, dem Sohn des Rabbiners und von Ludwigs Verrat. Er hörte mir aufmerksam zu ohne den geringsten Anflug von Spott im Gesicht, und als ich mit dem Raub des Umhangs endete, pfiff er anerkennend durch die Zähne. Da war ich sicher, dass er mir ohne Bedingungen helfen würde. Ich hatte nach dem ersten Schluck den Becher mit dem sauren Most zurückgeschoben und sah nun meinen Bruder fragend an.

„Du hast recht", sagte er, „für so etwas lohnt es sich nicht zu hängen. Meinst du, sie werden dich auch verhören?"

„Möglich", sagte ich, „Ludwig Hinz weiß, dass ich die beiden kenne."

„Und Castello?"

„Ich hoffe, dass er Lauras Mutter helfen wird, soweit er das kann, außerdem kennt er nicht alle Zusammenhänge."

„Wirst du Ludwig belasten?"

„Wenn es nicht anders geht, werde ich von einigem reden."

„Du weißt, dass du lügen musst - notfalls."

„Ja, notfalls", sagte ich.

Gino warf ein paar Kreuzer auf den Tisch, und ehe wir die Pferde bestiegen, umarmte er mich.

„Ich muss zurück", sagte er, „kommst du mit?"

Ein paar Tage ging ich wie gewohnt meiner Arbeit nach, ritt mit Rufio zu Melazzo oder über Land zu Kunden, die meines Onkels Weine bestellen wollten. Manchmal ging ich in die Gärtnerei oder ins Glashaus und half bei der Arbeit. Ich machte das gern, nur leider gingen die drei Karlsruher Burschen nicht mehr so unbefangen mit mir um wie früher. Auch sie waren erwachsen geworden und betrachteten mich gar nicht mehr als ihresgleichen. Wenn ich über die Verpackung und Auslieferung des Gemüses etwas anzuordnen hatte, taten sie stumm, was ich sagte, keine Rede mehr von handgreiflichem Geplänkel oder derben Worten. Mir tat das leid, es war ähnlich wie bei unserem Stand auf dem Markt. Dorthin ging ich allerdings in kühler Absicht, auch wenn ich nicht mehr mit Ludwig abrechnete, doch ich wollte sehen, wie sie den Lehrling behandelten und nicht zuletzt wie Ludwig mir begegnete. Ich begrüßte Jakoba, die freundlich nach meinen Wünschen fragte, und ich sah, dass der Lehrling sich zu ihr hielt, genauso wie ich es früher getan hatte. Ludwigs erster Blick sagte mir alles, was ich wissen wollte. Ein hämisches Grinsen zog über sein Gesicht, und er fragte mit übertriebener Höflichkeit, womit er mir dienen könne.

„Dienen - das nun nicht grade", sagte ich, „aber du könntest mir einen Korb mit Kraut, Karotten und Kräutern herrichten. Es soll ein Geschenk sein und muss hübsch aussehen." Er wollte seiner Frau und dem Lehrling winken, den Auftrag auszuführen, aber ich sagte: „Nein, nein, ich habe dich gebeten, das zu machen."

Da Jakoba in diesem Augenblick beschäftigt war, eine Frau zu bedienen, und da Ludwig nun nicht das Geld kassieren konnte, tat ich es an seiner Stelle. Ich wäre sofort tot umgefallen, wenn seine Blicke das hätten vollbringen können. Statt mit ihm zu reden, trat ich zu dem Lehrling und fragte ihn nach seinem Namen. „Willi", sagte er und wurde rot bis über beide Ohren.

„Du kommst jetzt mit mir, Willi, und trägst mir den Korb in die Lange Straße, stell die Rechnung zusammen, Ludwig." Ich bezahlte bis auf den Kreuzer genau, was er mir eingepackt hatte, ohne ihn noch einmal anzusehen. Jetzt wusste ich, woran ich mit ihm war und dass ich mich bis zum Äußersten gegen ihn wehren musste.

Vor dem Hause Marx bedankte ich mich bei Willi, drückte ihm einen Gulden in die Hand und sagte:

„Den brauchst du Ludwig nicht zu geben."

Trude öffnete mir die Tür und sagte erschrocken:

„Der Herr ist nicht zu Hause."

„Das macht nichts, Trude, gib der Köchin den Korb und sag deiner Herrin eine Empfehlung, ich muss weiter."

Sie knickste und sah mich etwas ratlos an, ich aber war froh, dass ich eine Unterredung mit Herrn Marx noch einmal aufschieben konnte.

Kurze Zeit später wurde ich tatsächlich vorgeladen. Ludwig hatte bei einer neuen Befragung meinen Namen ins Spiel gebracht, und so erfuhr natürlich Onkel Raffaele von der Sache. Es waren sehr unangenehme Augenblicke, als er mich darüber zur Rede stellte. Ganz offensichtlich war er böse auf mich, dass nun sein Name und sein Geschäft mit kriminellen Handlungen in Verbindung gebracht wurden.

So erzählte ich denn, wie ich durch Zufall Frau Wirbs und Laura kennengelernt hatte. Was ich von Katharine wusste, erzählte ich nicht, wohl aber von Ludwigs Groll auf mich seit den Markttagen.

„Und jetzt versucht er aus Eifersucht meinen Freunden etwas anzuhängen, um mir damit zu schaden. Du weißt, dass er boshaft und nicht ehrlich ist", schloss ich meine Rede.

Es war wie beim Schach, das ich früher mit meinem Vater oder Gino gespielt hatte. Vater übersah mit Absicht meine Fehler und ließ mich gewinnen, Gino dagegen niemals. Er ließ mich lächelnd seine Bauern aus dem Weg räumen, um dann aus dem Hinterhalt meine Dame zu nehmen und meinen Ruin einzuleiten.

Jetzt war ich klüger, wenn es nicht anders sein konnte, musste Ludwig zum Bauernopfer werden, um die Königin zu retten. Ihm konnte nichts Schlimmeres passieren als ein Verweis und eine Geldstrafe, für Karoline Wirbs stand ihr Leben auf dem Spiel.

„Ich werde ihn zur Rede stellen", sagte mein Onkel, er war nun offenbar nicht mehr auf mich, sondern auf Ludwig böse.

„Nein, bitte nicht", antwortete ich schnell, „er soll nur sagen, was er glaubt gesehen zu haben."

„Und du bist sicher, dass er es nur aus Bosheit tut?"

„Ja", sagte ich.

Am andern Tag fand ich mich im Rathaus ein, wo sich drei Richter und einige Stadträte versammelt hatten, unter ihnen Castello. Sie behandelten mich zuvorkommend, war ich doch nicht in irgendeiner Sache schuldig, außerdem stand der gute Name meines Vaters und seine enge Verbindung zum Markgrafen im Raum. Das gedachte ich in jeder Weise auszunutzen, denn Karolines längst verjährte Verzweiflungstat musste ein für alle Mal begraben werden.

Es dauerte länger als ich gedacht hatte. Sie wollten genau wissen, wie ich, ein Sohn aus gutem Hause, nach Klein-Karlsruhe gekommen war, um dort eine ungewöhnliche Freundschaft zu schließen.

Ich erzählte und nahm mir Zeit dazu, wenn sie schon Ludwigs Verdächtigungen ernst nahmen, sollten sie über ihn genau Bescheid wissen. Ich fing an mit meiner Lehrzeit auf dem Markt, seinen Unredlichkeiten, ebenso wenig verschwieg ich die Unterredung mit meinem Onkel und dessen Großzügigkeit. Sie hörten von meiner Neugier, von Ludwigs Vater und meinem Warten auf den Stufen zu Karoline Wirbs' Haustür.

„Er muss mich dann öfter dort gesehen haben und auch, dass ich zuweilen Obst und Gemüse mitbrachte, wie er jetzt auf die so lange vergangenen Geschehnisse gekommen ist, weiß ich nicht", schloss ich meine Rede.

Natürlich wussten sie nicht, was ich in der Erzählung alles ausgespart hatte. Castello hörte die ganze Zeit aufmerksam zu, aber er schwieg.

„Ihr könnt Euch keine Gründe denken, warum Karoline Wirbs die besagte Untat könnte begangen haben?"

„Nein", sagte ich.

„Wir haben ihr Haus durchsuchen lassen", sagte einer der Richter, „es deutet allerdings nichts auf das hin, was Ludwig Hinz behauptet. Ihr könnt gehen, wir danken Euch."

Ich verbeugte mich vor der Versammlung und ging langsam und gemessen zur Tür hinaus. In meinem Ohr klang Ginos Stimme: 'Dafür lohnt es sich nicht zu hängen.' Mochten sie aus dem Gehörten machen, was sie wollten.

Erst draußen auf der Straße schwand meine Gelassenheit und meine Hände zitterten. Ich hätte viel darum gegeben, Gino neben mir zu haben. Um alle Spuren der Unruhe von mir abzuwischen, machte ich von einem Privileg Gebrauch, das meiner Familie zustand, ich betrat den Schlossgarten und verlor mich zwischen den herbstlichen Bäumen, Ahorn und Blutbuchen streuten ihre roten Blätter auf die Wege. Bei den Teichen hinter dem Glashaus fand ich einen lauschigen Winkel mit einer alten verrosteten Bank, die so aussah, als ob sie noch aus den ersten Tagen des Parkes stammte. Hier saß ich lange Zeit und überdachte jedes meiner Worte, die ich im Rathaus gesprochen hatte, und ich fand, dass sie aus keinem einen Verdacht gegen Karoline Wirbs schöpfen konnten. Weder mein Vater noch Onkel Raffaele sagten etwas zu mir über die Befragung, sie hatten offensichtlich andere Quellen. Nur Mutter sah bei meinem nächsten Besuch zu Hause blass und ängstlich aus.

„Du hast doch nichts Unrechtes getan?" fragte sie.

„Nein", sagte ich, „bestimmt nicht."

In diesen Oktobertagen, in denen beständig ein feuchter Westwind durch die Bäume fuhr, wurden meine Ängste aufgelöst, zudem bescherte mir der ganze Aufruhr um Lauras Mutter eine Audienz beim Markgrafen, die meine Eltern mit großem Stolz erfüllte. Es gab nur zwei Menschen, die mein geheimes Wissen mit mir teilten, und ich hatte mir geschworen, dass von mir niemand je davon erfahren sollte.

Eine Woche nach meiner Befragung rumpelte in der Abenddämmerung ein Wagen in die enge Straße vor Onkel Raffaeles Gärtnerei. Wir hörten den Lärm und die Zurufe bei der Abendmahlzeit, Rufio war der erste, der vom Tisch aufsprang und rief: „Das ist Lorenzo."

Mein Gott, Lorenzo, zu meiner Schande muss ich gestehen, dass ich ihn und die Zitronen völlig vergessen hatte. Ehe wir noch etwas sagen konnten, war Rufio schon draußen, und die Stimmen schwollen an. Ich sah nur noch, wie Tante Henriette resigniert den Kopf schüttelte und unwillig etwas von einem kalten Essen murmelte, aber meines Großvaters Augen blitzten unternehmungslustig.

„Ich bring dir Lorenzo", rief ich ihm zu und war schon draußen. Dabei wusste ich noch gar nicht, ob er überhaupt gekommen war. Doch da stand er leibhaftig neben dem Wagen, erschöpft und sichtlich froh, dass nun endlich jemand Italienisch verstand.

Carlo und Domenico kamen herbei, die mit ihren Familien unterhalb der Gärtnerei wohnten, sie hatten wohl auch den Lärm gehört. Ich fand mich in Lorenzos Umarmung und hörte seine triumphierende Stimme:

„So sehe ich dich doch wieder."

Natürlich kümmerte sich Rufio um Pferde und Wagen, von dem ein Schwall Zitronenduft ausging, ich aber nahm Lorenzo bei der Hand und führte ihn in das Haus meines Onkels.

Jetzt musste unsere Reise nach Frankfurt vorangetrieben werden, denn der Verkauf der Zitronen duldete keinen Aufschub.

Der Ablauf der nächsten Tage schmolz in meinem Kopf zu einem einzigen Wirbel zusammen. Zuerst brachte ich Lorenzo zu meinem Vater, wo schon Gino auf uns wartete, Rufio hatte ihm selbst die Nachricht überbracht.

Mein Herz klopfte bis zum Hals, als ich die Haustür öffnete und Lorenzo eintreten ließ. Sie standen sich zuerst wortlos gegenüber, ich stellte mich zu Mutter, um ihre Begrüßung nicht zu stören. Meines Vaters Freude fand lange keine Worte, und auch Lorenzo hatte Mühe zu sprechen. Dann umarmten sie sich stumm, und beide hatten Tränen in den Augen. Meine Mutter küsste ihren bisher unbekannten Schwager auf beide Backen und sagte einfach:

„Benvenuto, Lorenzo."

Es war gut, dass Gino aus der offen stehenden Küchentür trat und aller Rührseligkeit ein Ende machte. Er traf wie so oft den Nagel auf den Kopf, als er sagte:

„Du könntest wirklich mein Vater sein."

Lorenzo wollte so lange bei meinen Eltern bleiben, bis wir von der Frankfurter Reise zurückkehrten, und ebenso lange ruhten sich die Pferde im Durlacher Stall aus.

Über all dieser Freude hatte ich das schwebende Verfahren gegen Lauras Mutter nicht vergessen. Wie versprochen machte ich einen Besuch bei Herrn Marx, auch um ihm von der Ankunft Lorenzos zu erzählen. Vor allem die beiden Damen interessierten sich sehr für die Zitronen, denn ich hatte zwei der großen duftenden Exemplare als Geschenk mitgebracht.

Diesmal war ich aus vielen Gründen besser gewappnet, als sich unerwartet der Rabbiner einfand, dem ich hier schon einmal begegnet war. Ich sah, wie zornig er war und dass er nur mit Mühe eine scharfe Rede unterdrückte.

„Man hat diese Frau vom Verdacht losgesprochen", sagte er und sah mich dabei vorwurfsvoll an, „es scheint, Euer

Zeugnis hat dazu viel beigetragen." Ich antwortete nichts, denn ihm war ich gewiss keine Rechenschaft schuldig.

„Wie hattest du damit zu tun?" fragte Herr Marx.

„Eigentlich gar nichts, außer dass ich Frau Wirbs zufällig kenne."

Damit mussten sich alle zufrieden geben, obgleich der Rabbiner, so wie er sich gab, sehr gern einen Schuldigen gefunden hätte. Ich fragte mich, ob er wohl wusste, was sein Sohn getan hatte, doch bis heute glaube ich das nicht. Ich habe Samuel Löw später kennen gelernt und auch seine reiche, hässliche Frau, die so stolz ist auf ihren gelehrten Juristen.

Herr Marx begleitete mich an die Haustür, ich sah in seinen fragenden Augen, wie sich seine Zuneigung zu mir mit seiner Wissbegier stritt, die sich nicht mit meinen Antworten begnügen wollte.

Nach diesem Besuch ging ich ohne zu zögern über die Straße in Castellos Haus. Ich wollte Laura und vor allem ihre Mutter sehen, aber darin wurde ich enttäuscht. Laura kam mir freudestrahlend entgegen, und Fabio Castello sagte, was ich wirklich nicht vermuten konnte:

„Danke, Felice."

„Danke?"

„Ohne dich wäre sie wohl kaum freigekommen."

Gut, dass er nicht wusste, wie recht er hatte.

„Wo ist Karoline", fragte ich, „warum kommt sie nicht herunter?"

„Sie wollte nicht hier bleiben", sagte Laura, „obgleich wir sie so gebeten haben."

„Wir?" Ich zog die Augenbrauen hoch.

„Wirklich", sagte Fabio, „das kannst du mir ruhig glauben. Sie wollte lieber nach Klein-Karlsruhe zurückkehren."

Ich nickte, denn von ihr hatte ich nicht erwartet, dass sie sich bei ihrem Schwiegersohn in ein bequemes Nest setzte.

„Was hast du eigentlich mit unserer Reise zu tun?" fragte ich unvermittelt und nahm dabei das 'du' auf, das Fabio gebraucht hatte.

„Oh, Handelsgüter, die von euch transportiert und vertrieben werden", antwortete er ganz gelassen, „ich höre, du bist für die Rechnungen verantwortlich."

„Ja", sagte ich, „mein Onkel hat es mir anvertraut."

Am andern Tag ritt ich wieder nach Karlsruhe, ließ Rosi bei dem Hirten auf der Allmende und klopfte wenig später an Karolines Tür. Sie war blass, aber ungeheuer erleichtert, konnte sie doch nun damit rechnen, dass nie wieder von dieser Sache gesprochen wurde. Wir saßen wie früher so oft am Küchentisch, über dem sie meine beiden Hände ergriff.

„Du hast für mich gelogen", sagte sie leise.

„Ja", sagte ich, „manchmal muss man das tun."

Mehr sprachen wir darüber nicht, aber wir dachten in diesem Augenblick beide an Katharine.

Einen Tag, bevor wir aufbrechen wollten, wurde ich unerwartet zu einer Audienz beim Markgrafen ins Schloss befohlen. Meine Mutter strich immer wieder über meinen guten schwarzen Rock, ob nicht etwa noch ein Stäubchen darauf wäre, und mein Vater gab mir eine Reihe von Ratschlägen, wie ich mich verhalten sollte.

„Er wird mich schon nicht fressen", sagte ich lachend, auch wenn ich nicht wusste, was Vaters Dienstherr von mir wollte.

Das Audienzzimmer lag zu ebener Erde an der rückwärtigen Seite des Schlosses, durch die zwei großen Fenster sah man in den Wald hinaus. Ein Lakai öffnete mir die weiße Flügeltür, und ich stand Karl Friedrich gegenüber, den ich etliche Jahre nicht mehr gesehen hatte. Er hatte damals die fünfzig schon überschritten und strahlte mit seiner imposanten Gestalt und seinem freundlichen Gesicht so viel Wohlwollen aus, dass ich nicht die geringste Scheu vor ihm hatte. Nach meiner tiefen Verbeugung sah er mich lange an, und ich wartete auf seine Anrede.

„Ich höre, die Akten gegen Karoline Wirbs sind wieder geschlossen worden", fing er an, „und ich höre, dass du dazu den Ausschlag gegeben hast." Er sagte immer noch 'du' zu mir, obwohl ich nun kein kindlicher Sängerknabe mehr war.

„Hast du nicht gefürchtet, den Ruf deines Vaters und deines Onkels zu ruinieren?"

„Nein, Durchlaucht", antwortete ich, „denn ich hoffe, der Ruf meines Vaters ist untadelig."

„Du fürchtest dich nicht vor mir?"

„Nein, Durchlaucht", sagte ich noch einmal.

„Und warum hast du sie verteidigt?"

„Ich mag keine böswilligen Denunzianten, Durchlaucht."

Da lächelte er und fragte:

„Hat Castello sie nicht bei sich aufgenommen?"

„Er wollte, aber sie wollte nicht, Durchlaucht."

Er murmelte etwas von stolzen Weibern, aber es klang nicht unfreundlich.

„Sie steht unter meiner Protektion, sie soll eine kleine Rente haben."

Ich starrte ihn verblüfft an, ehe ich „Danke, Durchlaucht" sagen konnte. Wenn ich nicht gewusst hätte, wie freundlich er war, hätte ich das für eine Herrschermarotte gehalten, aber so war es nicht.

„Eigentlich habe ich dich rufen lassen", sagte der Markgraf jetzt, „weil ich gern einen Bericht möchte über eure Handelsgeschäfte außerbalb meines Landes, so etwas kann von Nutzen sein. Ich sehe dich hier wieder, sobald du zurückgekehrt bist."

„Gewiss, Durchlaucht", antwortete ich, zum zweiten Mal verblüfft, wie gut er über alles informiert war. Die Audienz war beendet.

„Kein Sopran mehr?" hörte ich seine Stimme, während ich mich rückwärts zur Tür bewegte.

„Nein, Durchlaucht", erwiderte ich lachend, „eher ein Bass."

Die Handelsreise nach Frankfurt war sehr erfolgreich. Nicht nur die Zitronen aus Italien und meines Onkels Wein, auch Castellos bunt bemalte Schüsseln und Töpfe aus Keramik, die er etwas außerhalb der Stadt arbeiten ließ, brachten guten Gewinn ein.

Ich selbst legte seit jenen Tagen den Grundstock zu meinem eigenen Vermögen und zu meinen eigenen Handelsverbindungen. Das kam, weil mein Onkel Raffaele außerordentlich zufrieden war mit meiner Rechnungsführung, die mir nicht die geringsten Schwierigkeiten machte. Ich sah, wie meine Reisegefährten mich schon unterwegs mit anderen Augen ansahen und dass Ginos Spott mir gegenüber dahinschmolz.

Mit Rufio und Gino zu reisen, war wirklich ein Vergnügen. Wir redeten nicht viel, oft genügten Blicke, um uns über dies und jenes zu verständigen. Melazzo betrachtete mich mit freundlichem Wohlwollen und leitete die Geschäfte mit Zähigkeit und Erfolg. Ich betrachtete mit viel Vergnügen die schönen Frankfurter Häuser und Kirchen und sah den Reichtum der Bürger. Diese Stadt hatte einen ganz anderen Anstrich als das junge Karlsruhe, dem in mancher Beziehung immer noch der Charakter des Provisorischen anhaftete. Zu meinem großen Vergnügen machten wir mit den Zitronen guten Gewinn und erhielten von einem der italienischen Händler die feste Zusage auf weiteren Absatz. Zu meinem noch größeren Vergnügen fand ich, während die anderen beschäftigt waren, einen Händler, der Castellos gesamte Keramikware aufkaufte und mit dem ich zugleich eine wundersame Bekanntschaft machte. Ich fand ihn auf Empfehlung eines Weinhändlers, dem wir eine besonders schöne bunte Schale zum Geschenk machten. Die enge Handwerkergasse, wohin ich allein und zu Fuß ging, war erfüllt von Stimmen, Hämmern und Klopfen, das alles tönte aus den offenen Türen der Werkstätten. Die Menschen hier sprachen einen Dialekt, aus dem ich lange gar nicht schlau wurde, und auch Lukas Melchers Begrüßung ging zuerst gänzlich an mir vorbei. Sein Haus hatte keine Werkstatt im Erdgeschoss, wohl aber einen ansehnlichen Laden mit Gegenständen für den täglichen Gebrauch. Einfache Milchkrüge, hölzerne Eimer, geschnitzte Löffel, ein Butterfass und Zinnteller, das alles stand säuberlich aufgereiht an den Wänden. Seine Stimme kam von weit unten hinter dem Ladentisch:

„Der junge Herr wünschen?"

„Guten Tag", sagte ich, „ich heiße Felice Sciatti, wir sind in Geschäften hier in Frankfurt, ich komme auf Empfehlung des Weinhändlers Collo."

Jetzt endlich erblickte ich den Mann, der zu der Stimme gehörte. Er kam hinter dem Ladentisch hervor, sehr klein und bucklig, der große imposante Kopf von einer Mähne silberner Haare umgeben und großen strahlend blauen Augen. An seiner Kleidung sah ich, dass er keineswegs arm war, denn der gute Tuchrock war genau seiner armseligen Figur angepasst, und sein Halstuch schien aus Seide zu sein. Ich hoffte, dass ich mit keiner Regung meines Gesichtes meine Verwunderung über seine ungewöhnliche Erscheinung ausdrückte.

„So, so Collo, der alte Fuchs, und was für Geschäfte habt Ihr vorzuschlagen?" Er musste weit zu mir aufsehen, dass ich unwillkürlich ein Knie beugte, damit unsere Gesichter auf gleiche Höhe kämen. In Melchers Augen blitzte es belustigt auf. „Eure Geschäfte?" fragte er noch einmal.

Ich zog wortlos den mitgebrachten Korb herbei, wickelte ein paar Teller und Becher aus ihrer Verpackung und stellte sie auf den Ladentisch.

„Keramik aus Karlsruhe", sagte ich nur. Die leuchtend bunt bemalten Stücke sprachen für den Händler offenbar ihre eigene Sprache. Er ging mit behenden kleinen Schritten in den rückwärtigen Teil des Ladens und rief:

„Lotte, komm einmal herunter." Ich hörte jemanden leichtfüßig über die Treppe springen, und dann erschien ein Mädchen im Laden, das mich nicht weniger verblüffte als ihr Vater, zierlich wie eine Puppe, aber schon größer als er und mit den gleichen leuchtenden Augen, eine Fülle blonder Locken fiel ihr auf die Schultern. Sie war dreizehn damals, kindlich und flachbrüstig, sie musterte mich von oben bis unten, dann glitt ihr Blick an mir vorbei auf die bunten Teller. Ein lang gezogenes 'oh' kam aus ihrem Mund, und sie nahm vorsichtig einen der Becher in die Hand.

„Wem gehört das alles?" fragte sie, und ihre Augen funkelten.

„Der Becher gehört dir, mein Fräulein", sagte ich und verbeugte mich leicht, „ich schenke ihn dir."

Lukas Melcher fing an zu lachen und sagte:

„Das nenne ich Bestechung. Aber ihr Urteil ist gut, ich nehme die Ware. Wie viele Stücke sind es? Wir müssen noch über den Preis verhandeln."

Ich kam am andern Tag mit Rufio zurück, und schneller haben wir nie ein Geschäft abgeschlossen. Als unsere Verhandlung zu Ende war, erschien Lotte und balancierte vorsichtig drei Becher mit Wein auf einem Tablett. Sie knickste vor Rufio und mir und fragte dann leise:

„Nimmst du die Ware, Vater?"

„Gewiss, Vögelchen, das kannst du dir doch denken. Soviel ich dich kenne, weißt du schon einige Kunden."

„O ja", sagte sie, lächelte mich an und verschwand die Treppe hinauf.

Die Verbindung zu Lukas Melcher und seiner Tochter ist nie abgerissen, auch wenn wir uns erst nach einigen Jahren wiedersahen.

Bei unserer Rückkehr musste ich zuerst dem Markgrafen Bericht erstatten, wie er verlangt hatte. Wenn er mich auch nicht genau über unseren Gewinn befragte, wollte er doch im Allgemeinen über den Umfang unserer auswärtigen Geschäfte informiert sein. Er zeigte sich sehr leutselig und erneuerte unsere Bekanntschaft auf liebenswürdige Weise. Mir schien, er staunte ein wenig darüber, wie schnell die Jahre verflossen waren und dass aus dem Amor seines Singspiels ein Geschäftsmann geworden war. Und dann fragte er mich, was schon so viele vor ihm gefragt hatten:

„Warum bist du nicht Musiker geworden? Ich höre von deinem Vater, dass du sehr artig auf der Geige spielst."

Ich wusste nicht recht, was ich antworten sollte, denn ich konnte ihm schlecht die mangelnde Freiheit eines Hofbediensteten vorhalten. So sagte ich nur:

„Ich habe neben der Musik noch viele andere Interessen, Durchlaucht."

Er gab sich damit zufrieden, versicherte mich seines Wohlwollens, und ich war entlassen.

Mit Rufio zusammen legte ich Onkel Raffaele unsere Rechnung offen und überließ es ihm, Castellos Anteil daraus abzuziehen. Erst jetzt wurde mir bewusst, wie sehr sich allmählich meine Stellung in seinem Hause geändert hatte. Wenn ich an den Tag zurückdachte, an dem ich meinen Ranzen neben den Spülstein gestellt hatte, konnte ich es selbst kaum glauben.

Mit Tante Henriette hatte ich in dieser Zeit viel Spaß, auch das wäre mir früher nie in den Sinn gekommen. Wenn ich durch die Küche ging und, angelockt von den guten Düften, eine Weile dort hängen blieb, redete ich Italienisch mit ihr. Zuerst reagierte sie recht unwillig, dann aber versuchte sie, mir ebenso zu antworten. Kurz vor Weihnachten überraschte sie die Runde bei Tisch mit ihrer neuen Fertigkeit und ebenso mit dem Lachen, das ihre Rede begleitete. Wir waren richtig gute Freunde geworden.

Weihnachten - es hätte ein fröhliches Fest sein können, denn Lorenzo hatte beim Abschied versprochen, im nächsten Jahr wiederzukommen und eines Tages vielleicht seine Töchter mitzubringen. Doch es fiel zweierlei Schatten auf das schwindende und das beginnende Jahr 1781. Der eine Schatten betraf uns alle, die verfallenden Kräfte meines Großvaters, der nun gar nicht mehr aus dem Bett aufstehen konnte. Meine Mutter saß oft lange bei ihm, und ihr Kummer schnitt mir doppelt ins Herz, denn auch ich wollte ihn nicht gerne missen.

Meine eigenen bittersten Schmerzen aber kamen von einer ganz anderen Seite. Mir war es bis dahin verborgen geblieben, dass es im Hause Marx eine Tochter gab. Ich begegnete ihr erst bei einem Besuch zu Beginn des neuen Jahres. Vielleicht wussten ihre Eltern, warum sie Sarah vor den Augen Fremder verborgen hielten, und auch die Begegnung mit mir war wohl eher Zufall als Absicht. Sie kam die Treppe herunter, als Trude mich zu ihren Eltern führte. Es gab keinen Zweifel, wer sie war. Sie glich ihrer Mutter, zudem hörte ich Herrn Marx' Stimme von oben:

„Komm wieder herauf, Sarah, wir haben Besuch."

Ich trat zur Seite, um sie vorangehen zu lassen, aber ehe ich den Kopf zum Gruße neigte, traf mich ihr Blick. Anders kann ich es nicht sagen. Man kann vom Blitz getroffen werden oder vom Fausthieb eines Widersachers oder von einem spitzen Pfeil. Was ich als lachender Amor im Scherz getan hatte, erlitt ich nun in ungeahnter Schärfe. Ihr dunkles Gesicht war voller Geheimnisse und ihre dunklen Augen voll unergründlicher Macht. Es war wunderbar und es tat weh, denn ich wusste, dass ich sie niemals haben konnte. Sie ging stumm vor mir die Treppe hinauf, und oben sagte Herr Marx:

„Das ist unsere Tochter Sarah, Felice, sie ist so ungefähr in deinem Alter."

„Guten Tag, mein Fräulein", sagte ich leise und verneigte mich noch einmal.

„Guten Tag", erwiderte sie und lächelte dabei. Hätte sie das doch nicht getan.

Es gibt Menschen, die können zaubern und sie wissen es, ich war sicher, ihr Vater wusste es auch. Ich habe das meiste vergessen, was wir sprachen bei diesem Besuch, nur dass sie mich nach der Frankfurter Reise fragten und ich wohl ganz vernünftig geantwortet haben muss. Zugleich war ich hingegeben an dieses Gefühl, in einen ungeheuren Abgrund zu versinken, und den Wunsch, nie mehr daraus aufzutauchen. Warum sind manchen Menschen solche Augen gegeben, die uns arme, unschuldige Nachtfalter in den Sog ihrer Flamme ziehen? Sie tat es sicher nicht mit Absicht, aber jeder ihrer Blicke verstrickte mich mehr in den Wunsch, ihre Gedanken zu ergründen und ihren wunderschönen Mund zu küssen.

„Ihr müsst wissen", hörte ich Frau Marx wie aus weiter Ferne sagen, „Sarah war längere Zeit bei meiner Schwester in Venedig. Sie liebt es, die Kunst zu studieren und auch bei ihrem gelehrten Vetter die hebräische Sprache, die es Euch so angetan hat."

Ich spürte, wie ich rot wurde, und stammelte etwas von der Verlockung des Fremden, in das man noch nicht eingedrungen sei.

Beim Abschied fühlte ich, wie all meine Weltgewandtheit, auf die ich mir so viel eingebildet hatte, mir gänzlich abhanden gekommen war. Sie luden mich ein wiederzukommen, auch Sarah nickte zu den Worten ihres Vaters.

Ich kam wieder, obgleich ich wusste, dass es unklug war. Noch weniger klug war es, dass Sarah mir versprach, mich in die Geheimnisse der hebräischen Sprache einzuführen, wenn ich dafür ihr Italienisch aufbesserte, das sie noch nicht so gut beherrschte, wie sie wollte.

Es nützte nichts, dass Sarahs Mutter oder Großmutter unserem gegenseitigen Unterricht beiwohnten. Auch wenn unsere Worte an die Sache gebunden waren, konnte ich ihrer dunklen Stimme nicht entgehen, noch konnte Sarah die Untertöne meiner Rede überhören. Wir waren überein gekommen, viel Italienisch miteinander zu sprechen, und ich glitt leicht und oft unabsichtlich in die schmeichelnden Töne meiner Sprache.

Ihre Unterweisung begann mit den Buchstaben, deren schwierige und bildhafte Zeichen noch der Vokale bedürfen, um einen Sinn zu ergeben. Und sie waren doppeldeutig, so dass ich, ohne es zu wollen, in den Tunnel tiefsinniger Bezüge geriet. Sarah lächelte, wenn ich Fehler machte, aber sie war geduldig, und ich war ebenso geduldig, die uralte Weisheit dieser Sprache zu erlernen.

Wenn wir Italienisch sprachen, bat ich sie, mir von Venedig zu erzählen, von dem wunderbaren Bau dieser Stadt, die gleichsam auf dem Wasser schwebt. Ich habe sie seitdem gesehen und mich an vielen ihrer Kostbarkeiten erfreut, aber nichts hat mich so sehr betroffen wie Sarahs erste Erzählung von ihrer jüdischen Verwandtschaft, die immer noch in dem uralten, streng ummauerten Ghetto lebte, dessen Tore zur Nachtzeit abgeriegelt werden. Ich konnte mir davon nicht die geringste Vorstellung machen, denn in unserer Stadt ließ der Markgraf alle Menschen in Großzügigkeit handeln und wandeln.

Wenn Sarah auf Italienisch erzählte, tastete sie manchmal nach Worten oder Wendungen, und für mich war es ein Reiz eigener Art, ihr vorsichtig auf die Sprünge zu helfen und ihr gewisse Ausdrücke vorzugeben, die sie vielleicht gar nicht hatte gebrauchen wollen. Ich tat das wohl, um das Gleichgewicht zwischen uns ein wenig zurechtzurücken, um nicht ganz und gar in den Sog ihrer Persönlichkeit zu geraten.

In meinem Alltag ging ich in jener Zeit herum wie ein Schlafwandler, der zwar das Richtige tut, aber kaum weiß, warum er es tut. So vergaß ich nicht, meinen Onkel nach Jakob Hinz zu fragen, denn ich wusste gar nicht, ob man ihm eine Strafe auferlegt hatte.

„Wirst du ihn auf dem Markt behalten", fragte ich, „oder muss er die Stadt verlassen?"

„Ich behalte ihn", sagte er, „die Geldstrafe habe ich für ihn bezahlt."

Ich wusste nicht recht, was ich aus dieser Großzügigkeit machen sollte, und fragte:

„Warum?"

Da sah er mich an, als ob ich noch ein Kind wäre, und sagte:

„Meinst du nicht, man könne einmal Gnade vor Recht ergehen lassen?"

Da wurde ich zum zweiten Mal in diesen Tagen rot, denn sicher wusste mein Onkel gar nicht, wie sehr er mich mit seinem weisen Urteil traf.

„Sicher", antwortete ich, „ich weiß ja, wie gut du bist."

„Und ich dachte, auch du wärest ein Christ."

Es ist wahr, die Doppeldeutigkeit seiner Worte blieb mir nicht verborgen, denn er machte sich offensichtlich mehr Gedanken über meine Aussage vor Gericht, als mir lieb sein konnte.

„Ich bemühe mich", sagte ich nur.

Sarah unterrichtete mich bis zum Frühjahr, und als der April herankam mit meinem Geburtstag, wusste ich kaum wie schnell das Jahr vergangen war.

In diesen Monaten seit Weihnachten versank ich tiefer, als ich mir je hatte vorstellen können. Es war ein Wunder, dass ich äußerlich derselbe Mensch blieb und dass auch Sarah nicht wusste, was sie anrichtete. Der Unterricht in der hebräischen Sprache war für uns beide eine Art Abenteuer, bei dem ich ihren scharfen Verstand bewunderte und jedes Lob von ihr Balsam und Gift zu gleichen Teilen war. Ihr Italienisch wurde fließend und bekam den richtigen Tonfall, Sarahs Eltern konnten ihre Fortschritte nicht genug loben. Hebräisch aber war für mich nicht nur eine Sprache, es war ein Weg in Gedanken und Lebensart meiner Freunde. Einer allerdings hatte nichts übrig für meine Bemühungen und noch weniger für meine Gespräche mit Herrn Marx, der mir auf meine Fragen viel von den religiösen Wurzeln seines Volkes erzählte. Ich meine den Rabbiner, der mir das eine oder andere Mal im Hause Marx begegnete. Was er gegen mich hatte oder was er befürchtete, wusste ich nicht, vielleicht stemmte er sich gegen alle offene Lebensart, für die ich gewissermaßen Einfallstor war. Auf jeden Fall missbilligte er meinen freundschaftlichen Umgang mit Sarah, deren geistige Betätigung er ganz und gar unpassend fand. So ging ich ihm aus diesem und vielen anderen Gründen möglichst aus dem Wege. Ich hatte genug damit zu tun, meine turbulenten Gefühle wenigstens äußerlich unter Kontrolle zu halten, denn auch der nüchterne Alltag mit all seinen Geschäften verschwand nicht einfach aus meinem Leben.

Wenn ich im Kontor meines Onkels am Pult stand und rechnete, entging ich für eine Weile der Welt meiner Gefühle, ich war froh, dass ich immer noch meinem Kopf gebieten konnte, vernünftige und richtige Gedanken zu haben.

Mitten in diesem Tumult meiner Seele traf mich ein Brief aus Frankfurt wie klares, kühles Wasser. Die steife ordentliche Schrift mit meinem Namen und meiner Adresse gehörte Lotte Melcher, im Innern des Briefes folgten ihren Zeilen die geschwungenen Buchstaben in ihres Vaters Hand.

„Mein Herr Felice", schrieb sie, und schon diese Anrede erfüllte mich mit geheimem Lachen, *„die bunten Teller, Schüsseln und Becher aus Karlsruhe gehen weg wie warme Semmeln, gibt es bald mehr? Mein Vater mag Euch gerne leiden und ich auch, weil Ihr so nett zu ihm wart. Ihr müsst wissen, dass manche Leute über ihn lachen, und das mag ich nicht. Er ist der beste und klügste Mensch, den es gibt. Ich würde gerne einmal Eure Stadt besehen, und die Berge, die es da gibt. Aber das geht leider nicht, weil ich bei meinem Vater bleiben will, schon deshalb, weil meine Mutter schon lange tot ist. Ich weiß nicht mehr genau, wie sie aussah. Ich hoffe Ihr schreibt mir einmal, Eure ergebene Charlotte Melcher."*

Aus den Zeilen ihres Vaters glaubte ich ein belustigtes Augenzwinkern zu spüren. Auch er berichtete von dem guten Absatz der Keramikware und bat mich ganz offiziell, mit Fabio Castello über weitere Lieferungen zu verhandeln. Zum Schluss seines Briefes hieß es: *„Ich hoffe, Ihr verzeiht die Offenheit meiner Tochter, aber Ihr habt es ihr nun einmal angetan. Auch meiner Sympathie dürft Ihr versichert sein. Euer ergebener Lukas Melcher."*

Das war wirklich ein guter Brief, der meine Tage erhellte, auch war mir die neue Aufgabe im Handel sehr willkommen. Es scheint, dass Tätigkeit es dem Menschen leichter macht, Schweres zu ertragen, so jedenfalls erging es mir. Denn im Durlacher Haus ging mit dem wachsenden Frühjahr ein Leben zu Ende. Trotz meiner Trauer, dass ich nun meinen Großvater verlieren sollte, wünschten wir alle die Erlösung von seinen Schmerzen herbei, die auch der Physikus aus Karlsruhe nur noch zeitweise lindern konnte. Ich mag nicht den Jammer meiner Mutter beschreiben, die seine gekrümmten Hände in ihren hielt und dabei mit ihrer lieben Stimme zu ihm sprach. Sie war es auch, die ihn in der Nacht vor meinem Geburtstag hinüber geleitete in die Herrlichkeit Gottes, auf die wir alle hoffen. Der helle windige Apriltag leuchtete auf sein friedliches Angesicht, von dem ich mich mit Tränen verabschiedete.

Eine Woche, nachdem wir unseren Vater und Großvater auf dem Durlacher Friedhof begraben hatten, bat Castello mich in sein Haus. Auch er hatte einen Brief von Melcher bekommen, mich darin offiziell zu seinem Mittelsmann und Agenten gemacht, sofern ich zustimmte. Er wollte neue Ware aus der Karlsruher Produktion und fragte nach Menge, Qualität und Preisen. Dieser Brief, den Castello mir zeigte, klang ganz anders als das Schreiben an mich, sachlich, geschäftsmäßig und nüchtern. Ich dachte an Lotte und ob sie wohl von dem Vorschlag ihres Vaters wusste.

Natürlich nahm ich die Kommission an, vorausgesetzt, mein Onkel war damit einverstanden. Noch war ich bei ihm unter Vertrag, dies wäre ein erster Schritt zu einer gewissen Selbstständigkeit. Wir standen in seinem Kontor, denn es war eine geschäftliche Besprechung, bei der ich allerdings von einer anderen Sache vollkommen überrascht wurde.

„Sicher kannst du diesen Handelszweig selbstständig übernehmen", sagte er, „er fällt ohnehin nicht in meine Geschäfte. Am besten wäre es, du würdest dich bei Castello über seine Produktion sachkundig machen."

Ich nickte und wollte meinen Dank ausdrücken, aber mein Onkel sagte:

„Da ist noch etwas anderes. Mein Vater hat dir einem Teil seines ruhenden Vermögens vermacht. Vielleicht kannst du darauf deine eigenen Geschäfte gründen."

Ich starrte ihn an und wusste überhaupt nicht, was ich sagen sollte.

„Ich – und die andern, Camillo und Gino?"

„Du kannst beruhigt sein, sie bekommen auch ihren Anteil, du allerdings den größten."

Ich schwieg, und wenn im Kontor ein Stuhl gewesen wäre, hätte ich mich darauf gesetzt und mein Gesicht in die Hände gelegt. So aber musste ich stehen bleiben und meinen Onkel ansehen.

„Warum, warum ich?"

Ich wusste, dass mir in diesem Augenblick aus vielen Gründen die Tränen sehr nahe waren, aber ich schämte mich gar nicht darüber.

„Weil er dich mehr liebte als die anderen, du hast das Gesicht deiner Mutter, und noch mehr spricht aus deinen Augen das Gesicht seiner geliebten Frau, die er nie vergessen konnte. Auch mir wird sie lebendig, wenn ich dich ansehe. Und er liebte dich, weil du nie seine Strenge gefürchtet hast."

Ich senkte den Kopf, weil mir nun doch die Tränen kamen, und um überhaupt etwas zu sagen, murmelte ich: „Und Rufio?"

Da lachte mein Onkel und antwortete:

„Du glaubst doch nicht, dass ich Rufio unbeteiligt an meinen Geschäften lasse?"

Es war gut, dass mich in den nächsten Tagen dieses neue Wissen beschäftigte und ich mit meinen Eltern darüber sprach. Meine Mutter wusste schon von dem Legat ihres Vaters, und ich sah es ihr an, dass sie sehr stolz auf mich war. Ich dachte, wie gut, dass sie nicht alles von mir wusste und ob die jüngste Verwicklung nicht ihr Vertrauen zu mir erschüttert hätte.

Über Camillo machte ich mir nicht viele Gedanken, denn er trug sich mit Heiratsplänen, die für ihn im Mittelpunkt seiner Tage standen, aber die nächste Begegnung mit Gino wurde mir doch sauer. Nicht nur mein größeres Erbteil bedrückte mich, sondern ein bitterböser Schmerz, den er mir bestimmt ansehen würde. Ich hatte nie mit ihm über Sarah gesprochen, aber jetzt würde er mich bestimmt nach dem Grund meiner Verstörung fragen.

Nach unserer letzten hebräisch-italienischen Unterrichtsstunde sah die ganze Familie recht feierlich aus, und ich wurde gebeten, zu einem Abendimbiss zu bleiben. Ich stimmte zu in der Hoffnung, der Rabbiner möge nicht plötzlich auftauchen und meine Freude stören. Doch die wurde von einer ganz anderen Seite gestört.

„Ihr werdet euch nun eine Weile nicht mehr sehen", sagte Herr Marx, nachdem die Teller abgeräumt waren, „auch wir müssen von Sarah Abschied nehmen. Sie wird im kommenden Monat mit uns nach Venedig reisen, um dort zu heiraten."

Ich muss ganz blass geworden sein, denn der Tisch, das Zimmer und meine Gastgeber verschwammen vor meinen Augen.

„Felice", hörte ich Sarahs erschrockene Stimme ganz von ferne. Ein Glas Wein wurde an meinen Mund gehalten, und das Zimmer rückte wieder in seine richtigen Proportionen.

„Verzeihung", murmelte ich, „mir ging es schon seit Tagen nicht so gut."

Natürlich glaubten sie es nicht, aber sie waren gütig genug, nicht weiter nachzufragen. Sobald es die Höflichkeit erlaubte, verabschiedete ich mich, denn irgendein Gespräch konnte ich nun nicht mehr führen.

„Ich begleite dich zur Tür", sagte Sarah, wir waren bei unseren Unterichtsstunden schon lange zum 'du' übergegangen.

In der dämmerigen Diele hatte noch niemand ein Licht angezündet.

„Leb wohl, mein schöner Lehrer", sagte Sarah leise, da drängte ich sie gegen die Haustür, umfasste ihr Gesicht und küsste den schönen Mund. Sie wehrte sich nicht, sondern presste sich für einen wunderbaren Augenblick an mich. Dann schob sie mich fort und flüsterte: „Geh jetzt."

Wie ein verirrter Geist ging ich durch die abendlichen Straßen meiner Stadt, bis schließlich die Füße von allein den Weg nach Durlach fanden.

Gino ist der einzige Mensch, dem ich jemals von meiner Liebe zu Sarah erzählt habe. Er wusste sofort, dass etwas mit mir nicht stimmte, als wir uns das nächste Mal trafen. Eigentlich hatte ich mit ihm über mein Erbteil sprechen wollen, aber dazu ließ er es gar nicht kommen.

„Lass es gut sein", sagte er, als ich davon anfangen wollte, „ich gönne es dir, und ich denke, du hast es verdient." Verdient - das war nun das Letzte, was ich glaubte. Aber ehe ich noch etwas sagen konnte, fragte Gino: „Was ist mit dir?"

Wir standen an der Toreinfahrt des Gasthauses 'Bären' am Marktplatz, wo wir auf Melazzo warteten, ein dünner Frühlingsregen hatte uns unter das Dach getrieben.

Ich hatte bei allen meinen Gemütsbewegungen nie viel davon gehalten, mich gehen zu lassen, aber jetzt bei Ginos Frage und unter seinem teilnehmenden Blick schnürte sich mein Hals zu, und ich wurde von einem trockenen Schluchzen geschüttelt.

„Komm", sagte er nur und führte mich ins Innere der fast leeren Gaststube in eine dämmerige Ecke. Dem herbeieilenden Wirt winkte er ab und sagte: „Später".

Hier an dem gescheuerten Holztisch, der dennoch nach vergossenem Bier roch, erzählte ich Gino stockend und leise von meiner Begegnung mit Sarah. Ich konnte ihn nicht ansehen und fürchtete, als ich zu Ende war, einen Anflug von Spott auf seinem Gesicht. Aber Gino schwieg, und als ich ihn schließlich ansah, war sein Gesicht sehr ernst.

„Mit der Zeit vergehen diese Schmerzen", sagte er nur, „ich weiß es."

Dann winkte er dem Wirt, und in dem Augenblick, als zwei Bierkrüge auf den Tisch gestellt wurden, erschien Melazzo in der Tür und schüttelte die Regentropfen von der Mütze.

Ich tat, wie mein Onkel mir geraten hatte, ich ging zu Fabio Castello und machte mit ihm in Melchers Namen einen Vertrag über künftige Lieferungen nach Frankfurt. Das geschah in seinem Kontor, das zu ebener Erde in seinem Hause lag. Danach bat er mich, mit hinaufzukommen, um Laura zu begrüßen.

Sie war nicht allein, ihre Mutter saß bei ihr und ich sah sofort, warum. Laura war schwanger, das konnte auch ihr faltiger Rock nicht verdecken. Bei meinem Anblick spiegelte sich Freude mit Unsicherheit in ihrem Gesicht, Castello jedoch sagte deutlich, was ihn mit Stolz erfüllte:

„Wir werden ein Kind haben."

Ich nahm Lauras Hand, küsste sie und sagte:

„Ich wünsche dir alles Glück dieser Erde."

Von Karoline Wirbs war aller Schatten abgefallen, jetzt sah sie mit Freuden, was sie bei ihrer älteren Tochter gefürchtet hatte.

Und ich tat auch das andere, was mein Onkel mir geraten hatte, ich bat Castello, mich in die Geheimnisse seiner Fayence-Produktion einzuführen. Er sah mich erstaunt an, und Laura sagte:

„Wozu musst du das denn wissen?"

Nur ihre Mutter nickte und meinte:

„Das ist doch sehr nützlich."

Ich aber glaubte, ich müsse mich für meine Wissbegier verteidigen.

„Ich handle nicht mit Sachen, von denen ich nichts weiß", sagte ich, „Melcher möchte wegen der Qualität der Ware sicher sein."

Zum ersten Mal, seit ich Fabio Castello kannte, ging über sein Gesicht so etwas wie ein Hauch der Anerkennung. Vielleicht hatte er mich bis dahin nur für einen hübschen Jungen gehalten, der sich den Menschen angenehm machen konnte, jetzt sagte er:

„Gut, wir reiten in den nächsten Tagen nach Grötzingen, dort in der Nähe der Steinbrüche wird der Ton gewonnen und gebrannt."

Was ich zu sehen bekam, war sehr beeindruckend. Bisher hatte ich mich nur an den hübschen Formen und Farben der Keramik erfreut, jetzt sah ich mit Bewunderung, wieviel Kunst und Geschicklichkeit zu ihrer Herstellung nötig waren.

Noch etwas anderes erstaunte mich, dass nämlich hauptsächlich Frauen damit beschäftigt waren, die Muster und Figuren auf die schon einmal gebrannten Stücke zu malen. Sie saßen und standen an langen Holztischen, vor und neben sich die Gefäße und Farben, daneben die zahlreichen Pinsel in verschiedener Stärke, während nicht weit von ihnen die großen Brennöfen ihre Hitzewellen ausströmten. Ich sah, wie die schon bemalten Teile noch einmal in die Öfen kamen, sah in einem anderen Holzgebäude die fertigen Waren auf langen Regalen stehen. Castello erklärte mir in einfachen, sachlichen Sätzen das ganze Prozedere und gab auf alle meine Fragen Antwort. Ich war schweigsam, als wir zurückritten, und erst kurz bevor wir die Stadt erreichten, fragte ich:

„Woher hast du so genaue Kenntnisse?"

„Ich komme daher, wo diese Kunst blüht und entstanden ist, aus Faenza bei Ravenna. Ich höre, auch deine und deines Onkels Familie stammen aus Norditalien."

„Und warum bist du nicht dort geblieben?"

„Warum? Ich bin der dritte Sohn und wäre in dem Betrieb meines Vaters immer nur ein abhängiger Geselle gewesen."

Ich nickte und dachte an die verschiedenen Gründe, aus denen Menschen ihre Heimat verlassen, und ob ich vielleicht auch einmal von Karlsruhe weggehen würde. Und zum Schluss stellte ich die Frage, die mich schon seit der Rückkehr aus Italien beschäftigt hatte:

„Wie hast du Laura kennen gelernt?"

„Eifersüchtig?"

„O nein, sicher nicht, Laura war immer wie eine Schwester für mich."

Castello zügelte sein Pferd, wir ritten im Schritt weiter.

„Laura ist mir ganz zufällig über den Weg gelaufen. Ich traf sie auf dem Markt vor dem Stand, auf dem ich ab und zu meine Ware ausstelle. Vielleicht hast du ihn schon einmal gesehen."

Ich schüttelte den Kopf, darauf hatte ich noch nie geachtet.

„Ich sah, wie sie voll Entzücken einen Milchkrug betrachtete, wie sie zögerte und dann bedauernd den Kopf schüttelte. Auch ich war nur im Vorübergehen dort, um mit dem Verkäufer etwas zu besprechen. Ich fragte sie, warum sie den Krug nicht haben wollte, obgleich ich wusste, dass er ihr zu teuer war. Sie wurde rot und sagte: 'So viel Geld habe ich leider nicht.' Dann lief sie davon. Aber sie kam wieder, und auch ich kam wieder, ganz sicher, dass sie nicht nur den Milchkrug sehen wollte. Sie hat ihn bekommen und noch manche andere Dinge, die ihr gefielen. Du musst nicht denken, dass ich sie gekauft oder geködert hätte, unsere Zuneigung war von Anfang an da, jetzt ist sie zu Liebe geworden."

„Und Karoline? Sie war gegen dich."

„Sie ist stolz", sagte Fabio, „aber gerade darum mag ich sie. Jetzt freut sie sich auf das Kind."

Fast hätte ich vergessen, den Umhang endgültig zu beseitigen. Da wie jedes Jahr der große Frühlingsputz bevorstand, vor dem auch die Schränke nicht sicher waren, vergrub ich ihn oben auf dem Turmberg neben dem verfallenden Gerüst des Galgens. Diesen Ort mieden die Menschen, und auch mir kroch es kalt über den Rücken, denn ich störte bei meinem nächtlichen Gang einen Schwarm Krähen auf, die ihr ärgerliches Krächzen hinter mir her schickten.

Etwas anderes vergaß ich nicht, eine Antwort an Lukas Melcher und seine Tochter. Ihm schrieb ich von dem Vertrag mit Castello, von der Produktion der Keramik und von den Farben, die ich für die nächste Sendung ausgesucht hatte. Ich selber würde diesen Transport nicht nach Frankfurt führen, denn ich sah, dass meine Mutter durch den Tod ihres Vaters sehr angegriffen und traurig war. Auch hatte mein Vater mich gebeten, jetzt nicht für längere Zeit wegzugehen. An Lotte Melcher schrieb ich:

„Liebe Lotte, ich danke dir für deinen Brief, der mich sehr erfreut hat. Demnächst werden neue Teller, Becher und Schüsseln nach Frankfurt kommen. Ich habe diesmal blaue, grüne und gelbe Farbtöne ausgesucht, die mir besonders gefallen, ich hoffe, dir gefallen sie auch. Der Becher mit den blauen Kornblumen ist ein Geschenk für dich, er soll dich grüßen, da ich selbst leider nicht kommen kann. Du kannst ruhig Felice und du zu mir sagen, schreib mir einmal wieder, dein ergebener Felice Sciatti."

Es dauerte bis zum Herbst 1783, ehe ich Lukas Melcher und seine Tochter wiedersah. Ich wurde in diesen Jahren Castellos Handelspartner in den Verbindungen mit Frankfurt und Bruchsal, ebenso machte Raffaele mich wie seinen Sohn zum Partner im Weinhandel. Ich wurde Pate von Lauras erstgeborener Tochter Luise, und auch Camillo hatte einen Sohn, der nach unserem Großvater Enrico hieß. Seine Frau war die lustige Tochter Domenicos, der bei meinem Onkel in der Gärtnerei arbeitete.

Im Frühjahr wurde mein Vater zeitweise aus dem Hofdienst entlassen, und das hing mit den traurigen Ereignissen in der markgräflichen Familie zusammen. Ich hatte unsere Markgräfin Karoline Luise nur manchmal von ferne gesehen, mein Vater aber brachte ihr eine tiefe Verehrung entgegen, denn sie war nicht nur schlicht und liebenswürdig, sondern hatte Sinn und Herz für alle Kunst. Natürlich wussten wir von den drei Söhnen, die so ungefähr in Ginos und meinem Alter waren.

Im kalten und unwirtlichen März sprach mein Vater manchmal von der schwankenden Gesundheit der Markgräfin und dass sie für einige Zeit mit ihrem zweiten Sohn Friedrich nach Paris zu reisen gedenke. Ich kannte zwar Paris nicht, aber ich konnte mir gar nicht vorstellen, dass man ausgerechnet dort Erholung finden sollte.

„Sie wird sich zerstreuen", meinte mein Vater, „die Oper, die Universität, man wird sie bei Hofe empfangen", aber seine Miene sah bei diesen Worten sehr bedenklich aus. Er hatte nur allzu recht mit diesen Bedenken, der Tod schlug schnell und unbarmherzig zu, schneller als der Markgraf nach Paris eilen konnte.

Mein Vater erlebte die Unruhe am Hofe, die Kuriere ritten in Hast durch die Stadt, aber Serenissmus sah seine Frau nicht mehr lebend wieder. Bald schwirrte die Stadt von Gerüchten, dass schon in Nancy der weinende Sohn dem Vater entgegengekommen sei, erschüttert von den letzten Augenblicken seiner Mutter, die in seinen Armen gestorben war. Friedrich war nur vier Jahre älter als ich, und auch wenn ich ihn nicht kannte, versetzte ich mich in seine Lage und seinen Schmerz. Ich tat das umso mehr, als die ersten silbernen Fäden im Haar meiner Mutter allmählich ein ganzes Netz über ihren Kopf gesponnen hatten und mir die Endlichkeit auch unserer Eltern vor Augen führten.

Welch ein Tag, an dem der Leichenzug in Karlsruhe anlangte, wo viele Menschen ihre Fenster mit schwarzem Flor verhängt hatten und die Geschäftigkeit in den Straßen erstarb. Mein Vater, Gino und ich standen wie viele andere Menschen an der Straße und sahen die schwarze Kutsche mit den schwarzen Pferden zum Schloss fahren, wo die Verstorbene einen Tag ruhen sollte, ehe man sie in die Gruft der Pforzheimer Schlosskirche senkte. Das geschah am 18. April. Es regnete aus einem verhangenen Himmel, an dem der Wind die Wolken jagte.

Eine Woche später wurde mein Vater zur Audienz befohlen, von der er ernst, aber gefasst zurückkehrte. Alle musikalischen Veranstaltungen waren eingestellt und mein Vater auf zunächst unbestimmte Zeit beurlaubt. Aber der Markgraf in seiner Güte hatte meinen Vater trotz der tiefen Trauer wahrhaft fürstlich ausgestattet. Er schenkte ihm das Haus, in dem meine Eltern wohnten, und gewährte ihm ein großzügiges Ruhegeld.

Ich wartete bei meiner Mutter, bis er aus dem Schloss zurückkam, denn sie hatte große Angst um seine Gemütsverfassung. Aber es schien, sie kannte ihn immer noch nicht gut genug. Ich bewunderte ihn umso mehr, weil ich wusste, wie sehr sein Beruf auch sein Lebensinhalt war. Jetzt sprach er ganz gelassen und tröstend zu meiner Mutter, wie sie nun sorglos und in Muße leben könnten. Ich sah, dass meine Mutter nicht so ganz an seine Gelassenheit glaubte, und in diesem Moment wurde mein Entschluss geboren, zu ihnen nach Karlsruhe überzusiedeln. Für meine Geschäfte machte es keinen Unterschied, ob ich hier oder in Durlach wohnte.

„Bist du sicher?" fragte mein Vater, aber ein Blick in Mutters Gesicht ließ ihn verstummen, denn darüber ging ein solcher Freudenschein, den ich um nichts in der Welt wieder auslöschen wollte.

„Hier im Haus?" fragte sie zögernd, noch unsicher, ob ich es ernst meine.

„Warum nicht, wenn ihr mir unsere alte Schlafkammer einräumt und den Raum daneben als Kontor."

Vater nickte, aber als ich mich verabschiedete, sagte er leise zu mir:

„Du sollst kein Opfer bringen."

„Opfer? Ich bin viel zu lange in Durlach geblieben, Camillo wird froh sein, wenn er mehr Platz für seine Familie bekommt."

Aber ganz so einfach war es nicht. Es fiel mir schwer, aus dem Haus meines Onkels wegzugehen, und es fiel mir schwer, Rufio nicht mehr täglich zu sehen. Auch war es gar nicht einfach, wieder in die Fußstapfen und den Hauch meiner Knabenjahre zurückzukehren.

Onkel Raffaele hörte mich schweigend bis zu Ende an, dann sagte er:

„Es waren gute Jahre mit dir, und ich hoffe, es ändert sich nichts zwischen uns. Mit Henriette musst du selber sprechen."

Ich ging zu ihr in die Küche, wo nun ein junges rothaariges Küchenmädchen mir ehrfürchtige Blicke zuwarf, Elsie hatte inzwischen längst geheiratet. Henriette nahm meine Ankündigungen nicht so schweigend hin wie ihr Mann. Sie scheuchte das Mädchen hinaus, stemmte die Arme in die Seiten und wurde richtig böse.

„Du kannst doch nicht einfach so weggehen nach all den Jahren, du gehörst zu uns."

Da tat ich, was ich zuvor nie gewagt hatte, ich legte meine Hände auf ihre Schultern und küsste sie auf beide Backen.

„Danke, Tante Henriette", sagte ich, „ich werde oft genug hier sein und dich ärgern." Wider Willen lachte sie und sagte auf Italienisch:

„Du hast mich nie geärgert." Das war in doppelter Form wahrhaftig ein großes Kompliment.

Rufio machte es mir leicht. Sein Gesicht, dessen Furchen mit den Jahren noch tiefer geworden waren, blieb ganz ruhig und gelassen, als ich ihm im Glashaus die neuen Verhältnisse auseinander setzte.

„Es ist gut, was du tust", sagte er nur, „eigentlich habe ich schon lange darauf gewartet."

Ich biss mir auf die Lippen, immer war Rufio mir mit seinen Einsichten einen Schritt voraus.

„Ich werde Rosi hier bei euch im Stall lassen", sagte ich, „ich mag sie nicht von Basta trennen."

Er nickte, sagte 'a dopo' und ging an seine Arbeit zurück.

In den Sommermonaten war es still in der Residenz. Keine Fahne wehte auf dem Turm des Schlosses, keine Wache zog auf und ab, der Markgraf zog sich in seiner Trauer nach Stutensee zurück, wo er sich mit den einfachen Arbeiten seiner Meierei abzulenken versuchte. Aber auch dort hielt es ihn nicht, er ritt mit kleinstem Gefolge nach Langensteinbach und blieb dort viele Wochen in ländlicher Abgeschiedenheit.

Auch unser Haus war still, wir mussten uns tastend und vorsichtig in die neuen Verhältnisse finden. Da mein Vater in der ersten Zeit kaum das Spinett anrührte, wagte ich nicht, meine Geige aus dem Kasten zu holen, dagegen setzte ich mich abends zu meiner Mutter, wenn ich die Arbeit in meinem Kontor beendet hatte. Mutter war traurig in dieser Zeit, obgleich ich nun wieder in ihrer Nähe lebte. Ich spürte, dass irgendeine unbestimmte Angst sie quälte, nur wenn mein Vater erschien, versuchte sie, ein heiteres Gesicht zu machen.

Mag sein, dass es an Gino lag, der nur noch selten in sein Elternhaus kam. Ich brauchte eine gewisse Zeit, um den Grund dafür zu verstehen. Wenn ich meinen Bruder traf, was aus geschäftlichen Gründen oft geschah, fand ich ihn heiter, gelassen oder spöttisch, wie es so seine Art war. Häufig kam ich auch in Melazzos Haus, der im Westen nahe beim Mühlburger Tor wohnte. Es war nicht zu übersehen, dass Gino und Anna, Melazzos älteste Tochter, sehr ineinander verliebt waren, was ihre Eltern anscheinend mit viel Wohlwollen betrachteten.

„Ich will sie heiraten", sagte Gino auf einen meiner fragenden Blicke, „Annas Eltern sind einverstanden, nur Mutter anscheinend nicht."

Früher hatten wir Anna und ihre drei jüngeren Schwestern nie besonders beachtet, aber jetzt kam man an ihr nicht mehr vorbei. Sie war klein, zierlich und dunkel wie ihre Mutter, nicht eigentlich eine Schönheit, aber sie sprühte vor Energie und Lebensfreude und war ganz und gar nicht auf den Mund gefallen.

Manchmal wenn in der Familie die schnellen Reden mit italienischem Temperament hin und her flogen, warf Melazzo seiner Tochter einen warnenden Blick zu, denn sie war nicht nur schnell im Reden, sondern auch im Denken. Mir gefiel sie, auch wenn ich nicht immer mit ihr hätte zusammenleben wollen. Aber von allen Menschen um sie herum war es anscheinend Gino gegeben, sie mit einem Blick seiner grauen Augen zum Innehalten zu bringen, und das Lächeln, das dann zwischen ihnen hin und her ging, erwärmte mir das Herz. Ich konnte mir von meiner lieben, sanften Mutter überhaupt nicht vorstellen, dass sie einen Menschen ablehnte oder dass sie ihrem Sohn das Glück nicht gönnte.

„Was hat Mutter gegen Anna einzuwenden?" fragte ich meinen Bruder. Da verschwand auf einmal alle Heiterkeit aus seinem Gesicht, und zu einer Antwort brauchte er geraume Zeit.

„Anna hat die Gabe des zweiten Gesichts", sagte er dann ganz direkt und sah mir dabei in die Augen, „Mutter fürchtet sich davor."

„Vor Anna oder vor dem, was sie sehen kann?"

„Und du fürchtest dich nicht?"

„Gino", sagte ich, „Anna ist ein wunderbares Mädchen. Es gibt so viel, was wir nicht wissen und so viele Gaben, die wir nicht begreifen. Sieh unseren Vater an, woher hat er seine Musik? Fürchten? Nein - Anna hat so viel Freude in sich, daraus kann niemals etwas Böses kommen."

Über Ginos Gesicht huschte sein vertrautes spöttisches Lächeln.

„Was für einen klugen kleinen Bruder ich habe", sagte er, aber ich spürte seine Erleichterung, dass ich Mutters Ängste nicht teilte.

„Und Vater?" fragte ich.

„Vater", antwortete er nachdenklich, „mit Vaters Person wird man nicht fertig. Er sieht nur das Gute in allen Menschen, er nimmt Anna so wie sie ist, genauso wie er das immer bei uns beiden getan hat."

So eine lange Rede hatte ich von Gino kaum jemals gehört.

„Bring Anna einfach öfter mit zu uns", sagte ich, „Mutter wird sich schon an sie gewöhnen. Und lass dich nicht von einer Heirat abhalten."

„Und du?" fragte er.

„Du meinst, ob ich noch an Sarah denke? Ja, ich denke an sie und ich höre durch ihre Eltern von ihr, aber es schmerzt nicht mehr."

Ich wusste, dass Sarah ein Kind hatte, und später, als ich Venedig besuchte, lernte ich ihren Mann kennen. Aber ich mochte ihn nicht besonders, es ist schwer zu sagen, warum.

Etwas anderes wusste Gino nicht. In einem Fach meines Pultes lag inzwischen ein beträchtlicher Stapel Briefe, die von Frankfurt gekommen waren. Ich meine nicht die geschäftlichen Schreiben zwischen Lukas Melcher und mir, ich meine Lottes Briefe an mich. Es hatte sich seit meiner Frankfurter Reise eine Korrespondenz zwischen uns ergeben, erst zögerlich in längeren Abständen, aber mit der Zeit wurde daraus ein richtiges Gespräch, in dem wir uns vieles mitteilten, was wir erlebten oder woran wir dachten, Zuerst schrieb ich an ein Kind, aber unmerklich wandelte sich der Ton zwischen uns, und Lotte ließ sich nicht mehr mit simplen Antworten abspeisen. Sie lobte oder kritisierte die Fayencen, die nach Frankfurt gelangten, und sie lobte oder kritisierte noch viele andere Dinge, mich selbst nicht ausgenommen. Vor meinen Augen war immer noch das zierliche Kind mit den blonden Locken, und eine Veränderung ihrer Gestalt konnte ich mir gar nicht vorstellen.

Im Sommer dieses Jahres beschloss ich, den nächsten Transport nach Frankfurt selbst zu begleiten, und ich bat mir von meinem Onkel Rufio als Begleiter aus. Das hing auch mit Lorenzo zusammen, er hatte von Jahr zu Jahr sein Versprechen wiederzukommen nicht gehalten. Aber jetzt war er wider Erwarten erschienen und hatte seine Tochter Berta mitgebracht. Es gab duftende Zitronen in Fülle und einen Wein, wie wir ihn schon lange nicht mehr getrunken hatten. Mutter war entzückt, für einige Zeit eine späte Tochter im Haus zu haben, was sage ich, eine hochgewachsene junge Frau, die voll Neugier die fremde Umgebung betrachtete. Lorenzo teilte mit mir die Schlafkammer, und für Berta stellten wir ein Bett in mein Kontor. Endlich war das stille Haus wieder von Stimmen erfüllt, Berta fragte ohne Ende nach unseren Verhältnissen, und Lorenzo erzählte von Italien.

Ich hörte nur einen Teil davon, denn Rufio und ich machten uns unverzüglich auf den Weg nach Frankfurt und Bruchsal. Auch dort hatten Castello und ich einen ergiebigen Markt für die Keramik gefunden, die besten Stücke sparte ich aber für unseren Besuch in Frankfurt auf. Wieder trabten Rosi und Basta einträchtig neben den Wagen, die beiden Fuhrleute waren jung und kräftig, Rufio trug wie immer seine Pistole im Gürtel, denn man konnte auf den Handelswegen nie vor Überfällen sicher sein.

In meiner Vorfreude, Lukas Melcher und seine Tochter wiederzusehen, mischte sich Unsicherheit, wie diese Begegnung wohl verlaufen würde.

In dem Gasthaus, das mit seiner breiten Torfeinfahrt, dem Hof und den Stallungen genug Platz für Pferde und Wagen bot, schlugen uns vielerlei Stimmen und Dialekte entgegen, nicht nur die einheimische Frankfurter Mundart, auch Niederländisch und Französisch. Rufio war hier inzwischen ganz zu Hause, denn er hatte schon mehrmals die Zitronen- und Weintransporte begleitet.

Wie damals packte ich ein paar besonders schöne Teile in einen Korb und machte mich zu Fuß auf den Weg zu Melchers Laden. Sie erwarteten wohl die Waren, mich jedoch nicht. Der Laden war unverändert, aber nicht so still wie damals. Einige Frauen redeten miteinander, und ein schönes großes Mädchen mit einer goldenen Haarkrone zeigte einer von ihnen einen Satz Schüsseln, den ich nur allzu gut kannte. Lotte bemerkte mich nicht, denn ich blieb still an der Tür stehen, ihr Vater dagegen war gleich auf mich aufmerksam geworden. Er kam auf mich zu, doch ich legte einen Finger auf den Mund, ich wollte zu gern Lotte bei der Arbeit sehen. Leider verstummten die Frauen und drehten sich eine nach der anderen zu mir um.

Ich werde nie Lottes Gesicht vergessen, als unsere Augen sich trafen. Zuerst wurde sie ganz blass, aber dann konnte sie ihre Freude gar nicht verbergen.

„Felice", sagte sie leise, und nicht nur ihre Gestalt, auch ihre Stimme hatte sich verändert. Ich stellte den Korb auf den Ladentisch, küsste sie auf beide Backen, verbeugte mich vor ihrem Vater und sagte:

„Meine Damen, wenn Ihr herantreten wollt, Ihr könnt als erste die neue Ware begutachten." Wie Hühner um das Futter drängten sie sich heran, Lotte half mir ohne ein Wort, die einzelnen Becher und Teller auszuwickeln und aufzustellen. Um den Absatz brauchten wir uns keine Sorgen zu machen, sie schnatterten und feilschten und versprachen, am andern Tag wiederzukommen. Hinter der letzten Frau drehte Melcher einfach den Schlüssel um und streckte mir beide Hände entgegen.

„Welch eine Freude", sagte er, „willkommen in Frankfurt."

Lotte aber lehnte am Ladentisch und murmelte:

„Du Schuft, du hättest mich warnen können, überhaupt, warum bist du nicht früher gekommen?"

„Ich habe gewartet, bis du erwachsen bist, damit ich dich heiraten kann."

Lotte wurde zum zweiten Mal blass, sie sagte:

„Damit scherzt man nicht."

Melcher hatte uns die ganze Zeit stumm beobachtet, jetzt sagte er trocken und sachlich:

„Ich glaube, wir gehen besser in die Wohnstube" und stieg uns voraus die Treppe hinauf.

Ich kam erst spät am Abend in den Gasthof zurück, Rufio murmelte nur schlaftrunken, als ich ohne Licht in unsere

Kammer schlich. Lotte war nicht so leicht zu erobern, sie setzte mir Widerstand entgegen, obgleich ihre Augen mir fortwährend verrieten, dass sie mich liebte. Sie war mir böse, dass ich ihr keine Zeit gelassen hatte, das in der Wirklichkeit nachzuprüfen, was unsere Briefe schon längst im Stillen gesagt hatten.

Am andern Tag begleitete Rufio mich in Melchers Haus. Ich brauchte ihn zwar nicht mehr für den Abschluss der Geschäfte, aber ich wollte Lotte und mich im Spiegel seiner Augen und Worte sehen.

Lukas Melcher hatte noch nicht viel gesagt, aber zuweilen lächelte er, wenn seine Blicke zwischen Lotte und mir hin und her gingen.

Rufio und er begegneten sich mit gegenseitiger Hochachtung, zwei Menschen, die es nicht nötig hatten, sich an ihrer äußeren Erscheinung zu messen. Ich selbst wollte nicht von Frankfurt abreisen, ohne mich mit Lotte verständigt zu haben. Dieser Entschluss war nicht so nüchtern, wie es scheinen mag. Oder es war in meinem Verhältnis zu Lotte eine Nüchternheit anderer Art, wie ich sie noch nicht erlebt hatte. Meine Liebe war mit den Worten unserer Briefe gewachsen, und jetzt setzte mich die Gegenwart des Mädchens auf eine Ebene wunderbarer sonniger Klarheit. Ich hatte keineswegs meine Gefühle für Sarah vergessen, auch wenn sie über die Brücke der Zeit ihre Realität verloren hatten. Ich wusste nur eines, ich musste Lotte dazu verlocken, mir ihre Gefühle auch in Worten preiszugeben. Es war nicht so, dass ich an ihrem Vater vorbeiging. Rufio ließ sich leicht dazu überreden, mit mir noch einige Tage in Frankfurt zu bleiben, die Fuhrleute mit den leeren Wagen konnten auch ohne uns nach Karlsruhe zurückfahren. Da wir die Abrechnungen an Ort und Stelle machten, hatte ich genug Gelegenheit, mit Lottes Vater zu reden. Er war so viel klüger und weiser als seine Tochter, doch verbarg er keineswegs seinen Schmerz, sie etwa zu verlieren.

„Ich wusste schon damals, dass sie dich nicht vergessen würde. Jetzt fürchtet sie sich vor ihren eigenen Gefühlen und vor vielem Unbekannten." Wir standen in seinem Kontor hinter dem Laden, ich hatte ihn direkt und ohne Umschweife gefragt, ob er einer Heirat zustimmen würde. „Du weißt es doch", sagte er und reichte mir seine Hand.

Ich aber war sicher nicht weise. Am Abend, als Melcher und Rufio noch beim Wein saßen, folgte ich Lotte verstohlen in ihre Kammer. Hatte sie schon bei meinem ersten Erscheinen einen Schrecken gehabt, so war dieser hier ungleich heftiger, sie wurde schneeweiß und ihre blauen Augen fast schwarz. Ich zögerte nicht lange, nahm sie in die Arme und küsste ihren kalten Mund, bis die Farbe wieder in ihr Gesicht stieg. Auch als ich meinen festen Griff lockerte, versuchte sie nicht, sich von mir zu lösen. Da bog ich ihren Kopf an den schon offenen Haaren zurück und fragte: „Willst du mir endlich sagen, dass du mich liebst?"

Der Schreck in ihren Augen war nun einem ganz anderen Ausdruck gewichen. Sie senkte den Kopf und sagte:

„Du Schuft, du weißt es doch."

„Sag es."

„Ich liebe dich, seit ich dich zum ersten Mal sah. Und dann bist du nie gekommen."

„Jetzt bin ich gekommen."

„Du darfst hier nicht in meiner Schlafkammer sein."

Ich lachte und küsste sie noch einmal.

„Ich weiß", sagte ich, „es ist gefährlich. Willst du mich nun heiraten oder nicht?"

Da nickte sie und schob mich zur Tür hinaus.

Lorenzo war schon fort, als ich von Frankfurt zurückkam, nicht aber Berta, Mutter sagte, sie hätte sich geweigert, uns so schnell wieder zu verlassen, sie wolle uns erst richtig kennenlernen. Aber bald fand ich heraus, dass sie ganz andere Gründe hatte, hier bei uns zu bleiben.

Ich trat ihr meine Schlafkammer ab und würde in meinen Kontor schlafen und arbeiten, das war für alle praktischer und machte mir nicht viel aus. Während Berta und ich räumten, warf sie mir immer wieder abwägende Blicke zu, ich sah, dass es sie drängte, mir etwas mitzuteilen. Vielleicht machte meine Frage nach ihrer Schwester es leichter, davon anzufangen:

„Warum ist Bianca nicht mitgekommen?"

Berta setzte sich auf mein nun fertiges und ordentlich gemachtes Bett, presste ihre Hände zusammen und antwortete:

„Bianca wird nie mehr irgendwo hingehen, sie ist im Kloster."

Ich ahnte, dass irgendjemand nicht geschwiegen hatte, Agnese oder Amalia, dass vielleicht mein Großvater mit seinem Sohn gestritten hatte.

„Was ist geschehen?" fragte ich, „ich dachte, ihr würdet beide auf dem Gut gebraucht."

Statt einer Antwort sagte Berta:

„Du weißt, wer unser Vater ist."

Ich nickte.

„Bianca hat es gehört. Du erinnerst dich, dass unsere Mutter manchmal recht seltsam ist, weil Lorenzo eine andere Frau liebt. Agnese muss alle Männer verteidigen, das liegt so in ihrer Art, auch ihren eigenen Mann, selbst wenn er schlimme Dinge tut. So hat Bianca gehört, was wir nicht hören sollten." Ich schwieg, was sollte ich ihr sagen. Meine eigene Trauer über diese Verhältnisse hatte ich lange zurückgelassen, so wenigstens glaubte ich, aber nun holte sie mich wieder ein. „Bianca ekelte sich und wollte nur noch in der ordentlichen und reinen Welt der Nonnen leben. Dazu ist sie heimlich ausgerissen."

„Und mein Großvater?"

„Er war wütend und hat Lorenzo beschimpft, dass er in seiner Familie keine Ordnung halten könne. Deshalb hat er mich mit zu euch genommen. Ich liebe Lorenzo, auch wenn er nicht mein Vater ist."

Berta blieb, nicht nur ihr gefiel das, meine Eltern freuten sich an ihr, und vor allem unsere Stadt hatte es ihr angetan. Mein Vater, da er doch die Musik nicht lassen konnte, hatte mehrere Schüler angenommen, die er auf dem Spinett und der Geige unterrichtete. So war unser Haus wie ehedem mit Musik erfüllt. Auch darin fügte sich Berta in unsere Familie, denn mein Vater unterrichtete sie in Gesang, lehrte sie Arien und geistliche Lieder oder er komponierte für sie, wie er das früher für mich gemacht hatte.

Zwischen Anna und Berta spann sich seit ihrer ersten Begegnung eine seltsame Beziehung, gemischt aus Anziehung und einer gewissen Distanz, die eher von Anna ausging, vielleicht spürte sie die Unstimmigkeit in Bertas Herkunft.

Gino und ich bewahrten darüber Stillschweigen, für uns gab es weiter nichts zu sagen, an den Tatsachen konnten wir doch nichts ändern.

Zwei Monate später kam Lotte mit ihrem Vater nach Karlsruhe. Nun sollte sie endlich die Berge sehen, wie sie es schon lange gewünscht hatte. Es war eine denkwürdige Begegnung, denn auch Gino und Anna waren dabei zugegen. Mutters Widerstand gegen das Mädchen hatte sich allmählich gelockert, obgleich sie immer noch vorsichtig und zögernd mit ihr sprach. Anna begegnete dem mit ungeteilter Freundlichkeit und ließ uns keinen Hauch von ihren ungewöhlichen Fähigkeiten spüren. Ich hatte für Lukas Melcher und Lotte die beiden schönsten Zimmer im Gasthaus 'Bären' am Markt gemietet, da es sonst bei uns wirklich zu eng geworden wäre.

Ich holte sie von dort ab, und wieder blieb ich einen Augenblick länger vor der Tür stehen, als nötig gewesen wäre. Alles, was ich von Melcher und Lotte erzählt hatte, konnte nichtig und zu Staub werden, wenn nur der leiseste Ton des Befremdens zwischen uns trat. Aber ich kannte meinen Vater immer noch nicht, er begrüßte unsere Gäste mit Musik. Lotte machte große Augen, und Mutters Augen wurden feucht, als das Mädchen vor sie trat, das ich heiraten wollte. Melcher sah sich um, verbeugte sich vor meinen Eltern und sagte:

„Ich danke Euch, hier ist gut sein."

Niemand wunderte sich über diese Worte, sie kamen ganz natürlich aus seinem Mund. Gino gab Melcher die Hand und sagte:

„Ihr seid willkommen."

Lotte aber nahm er in die Arme und küsste sie, was er ihr ins Ohr murmelte, weiß ich nicht.

Nur Anna schien bei Melchers Anblick zu erschrecken, sie senkte schnell den Blick, um nicht zu verraten, was sie sah. Niemand außer mir, nicht einmal Gino, bemerkte das, in Sekundenschnelle war dieser Schatten vorüber.

Berta lehnte etwas abseits am Spinett, sie war die Einzige, die sich nicht auf Deutsch mit unseren Gästen unterhalten konnte.

Ich weiß nicht, ob es sehr klug war, was ich in den nächsten zwei Wochen tat, damals schien es mir so. Der Herbst voll leuchtender Blätter beflügelte meinen Tatendrang, ich zeigte Lotte meine Stadt und zugleich führte ich sie zu allen Menschen, die mir wichtig waren. Berta begleitete uns dabei, Melcher nur einmal, als ich ihn zu Castello führte, damit er seinen Handelspartner nun persönlich sah. Laura und Lotte, die junge Frau und das Mädchen, die ihre Haare in einen Zopf hätten flechten können, und niemand hätte gesehen, wem welche Strähne gehörte, dazwischen die rostrote hochgewachsene Berta - das war schon ein merkwürdiges Zusammentreffen. Eine gewisse Verlegenheit machte sich zwischen ihnen breit, Castello und Melcher dagegen tauchten sofort in ein geschäftliches Gespräch. Erst als die nun dreijährige Luise vorsichtig durch die halb offene Tür sah, war der Bann gebrochen. Mich kannte sie und lief auf mich zu, wie immer begierig auf den Inhalt meiner Taschen, aus denen meistens ein kleines Geschenk zum Vorschein kam. Heute zog ich zwei bunte Glaskugeln heraus, die ich beim Räumen in meiner Schlafkammer gefunden hatte, Erinnerung an frühe Kinderspiele. Im Nu kniete Lotte auf dem Boden und schwatzte leise mit dem Kind, das nach einem fragenden Blick auf die Mutter vorsichtig die Hand nach ihr ausstreckte. Berta sah das alles prüfend und kritisch an, ich konnte nicht ergründen, was sie dachte. Für sie gab es hier viele Barrieren, die der Sprache und die der Fremdheit in unbekannten Häusern einer noch unbekannten Stadt.

Die Wege zwischen Karlsruhe und Durlach hatte ich nun schon so oft zurückgelegt, doch immer wieder nahmen sie eine andere Gestalt an. Nun fuhren wir zu viert im Wagen. So seltsam das klingen mag, ich hatte Angst, deshalb schwieg ich, und auch die anderen schwiegen, jeder wohl aus seinem eigenen Grund.

Meine Durlacher Familie - ich betrachtete sie so –, jetzt wünschte ich dringend, es möchten keine Misstöne entstehen. Ich war froh, dass Melcher und Rufio sich schon kannten, bei meiner Tante Henriette allerdings wusste man nie, was kommen würde. Doch gibt es anscheinend Rechnungen, die nicht aufgehen oder deren Ergebnisse so gänzlich von unseren Erwartungen abweichen. Berta war die erste, die schnell und deutlich einen Strich durch eine solche Rechnung machte, nämlich die meiner Eltern, in ihr etwa eine dauerhafte Tochter gewonnen zu haben. Noch ehe sich die Haustür zu unserem Empfang öffnete, war sie leise seitwärts zur Gärtnerei entwichen, wo Rufio und die italienischen Arbeiter neben dem Glashaus standen. Ich rief sie nicht, in diesem Augenblick fand ich ihre Bewegung ganz natürlich. Camillo war uns zu Ehren anwesend und wollte schon die Begrüßung übernehmen, aber Lottes Blick glitt schnell über ihn weg zu Raffaele und Henriette, vor ihnen machte sie einen tiefen Knicks, während ihr Vater sich verbeugte. Meine Tante aber wartete nicht auf das Vorrecht des Hausherrn, zuerst das Wort zu ergreifen, sie musterte Lotte von oben bis unten und sagte dann zu mir:

„Dieses Kind also willst du heiraten?"

Ich holte Luft zu einer Antwort, aber Lotte brauchte meinen Beistand gar nicht. Sie sah der älteren Frau gerade in die Augen und antwortete statt meiner:

„So hat er es jedenfalls versprochen", und dann lächelte sie.

Das muss ich sagen, mit einer direkten Antwort konnte man Tante Henriette immer für sich einnehmen. Jetzt erfuhr Lotte, was ich schon lange wusste, meine Tante reichte ihr die Hand und sagte:

„Willkommen in der Familie."

Mein Onkel Raffaele hatte dem ohne ein Wort zugesehen, jetzt wandte er sich an Melcher und sagte:

„Wenn die Frauen sich einig sind, müssen wir wohl nichts mehr tun", und um seine Augen erschienen die Lachfalten, die von Anfang an mein Zutrauen zu ihm geweckt hatten.

Als wir heimkehren wollten, weigerte sich Berta, mit uns zu kommen.

„Ich bleibe hier", sagte sie einfach und steckte ihre erdigen Hände in die Regentonne. Rufio nahm meinen Onkel beiseite und sprach leise und schnell mit ihm.

Berta blieb in Durlach, wurde die Angestellte meines Onkels und Rufios Gehilfin. Melcher hatte sich von mir ausgebeten, Lotte noch ein Jahr bei sich zu behalten und sie mir erst dann zur Frau zu geben.

Für mich wurde das ein langes und saures Jahr, denn einmal geweckte Wünsche ließen sich nicht so leicht wieder beschwichtigen. Ich nahm mir allerdings die Freiheit, jeden Keramik-Transport nach Frankfurt selbst zu begleiten, um Lotte und mir die Wartezeit zu verkürzen. Sie wurde in der Tat verkürzt, aber auf eine ganz andere Weise als ich gewünscht hatte.

Gino dagegen wartete nicht, noch vor Weihnachten wurden er und Anna in unserem Bethaus getraut. Es war ein schönes, fröhliches Fest, denn mit seiner Heirat führte Gino uns alle in sein neu erworbenes Haus am Mühlburger Tor. Selbst meine stille Mutter lachte laut über die Späße, die Annas Schwestern mit dem Brautpaar machten. Sie hatten mit Fleiß eine feine Aussteuer genäht und überreichten sie nun mit Versen und Gesang, zu dem ich meine Geige erklingen ließ.

Gino in seinem Glück war aller Spott vergangen, er küsste jeden, der in seine Nähe kam, mit Vorliebe allerdings die Mädchen. Ich selbst hatte zu ihrem Hausstand die schönste Keramik beigesteuert, die Castellos Manufaktur herstellte, in der Küche leuchteten von den Wandregalen die Farben der Teller und Krüge.

Es war das letzte unbeschwerte Fest, das ich für lange Zeit feierte. Hätte ich Annas Blicke zu deuten gewusst, wäre ich besser gewappnet gewesen. Sie aber schwieg über das, was sie wusste oder ahnte, wohl wissend, dass sie doch nichts ändern konnte.

Schon einige Wochen zuvor war der Markgraf aus dem Langensteinbacher Bade zurückgekommen, nach wie vor herrschte allerdings Stille und Trauer am Hof, und von Musik konnte keine Rede sein. Meine Mutter hatte sich schwer damit abgefunden, dass Berta nicht ihre ständige Hausgenossin wurde, auf der anderen Seite bewunderte sie ihre tatkräftige Tüchtigkeit in Durlach, vor allem wenn Raffaele sie ohne Einschränkung lobte.

Mein Vater hatte allerdings genug damit zu tun, brieflich und aus der Ferne den erbosten Emilio Sciatti zu beschwichtigen.

Mir tat Lorenzo leid, denn er würde neben seiner Arbeit und seiner unglücklichen Ehe auch noch den Zorn seines Vaters ertragen müssen. Da er frühestens im nächsten Sommer wiederkommen wollte und auch Berta dann nicht mit ihm gehen würde, konnte ich mir sein schwieriges Leben nur allzu gut vorstellen.

Berta und Rufio, das war ein neues Kapitel in meinem Leben. Bei der nächsten Besprechung mit meinem Onkel in Durlach war es nicht zu übersehen, dass beide in ein neues Verhältnis zueinander gekommen waren. Da es ein kalter Januartag war, arbeiteten beide im Glashaus, das die spärlichen Sonnenstrahlen in eine dumpfe, wohlige Wärme verwandelte. Berta hatte die Ärmel ihres Kittels bis zum Ellbogen aufgekrempelt und steckte mit den Händen tief in der streng riechenden Komposterde. Rufio war an einem Holztisch damit beschäftigt, Listen zu schreiben und zu überprüfen. Sie hatten mich nicht kommen hören, und ich sah, wie alle Augenblicke ihre Augen sich über ihrer Arbeit begegneten. Für eine kurzen Moment fuhr mir eine schneidende Eifersucht bis in den Magen, dann hob Rufio sein Gesicht und sah mich an der Tür stehen. Er ließ seine Feder fallen und kam auf mich zu.

„Felice", sagte er lachend, „nun werde ich doch noch heiraten", damit zog er Berta aus ihrer hockenden Stellung zu mir nach oben. Ich nahm ihre Hände, so erdig sie waren, umarmte und küsste sie. Dann sah ich Rufio an und konnte nicht verhindern, dass mir die Tränen in die Augen stiegen, aber ich glaube, er verstand das ganz gut.

„Ich freue mich", sagte ich leise, dann ließ ich die beiden mit sich und ihrer Arbeit allein.

Meine eigene Freude auf die Verbindung mit Lotte wurde in diesem Frühjahr 1784 durch allerhand schwere Gedanken getrübt. In den kalten Wintermonaten hatte ich nicht nach Frankfurt reisen können, und es kam mir so vor, als spräche nun aus Lottes Briefen eine gewisse Befangenheit. Sie sagte darin alles Mögliche, nur nichts über ihre Gefühle zu mir. Manchmal klang sogar ein Hauch von Trauer mit, wenn sie mir ausmalte, wie allein ihr Vater sein würde. Natürlich würde er allein sein, das war gar keine Frage, ich hattte mir noch nie klar gemacht, wie bitter das sein konnte. Aber etwas anderes machte mir noch größere Sorgen.

Nicht nur Castello und ich, Melazzo und mein Onkel hatten Handelsbeziehungen in andere Städte, auch die Geschäfte meines Freundes Joseph Marx erstreckten sich über Karlsruhe hinaus, vornehmlich nach Frankfurt. Ich hatte Lotte und ihren Vater nicht in sein Haus gebracht, über die Gründe war ich mir selbst nicht klar, es war mehr ein unbestimmtes Gefühl, was mich davon zurückgehalten hatte.

An einem stillen kalten Tag im Februar erzählte ich ihm und seiner Frau von Lotte und ihrem Vater und davon, dass ich heiraten wollte.

„Ein blondes Mädchen", sagte Herr Marx lächelnd, „ich dachte, die dunkle Sarah hatte es dir angetan."

Das wussten sie also, es war wohl nicht zu übersehen gewesen. Doch jetzt konnte ich antworten, ohne rot zu werden:

„Sie hatte es mir angetan, ja, aber ich wusste, welche Schranken zwischen uns standen."

Frau Marx sah mich an.

„Ich hätte dich gern zum Schwiegersohn gehabt", sagte sie, „aber...", ihre Stimme verlor sich. Es war wohl so, dass auch unter Freunden nicht alles ausgesprochen werden durfte.

„Frankfurt", fing Herr Marx wieder an, „bist du dort auch französischen Händlern und Fuhrleuten begegnet?"

Ich dachte an das Stimmengewirr in unserem Gasthof.

„O ja, ich habe immer bedauert, dass ich mich nie mit ihnen verständigen konnte. Französisch habe ich leider nicht gelernt."

„Ich habe dort viele französische Bekannte", sagte Herr Marx, „ich spreche ihre Sprache ganz gut. In der letzten Zeit macht sich viel Unruhe unter den Händlern breit und auch unter den Fuhrleuten und Knechten." Ich sah ihn fragend an. „Sie sind unzufrieden mit ihrem König", fuhr er fort, „das heißt, eigentlich mit ihrer Königin. Sie verschwendet das Geld, und man bürdet dem einfachen Volk immer mehr Steuern auf."

Marie Antoinette, jeder wusste von der schönen Königin und ihrer prächtigen Hofhaltung, von der Unzufriedenheit des Volkes hatte ich allerdings noch nichts gehört.

„Als ich das letzte Mal in Frankfurt war, habe ich den Zorn der französischen Fuhrknechte sehr wohl zu spüren bekommen, viele denken, ein wohlhabender Kaufmann wie ich habe sein Geld zu Unrecht erworben und sei ihnen, den Ärmeren, etwas schuldig."

„Und die Frankfurter?" fragte ich.

„Es bleibt wohl nicht aus, dass solche Gedanken sich verbreiten."

Mir war nicht gerade leicht ums Herz auf dem abendlichen Heimweg. Einmal mehr kam es mir so vor, als lebten wir in unserer Stadt unter dem freundlichen und großzügigen Markgrafen auf einer Art friedlicher Insel, auch wenn wir in der Vergangenheit an den Übergriffen der Franzosen zu leiden gehabt hatten. Gerade in diesem Jahr schaffte der Landesherr die Leibeigenschaft ab, für viele die Befreiung aus einem harten Joch. Der Markgraf war menschlich im besten Sinne des Wortes, das begriff ich immer mehr, und ich begriff auch, wie hart der Verlust seiner Frau für ihn sein musste.

Seit mein Bruder Gino in seinem eigenen Haus und Ehestand lebte, war ich oft bei ihm und Anna zu Gast. Mir gefiel es dort aus vielerlei Gründen, nicht nur weil Anna Behaglichkeit und Ordnung zu verbinden wusste. Gino begegnete ihrem sprühenden Temperament mit Witz und Gelassenheit, und es schien, als ob die Reibungen zwischen ihnen nicht Verdruss, sondern die Funken der Lebensfreude entfachten. Ich sah wieder wie früher so oft, dass Gino im Umgang mit anderen Menschen keine Umwege machte, höchstens die Gabe des Schweigens ins Spiel brachte, ich liebte und bewunderte ihn.

Ende März mit dem Beginn des wärmeren Wetters konnte ich meine Unruhe und Ungeduld nur noch schwer im Zaume halten, wieder nach Frankfurt zu reiten. Ich hatte zwar Arbeit genug, denn Castello und ich bekamen in und um Karlsruhe immer mehr Abnehmer für die Keramik, so dass ich mich um wachsende Verteilung und Abrechnung zu kümmern hatte, aber der Stachel von Lottes Abwesenheit steckte empfindlich in meinem Gemüt.

An einem solchen Märzabend, als in den Gärten schon die Veilchen dufteten, betrat ich mit recht düsteren Gedanken Ginos Haus. Es war still, nur aus der Küche kam der verlockende Duft von Annas Kräutersuppe und frisch gebackenem Brot. Ich hatte den ganzen Tag noch kaum etwas gegessen und ich hoffte auf eine gemeinsame Abendmahlzeit. Anna war allein in der Küche.

„Setz dich", sagte sie, „Gino muss gleich kommen, dann können wir essen."

„Danke", sagte ich, „das tut mir jetzt gut" und sah sie an. Die Gelassenheit und Freundlichkeit ihrer Stimme passte nicht zu ihrem Gesicht. Sie hatte den gleichen Ausdruck, den ich bei Laura gesehen hatte, als sie schwanger war, aber was mich erschreckte, war etwas ganz anderes. Ich las Mitleid in ihren Augen und Schmerz.

„Was fehlt dir, Anna", fragte ich, „geht es dir nicht gut?"

„Du meinst deshalb", und sie strich über ihren Bauch, „sieht man es schon?"

„Nein, nur in deinem Gesicht."

„Was bist für ein kluges Bürschchen", sagte sie und versuchte einen heiteren Ton.

„Anna, was erschreckt dich?" Ich stand auf und trat dicht vor sie hin.

„Ich habe es damals schon gespürt, als ich Melcher sah", sagte sie leise, „und jetzt kommt es wieder, stärker, voll Unruhe." Ich ließ die Arme hängen, eine Flut von Übelkeit überkam mich. Anna drückte mich auf den Stuhl zurück, hob lauschend, den Kopf und sagte: „Gino kommt."

Für einen Augenblick konnte ich mich überhaupt nicht rühren, erst als Gino die Tür öffnete, drehte ich den Kopf. Er wollte etwas sagen, aber mit einem Blick auf uns blieb er stumm. Ich sah, wie Anna die Arme um seinen Hals legte und nahe an seinem Ohr flüsterte. Da war er mit einem Schritt bei mir, legte eine Hand auf meine Schulter und sagte:

„Jetzt essen wir erstmal Annas gute Suppe."

Mit der Wärme der Suppe hörten meine Hände auf zu zittern, und ich fand meine Stimme wieder:

„Ich muss nach Frankfurt."

„Ich weiß", sagte Gino, „ich werde dich begleiten."

Wir ritten schnell, so schnell wie Gino es zuließ. Ich schwieg die meiste Zeit, getrieben von meiner Angst, die mich kaum einer Nachtruhe auf halber Strecke zustimmen ließ. Aber Ginos fester Anweisung und auch der müden Pferde wegen musste ich mich fügen. Erst meinte ich, Schlaf sei vollkommen unmöglich, doch nach einer halben Stunde wirrer Gedanken war ich fest eingeschlafen.

Was für ein Tag, an dem uns grauer Regen ständig ins Gesicht schlug und das Fell und die Mähne der Pferde schwarz wurden vor Nässe, ich hatte mich kaum jemals elender gefühlt.

Trotz der Eile kamen wir zu spät. Der Gasthof, in dem wir am Abend kotbespritzt und mit triefenden Pferden einritten, summte von aufgeregten Stimmen. Wir hatten Mühe, im Stall noch einen Platz für die beiden jungen, temperamentvollen Stuten zu finden, die nun müde ihre Köpfe hängen ließen. Sie gehörten Gino, der mich gedrängt hatte, einmal nicht auf Rosi zu reiten. Ich mochte weder nach einer Kammer fragen noch mir trockene Kleider anziehen, wieder war es Gino, der mich dazu überredete. Aber als er den Gang zu Melchers Haus auf den nächsten Morgen verschieben wollte, wehrte ich mich.

„Du kannst meinetwegen hier bleiben", sagte ich, „ich gehe jetzt."

Natürlich kam er mit, aber nicht bevor er leise und schnell mit dem Wirt gesprochen hatte.

„Was ist los, was hat er gesagt?" fragte ich auf dem Weg, den ich mit langen Schritten möglichst schnell hinter mich zu bringen suchte.

„Renn nicht so", sagte Gino, „sonst kann ich es dir nicht erzählen." Ich mäßigte meinen Schritt. „In der Handwerkergasse hat es Streit gegeben, und nicht nur dort. Zuerst waren es die französischen Fuhrleute, die plötzlich mehr Lohn wollten. Heute haben etliche junge Leute aus dem Armenviertel angefangen, Laufburschen zu verprügeln und ihnen Geld und Waren wegzunehmen."

„Und - was weiter?"

„Ich weiß es nicht, mehr wollte der Wirt nicht sagen."

Ich fing wieder an zu rennen, wenn der Wirt es nicht sagen wollte, war es schlimm. Kurz vor Melchers Haus wurden wir von der Stadtwache aufgehalten, die genau wissen wollte, was wir hier zu tun hätten. Gino sagte es ihnen. Jetzt in der Dunkelheit war die Gasse geisterhaft still.

„Wir können hier keine Störungen mehr dulden", sagte der Anführer der Wache, „es ist heute genug Unheil geschehen."

„Was für Unheil?" stieß ich hervor, ganz sicher, dass nun der Schrecken über mich hereinbrechen würde.

„Die Burschen haben einen Kaufmann erschlagen, der versuchte, sich in den Streit einzumischen", und er deutete auf Melchers Haustür.

Einen ewig langen Augenblick konnte ich mich nicht rühren, ich hörte das Wasser von den Dächern in die Gasse gluckern und ich hörte ganz von ferne Ginos Stimme, die nach der Tochter des Kaufmanns fragte.

„Sie sitzt da drin, hat alle Türen verriegelt und lässt niemanden ein."

„Und Melcher?" fragte Gino.

„Ihr kennt ihn? Man hat seine Leiche ins Stadthaus gebracht, bis die Sache aufgeklärt ist."

Ich war schon an der Tür und hämmerte dagegen, dass es drinnen widerhallte.

„Lotte", schrie ich, „Lotte mach auf." Aber Lotte machte nicht auf, zwischen meinen Schlägen gegen die Tür blieb es im Haus totenstill. Dann spürte ich Ginos Hand auf meiner Schulter und hörte seine Stimme hinter mir:

„Ruhig, ich glaube, sie kommt."

Tatsächlich wurde der Riegel zurückgeschoben, und im nächsten Augenblick standen Lotte und ich uns gegenüber. Sie sagte nichts, ihr Gesicht war starr und weiß, und auch mir hatte es vollständig die Sprache verschlagen.

Ich hörte Gino mit der Stadtwache sprechen, dann schob er uns beide ins Haus und schloss hinter uns die Tür.

Mein Gott, was für ein Wiedersehen. Wie eine Marionette ging Lotte uns voraus in die Wohnstube, es regte sich kein Muskel in ihrem Gesicht und kein Hauch der Freude über unser Kommen. Stumm wies sie auf die Stühle und setzte sich. Aber das war wirklich nicht zu ertragen, ich zog sie zu mir hinauf und schloss sie fest in meine Arme. Ich hörte ihre tonlose Stimme an meinem Ohr:

„Warum warst du nicht da?" Dazu konnte ich wirklich gar nichts sagen, ich streichelte sie nur und küsste ihr kaltes Gesicht.

„Morgen kommst du mit uns nach Karlsruhe", sagte ich, aber sie schüttelte den Kopf.

„Zuerst muss ich ihn begraben."

Es dauerte in der Tat etliche Tage, ehe wir Frankfurt verlassen konnten, und ohne Gino wären wir ganz verraten und verkauft gewesen.

Wir begruben ihn, und jetzt erst erfuhr ich, dass Lotte katholischen Glaubens war so wie ich, ich hatte sie nie danach gefragt. Nachdem die letzte Schaufel Erde auf sein Grab gefallen war, begann Lottes Starre sich zu lösen. Sie weinte, als sie mit Ginos und meiner Hilfe die nötigsten Sachen zusammenpackte, sie weinte, als sie uns stockend von den schrecklichen Momenten seines Todes erzählte.

Ich wollte Lotte nicht in Frankfurt lassen, es war mir gleich, was die Leute wohl über Schicklichkeit sagen könnten. Wegen Melchers Haus, Geschäft und Vermögen mussten wir uns später auseinander setzen.

Lotte mit nach Karlsruhe zu nehmen, war einfacher gesagt als getan, sie konnte nicht reiten. Wieder fand Gino eine Lösung.

„Wir nehmen sie abwechselnd vor uns aufs Pferd", sagte er, „ihre Sachen führen wir auf einem Packpferd mit."

Ohne einen Blick zurück folgte Lotte uns zu unserem Gasthof. Ich fand zwar auf dieser Reise nach Hause wieder zu mir zurück und auch zu meinem praktischen Sinn, zu Lotte war der Weg ungleich weiter. Sie blieb stumm und in sich gekehrt, ertrug auch alle Unbequemlichkeit des Weges ohne ein Wort. Ich wollte sie nicht zu meinen Eltern bringen, ich dachte, bei Gino und Anna sei sie besser aufgehoben und zuweilen in Melazzos fröhlicher Familie.

Welch ein Sommer der Trauer, der Unrast und der ungestillten Sehnsucht. Ohne Anna und Gino wäre es schrecklich gewesen, doch sie ließen uns wortlos und ohne Fragen im Bannkreis ihrer praktischen Liebe sein. Ich wohnte noch im Hause meiner Eltern, aber ich wich ihren besorgten Fragen und Blicken lieber aus, saß abends an Annas Küchentisch und sah, wie das Kind in ihr wuchs. Lotte sah das auch, und die ersten Regungen, die ihre starre Trauer lösten, galten diesem Kind. Mich sah sie zuweilen mit abwesendem Blick an, dass ich gar nicht mehr wusste, ob ihre Liebe zu mir noch lebendig war.

„Lass sie in Ruhe", sagte Anna zu mir, „Schmerz braucht Zeit zum Heilen."

So begrub ich meine Unruhe in der Arbeit, aber mein Gesicht und mein Gemüt veränderten sich in dieser Zeit. Rufio sah es als Erster, wenn ich in Geschäften bei meinem Onkel war. Er selbst war sonnig und heiter, denn Lorenzo hatte einer Heirat mit Berta zugestimmt. Da er nominell der Vater war, gab es an dieser Erlaubnis nichts zu rütteln. Ich konnte mir die Wut meines Großvaters vorstellen. Aber das alles war nun so weit abgerückt, zuerst musste ich mit meinen eigenen Schwierigkeiten fertig werden.

„Wie geht es Lotte?" fragte Rufio, und ich wusste, dass er das nicht nur so obenhin sagte, und dann kam manchmal, wenn wir allein waren, ganz leise der Nachsatz: „Du hast Schatten im Gesicht."

Berta hatte das Haus Bettinardo im Sturm erobert, Tante Henriette nicht ausgenommen. Doch Sturm war vielleicht nicht der richtige Ausdruck, sie machte das still, mit dem unwiderstehlichen Drang ihrer Tätigkeit, in der sie sich nie beirren ließ.

„Wann heiratet ihr?" fragte ich Rufio, „und wo werdet ihr wohnen?"

„Wenn der Sommer zu Ende ist. Wir werden in dem Haus wohnen, das ich gekauft habe." Er wies vom Glashaus mit der Hand den Hang hinab, wo unterhalb der Gärtnerei ein schmuckes, weißes, einstöckiges Haus lag.

„Der alte Küfer, dem es gehörte, ist gestorben", sagte Rufio, „willst du es sehen?" Ich nickte, und zugleich stieg in mir wieder ein Schwall von Trauer auf, dass Lotte und ich noch nicht so weit waren.

Die Räume waren einfach, weiß getüncht, und vorläufig standen nur wenige Möbelstücke darin. Ums Haus herum hatte Berta schon eine Fülle bunter Sommerblumen gepflanzt, sie stand neben uns, und ihr Gesicht leuchtete voll Stolz.

„Ich freue mich für euch", sagte ich, „was schreibt mein Großvater?"

„Gar nichts", antwortete Berta, „aber ich brauche ihn nicht."

Wegen Melchers Geschäft musste ich mit Lotte reden, so bitter das war, aber es ließ sich nicht aufschieben. So häufte sich im Bewusstsein ihrer Nöte auch das Leid auf mich. Wir saßen bei Castello, den ja diese Geschäfte nahe genug angingen. In seiner Gegenwart konnten wir besser von unserem eigenen Schmerz absehen, da er sachlich, doch voller Respekt für Melcher sprach.

Es stellte sich heraus, dass Lotte mit ihrem Vater recht einsam gelebt hatte und dass es keine Verwandten gab, die etwa einen Anspruch auf ihr Erbe erheben könnten.

„Er wollte immer, dass ich alles bekommen sollte", sagte sie leise, „nach Mutters Tod lebte er nur für mich."

Ich sah, wie sie sich in Castellos Gegenwart mühsam beherrschte, und wandte mein Gesicht ab.

„Ich halte es für vernünftig, Haus und Geschäft an jemanden zu verkaufen, der den Handel mit uns fortführen kann, es sei denn, ihr möchtet in Frankfurt leben."

„Nein", sagte ich schnell, „sicher nicht."

Lotte hob den Kopf und sah mich an wie einen Fremden.

„Kann ich wenigstens einige Möbelstücke aus dem Haus haben?" fragte sie. Das traf mich mehr, als es eine rebellische Antwort getan hätte.

„Natürlich", sagte ich, „alles, was du willst."

„Es wird das Beste sein", sagte Castello, „wenn wir beide nach Frankfurt reiten, dort die Verhandlungen führen und die praktischen Dinge regeln."

„Lotte", fragte ich, „bist du damit einverstanden?"

Sie nickte, hob aber nicht den Kopf.

Am Abend saßen wir am leergeräumten Küchentisch, und Lotte schrieb mit ihrer immer noch steilen Schrift auf einen Bogen Papier aus Ginos Kontor alle Dinge auf: neben den Möbelstücken auch Wäsche, Kleider und Bücher. Es war durchaus vernünftig und praktisch, was Lotte zusammenstellte, denn sie hatte bei ihrem Vater gelernt, Werte nicht zu verschleudern. Für mich war es allerdings nicht ganz so einfach, und je länger ich ihr beim Schreiben zusah, desto mehr verwickelten sich die Dinge in meinem Inneren. Ich musste wissen, wohin mit den Möbeln, es drängte sich mir der Zeitpunkt unserer Heirat auf, was aber am schwersten wog, war die Bürde der Vergangenheit, die in unser neues Leben einziehen würde.

Gino und Anna hatten immer wieder beifällig genickt oder ihr in dem und jenem zugeredet, nur ich war ganz verstummt. Schließlich, als Lotte ganz geschäftsmäßig ihre Unterschrift unter das Blatt gesetzt hatte, sah sie mich an. Mir schien, jetzt dämmerte ihr, in welchem Zwiespalt ich mich befand und welche Unsicherheit in meinen Augen zu lesen war.

„Felice", sagte sie, wir standen fast gleichzeitig auf, und sie legte zum ersten Mal wieder freiwillig die Arme um meinen Hals. Ich drückte sie so heftig an mich, dass sie aufseufzte, und hörte, wie Gino und Anna leise die Küche verließen.

Es war ein hartes und bitteres Stück Arbeit, das Castello und ich in Frankfurt zu erledigen hatten, Schreibereien wegen der Erbansprüche und des Inventars, die Suche nach einem Käufer und nicht zuletzt die körperliche Anstrengung beim Aufladen der Möbelstücke. Zwar half der kräftige Fuhrmann, den wir mit seinem Wagen gedingt hatten, doch am letzten Tag, nachdem alles getan war, fiel ich erleichtert und müde auf mein Bett. Fabio Castello hatte mir redlich und brüderlich geholfen, wobei er keineswegs verhehlte, dass er auch in seinem eigenen Interesse handelte. Nicht ich, sondern er hatte einen Käufer für Haus und Handel gefunden und die mit Melcher ausgemachten Geschäftsbedingungen erneuert.

Ich mochte den Mann nicht besonders, er kam mir finster und hochmütig vor, aber Castello fand ihn klug und zuverlässig. Auch hatte er auf dem Rathaus ein Zeugnis über ihn eingeholt, so überließ ich das seinem Urteil.

Es war weder höflich noch gesellig, dass ich auf dem Rückweg die meiste Zeit schwieg, aber das Gewirr meiner Gedanken war zu übermächtig, als dass ich viel hätte sagen können.

Lotte war reich, das hämmerte unablässig in meinem Kopf, denn ich wusste gar nicht, ob mir das gefiel. Und ich rumpelte hier mit Möbeln und Hausrat über eine löcherige Landstraße. Ich hatte Onkel Raffaele gefragt, ob ich alles in dem großen Schupppen hinter dem Stall abstellen könne. Er hatte nur beiläufig genickt, ich solle alles nach meinem Belieben machen.

Zu allem Überfluss regnete es am zweiten Tag unserer Reise, der Fuhrmann zog einen Teil der Plane über den Kopf, aber die Pferde und wir wurden nass. In Karlsruhe hatte Castello es eilig, nach Hause zu kommen, und so musste ich den Rest des Weges allein mit dem Fuhrmann zurücklegen.

Wir schoben den Wagen in den Schuppen - das Abladen musste bis zum Morgen warten - und führten die dampfenden Pferde in den Stall. Rosi und Basta hoben schnaubend ihre Köpfe, ich war wieder auf einer von Ginos Stuten geritten. Für den Fuhrmann fand sich ein Strohlager, ich aber schlüpfte leise durch die Hintertür und legte mich auf eine Decke neben den noch warmen Herd.

Ich wurde von einem unsanften Fußtritt und einem spitzen Schrei geweckt, das Küchenmädchen war unversehens über mich gestolpert. Noch ehe ich richtig wach war, hörte ich Tante Henriettes Stimme:

„Musst du uns so zu Tode erschrecken?"

Es war hellichter Tag, draußen hörte ich Rufio mit dem Fuhrmann reden. Ich kam mir vor wie am ersten Tag meiner Lehrzeit, für einen Moment aus Raum und Zeit gefallen. Ich hätte mich am liebsten in mein altes Zimmer geschlichen, die Tür hinter mir zugemacht und den Kopf unter der Dekke vergraben.

Das ging nun nicht mehr, ich musste Tante Henriette und das Küchenmädchen beschwichtigen, meinen Kopf draußen ins Wasserfass stecken und den Tag nehmen, wie er war. Dieser Tag wurde mir wie in alten Zeiten durch meinen Onkel und Rufio erleichtert. Raffaele bezahlte stillschweigend den Fuhrmann, ließ ihm ein Frühstück bringen, und Rufio half beim Abladen der Möbel und Einspannen der Pferde. Ich saß wieder wie in alten Zeiten auf einem der Steine, müde und im Geiste noch gar nicht angekommen. Lotte war so weit fortgerückt, die stückweise Mitnahme ihres Hausrates, der noch keine Bleibe gefunden hatte, ließ alles Zusammenleben mit ihr unwirklich erscheinen. Ich konnte sie unmöglich hierher führen und ihr zeigen, was ich mitgebracht hatte. Wenn ich nicht inzwischen ein erwachsener Mann geworden wäre, hätte ich auf dem Stein gesessen und geheult wie ein kleiner Junge.

Tante Henriette brachte mich auf den Boden und in den Alltag zurück:

„Jetzt komm erst mal und iss, Junge", sagte sie von der Küchentür her. Ich dankte dem Fuhrmann, gab ihm ein so reichliches Trinkgeld, dass er von Ohr zu Ohr grinste, und folgte meiner Tante in die Küche.

Es war gut, wieder hier am Tisch zu sitzen, ich aß das Frühstück, dankbar, dass niemand mich mit Reden störte. Als ich fertig war und den Kopf in die Hände stützte, kam Onkel Raffaele herein und setzte sich zu mir an den Tisch.

„Ich möchte dir etwas zeigen", sagte er, „magst du mit mir in die Stadt hinuntergehen?"

Ich nickte und folgte ihm schweigend den Berg hinab bis in den inneren Teil der Stadt, wo die Häuser eng aneinander gebaut stehen. Auch er sagte nichts, bis er nahe bei der Stadtkirche und dem Amtshaus stehen blieb. Er blickte zu einem zweistöckigen Haus hinauf, zur rotbraun gestrichenen Fassade, zur breiten Eingangstür, zu der drei Stufen führten. Der Giebel zwischen den Nachbarhäusern war mit Tierköpfen aus Stein verziert, die Fenster aber blickten leer und unbewohnt.

„Dies hier steht zum Verkauf", sagte mein Onkel, „das letzte Mitglied der Familie Ruprecht ist vor einigen Wochen gestorben." Ein schönes Haus, geborgen von Nachbarn, mitten im Leben der Stadt.

Ich schloss die Augen, hörte die Tür klappen, hörte Kinderstimmen, Lachen. Ich sah meinen Onkel an und fand endlich meine Stimme wieder:

„Es wird zu teuer sein."

„Es geht", sagte er, „ich habe schon mit den Erben verhandelt."

„Du - willst du es haben?" Er lachte.

„Ich? Nein, du sollst es haben, Felice. Ich sehe, es gefällt dir."

Ich ging langsam die Stufen zur Haustür hinauf, strich über den Türklopfer, dessen abgewetzter Tierkopf in der Morgensonne glänzte.

Die Tür war verschlossen, aber mein Onkel zog einen Schlüssel aus der Tasche und schloss auf. Die Diele war leer, Licht fiel durch ein buntes Fenster auf die Treppe, es roch nach Wachs und Staub. Ich öffnete nacheinander alle Türen, Raum genug für eine große Familie. Schließlich setzte ich mich auf die Treppe und stützte den Kopf in die Hände. Ich betete mit geschlossenen Augen wie ein Kind: „Lieber Gott, lass es Lotte gefallen." Ich dachte nicht mehr an Geld, ich war ganz sicher, dass ich hier wohnen wollte.

Mein Onkel ließ mir Zeit, er lehnte mit verschränkten Armen unten am Treppengeländer, ohne meine Gedanken und Gefühle zu stören. Ich stand auf und fragte:

„Wieviel soll es kosten?"

„Siebenhundert Gulden, wenn wir nicht warten, bis andere Bieter den Preis in die Höhe treiben."

„Halt es fest", sagte ich schnell, „aber zuerst muss ich mit Lotte reden."

„Wenn du nicht genug Kapital hast, kann ich dir helfen."

Er hatte das Haus sorgfältig wieder abgeschlossen, ich warf noch einmal einen Blick auf die Fassade.

„Kapital - mein Gott, Onkel Raffaele, Lotte ist reich", ich konnte nicht weiter sprechen, aber ich glaube, er verstand meine Verwirrung ganz gut, all diese Verquickung von Trauer, Geschäften und einer noch ungewissen Hochzeit.

Es ist wahr, Lotte freute sich, mich wiederzusehen. Als ich vor Ginos Haus vom Pferd stieg, stand sie schon unter der Tür.

„Wann bist du gekommen, du warst lange fort", und sie zog mich an der Hand ins Haus. Gino war nicht da, aber Anna freute sich fast so sehr wie Lotte. Ich musste erzählen, vor allem Lotte wollte genau wissen, wie alles in Frankfurt gegangen war. Mir schien, sie konnte nun ohne Tränen über das Haus, die Möbel und das Geschäft reden.

„Was hast du mitgebracht, und wo ist es?" fragte sie. Eine Weile schwammen wir noch auf der Oberfläche von Fragen und Antworten, wir redeten über Sachen, die ich eigentlich gar nicht meinte. Abrupt ließ ich den Faden fallen und sagte in das betretene Schweigen:

„Lotte, wann willst du mich heiraten?" Anna wollte uns allein lassen, aber ich sagte: „Bleib hier, das kannst du ebenso gut hören."

Lotte biss sich auf die Lippen.

„So schnell?" fragte sie.

„Ich werde in Durlach ein Haus kaufen", sagte ich, „aber nur, wenn es dir gefällt."

Lotte schwieg, ich sah, wie sie anfing zu zittern.

„Du meinst", sagte sie endlich, „ein Haus, in das wir meine Möbel stellen können..."

„Lotte, ich meine ein Haus, in dem wir zusammen wohnen."

Wieder war sie eine Weile still, dann kam leise und schnell:

„Es ist schön hier bei Anna und Gino, und ich wollte so gern dabei sein, wenn das Kind geboren wird."

Ich weiß nicht, was in mich fuhr, aber ich musste das jetzt und hier beenden.

„Wann soll das Kind geboren werden?" fragte ich Anna.

„Mitte Oktober", antwortete sie, „wenn ich richtig gerechnet habe."

„Gut", sagte ich, „ich werde unsere Papiere so ordnen, dass wir Ende Oktober heiraten können, immer vorausgesetzt, dass Gino und Anna dich so lange hier behalten wollen." Dann zog ich Lotte von ihrem Stuhl und küsste sie so heftig, dass sie kaum noch atmen konnte und ich das Blut auf ihrer Lippe schmeckte. Anna starrte mich mit großen Augen an. „Komm jetzt", sagte ich zu Lotte, „ich zeige dir das Haus. Hol dir ein Tuch, es ist kühl draußen."

Anna wollte etwas sagen, ließ es dann aber. Als ich Rosi vom Mauerring losmachte, stand Lotte schon neben mir, ebenso wortlos wie Anna. Ich stieg auf und hob sie vor mich in den Sattel.

Sie ging schweigend durch die Räume, schloss jedesmal sorgfältig wieder die Tür, strich mit der Hand über das Treppengeländer und blieb schließlich in der Diele vor mir stehen.

„Es ist ein schönes Haus", sagte sie leise, „ich werde kommen, wann immer du willst."

Ich nahm sie in die Arme und streichelte sacht ihren Rücken.

„Wovor fürchtest du dich", fragte ich, „weißt du nicht, wie es ist zwischen Mann und Frau?"

„Ich weiß es, Anna hat mit mir gesprochen, und sie hat mir gesagt, wie die Kinder kommen."

„Und davor fürchtest du dich?"

Sie schüttelte den Kopf.

„Davor nicht - es ist nur, ich war so schrecklich allein, ich vermisse meinen Vater so sehr."

„Und ich?"

„Das ist etwas ganz anderes, ich hatte dich in meinem Schrecken fast verloren."

Ich drückte mein Gesicht in ihre Haare und schwieg, ich hoffte, meine Nähe und Wärme möchten auch ohne Worte zu ihr sprechen.

Lotte war tatsächlich dabei, als Ginos Tochter geboren wurde. Ich sah sie erst einen Tag später, als Gino mir seine kleine Maria in die Arme legte und Lotte und mich bat, ihre Paten zu sein. Was für ein süßes winziges Ding, auf dessen Kopf sich rotbraune Haare kringelten und das mich aus Ginos grauen Augen ansah.

Zwei Wochen später heirateten wir, und fast das Schönste war, dass Rufio und Berta mit ihrer eigenen Hochzeit so lange gewartet hatten. Mein Onkel ließ es sich nicht nehmen, für uns ein Fest auszurichten, von dem man in Durlach noch lange sprach. Alle waren sie da, die ganze große Familie, und mein Onkel hatte ein Übriges getan, auch Castellos und

Herrn Marx mit seiner Frau und seiner Mutter einzuladen. Das geräumige Glashaus glich einem glitzernden Palast mit Blumengirlanden und Büscheln von Trauben. Annas Schwestern halfen, alle die leckeren Speisen aufzutischen, die aus Tante Henriettes Küche hervorkamen. Die späte Oktobersonne erwärmte das Haus und die Gäste, etwas anderes erwärmte mich allerdings noch viel mehr, man hatte das Hammerklavier ins Glashaus gebracht, und so wurde Rufios und meine Hochzeit von Musik erfüllt. Zuerst spielte mein Vater, dann zog er meine Geige hervor, und ich musste mich eine Weile von Lotte trennen. Es dauerte nicht lange, so verlangte Tante Henriette das Lied von Franceschina, dem noch viele von denen folgten, die wir in Italien gesungen hatten. Die Fröhlichkeit der großen Gesellschaft nahm auch von Lottes Gesicht die Schatten der Trauer. Als wir alle lachend eine Pause machten und die Gäste uns hochleben ließen, stand Lotte auf, plötzlich wurde es ganz still. Sie trat zu meinem Vater ans Klavier, er rückte beiseite und schob ihr ein Notenblatt zu, auf dem ich seine feine Handschrift erkannte. Und dann sagte sie mit ihrer hellen, klaren Stimme:

„Dies spiele ich für dich, Felice, dein Vater hat es gemacht."

Ich rührte mich nicht und lauschte einem wundersam verschlungenen Reigen von Stimmen, hell und tänzerisch, nur im Trio wurde das Thema in Moll verkehrt. So hatte mein Vater in seiner Weise auf unsere Freude und Trauer geantwortet, beide aber, Lotte und er, hatten diese Übungen treulich vor mir verborgen. Sie überraschte mich mit ihrer Kunstfertigkeit, im Hause Melcher hatte ich kein Instrument gesehen. Es schien, ich kannte Lottes Talente noch lange nicht alle.

Bei alledem hatten die Kinderstimmen nicht geschwiegen, Luises Mund konnte nicht stille stehn, der kleine Enrico krähte, und Anna saß glückselig mit ihrer kleinen Maria auf dem Schoß. Beim Blick auf meine Mutter, die neben ihr saß, wurde mir in aller Festfreude auf einmal kalt. Ihre Haare waren nun ganz silbern geworden, und mir war, als schnitte die Zeit mit einem Messer durch Gegenwart und Vergangenheit.

Am Ende des Festes stand mein Onkel Raffaele auf, und es wurde noch einmal ganz still.

„Dir Rufio und dir Felice", sagte er, „als den Gefährten und Verwandten meines Hauses wünsche ich allen Segen des Himmels, so wie ihr für unser Haus ein Segen seid. Du Berta und du Lotte, seid willkommen in der Familie. Dir Berta schenke ich das Stück Land, das sich von eurem Haus bis zum unteren Weinberg erstreckt, und du Lotte wirst morgen dieses Klavier in eurem Haus als dein Eigentum vorfinden."

Ich sah Tante Henriette an, aber sie neigte nur in lächelnder Zustimmung ihren Kopf. Ich hatte gar keine Zeit, gerührt zu sein, denn nun kam Camillo auf mich zu.

„Na, kleiner Vetter", sagte er, „wie schmeckt der neue Ehestand?"

„Bis jetzt, großer Vetter", antwortete ich lachend, „hatte ich noch keine Zeit, ihn zu probieren."

Auch er brachte ein wunderbares Geschenk für mich, einen fein gearbeiteten Sattel, denn mein erster war wirklich mit den Jahren etwas schäbig geworden.

Ich kam mit Lotte in ein stilles Haus, das nur in seinen Balken ab und zu leise knisterte. Unseren eigenen Atem und unsere eigenen Geräusche mussten wir ihm erst noch geben.

Wir erfüllten es in den kommenden Jahren mit Leben, wenn es auch nicht so war wie im Märchen, in dem die Paare nach ihrer Vermählung in Glück und Frieden bis an ihr seliges Ende leben. Glück gab es genug, unsere Liebe wuchs aus ihren schüchternen Anfängen zu einem starken Baum und einem blühenden Garten.

Im Jahre 1789, das in der Welt so viel veränderte, gab es in unserem Haus zwei Kinder, den rotblonden Ruben, der vor Temperament nur so sprühte, und eine dunkle Tochter, die mir glich. Wir nannten sie Henriette, das war ein Dank an meine Tante, die oft genug mit Rufio und Berta zu uns ins Haus kam. Ihr Sohn wurde im gleichen Jahr geboren wie Ruben, schwarzhaarig und rebellisch wie sein Vater, sie nannten ihn Mario. Er glich einem Zauberer, der mit dem Blitz seines Lachens uns und die Welt verwandeln konnte, nur unsere kleine Tochter durfte mit ihm machen, was sie wollte.

Am Tage, als sie geboren wurde, heiratete unser Markgraf zum zweiten Mal, das war am 24.November 1787. Aber es war keine Rede mehr davon, dass etwa mein Vater als Musiker an den Hof zurückkehren sollte. Er hatte seine Zeit zunehmend meiner Mutter gewidmet, die, wie von unsichtbaren Kräften gezogen, immer mehr aus diesem Leben zu schwinden schien. Ich sah das mit Angst, auch wenn sie selbst in Ruhe und Heiterkeit den Verfall ihrer Kräfte wahrnahm. Immer, wenn ich eine Stunde neben ihr saß und ihre Hände in meinen hielt, lächelte sie und sprach zu mir, als wenn ich noch ihr kleiner Sohn wäre:

„Du musst nicht traurig sein, Felice, ich habe ein gutes Leben gehabt", und wenn ich meinen Kopf über ihre Hände beugte, um meine Tränen zu verbergen, streichelte sie meine Haare.

In dem heißen Sommer, als die Franzosen rumorten und das Joch der Königsherrschaft abschüttelten, konnte sie das Bett nicht mehr verlassen, und die Schmerzen zeichneten ihr schönes Gesicht. Jetzt betete ich nicht mehr um ihr langes Leben, sondern um einen seligen Tod. Unser Haus war wieder still geworden, nur manchmal am Abend, wenn sie es wollte, spielte mein Vater ein leises Abendlied.

Im kalten, nebligen November begruben wir sie, Gino und ich standen neben meinem Vater, der seinen Schmerz hinter einem ernsten Schweigen verbarg.

Und Lotte - sie konnte ihn besser trösten als wir Söhne, sie hatte ihn längst als ihren eigenen Vater angenommen.

Es blieb nicht aus, dass die Ideen der Revolution in Frankreich auch in unser friedliches und beschauliches Land drangen. Es schien, als sickerten die Rufe nach Freiheit und Gleichheit wie Wasser durch eine undichte Wand, wenn auch die Leute bei uns oft gar nicht wussten, wovon sie denn befreit werden sollten. Unser Markgraf begegnete dem auf seine Weise und in kleinen Schritten, so gewährte er den Einwohnern von Klein-Karlsruhe das volle Bürgerrecht. Ich hatte nie aufgehört, Karoline Wirbs dort zu besuchen, aber sie lächelte nur über dieses neue Privileg.

„Die Menschen leben auch nicht anders als vorher", sagte sie, „und ich kenne viele, die für Rechte einfach nicht stark genug sind."

Ich sah das deutlich in Gestalt von Ludwig Hinz, der durch den Tod seines Vaters in den Besitz des Hauses gekommen war und in dessen Kopf offenbar eine seltsame Mischung von Hochmut und Frechheit brodelte. Wenn er mich sah, drehte er den Kopf zur Seite, ohne zu grüßen, und auf dem Markt am Stand meines Onkels behandelte er die Kunden mit noch weniger Höflichkeit als sonst. Im Frühjahr 1790 kündigte er seinen Dienst auf, um einen eigenen Handel anzufangen. Aber da geschah ihm, was er wohl nie für möglich gehalten hatte, seine Frau Jakoba lief ihm davon. Sein Handel aber bestand darin, dass er wie ein Jude mit Lumpen und Trödelkram über Land zog. Ich begegnete ihm noch ein paarmal, bis sich in den folgenden Jahren durch die Unruhen des Krieges seine Spur für mich verlor.

Es ist seltsam, aber gerade in diesem Jahr 1790 mitten in der Freude am Leben und der Fülle der Geschäfte dachte ich oft, wie Erinnerung nur Unwiederbringliches spiegelt. Es liegt etwas Herbes im Vergehen, in der Unmöglichkeit, Vergangenes auch nur für Augenblicke ganz wieder herzustellen, nicht einmal die Stimme meiner Mutter.

In diesem Sommer kam Lorenzo, und mein Vater beschloss, mit ihm nach Italien zu reisen, um noch einmal mit seinem Vater zu sprechen, so wollte er auf seine Weise in die Vergangenheit eintauchen. Gino und ich saßen mit den beiden Brüdern in unserem verwaisten Haus und hörten, was Lorenzo erzählte.

„Unser Vater wird hinfällig", sagte er, „selbst Agnese kann ihn nicht mehr aufmuntern, wenn er in seine trüben Stimmungen verfällt. Er konnte nie verwinden, dass Bianca und Berta aus seinem Leben verschwunden sind, und schiebt immer noch wie früher alle Schuld auf andere."

Gino und ich hatten viele Bedenken, unseren Vater reiten zu lassen, hatte er doch schon lange Karlsruhe nicht mehr verlassen. Aber er lächelte nur und sagte:

„Ihr seid erwachsen und braucht mich nicht mehr. Ich möchte gerne noch einmal den Duft unserer Zitronenbäume in der Nase haben, und außerdem ist das wohl die letzte Gelegenheit, mich mit meinem Vater zu versöhnen." Dazu schwieg Lorenzo, und ich sah, dass er an der Erfüllung dieses Wunsches so seine Zweifel hatte. „Außerdem", sagte mein Vater und sah sich dabei in der Stube um, „ohne eure Mutter ist es schwer, in diesem Haus zu leben."

Das verstand ich nur allzu gut, wenn ich an das Leben und die Stimmen der Kinder in meinem eigenen Hause dachte. Auch bei Gino ging es lebhaft zu, dafür sorgten schon die Familie Melazzo und die Zwillinge Carla und Charlotte, die nach Maria zur Welt gekommen waren.

„Wir gönnen dir die Reise", sagte Gino, und ich konnte dazu nur nicken, denn in diesem Augenblick dachte ich an die Erzählung meines Vaters von der Flucht aus dem Land seiner Jugend.

Bevor sie Anfang September aufbrachen, musste mein Vater um Urlaub bei seinem Landesherrn bitten, aus dessen Dienst er nur vorläufig entlassen war. Zu meiner Verwunderung wurde ich mit ihm zusammen zur Audienz befohlen.

Karl Friedrich sah ganz verjüngt und freudig aus, denn vor wenigen Tagen war ihm von seiner zweiten Frau ein Sohn geboren worden.

Er erkundigte sich nach dem Reiseziel meines Vaters, erteilte ihm Urlaub vom Hofe auf unbestimmte Zeit und entließ ihn mit den besten Wünschen für eine glückliche Heimkehr. Mich hielt er zurück mit den Worten, dass es noch wichtige Dinge zu besprechen gäbe. Ich wusste nicht ganz, worauf er hinaus wollte und sah ihn nur fragend an. Er kam schnell zur Sache.

„Wohin erstrecken sich deine Handelsbeziehungen", fragte er.

„Hier nach Karlsruhe, Durchlaucht", sagte ich, „und dann immer noch nach Norden bis Bruchsal und Frankfurt. Wie

Durchlaucht vielleicht wissen, habe ich die Tochter meines dortigen ehemaligen Handelspartners geheiratet."

„Ehemalig?"

„Er ist tot, Durchlaucht."

„Das tut mir leid", sagte er und sah eine kleine Weile sinnend vor sich hin. Ich schwieg und wartete.

„Und nach Süden zu, etwa nach Tübingen, betreibst du keinen Handel?"

„Nein, Durchlaucht, bis jetzt jedenfalls noch nicht."

Er sah mich an, und ich hielt seinem Blick stand, ich hatte keinen Grund, verlegen zu sein.

„Ich brauche", sagte Karl Friedrich, „für einen sehr vertraulichen Auftrag eine absolut vertrauenswürdige Person. Bist du bereit, mir darin zu dienen?"

Ich neigte zustimmend den Kopf und sagte.

„Gewiss, Durchlaucht."

„Wie du weißt, haben wir im vergangenen Jahr den Spitalbau Ecke Kronenstraße eröffnet, und wie ich mir berichten ließ, lässt sich die Versorgung der Kranken dort gut an."

Ich nickte, ich war schon mehrmals dort gewesen und hatte mit dem Verwalter wegen der Lieferung von Gemüse verhandelt.

Der Markgraf fing an, hin und her zu gehen, bis jetzt hatten wir im Stehen gesprochen.

„Warum setzen wir uns nicht", sagte er lächelnd, „meine Erklärungen werden etwas länger dauern", und damit führte er mich in ein kleineres Kabinett, wo auf dem Schreibtisch eine Menge Papiere lagen. „Setz dich", sagte er und ließ sich in einem Sessel nieder. „Wie du vielleicht auch weißt, wird dieses Spital von einer Spitalkommission geführt, Mitglieder meiner Regierung, Stadträte, Ärzte." Er sah mich fragend an.

„Ich weiß davon, Durchlaucht", sagte ich, „ich habe schon mehrfach mit dem Verwalter zu tun gehabt."

„Jetzt ist der Arzt Dr.Schweickhardt mit einem besonderen Problem an mich herangetreten, das mit deinem Auftrag zu tun hat. Es werden hauptsächlich Dienstboten dort behandelt, und meine Regierung und die Stadt versuchen, diesen ärmeren Menschen gerecht zu werden, wenn sie nicht selbst bezahlen können. Sie erhalten neben der Versorgung durch die Ärzte Bekleidung, Strümpfe, Verpflegung, das sind erhebliche Ausgaben. Um es kurz zu machen, an Dr.Schweickhardt kam eine Anfrage der Universität Tübingen, ob wir der medizinischen Fakultät zum Zwecke des Unterrichts in Anatomie gestorbene Personen überlassen wollen." Der Markgraf hielt inne und sah mich an. „Schkckiert dich das?" fragte er dann sehr direkt.

„Nein, Durchlaucht", antwortete ich, „ich bewundere die Tätigkeit der Ärzte, und je mehr sie über den menschlichen Körper lernen können, desto besser für die Kranken. Ich nehme an, Durchlaucht, dass ich von Fall zu Fall solche Leichen nach Tübingen überführen soll."

Er nahm es mir nicht übel, dass ich seinem Auftrag vorgriff.

„Es ist ganz einfach", sagte er, „wir sparen ein Armenbegräbnis, und die Universität bezahlt, so jedenfalls versicherte man mir."

Wieder schwieg er eine Weile, und ich dachte, nun sei die Audienz beendet, aber er fing noch einmal an.

„Ich sprach von einem vertraulichen Auftrag, haben wir uns da verstanden?"

„Gewiss, Durchlaucht."

„Es taugt nicht, dass solche Dinge an die Öffentlichkeit kommen, und ich ersuche dich, mit niemandem darüber zu sprechen außer deinem Onkel Bettinardo."

Er stand auf, die Audienz war beendet oder doch fast. Er ließ mir im Vorzimmer von einem Sekretär ein Schreiben übergeben, das mir zur Beglaubigung diente.

Ich sprach mit meinem Onkel, und es war mir gar nicht recht, dass ich Lotte gegenüber schweigen musste.

Der Abschied von meinem Vater fiel mir schwer. Lorenzo war bei ihm, und ich wusste, wohin er ging, vielleicht würde er in dem Zimmer wohnen, das ich damals nicht haben wollte, aber es blieb mir ein Gefühl der Endgültigkeit.

Sie ritten in aller Morgenfrühe, hoben noch einmal die Hand zum Gruß, und dann stand ich allein vor meinem leeren Elternhaus, den Schlüssel in der Hand.

Es war gut, dass der erste Ritt nach Tübingen nicht lange auf sich warten ließ. Ich erklärte Castello, dass ich ein paar Tage abwesend sein würde, und brach zu einem neuen Unternehmen auf.

Der Wagen mit dem Fuhrknecht wartete im Hof hinter dem Spital, die Plane war nach allen Seiten fest verschlossen und hinter dem Kutschbock mit einem amtlichen Siegel verplombt. Ob dem Kutscher bekannt war, welche Fuhre seine Pferde zogen, wusste ich nicht, jedenfalls sprachen wir nicht darüber. Er schwieg sowieso die meiste Zeit, und ich hatte genug damit zu tun, mich mit meinem schwarzen Wallach Nero zu verständigen. Auf Rosi ritt ich nur noch die kleineren Strecken zwischen Karlsruhe und Durlach. Auch dieses Pferd hatte ich von Herrn Marx gekauft, wobei Rufio mich zur Allmende begleitete.

„Ich würde ihn nicht nehmen", sagte Rufio, denn Nero keilte aus und rollte die Augen. Herr Marx hatte es sich nicht nehmen lassen, selbst den Handel zu tätigen, er wollte mir gern ein gutes Pferd verkaufen. Er lachte zu Rufios Worten und sagte:

„Er macht sich nur wichtig, er ist ausdauernd und zuverlässig."

Ich sah dem Wallach eine Weile zu, wie er kraftstrotzend über die Wiese galoppierte und die anderen Pferde aus dem Weg jagte. Nach einer Weile pfiff ich durch die Finger, stieg über den Zaun und wartete. Nero kam heran und blieb einige Schritte vor mir stehen. „Na komm", sagte ich, „zier dich nicht so." Er kam noch näher, senkte den Kopf und schnaubte. Ich hielt ihm das Zaumzeug vor die Nase, und er ließ es sich ohne Protest überstreifen. Jetzt stand Rufio neben mir und legte den Sattel auf, einen Augenblick später jagte ich über die Allmende.

Jetzt, neben dem Wagen mit den beiden Toten, musste ich Nero ständig davon abhalten, aus Schritt oder Trab auszubrechen.

Wir ritten das Pfinztal hinauf, und bei Pforzheim an der württembergischen Grenze ließen mich die Zöllner nach einem Blick auf das markgräfliche Siegel und den Inhalt des Briefes sofort passieren.

Ich wollte bis zum Abend in Tübingen sein, aber der Fuhrmann bestand darauf, dass wir in Calw über Nacht blieben, es sei sonst zu viel für die Pferde. Er wusste dort, wo die Häuser nahe am Fluss stehen, eine Herberge, jedenfalls schien man ihn gut zu kennen. Ich hatte ihn in Verdacht, dass er hier, fern von zu Hause, einem bestimmten abendlichen Vergnügen nachging. Ich kümmerte mich nicht darum, drängte nur darauf, am anderen Morgen sehr früh aufzubrechen.

Später in Tübingen stellte sich heraus, dass mein Fuhrmann sehr genau wusste, was wir transportierten. Er lenkte die Pferde zielstrebig in die Neckargasse und nicht etwa zur Universität, die etwas oberhalb auf dem Weg zum Schloss liegt. Hier, vor einem breiten Haus mit einem großen Tor, nahm man unsere makabre Fracht entgegen, bescheinigte den Empfang und händigte mir zugleich den Fuhrlohn und eine Anweisung an die markgräfliche Kasse aus. Davon hatte man mir nichts gesagt, aber ich dachte, dass schon alles seine Richtigkeit hätte.

Hier trennten sich meine und des Fuhrmanns Wege, er hatte auf der Rückfahrt noch eine andere Fracht zu besorgen. Ich aber beschloss, mir diese alte und merkwürdige Stadt anzusehen und erst am nächsten Morgen zurückzureiten.

Ich konnte nicht ahnen, in welche Gesellschaft ich an diesem Tag hineingeriet. Alle Wege führen in Tübingen hinauf und hinab. Ich schlenderte von meiner Herberge bis zum Marktplatz und dann über etliche Stufen bis in die steile Gasse, die zum Schloss führt. Kurz vor dem großen steinernen Tor, durch das man in den Schlosshof gelangt, öffnete sich etwas unsanft die Tür einer Kneipe, Stimmengewirr brach heraus, Tabaksqualm und danach eine Gruppe junger

Leute, von denen der erste im Stolpern gegen mich fiel. Ich nahm ihn bei den Armen und stellte ihn wieder auf die Füße. Die andern fingen unbändig an zu lachen.

„Der Conz kann nicht mehr stehen, hat wieder zu viel gesoffen."

Der lachte mit, verbeugte sich vor mir und rief:

„Verbindlichen Dank, mein Herr, es lebe die Freiheit."

„Sie soll leben", sagte ich, „wo immer man sie findet", und lachte auch.

„Ha", rief ein anderer, „finden - wir müssen sie machen", und seine Gesellen klatschten zustimmend in die Hände. Ich hielt sie für Studenten und dachte, dass die doch Freiheit genug hätten nach allem, was man so hörte.

„Die Herren sind Studenten?" fragte ich höflich.

„Man nennt uns so", antwortete einer, den sie Stäudlin riefen, „vielmehr sind wir demütige Knechte des Tübinger Stifts." Es klang viel Ironie und Bitterkeit in seiner Stimme.

„Knechte - das kann ich mir nicht denken."

„Er kann es sich nicht denken", kam eine sanfte Stimme aus dem Hintergrund, und ich sah in ein wundersam schönes Gesicht mit großen Augen, umrahmt von langen blonden Haaren.

„Darf man fragen, wer Ihr seid?" fragte Conz, dem die frische Luft offenbar den Nebel aus dem Kopf geblasen hatte, „bei unserm Fritz darf man mit der Freiheit nicht scherzen."

„Ich bin Kaufmann und komme aus Karlsruhe im Dienste des Markgrafen von Baden, ich heiße Felice Sciatti."

„Oh, ein Tyrannenknecht", rief die kecke Stimme des vierten, der bis jetzt noch nichts gesagt hatte.

„Bei uns ist niemand ein Knecht, außer er macht sich selbst dazu", sagte ich schärfer, als ich gewollt hatte.

„Jetzt hast du ihn böse gemacht, Neuffer", sagte der Blonde mit den schönen Augen.

Ich sah in ihre Gesichter, in denen der Witz und das überschäumende Leben funkelten, und fühlte mich mächtig zu ihnen hingezogen.

„Was stehen wir noch auf der Gasse", sagte ich, „wenn es hier ein anderes Lokal gibt als diese Tabaksbude", und ich deutete auf die Tür, aus der sie gekommen waren, „dann lade ich die Herren zu einem Umtrunk ein."

„Oho", rief Neuffer, „jetzt spricht der noble Herr. Im Namen meiner armen theologischen Mitbrüder nehme ich die Einladung an."

Sie hängten sich bei mir ein und führten mich zurück zum Marktplatz, wo wir in einer stillen Weinstube an einem geräumigen Ecktisch Platz fanden. Der Wirt zog allerdings die Augenbrauen hoch und schüttelte unmerklich den Kopf. Er schien die Freunde zu kennen und wollte ihnen wohl keinen Kredit mehr geben. So sagte ich denn sehr vernehmlich: „Habt die Güte, mir die Weinkarte zu bringen, ich bin sehr gespannt auf die Auswahl."

Die Studenten fingen bei der bestürzten Miene des Wirtes an zu kichern, ich aber machte mir einen Spaß daraus, drei der Weine zurückzuweisen und erst den vierten, einen sanften Rotwein aus der Gegend, zu akzeptieren. Jetzt war ihnen doch der Spott vergangen, als ich prüfend das Glas gegen sie hob.

„So", sagte ich, „lebt ein Tyrannenknecht, der in freier Arbeit sein eigenes Geld verdient." Mich hatte dieser Ausdruck doch mehr geärgert, als ich zugestehen mochte.

Sie tranken den Wein mit Andacht, das muss ich sagen, und in die ein wenig verlegene Stille sagte Conz:

„Nichts für ungut, mein Herr, wir wollten Euch nicht beleidigen. Es ist so, wir sehnen uns nach Freiheit, aber wir haben sie nicht. Unser Landesherr Carl Eugen zwängt uns immer ärger ein, und im Stift gibt es mehr Verbote als Mäuse im Keller. Aber das soll mal der Hölder sagen, er ist nämlich ein Dichter."

„Hölder?"

„Friedrich Hölderlin", sagte der Blonde, „es stimmt, ich bin ein Dichter, aber dafür habt Ihr wohl nicht so viel Sinn."

Da lachte ich in das ernste, feierliche Gesicht hinein.

„Das will ich nicht sagen, ich bin mit Musik und Theater groß geworden, mein Vater ist Musiker."

Sie klatschten und ließen mich hochleben, und im Nu war die erste Flasche geleert. Ich winkte dem Wirt und legte, um alle Zweifel auszuräumen, zwei blanke Gulden auf den Tisch.

„Und mit dem, was in Frankreich geschieht, seid Ihr einverstanden", sagte ich, um gleich die Fackel an das dürre Holz zu halten. Es brannte und wie, sofort redeten sie alle durcheinander, bis ich lachend die Hand hob: „Vielleicht mag unser Dichter etwas dazu sagen."

Er mochte, er hatte das Manuskript in der Tasche, was die anderen offenbar wussten. Es hielt ihn nicht auf dem Stuhl beim Deklamieren. Ich habe von dem Gedicht nur noch den Schluss behalten, aber der ist mir über die Jahre im Gedächtnis geblieben:

Wenn die Starken den Despoten wecken,
Ihn zu mahnen an das Menschenrecht,
Aus der Lüste Taumel ihn zu schrecken,
Mut zu predigen dem faulen Knecht!
Wenn in todesvollen Schlachtgewittern,
Wo der Freiheit Heldenfahne weht,
Mutig, bis die müden Arme splittern,
Ruhm umstrahlter Sparter Phalanx steht!

Sein Gesicht glühte, und seine Augen schienen irgendwo in der Ferne das Schlachtgetümmel der Gerechten zu sehen. Eine hochfahrende Sprache, erfüllt von dem Ungestüm der Jugend, aber stark und mitreißend. Ich kam mir fast wie ein alter Mann vor in dieser Runde. Er glaubte, was er dichtete, ich sah, wie er seine eigene Wirklichkeit schuf. Wehe ihm, wenn ihn das unsanfte Leben einholte.

Die Freunde applaudierten und ich mit ihnen, ich konnte gar nicht anders, und dabei wehte mich ein Hauch dessen an, was in Frankreich geschehen war.

Von der Stiftskirche hörte man fünf Glockenschläge, die Freunde sahen sich an:

„Habt Ihr Vorlesungen?" fragte ich.

Sie schüttelten die Köpfe und versicherten, Zeit zu haben, aber mir und ihnen tat anscheinend der Wein auf nüchternen Magen nicht so gut. Ich wollte gerne noch mit ihnen zusammen bleiben, so winkte ich dem Wirt und fragte, ob er uns ein kräftiges Vesper servieren könne.

Die Freunde sahen sich wieder an, sie fürchteten wohl um ihren Geldbeutel.

„Ihr seid meine Gäste", sagte ich kurz und bündig.

Sie dankten und nahmen an, ihnen war das anscheinend gar nicht peinlich. Ich selber fragte mich allerdings, warum ich dies alles tat. Es lag mir nichts daran, den reichen Wohltäter zu spielen, ich wollte einfach gern mit ihnen diskutieren. Hier unter den Studenten, die mit ihrem Los unzufrieden haderten, war ich anscheinend mitten in der geistigen Gärung, von der wir zu Hause noch nicht viel bemerkt hatten.

„Ich habe eine Bedingung", sagte ich aus meinen Gedanken heraus.

„O weh" kam es blitzschnell von Neuffer, „jetzt müssen wir doch noch arbeiten für unser Essen."

„Wenn ein abendlicher Spaziergang zum Schloss hinauf Arbeit ist, dann ja", sagte ich lachend.

So kam es, dass wir oben von einer Mauer des Schlosses auf die Stadt und den Neckar hinuntersahen.

„Die Schwäne", sagte Hölderlin, „seht ihr die Schwäne? Manchmal wünsche ich, ich wäre einer, zu schwimmen, wohin ich will, zu fliegen, wohin ich will."

„Auch Schwäne sind nicht frei", sagte ich, „sie müssen ihrem Instinkt gehorchen, zu lieben im Frühling, fortzufliegen im Herbst."

„Aber die Menschen in Frankreich sind frei, ihre Oberen wegzujagen und die Adligen zu ächten", das kam von Städlin.

„Und wer soll regieren mit Klugheit und Sachverstand?"

„Die Bürger, das Volk."

„Odi profanum vulgus et arceo", entfuhr es mir.

Sie starrten mich an, Latein war wohl das Letzte, was sie von mir erwartet hatten, aber ich nahm an, sie verstanden es alle und wussten auch, von wem dieser Ausspruch stammte.

„Wenn einfache Leute ohne Bildung von der Idee der Macht besessen sind, kann daraus niemals eine dauerhafte Regierung entstehen", sagte ich ganz trocken.

„Ihr redet so klug", sagte Neuffer, „was wisst Ihr davon, was habt Ihr erlebt?"

„Unordnung und Mord", erwiderte ich.

Hölderlin sprang von der Mauer.

„Aber ich muss dichten", rief er, „ich muss das Mögliche sagen, damit es wirklich wird, man muss die Menschen erziehen zur Brüderlichkeit und Freiheit."

„Erziehen ja, aber nicht alle Ordnungen zerstören."

Schweigen breitete sich in der wachsenden Dämmerung zwischen uns aus. Sie konnten wohl nicht recht klug werden aus mir, aber ich nahm an, sie hätten mich gern einen Philister genannt.

„Woher könnt Ihr Latein?" fragte Conz, und ich erzählte ihnen von der Lateinschule und meinem gestrengen Praezeptor. Ich begleitete sie zurück bis zum Stift, sagte gute Nacht mit dem wehmütigen Gedanken, sie wohl kaum je wiederzusehen.

Später dachte ich noch oft an diesen Abend mit Hölderlins feuertrunkenen Versen, als nämlich aus dem Freiheitsdurst längst Krieg geworden war, der auch in unsere Stadt einbrach. Der Freiheit Heldenfahne und die ruhmumstrahlten Kämpfer waren da zu etwas ganz anderem geworden.

Am nächsten Tag, als ich gegen Abend aus meinem Kontor ins Wohnzimmer trat, überraschte ich meinen Sohn am Klavier, wie er mit einem Finger die Melodie eines Kinderliedes zusammensuchte, so versunken, dass er mich gar nicht kommen hörte.

Ich nahm leise meine Geige aus dem Kasten und führte seinen suchenden Finger sachte an der Melodie entlang.

„Es geht", rief er aus, als wir zu Ende waren, „es geht."

„Was geht?" fragte ich.

„Ich kann singen", sagte er, „aber das Klavier weiß die Töne, auch wenn es nicht singt."

„Ja", - sagte ich, „das ist ein kluges Klavier, das uns viel erzählen kann."

„Du meinst, so wie Mutter es macht?"

„Ja, so wie Mutter es macht oder dein Großvater."

„Wann kommt er wieder?" fragte Ruben.

„Ich weiß es nicht, wahrscheinlich erst, wenn es wieder Frühling wird."

„Schade", sagte Ruben und spielte die Melodie noch einmal ohne zu stocken.

Ich fand, es wäre Zeit, dass unser Sohn Unterricht bekäme.

Unsere Hoffnung, meinen Vater im Frühjahr wiederzusehen, erfüllte sich nicht. Zur Weihnachtszeit kam ein Gruß, der uns ein gesegnetes Fest wünschte, dann vergingen Januar und Februar, die Schneeglöckchen blühten und die Märzbecher, aber erst im April schrieb mein Vater einen langen Brief an Gino und mich.

„Geliebte Söhne", hieß es darin, *„ich werde nicht nach Karlsruhe zurückkehren. Lorenzo und ich sind überein gekommen, dass ich hierbleibe, wir verstehen uns in jeder Hinsicht gut. Agnese hat mich gerne in ihren Haushalt aufgenommen, und Amalia und ich trösten uns in vieler Weise gegenseitig. Der Duft der Zitronen und das Land meiner Jugend haben mich nun im Alter ganz gefangengenommen, so dass ich hier die letzten Jahre meines Lebens verbringen möchte. Mein Vater und ich sind völlig versöhnt miteinander, er fühlt seinen Tod herannahen und findet einen Streit nicht mehr der Mühe wert. Ich habe angefangen, Lorenzo auf dem Weingut zu helfen, und was mir in meiner Jugend zuwider war, erweist sich nun, da ich es ohne Zwang tue, als eine Quelle der Freude. Ich bin gesund und schlafe gut nach getaner Arbeit in dem Zimmer, Felice, das du vor so langer Zeit bewohnen solltest. Mit den Eseln bin ich gut Freund und kann den Zorn meines Vaters verstehen, als ich ihm damals einen stahl.*

Aber es ist noch etwas anderes geschehen, was mich hier festhält. Natürlich konnte ich es nicht lassen, nach Monza zu reiten, um die Kathedrale zu besuchen und mich im Konventshaus nach Pater Benedetto zu erkundigen. Man sagte mir, er sei inzwischen gestorben und man habe seitdem nie mehr einen so guten Orgelspieler und Lehrer gefunden. Der Klostervorsteher, mit dem ich sprach, musterte mich neugierig, als ich ihm von meinem eigenen Unterricht bei Pater Benedetto berichtete. Es blieb nicht aus, dass er mehr von mir wissen wollte, und so hörte er von meiner Flucht, meinem Leben und der Stellung in Karlsruhe und dass ich nun zu meinem alten Vater zurückgekommen sei.

Kurz und gut, ich bin am Dom von Monza als Organist und Lehrer angestellt und spiele auf der großen Orgel oft genug im Gedenken an Pater Benedetto. Ich reite die Strecke zwischen Monza und unserem Gut auf einer wunderschönen, hellgrauen sanften Eselin, die mich, wie ich glaube, aufs Wort versteht, mit ihr spreche ich von eurer Mutter.

Für dich, Felice, habe ich einen Auftrag, übergib das beigelegte Schreiben Seiner Durchlaucht, dem Markgrafen, und wenn er es hören will, erzähle ihm von mir.

Mit meinem Haus in der Waldhornstraße mögt ihr verfahren, wie ihr wollt, ich schenke es euch. Für meinen Lebensunterhalt erwerbe ich hier in zweifacher Weise genug, so mag auch der Markgraf die Zahlung meines Ruhegehaltes einstellen, aber darüber habe ich ihm selbst geschrieben.

Ich bin und bleibe alle Zeit euer liebender Vater in der Hoffnung, einen oder euch beide hier einmal wiederzusehen."

Gino und ich saßen lange Zeit stumm in meinem Kontor, nachdem wir den Brief gelesen hatten. Von draußen hörte man die Stimmen der Kinder, Gino hatte Anna und seine drei Töchter mitgebracht.

Auch wenn ich etwas Ähnliches hatte kommen sehen, war dies ein bitterer Augenblick für mich. Wie Gino dachte, konnte ich seinem Gesicht nicht ansehen, mir allerdings saß ein dicker Kloß in der Kehle. Meinem kleinen Ruben musste ich nun erklären, dass jemand anderer als sein Großvater ihn unterrichten würde. Gino rührte sich als Erster.

„Nimm es nicht so schwer", sagte er, „ich finde diese Wendung gar nicht übel. Was hätte unser Vater hier so allein in seinem Haus machen sollen. Jetzt hat er wieder seine Musik."

Ich nickte, Gino hatte schon recht, auch wenn er das alles nüchterner sah als ich.

Vaters Spinett wanderte zu uns ins Haus und der Tisch, an dem meine Mutter geschrieben und genäht hatte. Wir vermieteten das Haus an einen Beamten des Hofes, nachdem ich das Schreiben meines Vaters dem Markgrafen überbracht hatte.

Ich war froh, dass wir in der altehrwürdigen Stadt Durlach wohnten, nahe bei Rufio und Berta. Doch nicht nur wegen der Nähe zur Familie Bettinardo war ich froh, in Durlach zu sein. Karlsruhe veränderte in diesen Jahren schnell sein Gesicht, neue Straßenzüge entstanden und viele Holzhäuser wurden durch steinerne ersetzt. Auch Klein-Karlsruhe blieb davon nicht verschont, der Lärm der dampfgetriebenen Griesmühle war zu hören. Karoline Wirbs war gar nicht froh darüber und so tat sie das, worum Laura sie schon lange gebeten hatte, sie zog zu Castellos in die Lange Straße.

Ich traf die Tübinger Studenten nicht wieder. Wenn ich dort zu tun hatte und am Stift vorbeikam, gingen wohl junge Leute aus und ein, aber Hölderlin und seine Freunde waren nicht dabei. Vielleicht waren sie schon längst aufgebrochen zu irgendeiner Arbeit als Pfarrer oder Lehrer, ich wusste es nicht. Ihre von der Revolution angefachten Ideen begleiteten mich allerdings seit unserer Begegnung ständig.

Einer fürchtete sich offenbar gar nicht vor der Gefährdung oder gar Auflösung seiner eigenen Regentschaft, das war unser Markgraf. Er lud französische Emigranten von Adel in seine Stadt Karlsruhe ein und appellierte an die Einwohner, ihnen Wohnraum zu überlassen. Aber auch die großzügigste Geste stößt auf Widerspruch, wenn es um die eigene Bequemlichkeit geht.

Mir begegneten bei meiner Arbeit manche Reisenden, die darüber murrten und schimpften, dass in Karlsruhe kein Quartier zu bekommen sei, mir begegneten Bürger der Stadt, die anfingen, die Kokarden der französischen Revolutionäre zu tragen, obgleich sie bei uns sicher kein gesellschaftliches Chaos wünschten. Aber es gab auch Menschen, die ganz praktisch und nüchtern mit den Gegebenheiten umgingen, die mit Großzügigkeit Gastrecht gewährten, so wie mein Freund Joseph Marx.

Seit seine Mutter nicht mehr lebte, war es in seinem Haus recht still geworden, aber eines Tages schlugen mir bei einem Besuch schon unten in der Diele lebhafte Stimmen entgegen, schnell und für mich unverständlich - französisch. Ich hatte es immer noch nicht gelernt, und in diesem Augenblick bedauerte ich das mehr als je zuvor.

Im Salon saß ein Ehepaar, beide weißhaarig, er stützte seine Hände auf einen silberbeschlagenen Krückstock, sie hielt sich kerzengerade und wandte mir ein verhärmtes Gesicht entgegen. Meine Begrüßung kam leider über ein „Bon jour" nicht hinaus, aber mit Herrn Marx' Hilfe hörte ich doch, was sie zu erzählen wussten. Sie hatten zwar Geld und Schmuck mitbringen können, das war aber auch alles. Jetzt saßen sie hier gestrandet und grämten sich um ihren Sohn, der nach England geflüchtet war. Dahin wollten sie auf gar keinen Fall, denn sie hielten die Engländer für Barbaren, ihre Sprache an erster Stelle. Nun litten sie hier neue Ängste, denn in Karlsruhe brodelten die Gerüchte, dass die Franzosen über den Rhein kämen und der Markgraf mit seiner Familie die Stadt verlassen wolle.

In diesem Jahr 1792 wurden wir davon noch verschont, aber schon bald, als das Deutsche Reich Frankreich den Krieg erklärte, starben Herrn Marx' französische Gäste vor lauter Angst und Schrecken.

So traurig es war, ich wunderte mich nicht über die Angst und den Tod der alten Leute, auch jüngere wurden nur allzu oft von Panik ergriffen, denn Truppenbewegungen waren überall, und keiner wusste so genau, wo oder wann uns vielleicht Krieg und Zerstörung erreichen würden. Schon die Kinder bekamen davon etwas mit. Rubens Augen blitzten, wenn er etwas von Soldaten hörte, und Henriette plapperte ihrem Bruder Worte nach wie 'Kanonen', obgleich sie überhaupt nicht wusste, was das war. Manche Durlacher Bürger verließen fluchtartig die Stadt, weil sie meinten, irgendwo auf dem Lande sei es sicherer. Ich selber glaubte das nicht und versuchte, meine Geschäfte so gut wie möglich zu betreiben. Lotte blieb bei alledem ganz gelassen, ich hatte immer den Eindruck, seit dem Tod ihres Vaters sei sie gegen alle Schrecken gewappnet.

Auch in der markgräflichen Familie herrschte Unruhe, im Schloss wurden die Akten und Archive verpackt und ein großer Teil nach Pforzheim und Ulm verbracht. Warum man allerdings Pforzheim für sicherer hielt als Karlsruhe, wusste ich nicht so recht. Die Markgräfin hatte in diesem Frühjahr einen zweiten Sohn geboren, und ich verstand schon, dass sie am liebsten aus der Stadt geflüchtet wäre.

Ich dachte manchmal an die Fahrt auf dem Rhein, die Rufio und ich zusammen gemacht hatten, an die friedliche Landschaft und den ruhig strömenden Fluss. Jetzt hatte er plötzlich eine neue Bedeutung bekommen, Rhein hieß Verteidigung, hieß Grenze zu den Franzosen, die den Drang nach Freiheit nicht mehr auf ihr eigenes Reich beschränken wollten.

Wenn ich über Land ritt, traf ich in den Dörfern auf die Werber, die mit List und leider auch manchmal mit Gewalt die jungen Burschen zum Militärdienst rekrutierten. Ich wusste, dass unser Markgraf sechstausend Mann für das Reichsheer stellen musste, und ich sah mit eigenen Augen, wieviel Unruhe gerade bei den einfachen Leuten herrschte.

In diesem Sommer kam keine Wagenladung Zitronen aus Italien, stattdessen schrieb mein Vater, dass Emilio gestorben sei und noch kurz vor seinem Tod meiner gedacht habe.

„Du hast Licht und Schatten in sein Leben gebracht. Agnese ist untröstlich, und Amalia weint, obwohl ihr von ihm viel Unrecht geschah. Ich selber lebe in Frieden mit mir und dem Gang der Dinge. Seit dem Tod Eurer Mutter suche ich meine Freude in der unvergänglichen Musik, die mir den Weg in die Ewigkeit weist. Sag Ruben, ich freue mich aus der Ferne an seinen musikalischen Fortschritten."

Ich war froh über das innere Gleichgewicht meines Vaters und ich war froh, dass er weitab von kriegerischen Unruhen lebte. Aber leider wurde nicht viel später auch Italien in diesen unseligen Krieg der Franzosen hineingezogen.

Weder in Karlsruhe noch in Durlach blieben wir verschont von den Übergriffen des Militärs, wenn Österreicher und Kroaten bei uns durchzogen. Der Markgraf selbst, obgleich er nun schon über siebzig war, ritt zu seinen Truppen an den Rhein, als die Franzosen einen Angriff auf Fortlouis wagten. Es schien, überall waren die Potentaten der Völker in Bewegung, denn wieder wie schon vor Jahren ritt der preußische König in Begleitung seiner Söhne bei uns ein. Ich weiß nicht, wer von beiden diesen Plan ausheckte, ob Mario oder Ruben, an diesem 28.August in glühender Hitze kamen sie nicht von der Schule nach Hause, und es stellte sich heraus, dass sie gar nicht dort gewesen waren.

Mario hatte schon, seit er fünf war, seinem Vater in den Ohren gelegen, ihm ein Pony zu schenken, jetzt war er sieben, und Rufio hatte endlich seinen Bitten nachgegeben. Ich sagte es schon, Mario hatte die Gabe, die Menschen zu verzaubern, Rufio nicht ausgenommen. Er nannte die gutmütige gescheckte Stute Randi und ritt mit Vorliebe ohne Sattel auf ihr. An diesem Morgen muss es ihm gelungen sein, das Zaumzeug vom Haken zu nehmen und sie heimlich aus dem Stall zu führen. Kurz und gut, mit Hilfe eines Gatters kletterte Ruben hinter seinem Freund aufs Pferd, und dann machten sie sich Richtung Karlsruhe aus dem Staub.

Ich weiß nicht, wer ihnen vom Besuch des preußischen Königs erzählt hatte, aber in ihren Köpfen hatten sich offenbar fabelhafte Vorstellungen von einem höheren Wesen entwickelt, das sie nun unbedingt mit eigenen Augen sehen wollten.

Mittags fand ich bei meiner Rückkehr aus Grötzingen Rufio und Berta bei uns im Haus, Rufio bleich vor Zorn und Angst, die beiden Frauen den Tränen nahe. Henriette heulte und fragte nach ihrem Bruder, bis Lotte sie zu unserer Magd hinausschickte.

Nie bin ich schneller auf Nero nach Karlsruhe geprescht, und auch Basta war noch für einen Galopp gut. In der Nähe des Schlosses wimmelte es von Militär, vor dem Schlossgarten versperrten uns die Wachen den Weg. Aber ich kannte meinen Sohn, er würde sich nicht von einer Wache abhalten lassen, den König zu suchen, und Mario war ein furchtloser kleiner Teufel, das wusste Rufio so gut wie ich. Wir ritten zur Rückseite des Schlosses, die wie eh und je völlig unbewacht war, hier hätte jeder hineinspazieren können. Und da hockten richtig unsere beiden Knaben im Gebüsch und starrten gebannt zu den ebenerdigen Fenstern, das Pony graste friedlich neben ihnen. Sie waren höchst ungehalten über unser Erscheinen und nicht im geringsten schuldbewusst.

„Scht - leise", flüsterte Ruben, „sie sind da drin". Hinter den Scheiben bewegten sich uniformierte Schemen.

„Er hat ja gar keine goldene Rüstung an, bloß so eine langweilige blaue Uniform", kam Marios enttäuschte Stimme von unten.

Noch vor einer Stunde hätte Rufio seinen Sohn ohne zu zögern übers Knie gelegt, jetzt allerdings konnte er das Lachen kaum verbeißen.

„Ja, ja", sagte er „Könige sind manchmal anders als wir uns das vorstellen. Komm jetzt nach Hause, deine Mutter ängstigt sich."

Ich hob Ruben vor mich in den Sattel, und auch Mario musste bei seinem Vater auf Basta sitzen, obgleich er heftig dagegen protestierte. Randi trabte brav hinter uns her, man brauchte sie gar nicht am Zügel zu führen.

Der Aufruhr in unserem Haus legte sich bald, nachdem die Ausreißer vor ihren Müttern standen. Beim ersten Blick in Lottes Gesicht kullerten Ruben die Tränen über die Backen, was schon lange nicht mehr geschehen war. Berta aber kniete auf dem Boden und presste Mario so fest an sich, als wolle sie ihn nie wieder loslassen. Er befreite sich mit Stirnrunzeln und sagte:

„Ich bringe Randi in den Stall." Aber er ging nicht hinaus, ohne seine Mutter anzulächeln, und davor kapitulierte auch Rufio.

Ein paar Tage später gaben sie im Schloss zu Ehren der hohen Gäste einen großen Maskenball, aber was mir kurze Zeit darauf geschah, spielte sich ohne jede Maske ab. Eigentlich wollte ich gar nicht reiten, aber Castello drängte mich, denn zum ersten Mal war unser Frankfurter Geschäftspartner mit seinen Zahlungen im Rückstand. Lieber hätte ich auf das Geld gewartet, als mich jetzt im Umbruch der Verhältnisse so weit von meiner Familie zu entfernen, aber Feigheit wollte ich mir gewiss nicht vorwerfen lassen. Lotte wurde mit jedem Tag stiller, und das nicht nur, weil schreckliches Wetter herrschte und der Regen nicht aufhören wollte. Aber was half das lange Zögern, je eher ich aufbrach, desto schneller kam ich zurück, so jedenflalls dachte ich.

Da ich allein ritt und meistens Nero seinem eigenen ausgreifenden Schritt überließ, war ich schon am Mittag des zweiten Tages in Frankfurt.

Was mich dort erwartete, hatte ich allerdings nicht voraussehen können. Die Stadt quoll über von französischem Militär, es waren adlige Emigranten, die sich dem Marsch der österreichischen und preußischen Truppen anschließen wollten. Da diese schon auf französisches Gebiet vorgedrungen waren, herrschte große Unruhe und Uneinigkeit unter den Offizieren, die Angst hatten, bei der Bekämpfung der Revolutionäre zu spät zu kommen. Der Gasthof war mit Einquartierung belegt, und nur weil der Wirt mich kannte, bekam Nero noch einen Platz im Stall. Melchers Haus war auch nicht besser, unser Geschäftspartner Julius Kramer steckte offenbar mitten in lebhaftem Austausch mit den französischen Offizieren, die bei ihm wohnten. Er sah mich recht erschrocken an, als ich endlich zu ihm vordrang, die ausstehenden Gelder waren ihm offenbar sehr peinlich. Die Franzosen aber raisonierten, warum ich mich in so aufregenden Zeiten für trockene Geschäfte interessiere. Zum Glück sprachen zwei von ihnen leidlich Deutsch, sonst hätte ich gar nichts mitbekommen. Sie nötigten mich zu bleiben und mit ihnen Wein zu trinken, was ich viel lieber vermieden hätte. Leider hatte Rufio mir seine Pistole aufgenötigt, obgleich ich sie bestimmt nicht gebrauchen wollte, und leider steckte sie noch in meinem Gürtel.

„Ein streitbarer Kaufmann", hörte ich eine verächtliche Stimme aus dem Hintergrund. Sie gehörte einem preußischen Offizier, der eben eingetreten war, einem geschniegelten hochnäsigen Typ, der, wie ich bald begriff, die Franzosen koordinieren und nach Frankreich führen sollte. Ich antwortete darauf nichts, was ihn allerdings zu reizen schien, denn er fing noch einmal an: „Antwortet Ihr mir nicht, mein Herr?"

„Ich bin nicht streitbar", sagte ich milde, „aber wenn es sein muss, wehre ich mich."

„Und wann muss das sein?" Der Hohn in seiner Stimme verschärfte sich.

„Wenn man mich angreift."

„Ich greife Euch doch dauernd an, warum wehrt ihr Euch nicht mit Eurer schönen Pistole?"

„Gegen Worte schieße ich nicht, auch wenn mir Euer Ton nicht gefällt."

„Ha", rief er befriedigt, „jetzt habt Ihr einen Offizier beleidigt, setzt ihn fest."

Selbst die Franzosen, die kein Deutsch verstanden, lauschten dem Wortwechsel mit wachsender Spannung.

Ich stand langsam auf und wandte mich an Herrn Kramer.

„Vielleicht bereinigen wir zuerst unsere geschäftlichen Dinge", und zu dem Offizier: „Morgen früh stehe ich Euch gern zur Verfügung." Damit schob ich meinen Geschäftspartner die Treppe hinunter in das Kontor, das ich nur allzu gut kannte. Er zahlte ohne Anstand die geschuldete Summe, die ich sorgfältig im Innern meines Gürtels verwahrte. Herr Kramer zitterte, und ich wusste selbst nicht recht, was ich dem Offizier für den anderen Morgen versprochen hatte. Wie weit seine gekränkte Eitelkeit gehen würde, ahnte ich noch nicht.

Als ich aufbrach, um nach Nero zu sehen und mir einen Schlafplatz zu suchen, hatte ich zwei preußische Grenadiere hinter mir, die mir bis in den Stall folgten.

„Was soll das", fragte ich, „bin ich jetzt unter Arrest?"

Sie stießen sich an und grinsten.

„Natürlich, was habt Ihr denn gedacht?"

Ihnen machte das Ganze offensichtlich großen Spaß, die Macht des Militärs über eine Zivilperson hatte für sie einen unwiderstehlichen Reiz.

Da in der Herberge gar kein Raum mehr war, legte ich mich neben Nero ins Stroh und wartete, was der Morgen bringen würde.

Er brachte nichts Gutes, denn meine Bewacher fanden sich vor dem Stall und befahlen mir mitzukommen. Ich hatte Nero selbst gefüttert und gestriegelt, da in dem Getriebe kein Knecht zu finden war, und führte ihn nun am Zügel.

„Schönes Pferd", sagte einer meiner Bewacher und wollte nach dem Halfter greifen, aber Nero ließ sich nicht anfassen außer von mir und Rufio. Er schnaubte und bleckte seine großen Zähne, der Soldat wich erschrocken zurück. Beide hatten ihre Bajonette aufgepflanzt, und ich musste vor ihnen hergehen. Franzosen und Preußen hatten sich schon zum Abmarsch versammelt, mein Offizier befehligte sie in einer Mischung aus Französisch und Deutsch.

„Aufsitzen", schnarrte er mich an, „jetzt könnt Ihr mit Eurer Pistole die verdammten Revolutionäre bekämpfen, ich hoffe, Ihr könnt wenigstens reiten." Ich sagte nichts und stieg auf, was hätte ich anderes tun können. Nero tänzelte nervös zwischen all den Soldaten und Pferden, wurde erst ruhig, als der Offizier mich an die Spitze zu sich befahl. Er sah, dass ich sehr wohl reiten konnte, was ihn veranlasste, mir seinen Namen zu sagen.

„Von Rantzau."

„Sciatti", gab ich zurück, sonst nichts. Trotz der Annäherung gab er mir keine Gelegenheit zu entkommen.

Wir ritten neben der Truppe, die sich in Eilmärschen bewegen musste. Der Boden war von dem vielen Regen aufgeweicht, Soldaten und Pferde versanken oft bis über die Knöchel im Morast. Wir kampierten in Scheunen und Bauernhöfen, rigoros wurde Heu und Verpflegung requiriert. Gottlob war Sommer, endlich am dritten Tag kam die Sonne hervor, die Landschaft dampfte.

Meine beiden Bewacher aus Frankfurt hatte ich ganz aus den Augen verloren, da sie zur Fußtruppe gehörten. Aber

Rantzau ließ mich keineswegs aus seinem Blickfeld. Wenn er nicht in meiner Nähe war, rückte sein Adjutant an meine Seite, manchmal versuchten sie ein Gespräch mit mir und fragten mich nach meiner Ansicht über die Revolution. Doch da sie mich als Gefangenen hielten aus der hochfahrenden Laune eines Hauptmanns heraus, gab ich ihnen darauf keine Antwort.

Endlich tauchte Verdun vor uns auf, zwischen lieblichen Weinbergen auf einem Hügel gelegen. Jetzt zum ersten Mal in meinem Leben hörte ich Kanonendonner und das pfeifende Geräusch der über unsere Köpfe fliegenden Geschosse. Es was kein schönes Gefühl, das muss ich sagen, denn die Kugeln flogen in beiden Richtungen. Ich sah oben auf den Mauern die Menschen hin und her rennen, in der Stadt brannte es. Da mein Hauptmann offenbar keinen Befehl hatte, mit seiner Truppe eine bestimmte Stellung einzunehmen, gerieten wir nahe an eine der Haubitzen, deren dröhnender Klang einem fast die Ohren zerriss. Nicht nur ich hatte Mühe, mein Pferd ruhig zu halten, und die Berittenen drängten unwillkürlich von der Kanone wegzukommen. Laute Befehle gingen hin und her, und schließlich sammelte sich die Truppe hinter der Mauer eines Weinbergs, wir saßen ab. Rantzau ritt fort, irgendwo einen Befehlshaber zu finden, ich lehnte mich an die Mauer und starrte zu der Festung hinüber, Neros Zügel um meinen Arm gewickelt. Einer der Franzosen schob sich neben mich, er war bei dem Wortwechsel in Kramers Haus gewesen.

„Warum hierbleiben?" fragte er in seinem gebrochenen Deutsch, „Rantzau fort."

„Bis jetzt hatte ich noch keine Gelegenheit", sagte ich und deutete mit dem Kopf auf den Adjutanten, der mich scharf beobachtete. Der Franzose nickte, er sah auch, was ich sah.

„Preußen verrückt", murmelte er, „du nix getan."

Trotz meiner bedrängten Lage musste ich lachen, irgendwie war es rührend, wie dieser wildfremde Mann sich um mich kümmerte. Noch ehe ich ihm eine Antwort geben konnte, pfiff es wieder über unseren Köpfen, sehr nah diesmal. Blitzschnell duckte ich mich und gab dabei Neros

Zügel frei. Gleichzeitig mit dem gewaltigen Luftdruck und Knall hörte ich ihn hoch und schrill wiehern, ich wurde vom Boden gehoben, schlug mit dem Kopf gegen etwas Hartes und dann wurde die Welt schwarz.

Neros warmer Atem auf meinem Gesicht weckte mich, er stand über mir, schnaubte und scharrte mit dem Vorderhuf. Wie lange ich ohne Besinnung gelegen hatte, wusste ich nicht.

In der Nähe schrie jemand hoch und ausdauernd, es stank nach Pulverdampf. Ich langte nach meinem schmerzenden Kopf, der anscheinend irgendwo blutete, aber langsam konnte ich aufstehen und an mein Pferd gelehnt die Umgebung betrachten. Dort, wo viele der Franzosen gestanden hatten, war ein Loch, die laute Haubitze umgestürzt, von der Mannschaft lagen die meisten tot. Weder Rantzau noch sein Adjutant waren zwischen den durcheinander laufenden Soldaten zu erkennen.

Ich klopfte Neros Hals voll Dankbarkeit, dass er unverletzt geblieben war.

„Ich glaube, es ist Zeit, dass wir uns hier entfernen", sagte ich zu ihm und wollte in den Sattel steigen. Das war schwieriger, als ich dachte, und bei der Anstrengung verschwamm alles vor meinen Augen. Schließlich gelang es mir, von der halb eingestürzten Mauer aufs Pferd zu klettern und Nero war so klug, mit langsamen, vorsichtigen Schritten von all dem Greuel wegzugehen. Niemand hielt mich auf, niemand rief mich, ob Rantzau noch lebte, war mir in diesem Augenblick ganz egal.

Auf dem langen mühsamen Rückweg schmerzte und hämmerte mein Kopf, ab und zu tropfte mir Blut übers Gesicht.

Am ersten Abend fanden wir eine verlassene Scheune, deren Tor schief in den Angeln hing, der Bauernhof aber lag menschenleer und halb abgebrannt. Das einzige Geräusch in der völligen Stille kam von einem Wasserstrahl, der in einen Trog lief. Ich rutschte aus dem Sattel, und Nero und ich tauchten gleichzeitig unsere Köpfe ins Wasser. Er trank mit gierigen langen Zügen, und ich wusch mir das Blut aus den Haaren.

Die Scheune war sauber und roch nach Heu, ich nahm Nero Sattel und Zaumzeug ab, schob mir Heu unter den Kopf und überließ mich der Erschöpfung. Er war so klug, sich sein Abendessen selber zu suchen.

In der Nacht wachte ich auf, durch die halb offene Tür sah ich einen bleichen abnehmenden Mond. Nero hatte sich nicht weit von mir niedergelegt, er hob den Kopf, als ich hinausging, um Wasser zu trinken. Dumpfer Schmerz pochte in meinem Kopf, aber schlimmer war das Gefühl völliger Verlassenheit. Ich hatte schon manches Mal in meinem Leben Angst gehabt, doch diese Öde des Todes erfüllte mich mit Grauen. Solche Not ist schwer zu beschreiben, sie ist schlimmer als Fieber und Krankheit. Es war ein Wunder, dass ich in meiner Verwirrung die Stimme hörte, erst leise, ein noch unbestimmter Anruf, weit weg. Ich sah mich um, aber es war niemand da. Dann kam es wieder deutlicher: „Felice – Felice", danach war es lange Zeit still, ich lauschte vergeblich. Das war Annas Stimme, aber ich konnte nicht antworten.

Ich legte mich wieder ins Heu und schlief, bis ein grauer Morgen und ein Hahnenschrei mich weckten. Und da lief tatsächlich ein einzelner Hahn über den Hof, der mit Krähen seine verlorenen Hennen suchte. Ich wusch mein Gesicht, trank von dem Wasser und sattelte das Pferd, dann suchte ich die Straße, auf der ich mit den Soldaten gekommen war. Die nächtliche Stimme hielt ich jetzt am nüchternen Morgen für einen Traum meiner Sehnsucht. Mir begegneten nur wenige Menschen, die mich alle unbehelligt ließen, aber irgendwann musste ich essen, Nero füttern und ein Nachtquartier suchen. Mit den Soldaten war das einfach gewesen, sie nahmen sich, was sie wollten, doch ich hatte dazu weder den Mut noch die Berechtigung. So versuchte ich es in einer einfachen Herberge, die ich nach einiger Zeit etwas abseits von der Straße fand. Sie schien verlassen, die unteren Fensterläden waren verriegelt, nur oben hörte ich nach meinem Klopfen leichte Tritte, eine Frau sah aus dem

Fenster. Ich hielt ein glänzendes Geldstück in die Höhe und machte ihr durch Zeichensprache deutlich, was ich wollte. Eine lange Zeit verging, bis sich unten ein Türspalt öffnete, durch den ein Gewehrlauf geschoben wurde.

„Manger", sagte ich, „dormir", so viel hatte ich inzwischen schon gelernt. Neben einem Gewehrlauf erschien eine weibliche Hand, die offensichtlich das Geldstück entgegennehmen wollte. Ich legte es hinein, und die Tür ging ein Stück weiter auf. Was ich für eine Frau gehalten hatte, war in Wirklichkeit ein Mädchen, höchstens fünfzehn Jahre alt. Wenn sie, wie ich glaubte, allein im Haus war, gehörte schon einiger Mut dazu, einem fremden Mann zu öffnen. Sie musterte mich eine Weile und sagte dann: „Entrez".

Ich deutete auf Nero und sagte:

„Zuerst muss ich das Pferd versorgen", ob sie mich nun verstand oder nicht.

„Ah - oui, cheval", sagte sie und lächelte dabei. Sie stellte das Gewehr in die Ecke und führte mich hinter das Haus zu einem kleinen Stall, wo über der Futterkrippe ein paar Hühner auf der Stange saßen. Das Mädchen brachte einen Arm voll Heu und ich sattelte Nero ab. Offenbar wirkte mein Geldstück Wunder, trotzdem kam ich mir vor wie in einem Märchen, in dem plötzlich Hühner und Kühe anfangen zu sprechen. Aber es gab keine Kühe, und die Hühner ließen sich von Nero gar nicht stören.

Ich bekam zu essen, einen Becher Wein und einen Strohsack zum Schlafen, aber bevor das Mädchen mich allein ließ, fragte ich:

„Mama – Papa?"

Sie schüttelte den Kopf und sagte:

„Mama est morte, Papa guerre – Krieg."

Hätte ich doch Italienisch mit ihr reden können, so sagte ich nur:

„Merci, bonne nuit."

Ich legte mich in meinen Kleidern auf den Strohsack, immer gewärtig, vielleicht in einer Falle zu sein. Trotzdem schlief ich, und nichts störte die Ruhe der Nacht. Wieder weckte mich ein Hahnenschrei, draußen dämmerte es.

Als ich in den Stall kam, stand das Mädchen schon dort, striegelte Nero und redete leise mit ihm. Ich wunderte mich, dass sie so furchtlos mit ihm umging und er so brav stille hielt.

Es war sicher kein Verrat, eher ein unglücklicher Zufall, der einen Trupp zurückflutender Preußen meine versteckte Herberge finden ließ. Seit fünf Tagen saß ich dort fest, an jenem Morgen hatte mich im Stall ein plötzlicher Schwindel und eine vehemente Übelkeit erfasst, dass ich mich nur mit Mühe auf meinen Strohsack schleppen konnte. Nun waren mein Pferd und ich ganz auf die Gnade des Mädchens angewiesen. Sie sorgte rührend für mich, ich bekam heraus, dass sie Nanette hieß und sich hier alleine gar nicht fürchtete. Das war wohl nicht nur ihre unbesonnene Jugend, sondern auch ein unbegrenztes Gottvertrauen. In meinem elenden Dämmerzustand sah ich sie einige Male neben meinem Lager sitzen und den Rosenkranz beten. Als mein Kopf wieder etwas klarer wurde, stimmte ich leise in das Ave Maria ein, da seufzte sie erleichtert auf und legte mir ihre kühle Hand auf die Stirn.

Am sechsten Morgen schließlich saßen wir bei Grütze und Brot in der Küche, als wir die Männerstimmen hörten. Sie schienen zu Fuß unterwegs, denn es ertönte kein Hufschlag. Blitzschnell langte Nanette nach der Flinte, die immer neben ihr parat stand, und ich sah bei einem Blick durch das Fenster blaue preußische Uniformen. Sie waren zu fünft, und zu meinem Pech waren die beiden Burschen dabei, die mich in Frankfurt bewacht hatten. Ich bedeutete dem Mädchen zu öffnen, denn sonst hätten sie sicher die Tür eingetreten. Wieder schob sie zuerst den Gewehrlauf durch einen Spalt, aber es nützte nichts, schon standen meine beiden Bewacher im Vorplatz, und die anderen sahen ihnen über die Schulter. Ich stand auf, die Hand am Pistolengriff.

„Ha", rief der eine, „unser flüchtiger streitbarer Kaufmann, dann ist auch das gute Pferd nicht weit."

Da schoss Nanette, auch wenn sie nicht verstand, was die Preußen redeten, nur ihre Drohung war unüberhörbar.

Sie schoss gut und sie schoss zweimal, dass die beiden Soldaten in ihrem Blut lagen und sich nicht mehr rührten. Die andern warteten nicht lange, unter gegenseitigen Zurufen liefen sie davon.

„Oh Gott, Nanette, was hast du getan?" flüsterte ich, und sie verstand ganz gut den Sinn meiner Worte.

„Bande de brigands", gab sie trotzig zurück und stellte das Gewehr wieder in die Ecke.

„Che cosa faciamo", fragte ich, „was machen wir?"

Wieder verstand sie, was ich meinte, da ich auf die beiden Toten deutete.

„Enterrer", sagte sie und ahmte das Graben eines Loches nach. Noch ehe ich etwas sagen konnte, zog sie mich am Ärmel hinter den Stall, wo die Erde locker war, holte eine Schaufel und drückte sie mir in die Hand, ich grub. Ihre Idee war sicher praktisch, denn man durfte die beiden Toten hier auf keinen Fall finden, aber mir grauste. Nach einer Weile hielt ich keuchend inne, da nahm sie mir die Schaufel aus der Hand und grub weiter.

„Assez", sagte sie schließlich und wir schleiften die Soldaten bis an die Grube. Ich konnte nicht hinsehen, als Nanette die beiden hineinrollte, das muss ich leider gestehen.

Dann schaufelten wir abwechselnd die Grube zu, Nanette sah sich um, als suche sie etwas.

„Ah, voila", sagte sie und zog eine alte, zerbrochene Karre über das Grab, „c'est la guerre."

Ich ahnte nicht, was sie so hart gemacht hatte, aber es gab vieles, was ich von diesem Land nicht wusste und wieviel Schaden die Revolution in den Gemütern der Menschen anrichtete. An diesem Morgen hatte ich nur den einen Wunsch, über die Grenze und nach Hause zu kommen. Ich legte in der Küche noch einige Geldstücke auf den Tisch und fragte Nanette in meiner Zeichensprache, da ich es anders nicht ausdrücken konnte, ob sie nicht mit mir kommen wolle. Aber sie schüttelte den Kopf und sagte sehr bestimmt: „Non, non, jamais."

Warum sie während meiner Krankheit so gut für mich und das Pferd sorgte, ist mir immer ein Rätsel geblieben. So ritt ich mit schwerem Herzen davon, einmal drehte ich mich noch um, ihr zu winken, da war sie schon im Haus verschwunden. Ich ritt nicht mehr nach Norden, sondern hielt mich östlich, bis ich bei Karlsruhe mit einer Fähre den Rhein überqueren konnte.

Traurig und zerschlagen kehrte ich in meine Vaterstadt zurück. Zwar hatte ich wie geplant in Frankfurt das Geld geholt, aber um welchen Preis.

Weil ich von Westen kam, klopfte ich zuerst an Ginos Tür, wo mir Maria in die Arme lief.

„Mama", rief sie, „Mama, Mama, Felice ist da."

Diesmal hatte Anna wohl nicht voraussehen können, dass ich wiederkehrte. Sie kam auf Marias Rufe gerannt, umarmte mich, immer wieder flüsterte sie meinen Namen und sagte dann:

„Wir dachten, du wärest tot."

„Wie geht es Lotte?" fragte ich.

„Wenn du noch kannst, reite schnell, sie hat furchtbare Angst."

„Wo ist Gino?"

„In Durlach, beeil dich."

Von hier aus kannte Nero den Weg, er war trotz der langen Ritte, die wir hinter uns hatten, nicht aufzuhaltem. Fast drei Wochen waren seit meiner Abreise vergangen.

Ruben hatte die Hufschläge als Erster gehört, er rannte die Treppe hinunter und stürzte blindlings in meine Arme. Ich trug ihn in die Diele, Lotte stand da, weiß wie ein Tuch, unfähig, ein Wort zu sagen. Gino kam die Treppe herunter mit Henriette auf dem Arm, ich konnte ebenso wie Lotte gar nichts sagen. Ich war einfach nur müde und drückte sie wortlos an mich.

Erst am andern Tag erzählte ich ihnen, was vorgefallen war, auch wenn ich nicht sehr viele Worte machen konnte. Nur Lotte erfuhr rückhaltlos alles, was mir begegnet war, und nur ihr erzählte ich vom Tod der beiden Soldaten. Allmählich kehrte die Farbe in ihr Gesicht zurück und allmählich konnte ich die Kinder darüber beruhigen, dass ich nun nicht mehr so lange wegginge. Aber ruhige Zeiten konnte ich ihnen nicht versprechen, keiner von uns wusste, was noch geschehen würde.

Ich war der ganzen kriegerischen Machenschaften und der Durchzüge der Truppen herzlich müde, unseren Geschäften taten sie nicht gut, wenn auch der Bedarf an Lebensmitteln groß war.

Castello fürchtete Übergriffe auf seine Manufaktur, und überhaupt war es nicht mehr sicher, über Land zu reiten. Jedes Mal, wenn ich für Onkel Raffaele oder Castello Geschäfte außerhalb der Stadt zu erledigen hatte, konnte Lotte sich kaum von mir losreißen. Die Wochen ohne Nachricht von mir hatten in ihrem Gemüt noch tiefere Spuren hinterlassen als der Tod ihres Vaters.

Ich weiß nicht, wie es anderen Menschen erging, doch Rufio und ich sprachen oft darüber, wie der Aufstand eines Volkes zu einem maßlosen und furchtbaren Machtrausch geworden war.

In meiner Kinderzeit war die Welt auf einen engen Raum begrenzt, in dem zwar auch Schlimmes neben Gutem geschah, aber jetzt mussten wir unseren Söhnen Antwort geben, wenn die Kunde von unfassbaren Dingen in unsere Stadt drang. Wir konnten es nicht verhindern, dass sie von dem schrecklichen Tod des französischen Königs erfuhren. Manche Nachrichten wanderten schnell in jener Zeit, sie wanderten mit denen, die aus ihrem Land flohen. Seine Untertanen bestimmten darüber, dass man ihm den Kopf abschlug, nicht etwa durch die Hand des Henkers mit dem Schwert, sondern durch eine furchtbare neue Maschine, die ihr Fallbeil auf den Hals des Delinquenten niederfahren ließ.

An dieses Jahr 1793, das im Januar mit dem Tod des Königs begann, denke ich nicht gern zurück, höchstens in Dankbarkeit dafür, dass unsere Familien gnädig von allem Unheil verschont blieben. Es war das Jahr, in dem die österreichische Armee ganz in unserer Nähe lagerte und ihr Hauptquartier in Rüppurr aufgeschlagen hatte. Noch bei winterlicher Kälte ritt ich an einem frostig dunklen Morgen mit Gino dorthin, um über die Lieferung von Lebensmitteln zu verhandeln. Wir hatten es uns angewöhnt, solche Ritte nicht mehr allein zu machen, nicht nur Soldaten machten die Gegend unsicher, viel schlimmer war das fahrende Gesindel, das sich im Umfeld der Truppen bewegte.

Es war kalt, unser Atem blieb in weißen Wolken vor uns stehen, die Pferde drängten auf eine schnelle Gangart. Die Gartenwirtschaft an der Alb, in der ich einmal mit Gino gesessen hatte, lag schwarz und leer, das Wasser gurgelte unsichtbar unterhalb des Weges. Im Dorf stieg Rauch aus den Kaminen der einstöckigen Häuser, die Zeltstadt der Armee aber lag jenseits des Schlosses auf freiem Feld. Wir wussten schon, dass die Österreicher gern wortreiche Reden führen, auch dass sie keine Meister der Organisation sind, aber was uns hier begegnete im Zeltlazarett, war doch gar zu erbärmlich. Wir wussten, dass auch der österreichische Erzherzog Karl hier Quartier genommen hatte, aber ihn bekamen wir natürlich nicht zu sehen. Wir redeten mit dem Zahlmeister, einem kleinen geschwätzigen Mann, mit dem wir dennoch schnell einig wurden. Als wir schon die Pferde besteigen wollten, hielt er uns zurück.

„Meine Herren", sagte er, „werft doch mit dem Feldarzt einen Blick in unser Lazarett, er wird Euch sagen, warum."

Ohne unsere Antwort abzuwarten, entfernte er sich und kam mit einem großen, vierschrötigen Mann in österreichischer Uniform zurück.

„Dies ist Feldarzt Doktor Brandner", sagte der Zahlmeister und verschwand so schnell, wie er gekommen war.

Gino und ich sahen uns verwundert an, ich hatte nicht die geringste Neigung, zwischen Reihen von Verwundeten und Kranken hindurchzugehen, aber der Arzt hatte uns schon durch die Öffnung in das Zelt geschoben.

„Keine Angst", sagte er, „hier gibt es keine ansteckenden Krankheiten, hier sind nur die Blessierten."

'Nur' war ein großes Wort, denn vielen ging es schlecht, das konnten selbst wir auf einen Blick erkennen. Ich will nicht von dem Geruch reden und von dem Stöhnen, das uns entgegenschlug, mir jedenfalls wurde sehr übel, und ich wäre gern wieder hinausgegangen. Aber wie früher, als ich noch sein kleiner Bruder war, stieß Gino mich in die Seite und murmelte, ich solle mich nicht so anstellen. Doch mit einem Blick auf mein Gesicht sagte der Arzt, wir könnten das, was er zu sagen habe, auch draußen besprechen.

„Ich will es kurz machen", sagte er, „wir haben kaum Leute, die Kranken zu pflegen. Meine Bitte geht an euch als Bürger, vielleicht einen Verwundeten in Euer Haus aufzunehmen, wenn Ihr dafür Platz und Mittel habt."

Gino nickte sofort, er war ganz sicher, dass er vorher nicht mit Anna reden musste.

„Gut", sagte ich, obgleich mir nicht so wohl bei der Sache war, „aber schickt uns niemanden, der im Sterben liegt, wir haben Kinder."

„Dafür kann ich leider nicht garantieren", sagte der Feldarzt, und ein bisschen Ärger klang schon mit in seiner Stimme.

Lotte hatte keinen Einwand gegen die Aufnahme eines Verwundeten, sie ließ auch keine Entschuldigung gelten, dass ich sie nicht vorher gefragt hatte.

„Felice", sagte sie nur, „dies ist dein Haus, und wir haben so viel."

Ruben war begeistert, und Henriette fand alles gut, was ihrem Bruder gefiel.

„Ein richtiger Soldat?" fragte er immer wieder.

„Ein richtiger Soldat, ja, aber er wird keine Uniform anhaben, wir müssen uns um ihn kümmern, weil er krank ist."

„Schade", sagte Ruben, „kann er nicht mit mir Krieg spielen?"

„Er wird sich hüten", sagte ich, „er hat genug vom Krieg."

Schon am andern Tag hielt ein schäbiger Ponywagen vor unserem Haus, zwei kräftige Soldaten trugen einen jungen Mann in die Kammer neben meinem Kontor. Lotte fand es besser, dass er nicht neben den Kindern schlief, sie ging mit Frieda, unserer Magd, neben den Trägern und zeigte ihnen den Weg.

„Ich kann gehen", sagte er immer wieder, „lasst mich runter, mein Bein ist schon viel besser." Aber die Träger hatten anscheinend Befehl, ihn nicht allein gehen zu lassen. Ich folgte ihnen in die Kammer, ihn zu begrüßen und nach seinem Namen zu fragen. Er sah schmal und halb verhungert aus, die ausgestandenen Schmerzen waren in seinem Gesicht zu sehen, er war wohl nicht viel älter als zwanzig.

„Rudolf Rauser", sagte er und übergab mir ein Blatt Papier mit ein paar Anweisungen des Arztes und der Beschreibung seiner Verwundung. Ich sagte ihm, in welchem Hause er sei und überließ ihn den Frauen.

Solche Samariterdienste hatten allerdings ihre schlimmen Haken. Ich weiß nicht, ob unser junger Rauser es ehrenrührig fand, nur im Bett zu liegen und sich von den Frauen versorgen zu lassen. Trotz der Warnung des Arztes stand er immer wieder auf und versuchte, auf seinem noch nicht geheilten Bein herumzuhumpeln. Die andere Sache war, dass Frieda sich nach zwei Tagen heillos in den hübschen Burschen verliebt hatte und mehr Zeit bei ihm zubrachte als bei ihrer Hausarbeit. Lotte sagte dazu nicht viel, weil sie überhaupt ungern irgendwelche Befehle erteilte und lieber ohne Worte zupackte.

Ich selber kam nicht so schnell hinter all diese neuen Verhältnisse, denn ich war nicht immer im Haus, und als ich sie bemerkte, war manches schon zu spät. Zu spät war es, die Entzündung einzudämmen oder das Fieber zu senken, das bald in ein Delirium überging. Es war schwer, die Unruhe und Besorgnis von den Kindern fernzuhalten, vielleicht versuchten wir es gar nicht.

Ich fragte Dr.Schweickhardt um Rat, der tatsächlich von Karlsruhe herüberkam. Als er schließlich mit uns im Wohnzimmer stand, schüttelte er nur bedauernd den Kopf, auch auf Lottes dringende Fragen und Bitten hatte er keine andere Antwort.

„Gegen diese Art der Vergiftung des Blutes haben wir leider kein Mittel, wenn sein Körper nicht stark genug ist, sich selber zu helfen, wird er sterben." Er sagte das nicht lieblos, nur mit dem klaren Blick des Arztes, der die Grenzen seiner Wissenschaft bedauert.

Ehe Schweickhardt sich von uns verabschiedete, kam Ruben ins Zimmer gestürzt, das weiße Gesicht voll Zorn und die Augen voller Tränen.

„Das dürft ihr nicht", schrie er, „ihr dürft ihn nicht totmachen," und er ging mit Fäusten auf den Doktor los. Der fing meinen Sohn auf und hob ihn hoch, bis ihre Gesichter auf gleicher Höhe waren.

„Wer sagt denn so was?" fragte er ganz ruhig und freundlich.

„Frieda", stieß Ruben hervor, „sie heult."

Ich wollte etwas sagen, aber Schweickhardt schüttelte fast unmerklich den Kopf. Er stellte Ruben wieder auf die Füße und kauerte sich zu ihm hinunter.

„Niemand will ihn totmachen", sagte er, „und wenn Frieda das meint, ist sie dumm. Ich würde ihn gerne wieder gesund machen, aber ich kann nicht. Auch große Leute können nicht alles tun, was sie möchten."

Ruben senkte den Kopf und flüchtete in Lottes Arme.

Rudolf Rauser starb, drei Tage lag er noch ohne Bewusstsein bis sein Herz aufhörte zu schlagen. Ich musste Frieda aus dem Haus entfernen, denn ihr lautstarkes Jammern war für keinen von uns erträglich, am wenigstens für die Kinder. Ich gab die Magd in Tante Henriettes Obhut, die bestimmt am besten mit ihr fertig werden konnte. Während wir den Berg zu meines Onkels Haus hinaufstiegen, hörte sie nicht auf zu weinen, erst als wir durch die Hintertür in die Küche traten, nahm Frieda ihre Schürze vom Gesicht. Vor Henriettes strengem Blick wagte sie keine weiteren Ausbrüche mehr und fügte sich kleinlaut den Worten meiner Tante.

„Ich werde sie euch wiederbringen, wenn sie sich beruhigt hat", sagte sie zu mir, „du kannst ganz unbesorgt sein." Meinen Dank wehrte sie ab. Dass hinter Friedas Hysterie mehr steckte als der Schmerz über Rausers Tod, wusste ich noch nicht.

Schon am andern Tag stand der gleiche schäbige Ponywagen vor unserer Tür, die gleichen Soldaten trugen den in ein Leintuch gewickelten Leichnam hinaus und fuhren ohne viele Worte davon. Das Begräbnis sei Sache der Armee, ließ man mir sagen, manchmal würden auch die Toten in ihre Heimat zurückgebracht.

Wenn ich in Onkel Raffaeles Haus zu tun hatte, schlich Frieda kleinlaut beiseite und wollte nicht mit mir reden.

Erst nach drei Wochen bekamen wir sie wieder zu sehen. Tante Henriette brachte sie selbst in unser Haus. Unverzüglich und schweigend machte Frieda sich an die Arbeit, während meine Tante bei uns im Zimmer saß. Ich zog fragend die Augenbrauen hoch, denn irgendeine Erklärung würden wir sicher bekommen.

„Es steht bei euch, ob ihr das Mädchen behalten wollt", sagte Tante Henriette, „sie hat im Bett eures Pfleglings ihre Unschuld verloren und war so kopflos, weil sie fürchtete, schwanger zu sein. Das ist sie nun zum Glück nicht, aber sie hat mir alles von ihren heimlichen Machenschaften erzählt, schon aus Furcht, ich könne sie einfach auf die Straße setzen. Das tat ich natürlich nicht, aber es steht bei dir, Lotte, was du mit ihr tun willst."

Lotte hatte ganz still zugehört und sah mich jetzt an, selbst ich war nicht sicher, wie sie sich entscheiden würde.

Blitzartig kam mir die Erinnerung an die heiße Sommernacht, in der Elsie bei mir eingedrungen war, und ohne Lottes bekümmertes Gesicht hätte ich fast lachen müssen. Wir und die kopflosen Begierden eines Küchenmädchens und einer Magd, ich konnte mich wahrhaftig nicht zum Richter darüber aufspielen.

„Was findest du daran so komisch", fragte Tante Henriette, wie immer schon begriff sie schnell meine Stimmungen. So erzählte ich ihnen von Elsie, und nach einem Augenblick der Verblüffung lachte Tante Henriette laut heraus. Lotte war in der Unschuld ihres Herzens tatsächlich rot geworden, dennoch wurde in dieser Minute ohne Worte über Friedas Schicksal entschieden, sie blieb.

Manchmal wiegten wir uns in der Vorstellung von Sieg und Frieden so wie im Herbst dieses Jahres. Da läuteten dann die Glocken, weil die Lauterburger Linien erstürmt worden waren, aber wer wusste schon, wo das war. Dennoch litt unser Land, im gleichen Monat zog ein Bataillon mit Artillerie aus Karlsruhe fort, um den Rhein zu verteidigen, über den die Franzosen noch keinen Übergang gewonnen hatten. Frankreich hungerte und blutete, und im Herbst köpften sie ihre Königin als grauenhaftes Schauspiel für das Volk.

Ruben bekam mehr Soldaten zu sehen, als uns allen lieb sein konnte, seit Rausers Tod in unserem Hause hatte sich seine Begeisterung für Krieg und Kanonen merklich gelegt.

Schließlich im Sommer 1796 wurden alle Gedanken an Frieden und ein ruhiges Leben gründlich weggewischt.

Schlimm war, dass wir nun schon länger keine Nachricht von meinem Vater und Lorenzo erhalten hatten, denn in Oberitalien kämpften französische Truppen unter einem gewissen General Bonaparte.

Es kamen keine Wagen mit Zitronen über die Alpen, und wenn Onkel Raffaele nicht schon seit einiger Zeit in seinem neuen großen Glashaus Zitronenbäume gezüchtet hätte, wäre dieser Handel ganz zum Erliegen gekommen.

Immer wenn unsere Tochter Henriette Erlaubnis erhielt, bei Anna und ihren drei Kusinen zu bleiben, nahm ich Ruben auf meine Ausritte mit. Wir hatten ihm zu seinem zehnten Geburtstag ein Pony geschenkt, das er mit Rufio zusammen in einem der Hardtdörfer selbst aussuchen durfte. Es war schwarz und hörte auf den Namen Nelly. Lotte musste jedesmal ihre Angst hinunterschlucken, wenn wir die Pferde sattelten, aber Ruben war nun elf und begierig auf diese Ausflüge mit mir. Er lernte wie ich Latein und spielte inzwischen vorzüglich auf dem Hammerklavier, doch ebenso häufig fand ich ihn bei Rufio und Berta in der Gärtnerei.

Karlsruhe kam mir in diesem Sommer wie eine Geisterstadt vor, die Menschen hatten Angst. Das Schloss lag verödet, der Markgraf und seine Familie hatten die Stadt verlassen, die Garde war verabschiedet bis auf ein paar Mann, die das Schloss bewachen sollten. Später begriff ich kaum noch, dass wir uns jemals solchen Illusionen hatten hingeben können. Die Verlassenheit der Stadt war für mich noch drohender, weil ich meinen Freund Marx vermisste, er war mit seiner Frau nach Venedig gereist, und ich hörte nichts von ihm.

An einem strahlend schönen Junitag ritten Gino und ich nach Rüppurr, wo immer noch die Österreicher ihr Hauptquartier hatten. Unsere Geschäfte mit dem Militär weiteten sich aus, obgleich das nie meine Absicht gewesen war. Aber wie meistens war Gino auch hierin nüchterner als ich.

„Was willst du", sagte er, „wir sind Kaufleute und können uns die Art unseres Handels nicht immer aussuchen."

Im österreichischen Lager herrschte Unruhe, Pferde wurden durch die Gassen geführt, aus dem Lazarettzelt trug man Kranke und lud sie auf Wagen. Der Zahlmeister, mit dem wir es gewöhnlich zu tun hatten, war erst nach einer Weile aufzufinden.

„Was geht hier vor?" fragte Gino.

„Wisst Ihr es noch nicht? Die Franzosen sind bei Kehl über den Rhein, die österreichische Armee zieht sich zurück."

„Einfach so?" fragte Gino, auch er hatte wohl wie ich die Vorstellung, dass Soldaten kämpften und nicht sang- und klanglos verschwanden. Der Zahlmeister hatte Eile, unsere letzte Lieferung zu bestätigen und uns das Geld auszubezahlen.

Ob die Österreicher nun nicht kämpfen konnten oder wollten, die Franzosen jedenfalls rückten unaufhaltsam vor, ein paar Tage später waren sie an der Murg und besetzten Rastatt. Nun flüchteten die Österreicher in kopfloser Eile, wir hörten den Lärm von Westen herkommen, Wagen, Pferde und Fußgetrappel. Ich hatte das Haus seit Tagen nicht mehr verlassen, denn die abziehenden Soldaten versuchten mehr als einmal zu plündern, wo sie nur konnten.

Lotte hielt die Kinder nur mit Mühe davon ab, ihre Nasen an den Scheiben platt zu drücken, denn so viel Militär auf einmal hatten sie noch nie gesehen. Vereinzelte Schüsse fielen, aber das waren nicht etwa die Franzosen, sondern die Preußen, die ihre östereichischen Kameraden an der Flucht und am Plündern hindern wollten.

Am Nachmittag sah ich, wie ein paar Soldaten ins Amtshaus eindrangen, den Ratschreiber davonjagten und mit einer Geldkassette abzogen. Etwas später wurde mit Gewehrkolben an unsere Tür geschlagen, ich schickte Lotte, die Kinder und Frieda nach oben. Diesmal hatte ich es mit den blauen Uniformen der Preußen zu tun, seit meiner letzten Frankfurter Reise sah ich sie nicht mehr so gerne. Doch der Offizier der Patrouille war recht höflich, er suchte nach Soldaten, die sich vor den Franzosen in Privathäusern versteckten. Ich versicherte ihm, dass bei uns niemand sei, doch sie trampelten zu dritt durch das ganze Haus, ehe sie mir schließlich glaubten.

In diesem Jahr betrat ich nach langer Zeit noch einmal das Schloss, keine Audienz beim Markgrafen, ein anderer drükkender Anlass brachte mich dahin.

Die Franzosen marschierten durch das Ettlinger Tor in Karlsruhe ein, die Österreicher gaben nicht mehr als ein paar Schüsse ab, Karlsruhe bekam eine französische Besatzung. Im rechten Flügel des Schlosses befand sich das Hauptquartier, wohin ich auf einigen Umwegen bestellt oder befohlen wurde, wie man es nun nennen will. Wo unsere badischen Truppen derweil waren, mochte der Himmel wissen.

Als die Botschaft in Durlach ankam, ich möge mich bei Minister von Edelsheim einstellen, plagte Ruben mich ohne Ende, ich solle ihn zum Schloss mitnehmen. Offenbar war das für ihn immer noch ein geheimnisvoller Ort voll Pracht und Herrlichkeit, und ich konnte ihm nur schwer klarmachen, wie bescheiden und nüchtern es dort zuging.

„Es geht nicht, Ruben", sagte ich, „aber ich verspreche dir, dass du einmal dorthin kommst, wenn unser Markgraf wieder in Karlsruhe ist."

„Wann", fragte er, „dauert das noch lange?"

Ich wollte, ich hätte ihm darauf eine Antwort geben können, meine eigene Verwirrung war in diesem Augenblick groß genug.

Diesmal salutierte eine französische Wache, als ich mein Schreiben vorwies. Ich wurde in das kleine Audienzzimmer geführt und stand General Frimont und Minister von Edelsheim gegenüber. Ich verbeugte mich und wartete.

Der General sprach mich an, aber da mein Französisch immer noch keine großen Fortschritte gemacht hatte, sagte ich nichts. Edelsheim, ein großer, würdig aussehender Herr, stand ein wenig verlegen daneben, aber dann ergriff er das Wort und übersetzte, während der General die Stirn runzelte. Ich hätte es mir denken können, es ging um die Verpflegung der Truppen, jetzt benutzten sie die Namen unserer Handelshäuser für ihre Zwecke.

Ärger kam in mir hoch, und ich nahm mir Zeit für die Antwort. Es gab wohl Grund für meinen Zorn, denn auf Castellos Manufaktur hatte es einige Übergriffe gegeben, und der Schaden war noch nicht abzusehen.

Als die Pause sich dehnte, fragte Edelsheim ungeduldig, ob wir nicht in der Lage seien, Lebensmittel für die französischen Truppen zu liefern. Auch auf die Gefahr hin, dass der General mich etwa verstehen könnte, antwortete ich:

„Sagt bitte Seiner Exzellenz, er möge seine Soldaten davon abhalten, innerhalb und außerhalb der Stadt zu plündern. Von Recht kann hier wohl keine Rede sein. Wir werden nur liefern, wenn unsere Sendungen sicher sind und wenn eine regelrechte Bezahlung erfolgt."

Dem Minister stieg die Röte ins Gesicht, ich hoffte nur, er würde mit seiner Übersetzung keine Ausflüchte suchen. Das tat er offenbar nicht, denn nun wurde Frimonts Gesicht finster, vielleicht hatte er ja unterwürfige Dienstfertigkeit erwartet. Der arme Edelsheim musste eine ganze französische Flut von Worten über sich ergehen lassen, bis der General endlich innehielt und der Wache vor der Tür einen kurzen Befehl gab. Dann drehte er uns den Rücken zu und schaute mit verschränkten Armen zum Fenster hinaus.

„Ihr seid sehr kühn, junger Mann", sagte der Minister leise zu mir, „ich weiß nicht recht, was jetzt geschehen wird."

Ich wusste es wahrhaftig auch nicht, nur dass ich auf dünnem Eis ging. Nach einer Weile klopfte es, und ein langer magerer Mann trat ein. Das war der französische Stadtkommandant, der bei Edelsheim im Haus wohnte, wie ich sogleich erfuhr. Frimont herrschte ihn wortreich an, und es entspann sich Rede und Gegenrede. Ich sah den beiden zu, wie sie sich in Rage brachten, aber schließlich wurde offenbar eine Einigung erreicht, die Edelsheim mir leise mitteilte:

„Der Stadtkommandant wird für Ruhe in der Stadt sorgen, die Lebensmittel sollen zur Orangerie gebracht werden, wo die meisten Soldaten einquartiert sind. Man ist auch bereit, Euch angemessen zu bezahlen." Und dann fügte er ganz leise und nur für mich verständlich hinzu: „Mich wundert, dass sie Euch nicht arretiert haben. Ich glaube, Ihr könnt jetzt gehen."

Wieder verbeugte ich mich und verließ wortlos das Schloss. Ich mochte mir nicht vorstellen, wie es nach dem Abzug der Truppen in der Orangerie aussehen würde. Jeder Hauch von Poesie und Musik war sicher längst daraus verschwunden.

Bei Onkel Raffaele hielten wir Kriegsrat im wahrsten Sinne des Wortes. Es war inzwischen nicht so leicht, Lebensmittel zu besorgen wie der General sich das dachte. Brot und Korn, Grütze und Fleisch wurden so teuer, dass viele der ärmeren Leute anfingen zu hungern. Die Stände auf dem Markt waren nur noch dürftig ausgestattet, zu viel hatten die fremden Truppen einfach mitgenommen.

„Wir sollten ins Elsass fahren", sagte Gino, „dort ist Brot und Geflügel noch erschwinglich. Wenn es euch recht ist, mache ich mich mit Melazzo zusammen auf den Weg."

„Ich reite mit", sagte Rufio sofort, ohne mich dabei anzusehen. Ich wusste schon, was das hieß, ich sollte hierbleiben.

Ich ritt mit Castello in die Manufaktur nach Grötzingen, wo es auf den ersten Blick schlimm aussah. Überall lagen Scherben, die Frauen und Mädchen sahen verängstigt aus, manche wagten gar nicht mehr, zur Arbeit zu kommen. Zum Glück waren die Brennöfen heil geblieben, daran hatten sich die Soldaten wohl nicht die Finger verbrennen wollen. Es dauerte einige Zeit, bis wir eine notdürftige Ordnung wieder herstellten, wir fegten und schaufelten, und ein paar mutige Frauen ließen sich bewegen, wieder den Pinsel in die Hand zu nehmen.

Das war der Anfang eines schlimmen Sommers. Gino, Melazzo und Rufio brachten es tatsächlich fertig, nach etwa einer Woche den ersten Transport mit Verpflegung aus dem Elsass herzubringen. Melazzos weitläufige Handelsverbindungen führten dazu, dass im Laufe der nächsten Monate weitere Lieferungen an Brot, Korn und Geflügel hier anlangten.

Ich bestand darauf, dass Gino mich zu Edelsheims Haus und dem Stadtkommandanten begleitete. Schließlich war es auch sein Verdienst, dass ich nicht mit leeren Händen dastand, außerdem wollte ich die Abrechnung nicht allein machen. Frimont hatte Karlsruhe inzwischen verlassen, er verfolgte mit einem Teil seiner Truppen die flüchtigen Österreicher.

Der Minister empfing uns mit vollendeter Höflichkeit, ihm schien ein Stein vom Herzen zu fallen, dass nun wenigstens teilweise die französischen Forderungen erfüllt werden konnten. Wieder überraschte mich mein Bruder, indem er so tat, als wäre der Stadtkommandant gar nicht vorhanden. Wenn der uns anredete oder fragte, machte Gino ein vollkommen gleichgültiges Gesicht und wartete, bis Edelsheim übersetzt hatte. Nur an ihn richtete er seine Forderungen wegen der Bezahlung und seine Bedingungen für die nächsten Lieferungen. Der Franzose machte schließlich seinen Mund ganz zu und überließ dem Minister das Wort. Ich sagte bei dieser ganzen Zusammenkunft gar nichts.

Erst als wir wieder auf der Straße standen, sahen wir uns an, und mir wurde klar, mit welch kalter Wut gegen die Besatzung Gino erfüllt war. Und ich sah, dass er diese ganze Unternehmung nur mir zuliebe gemacht hatte.

Juli und August waren heiß, ohne Unterlass brütete ein regenloser Himmel über der Stadt, in der sich die Bewohner von den Straßen fernhielten. Wenn ich dort zu tun hatte, ging ich durch eine unheimliche Stille, unterbrochen nur durch die Unterhaltung französischer Soldaten, die vor manchen Häusern saßen. Die Orangerie reichte für die Einquartierung lange nicht aus und war längst in die Privathäuser eingesickert. Auch ich teilte inzwischen Ginos Wut auf die fremden Soldaten, die ich auf der Straße sitzen sah, wie sie sich das Ungeziefer aus Kleidern und Haaren klaubten.

In Durlach war es friedlicher, wir konnten die Kinder in die Schule bringen, Rubens Musiklehrer kam zu uns ins Haus, und ich sorgte bis jetzt für die nötigen Lebensmittel. Lotte sagte zu all dem nicht viel, sie hatte aufgehört, mich mit ängstlichen Blicken zu bewachen. Nur manchmal legte sie mir die Arme um den Hals und drückte sich an mich, das war ihre Art zu sagen, dass sie mich brauchte und sich auf mich verließ.

Mit Henriette fand ich sie oft in einer stillen Nachmittagsstunde, ich sah, wie der blonde und der dunkle Kopf sich über eine bunte Stickerei beugten oder wie Henriette ihrer Mutter mit ausdrucksvoller Stimme einen Vers deklamierte, den sie in der Schule gelernt hatte. Wenn ich leise eintrat, schauten die blauen und die dunklen Augen zu mir auf, ich bat meine Tochter, den Vers noch einmal zu sagen. Sie hatte viele wunderschöne Gedichte im Kopf, und ich ahnte, dass sie einige davon selbst gemacht hatte. Sie war nun neun, meine schöne Tochter, still und in sich gekehrt, aber mit einem leuchtenden Schatz an Fantasie und Liebe begabt. Wenn ich Lotte und sie zusammen sitzen sah, dankte ich Gott für alle wunderbaren Gaben, die mir zuteil geworden waren.

Davon zehrte ich, wenn von außen die Sorgen und Schwierigkeiten auf mich und uns eindrangen. Ich ritt zum Haus meines Freundes Marx, denn er war immer noch nicht von Venedig heimgekehrt.

Trude war dort und ein Hausknecht, auch führte der Nachbar de Vries die Aufsicht und hatte die Schlüsselgewalt. Er kannte mich und ließ mich ein, ich zeigte ihm den Brief, der endlich gekommen war und die Rückkehr des Ehepaares ankündigte. Ich war froh, denn auf der Allmende sah es nicht gut aus, alle Pferde waren verschwunden. Nur eine einzige magere Kuh graste am Waldrand, und der

Schweinehirt zeigte mir bekümmert seine letzten drei Ferkel.

„Sie haben alles mitgenommen, erst die Österreicher und dann die Franzosen", und er murmelte einen deftigen Fluch, der die ganze Soldateska verwünschte. Ich konnte es ihm nachfühlen.

War äußerlich die Stadt auch still, so brodelte es doch unter der Oberfläche. Ob auf Befehl des Markgrafen, ob aus eigenem Antrieb oder auf den Druck der Franzosen, die in Karlsruhe verbliebenen Geheimräte verhandelten um einen Friedensvertrag. Ich erfuhr das von Edelsheim, der mich noch einmal zu sich ins Haus bestellte. Diesmal war er allein, es schien, er wollte mir für die geleisteten Dienste danken. Das wäre sicher nicht geschehen, wenn er nicht von meiner persönlichen Bekanntschaft mit dem Markgrafen gewusst hätte. Aber leider täuschte ich mich, Freundlichkeit war auch jetzt mit dem bitterbösen Druck der Notwendigkeit gepaart.

„Wir müssen unsere badischen Trupppen aus dem Verband des Reichsheeres zurückziehen", sagte er betreten. „General Moreau in Baden lässt uns keine andere Wahl."

„Und was habe ich damit zu tun?" fragte ich einigermaßen überrascht, dass er mich in diese politischen Verwicklungen einweihte.

„Wenn wir Frieden wollen", sagte Edelsheim, „kostet es unsere Staatskasse Millionen an Kriegskosten, dazu Getreide, Heu, Pferde, Ochsen und Schuhe."

„Schuhe?" fragte ich verblufft, „gibt es in Frankreich keine Schuhmacher, die das Heer beliefern?"

„Ich weiß es nicht", sagte er, „die Revolution hat dort vieles zerrüttet."

„Und die Naturalien?"

Er hörte meinen Unterton sehr wohl heraus und sah genau, dass ich mich da nicht gern einmischen wollte.

„Uns wäre sehr an dem Netzwerk Eurer Handelsverbindungen gelegen."

„Und die Bauern, wird bei denen einfach requiriert? Die Allmende ist leer gefegt." Jetzt konnte er meinen scharfen Ton nicht mehr überhören.

„Ich weiß", sagte er müde, „aber wir müssen es machen. Außerdem bekommen die Bauern eine Entschädigung."

„Ich muss mich mit meinem Onkel und meinem Bruder besprechen", sagte ich.

Er entließ mich, wenn auch zögernd und unwillig.

Gino war wütend, so hatte ich ihn selten gesehen.

„Wenn es nicht so abscheulich wäre, was in Frankreich geschieht, könnte man zum Revolutionär werden."

Anna lächelte ihn beschwichtigend an, wir saßen in der heimeligen Wohnstube, den beiden hatte ich noch in derselben Stunde von meiner Unterredung mit Edelsheim erzählt. Von oben hörten wir die Mädchen singen, einen Augenblick fühlte ich mich in den italienischen Garten meines Großvaters versetzt.

„Du lächelst?" fragte Gino, und das klang immer noch wütend.

„Ich freue mich an den Stimmen deiner Töchter", sagte ich, „aber du hast recht, ich mag zu diesen Kontributionen auch nicht helfen, wenn wir dem irgendwie aus dem Wege gehen können."

„Ich will damit nichts zu tun haben", sagte Gino, und das klang endgültig.

Auch Onkel Raffaele wiegte bedenklich den Kopf.

„Wir sind Kaufleute", sagte er, „ich möchte nicht für oder gegen eine Seite Partei ergreifen."

Das hatte ich nun von meiner Verbindung zum Hof, doch ehe ich Edelsheim eine Antwort geben musste, überrollten uns die Ereignisse.

Auf dem Papier gab es einen Waffenstillstand, den man der Bevölkerung als endgültigen Friedensschluss bekanntgab, aber die Österreicher kümmerten sich nicht darum. Ausgerechnet an dem Tag, als ich im Karlsruher Spital zu tun hatte, fingen sie an, von der Durlacher Gegend her die Stadt mit Kanonen und Haubitzen zu beschießen. Ich nahm jedenfalls an, dass es die Österreicher oder Preußen waren, und sie mussten ihre Stellung irgendwo auf der Höhe über Durlach bezogen haben. Es pfiff, wie ich es schon von Verdun her kannte, ich hörte den Einschlag in der Langen Straße und gleichzeitig Neros Wiehern im Hof. Jetzt nach Hause zu reiten, war ganz unmöglich, denn in den Straßen war immer noch Gewehrfeuer zu hören. Ich rannte durch die Hintertür in den Hof, um das Pferd in den Schuppen zu führen. Aber Nero schnaubte und keilte aus und ließ sich lange nicht beruhigen. Als ich schließlich die Tür des Schuppens hinter ihm zugesperrt hatte und ins Spital zurückkam, herrschte dort ein wildes Durcheinander. Österreichische Soldaten schleppten von der Straße Verwundete herein, denen aber nicht so schnell geholfen werden konnte. Es war außer dem Hausverwalter und seiner Frau nur ein Pfleger im Haus, der jetzt mit blutverschmierten Händen ganz hilflos am Türpfosten lehnte.

„Wir brauchen Verbandszeug", rief ich, „wo ist Doktor Schweickhardt?"

„Ich kann nicht, ich weiß nicht", stotterte er und rutschte mit weißem Gesicht auf den Boden. Ich wünschte mich tausend Meilen fort oder doch wenigstens bis Durlach, aber es half nichts, ich musste bleiben. Hastig suchte ich in den Schränken nach Verbandsmull, und endlich raffte sich der Pfleger wieder auf, mir zu helfen.

Als das Gewehrfeuer draußen eine Weile schwieg, stolperte der mir bekannte Advokat Dill zu uns herein, eine Kugel hatte ihn in den Fuß getroffen, und hinter ihm drängte sich zu meiner riesengroßen Erleichterung Dr. Schweickhardt durch die Tür. Er nickte mir schweigend zu und schob mich dann beiseite.

„Ihr sucht besser zu Eurer Familie zu kommen", sagte er, „ich glaube, der Beschuss hat aufgehört."

In der Tat wurde es allmählich still auf der Straße, ich lauschte noch eine Weile in der Toreinfahrt, ehe ich Nero aus dem Schuppen holte. Aber dann sprengten wir durch den Wald hinter dem Schloss, am Fasanengarten vorbei auf Durlach zu.

Wieder hatten sie mich schon fast verloren gegeben, die Kinder saßen dicht aneinander geschmiegt bei Frieda in der Küche, Lotte aber hatte an der Haustür nach mir Ausschau gehalten. Ich sah es ihrem Gesicht an, dass sie nicht mehr vielen solchen Ängsten gewachsen war, und ich wünschte mir, ich könnte meine Familie aus dieser kriegerischen Gegend fortbringen.

Frieden bekamen wir noch lange nicht, jetzt hielten die Österreicher unsere Stadt besetzt und betrachteten uns als Feinde, da wir dem Reichsheer abtrünnig geworden waren.

An diesem Abend im September redeten Lotte und ich bis in die Nacht hinein. Wir hatten mit den Kindern gesungen und gebetet und sie endlich zur Ruhe gebracht. Lotte aber wollte ganz und gar nicht schlafen, sie wollte sich wie nie zuvor meiner Gegenwart versichern und meine Stimme hören.

In dieser Nacht schmiedeten wir einen Plan, der mir auf einmal wunderbar einfach vorkam und der am andern Tag auf wunderbare Weise bestärkt wurde.

Mehr will ich von meinem Leben nicht erzählen als von dieser Reise nach Italien. Ich bin nun zu Hause angekommen und in die Zukunft kann ich nicht sehen.

Lotte und ich erwachten am Morgen, obgleich wir nur wenig geschlafen hatten, fröhlich und wie von einer Last befreit.

„Die Kinder", fragte Lotte, „und was wird mit den Kindern?"

Ich lachte.

„Die nehmen wir mit, was hast du denn gedacht?"

Am Mittag brachte ein Bote die Nachricht von Joseph Marx, er sei in seinem Hause wohlbehalten angelangt und wünsche mich zu sehen. Ich ließ ein paar Tage vergehen, ehe ich ihn besuchte, denn ich wollte nicht noch einmal in die Ausläufer der Kämpfe geraten.

Trude strahlte über das ganze Gesicht, als sie mir die Tür öffnete. Mein Freund kam mir die Treppe herunter entgegen und tat, was er sonst nie getan hatte, er umarmte mich.

„Felice", sagte er, „ich habe eine Überraschung aus Venedig mitgebracht."

Ich sah sie neben ihrer Großmutter sitzen, es konnte nur Sarahs Tochter sein.

Schön - ich weiß nicht, sie hatte wohl die Züge ihrer Mutter, darin aber einen fremden Unterton, den ich nicht angenehm fand. In diesem Augenblick wünschte ich, Sarah müsste nicht mit den jüdischen Familien im Ghetto von Venedig leben. Das Mädchen musste ungefähr dreizehn sein, schon ganz junge Dame, als sie aufstand und mich mit einer leichten Verbeugung begrüßte.

„Felice", sagte Herr Marx, sichtlich stolz auf seine Enkelin, „das ist Lea, sie möchte das nächste Jahr hier bleiben und ihr Deutsch vervollkommnen. Ich hoffe, du wirst uns wieder häufiger besuchen und ihr dabei helfen."

„Ich freue mich, dich kennen zu lernen, Lea", sagte ich, „aber viele Besuche kann ich nicht mehr machen. Wir werden sehr bald Durlach verlassen. Ich hoffte, von Euch etwas über die Sicherheit der Reisewege zu erfahren."

Leas Lächeln verschwand, und Frau Marx machte ein bekümmertes Gesicht, mein Freund aber runzelte die Stirn, mein Plan schien ihm gar nicht zu gefallen.

„Durlach verlassen", fragte er, „was soll das heißen?"

Ich erklärte es ihm und auch, dass ich gerne meinen Vater wiedersehen wollte. „Und dann", sagte ich, „möchte ich mit Lotte und den Kindern Venedig ansehen."

Es war wohl das erste Mal, dass ich ihn wirklich enttäuschte.

„Schade", sagte er, „wir hätten dort eine schöne Zeit zusammen verbringen können."

„Das denke ich mir, aber dies ist ein Geschenk für Lotte."

Trotzdem machte er mir eine lange Liste mit Empfehlungen und Adressen, aber vor allem beschrieb er mir genau, wo ich Sarah finden würde.

Es schien, die Reisewege über die Alpen waren sicher genug, auch hätten wir kaum Kriegshandlungen zu befürchten.

Es war schwer, die Kinder in den ruhigen Bahnen des täglichen Lebens zu halten, nachdem wir sie einmal in unseren Plan eingeweiht hatten. Ruben gebärdete sich wie ein überkochender Topf, seine Fragen wollten gar nicht aufhören, und unsere sonst so ruhige Tochter wollte mich plötzlich auf allen Wegen begleiten.

Es waren viele Wege und Dinge, die ich zu tun hatte. Ich machte mir einen Spaß daraus, Henriette wenn es irgend ging, mitzunehmen. Ruben musste jetzt einmal zurückstehen. Aber er steckte ohnehin dauernd mit Mario zusammen, dem er eine Menge Dinge erzählte, die er sich ausmalte und erhoffte.

Mein Onkel Raffaele, Rufio, Gino und nicht zuletzt Fabio Castello versprachen, mein Haus und meine Geschäfte zu hüten und zu verwalten, Lotte und ich aber stürzten uns mit Eifer in die praktischen Vorbereitungen der Reise.

Als erstes ließ ich Edelsheim wissen, dass ich ihm leider nicht bei der Beschaffung der Reparationen helfen könne, da ich dringend verreisen müsse.

Ich hatte Eile, noch bei dem schönen Herbstwetter über die Alpen zu kommen, wir hatten beschlossen, den ganzen Winter in Italien zu bleiben. Mir war zumute, als müsse ich die ganze Verwirrung der hiesigen Verhältnisse hinter mir lassen. Diesmal schöpfte ich mit vollen Händen aus dem Kapital, das mir aus den Jahren der Arbeit zugeflossen war. Zuvor schrieb ich an meinen Vater und Lorenzo, dass sie uns erwarten sollten.

Es konnte keine Rede davon sein, mit der Familie etwa zu reiten. So machte ich mich auf, einen bequemen festen Reisewagen zu suchen, der auch genügend Raum für unser Gepäck bot. Ich hätte mir gar keine Mühe geben müssen, manchmal fügen sich die Dinge fast von allein und von anderer Seite, als wir denken.

Der Minister hatte mein Schreiben damit beantwortet, dass er mich noch einmal zu sich bestellte. Er war nicht so ungehalten, wie ich dachte, und er hatte auf Umwegen, die ich nicht kannte, von meinen Erkundigungen nach einer Kutsche gehört. Sie mussten wohl bei Hofe eine hohe Meinung von unserem Vermögen haben und sie mussten auf der anderen Seite um jede Geldquelle verlegen sein. Es war ganz einfach, Edelsheim bot mir aus dem markgräflichen Wagenpark eine Kutsche zum Verkauf an. Ich verbarg meine Überraschung, so gut ich konnte, und sagte:

„Exzellenz, ich muss allerdings meine Familie bei dem Kauf zu Rate ziehen, denn sie wird in dieser Kutsche mit mir reisen."

Da lachte er und stürzte mit einem Mal die ganze Förmlichkeit über den Haufen. Meine Bedingung wurde erfüllt, und schon am nächsten Tag durften wir die große Remise betreten, der Minister ließ uns die Wahl zwischen zwei stabilen, geräumigen Wagen. Lotte prüfte mit kritischen Augen den angebauten Kasten für das Gepäck, die Gesichter der Kinder aber waren erfüllt von einer Mischung aus Ehrfurcht und übermütigem Vergnügen. Sie hüpften auf den roten Plüschsitzen herum, um die Federung zu probieren, zogen die Vorhänge auf und zu und winkten nach draußen. Ich aber prüfte die Räder, die Aufhängung und die Deichsel. Lotte und ich wurden uns schnell einig, die größere der beiden Kutschen zu nehmen, in der wir alle vier bequem Platz hatten.

Nachdem der Bediente, der mit uns gekommen war, die Remise wieder verschlossen hatte, trafen wir den Minister in der Eingangshalle des Schlosses. Lotte und Henriette machten einen tiefen Knicks, und auch Ruben benahm sich tadellos mit einer Verbeugung, die er mir nachahmte. Ich muss sagen, Edelsheim war sehr freundlich, fragte die Kinder nach ihren Namen und machte Lotte ein artiges Kompliment. Ich feilschte nicht lange um den Preis, der allerdings hoch genug war, und dankte dem Minister für seine Hilfe.

Am 15. September verließen wir Durlach, freudig und doch mit Tränen, ich in der Hoffnung, alles bedacht zu haben. Das war ein anderer Aufbruch als vor Jahren, als ich unbeschwert mit Rufio davonritt. Wiederum hatte er mir seine Pistole aufgedrängt, die ich aber wiederum nicht zu gebrauchen dachte.

Da ich nicht kutschieren konnte, gab mir Onkel Raffaele einen seiner italienischen Gärtner mit, der noch nicht lange in Durlach war und der gut mit einem Gespann umgehen konnte, ein umsichtiger, ruhiger Mann in meinem Alter, der auf den schönen Namen Amadeo hörte. Er hatte eine sichere Hand für Pferde und natürlich begleitete er uns auch zum Schutz und zur Hilfe.

Lotte sah mich von Zeit zu Zeit verstohlen von der Seite an, dann sagte ich:

„Du sollst es gut haben auf dieser Reise", und küsste sie.

Wenn das Wetter freundlich war, durfte Ruben bei Amadeo auf dem Kutschbock sitzen, Henriette machte sich nicht so viel daraus.

In Milano, schon so nahe am Ziel, wollte Lotte gerne verweilen. Es war ein goldener Herbsttag, der einen warmen Schein auf den weißen Marmor des Domes warf. Ruben starrte mit offenem Mund zu den spitzen Türmen hinauf, aber unsere Tochter fürchtete sich.

„Das ist viel zu groß", sagte sie leise, „und die Engel können gar nicht hinein."

Wir wussten nicht, wie sie auf diese Idee kam, ihre Fantasie schuf viele Geschichten, die für sie ganz real waren. Ihr gefielen die Zuckerbäcker am Domplatz und die kleinen süßen Kuchen, vor denen Ruben sich schüttelte.

In Monza stiegen wir nicht aus, ich wollte es meinem Vater überlassen, Ruben den Dom und die Orgel zu zeigen.

Es ist wahr, dass mich Beklemmung überfiel, als wir uns dem Gut näherten, Lotte war ganz still geworden, kam sie doch in eine vollkommen fremde Welt.

Die Pferde standen, das Schaukeln des Wagens hörte auf, zuerst kam uns der Duft der Zitronenbäume entgegen und dann nacheinander alle die Menschen, die ich liebte. Meines Vaters Haare waren völlig grau geworden, sonst wirkte er ganz und gar nicht alt.

Sicher war es nicht richtig, dass wir uns als Erste in den Armen lagen, während Lorenzo Lotte aus dem Wagen hob. Agnese und Amalia kamen herbei, beide von den Jahren gezeichnet, beim Anblick unserer Kinder ging ein freudiger Schein über ihre Gesichter. Das Haus, die Reben, die Bäume, der Garten, alles lag unverändert, nur eine unwirsche befehlende Stimme ließ sich nicht mehr hören. Wir saßen zur Abendmahlzeit an demselben großen Tisch wie vor Zeiten, die gleichen Frauen trugen das Essen auf, und die Küche duftete nach guten Speisen. Dennoch konnte ich einer tiefen Trauer nicht Herr werden, warum das so war, wusste ich kaum zu sagen.

Die Kinder genossen die nächsten Tage in vollen Zügen, sie konnten gar nicht genug davon bekommen, mit ihrem Großvater die Esel zu besuchen. Während Henriette unter leisen Worten ihre grauen Nasen streichelte, probierte Ruben, einen von ihnen zu reiten, was nicht so einfach war, wie er sich das dachte. Er hatte sich einen dunklen, struppigen Gesellen ausgesucht, der sich bockig seinen Wünschen widersetzte. Ich sah meinen Vater und meinen Sohn zusammen lachen, ich sah, wie Henriette ganz selig und verzaubert bei den blühenden Büschen und im Garten umherging, ich sah, wie Lotte sich bei den Frauen in der Küche zu schaffen machte und wie alle drei ganz vertraut miteinander schwatzten, nur ich ging irgendwie entrückt und mit schwerem Herzen herum. Ich hätte froh sein können über das Wohlergehen meines Vaters, über den Umgang der beiden Brüder miteinander, darüber, dass auch Amadeo hier gut gelitten war, doch mein nagendes Unbehagen ließ sich nicht vertreiben. Ich konnte nicht leugnen, dass mein Großvater Emilio mir fehlte und dass sich Vergangenes auf keine Weise mehr herbeiholen ließ.

Nachdem Ruben einen Esel gefunden hatte, der ihm gehorchen wollte, ritt er mit meinem Vater nach Monza. Ich sah ihnen nach, bis sie hinter der Wegbiegung verschwanden, sie verstanden sich wunderbar, die beiden. Ich sattelte mir einen der schweren Ackergäule, hob Henriette zu mir hinauf und ritt ins Dorf, um nach Teresa zu suchen. Es war allerdings vergeblich, kaum jemand kannte mich noch, und Teresa war schon lange fortgezogen.

Es gab im Dorf einen Schmied, den einzigen im Umkreis, der nicht nur Pferde beschlagen konnte, sondern kunstvoll die Eggen und Pflüge der Bauern reparierte. Mir schien, er war kaum älter geworden, sein Hammerschlag tönte kräftig wie eh und je. Henriette drängte sich ängstlich an mich vor dem Lärm der Schmiede und der Hitze, die zu uns herausdrang. Ich band das Pferd an den Mauerring und wartete, bis er zu uns aufsehen würde. Endlich wurde das Hämmern unterbrochen, das Sausen des Blasebalgs hörte auf, und unsere Blicke trafen sich.

„Felice Sciatti", rief er, „welcher gute Wind hat dich hergeweht?" Dann sah er Henriette, kam heraus und hockte sich zu ihr hinunter. Sie klammerte sich fester an meine Hand, blieb aber tapfer vor dem schwarzen Mann stehen.

„Und woher kommt diese schöne kleine Prinzessin?"

Die Stimme klang so freundlich und lustig, dass Henriette zu lächeln wagte.

„Ich heiße Henriette und bin keine Prinzessin", sagte sie und machte einen Knicks.

„Deine Tochter?" Ich nickte.

In einer Schmiede hört man jede Neuigkeit des Dorfes, auch des nächsten und übernächsten.

Der Schmied duzte alle Leute, kannte alle Pferde und Esel und alle Geschichten, die sich in der Gegend abspielten. Er schickte seinen Gehilfen, einen Krug Most zu holen, rückte drei Hocker in den Schatten des Feigenbaumes und sagte:

„Wie ist es dir ergangen, wo ist Rufio?"

Natürlich wusste man hier, dass er Berta geheiratet hatte, und ich erzählte ihm von unserem Leben in Karlsruhe und Durlach, von den Unruhen des Krieges und natürlich von Lotte.

Henriette verzog beim ersten Schluck Most das Gesicht, trank aber artig ihren Becher aus, wie sie das gelernt hatte.

„Wie sieht deine Mama aus?" fragte der Schmied meine Tochter. Henriette reckte sich.

„Meine Mutter ist die Schönste von allen, sie hat goldene Haare und blaue Augen."

Der Schmied pfiff anerkennend durch die Zähne, dass Henriette kicherte.

„Und wen gibt es noch in deiner Familie?"

„Ruben, er hat rote, strubbelige Haare wie Gino und Großvater."

„Ja, ja, deinen Großvater kenne ich auch", und er sah dabei nicht Henriette, sondern mich an, „er kommt öfter hier herüber ins Dorf."

Der belustigte Unterton in seiner Stimme war dabei nicht zu überhören. Ich zog fragend die Augenbrauen hoch, aber er wollte in Gegenwart des Kindes nicht weiter reden.

„Hol dir einen Pfirsich, hinter dem Haus hängen noch ein paar", sagte er, und Henriette sprang davon.

„Nun?" fragte ich.

„Dein Vater ist ein schöner und rüstiger Mann", sagte der Schmied, „er hat hier im Dorf eine Freundin."

Freundin klingt so steif, und wenn wir 'amica' sagen, ist das ganz etwas anderes. Ich schwieg, jetzt an meine Mutter zu denken, wäre sicher nicht richtig gewesen, ich benühte mich jedenfalls, es nicht zu tun. Meine Mutter - er konnte sie nicht vergessen haben.

Henriette kam mit einem großen, rosaroten Pfirsich zurück, den sie auf ihrem Handteller hielt.

„Danke", rief sie, „darf ich den haben?"

Es gab nichts mehr zu reden. Der Schmied hob sie zu mir aufs Pferd, und für diesmal ritten wir zurück.

Am Abend konnte Ruben nicht aufhören von dem Dom in Monza und von der Orgel zu reden. Wir sahen, dass er sich vorkam wie ein Magier, der auf der Tastatur die Gewalt der Töne hervorgerufen hatte, und ich sah das Lächeln auf dem Gesicht meines Vaters. Wollte ich meinen Sohn nicht hier und jetzt an diese Zaubermacht verlieren, mussten wir bald nach Venedig aufbrechen. Aber mein Vater hielt sich zurück, ich hörte, wie er mit Ruben von vielen Dingen redete, von Karlsruhe, von den Soldaten oder von seinen lateinischen Studien.

Wir blieben. Ruben war stets seinem Großvater und Lorenzo auf den Fersen, wenn sie zwischen den Reben arbeiteten, wenn sie ausritten, holte er sich den Esel und trottete hinter ihnen her.

Ich selber übte mich im Nichtstun, ging mit Henriette durch den Garten und erzählte ihr von meinem Großvater Emilio.

Jetzt schlich ich nicht mehr nachts in den Garten, um auf der Marmorbank zu liegen und die Sterne zu betrachten, auch ging Amalia nicht mehr in nächtlicher Schwermut zwischen den Kräuterbeeten herum. Dennoch war diese Schwermut nicht zu übersehen, vielleicht sah auch nur ich sie in der Erinnerung an damals. Ich sah, weil ich darauf achtete, ihre Blicke, die allzu oft selbstvergessen an meines Vaters Gesicht hingen. Ich erinnerte mich an die Worte seines Briefes, dass er und Amalia sich gegenseitig trösteten.

Ich wusste nicht, wie weit dieser Trost gegangen war, nur dass sie ihn jetzt entbehrte. Es gibt Dinge, die kann man seinen Vater nicht fragen, auch mit den Frauen darüber zu sprechen, war ganz unmöglich. Agnese schien von alledem nichts zu sehen oder sie verschloss mit Absicht ihre Augen, nur ich kannte jetzt den Grund für mein Unbehagen.

Wenn mein Vater an manchen Abenden auf seiner hellgrauen Eselin ins Dorf ritt, fragte ihn niemand, auch wenn er erst spät oder in grauer Morgenfrühe nach Hause kam. Wer hätte ihn auch fragen sollen.

Niemals bettelte mein Sohn, noch einmal mit seinem Großvater nach Monza zu reiten, um dort auf der Orgel zu spielen. Ich weiß nicht, ob es zwischen den beiden eine geheime Absprache gab oder ob Ruben das alles für ein einmaliges unwiederholbares Erlebnis hielt. Mir war es recht.

Im Dezember brachen wir nach Venedig auf, der Himmel war dunkelblau, und im Garten blühten die Veilchen. Mein Vater hatte viele Einwände gegen diese Reise, obgleich ich versprach, in einem Monat wieder zurück zu sein. Agnese drängte uns, die Kinder bei ihr zu lassen, aber dazu schüttelte Lotte nur den Kopf. Und zum ersten Mal mischte sich Amadeo ins Gespräch, bis dahin war er ein stiller Hausgenosse gewesen, der auf dem Gut und im Stall bei der Arbeit half.

„Ich kenne die Gegend", sagte er, „ich habe Verwandte in Padua. Wenn wir bis dort mit dem Wagen fahren, könnt ihr im Schiff auf der Brenta bis nach Venedig kommen, viele Reisende machen das so."

„Und du", fragte ich, „willst du in Padua warten oder mit uns nach Venedig kommen?" Er lachte.

„Venedig - nein, nein, dahin will ich nicht, ich warte."

Warum er diese berühmte Stadt nicht sehen wollte, sagte er nicht.

„Und kennst du einen Schiffer, der uns fahren würde?"

„Ich kenne einen", sagte er, „meinen Vetter, er ist froh, wenn er etwas verdient."

„Kannst du Pferde und Wagen dort unterbringen?"

Er nickte, wenn auch sichtlich verlegen.

„Du müsstest etwas bezahlen, meine Leute sind arm."

Ich schämte mich, dass er so etwas überhaupt sagte.

Wer vom Lido her auf Venedig zukommt, sieht es wie eine Feeninsel über dem Wasser schweben, die spitzen und runden Türme aus dem Dunst in den Himmel reckend. Unser Schiffer aus Padua hatte die roten Segel gesetzt, die in der untergehenden Sonne zu brennen schienen.

Henriette umklammerte meine Hand und flüsterte:

„Hier wohnen viele Engel."

Ruben dagegen zählte die Türme, Lotte sagte gar nichts und drückte meine andere Hand.

Auf dem Platz vor der großen Kirche des heiligen Markus wurden schon die ersten Laternen angezündet, als unser Schiffer sein Boot zwischen den Gondeln und Lastkähnen festmachte. Jetzt kamen uns die Ratschläge und Empfehlungen von Herrn Marx zugute, mit deren Hilfe ich bald ein Quartier für uns gefunden hatte. Immer stehen am Ufer Männer herum, die den ankommenden Reisenden ihre

Unterkünfte anpreisen, ich aber hatte bestimmte Namen, nach denen ich fragen konnte.

Unser Schiffer blieb auf dem Boot und wollte mit der morgendlichen Brise wieder zurücksegeln.

Wir wohnten in einer der engen Gassen, die hinter dem großen Uhrenturm ins Innere der Stadt führen. Lotte erschrak zuerst vor dem schmalen und unscheinbaren Haus, zu dem uns der Führer brachte. Er hatte aus dem Gewimmel am Ufer einen Jungen herbeigerufen, der einen Teil unseres Gepäckes schulterte und vor uns her lief. Es war zum Glück nicht weit, und die Albergo zeigte im Innern ein ganz anderes Gesicht als außen. Im ersten Stock des Hauses, das sich weit nach hinten erstreckte, bekamen wir zwei Zimmer, in die uns die Wirtin mit stolzer Handbewegung einwies. Sie war eine reizende Erscheinung und hatte wie Ruben rostrotes Haar. Zuerst war sie im Zweifel, in welcher Sprache sie mit uns reden könne, denn es kommen viele Fremde, besonders Engländer und Franzosen hierher. Aber die Kinder nahmen ihr schnell mit ihren Fragen diese Unsicherheit, vor allem Ruben ließ seine bewundernden Blicke kaum von ihrem Gesicht. Ich weiß nicht, ob die gleiche Haarfarbe es ihm angetan hatte oder die freundlichen braunen Augen. Lotte besah mit kritischer Miene die Betten und Waschgelegenheiten und nickte schließlich ihre Zustimmung. Ich hielt den Jungen fest, der unser Gepäck getragen hatte, ehe er mit seinem Lohn entwischte. Da ich Venedig nicht kannte, mussten wir unbedingt einen Führer haben, um nicht völlig in die Irre zu gehen.

„Wie heißt du?" fragte ich, „kannst du uns Venedig zeigen?" und nannte ihm eine Summe, die er am Tag verdienen würde. Dabei sah ich nicht nur ihn, sondern auch unsere Wirtin an, die ihn offenbar kannte, sie nickte mir zu.

„Si, signore, ich kann Euch Venedig zeigen, ich heiße Taddeo", und er strahlte dabei über das ganze freundliche, wenn auch durchaus nicht saubere Gesicht. Er war wie ein lustiger Harlekin mit seinem bunten Hemd, den braunen Kniehosen und dem schwarzen Lockenkopf.

Ruben fand es wunderbar, mit einem fast Gleichaltrigen vor der Familie herzugehen, wir hörten die beiden fast ununterbrochen miteinander reden und lachen, außer wenn Taddeo stehen blieb, um uns eine besondere Sehenswürdigkeit zu zeigen. Henriette ging zwischen Lotte und mir, wenn es die engen Gassen zuließen. Auf den vielen kleinen Brükken, die sich wie ein Katzenbuckel über die Kanäle spannen, blieb sie oft stehen, um auf das Wasser und die Boote hinabzusehen.

Es stellte sich heraus, dass wir durchaus nicht alle die gleichen Interessen in dieser Stadt hatten. Lotte zog es immer wieder zurück an die breite Uferstraße, von der aus man zur Insel San Giorgio, zum Lido und zur weißen Kuppel von Santa Maria della Salute sehen konnte, oder sie wollte dort verweilen, wo der andere Teil der Lagune sichtbar wird, die Insel der Toten mit den strengen dunklen Zypressen und wo im feinen Dunst Murano zu erkennen war.

Ruben war voll Tatendrang und wollte jeden kleinen Hof und jede Zisterne erkunden, mich selber interessierten die großen Handelsniederlassungen am Canale Grande und der lebhafte Umschlag der Waren auf dem Fischmarkt. Der arme Taddeo hatte Mühe genug, all unseren Wünschen gerecht zu werden, aber er lachte nur dazu.

Was Henriette betraf, so zog es sie mit Macht in die zahllosen Kirchen, nicht etwa in die großen prächtigen, sie hatte eine Vorliebe für die kleinen unscheinbaren, deren Fassaden sich oft kaum von der Häuserfront unterschieden, in der sie eingeklemmt waren. Immer wieder zupfte sie mich am Ärmel und bedeutete mir, ich möge die schwere Tür öffnen. Dann hob sie schnuppernd ihre Nase nach dem Geruch des Weihrauches, nach diesem sanften Aroma der Heiligkeit. Ihr musste es wie ein Wunder vorkommen, dass die Menschen hier fast in jeder Gasse, auf jedem Platz solche geheimnisvollen Stätten des Gebets betreten konnten, in denen Priester aus- und eingingen und wo nie erlöschende Kerzen die bunten Gemälde beleuchteten. Wir mussten dann mit ihr eine Weile still auf der Bank sitzen, bis sie ihre Nase und ihre Augen gesättigt hatte.

Ruben waren die Sitzungen auf den Kirchenbänken zu langweilig, oft blieb er mit Taddeo vor der Tür stehen, um die vielen fremden Leute zu betrachten.

Ich schob es eine Woche hinaus, bis ich Sarahs Wohnung aufsuchte. Lotte und die Kinder ließ ich in der Obhut unserer Wirtin und machte mich allein auf den Weg, der mich diesmal mit einer Gondel über die Kanäle führte. Der Gondoliere sah mich merkwürdig an, als ich ihm das Ghetto als Ziel unserer Fahrt nannte. Er ruderte mich schweigend bis zu den Stufen, von denen man über eine Holzbrücke durch einen düsteren breiten Torbogen in die engen Gassen des alten Ghettos gelangte. Es mochten sich wohl nicht so viele Fremde hierher verirren, denn man sah mich neugierig und durchaus nicht immer freundlich an. Ich blickte zu den hohen engbrüstigen Häusern auf, die sich über mehr Stockwerke erhoben als im übrigen Venedig, die Menschen lebten hier eng aufeinander. Aber hier würde ich Sarah nicht finden, Herr Marx hatte mir genau beschrieben, wo ihr wohlhabender Mann sich im neuen Ghetto ein geräumiges Haus erworben hatte und dass in Sarahs Salon nicht nur Juden verkehrten. Dort auf dem sonnigen weiten Platz fragte ich eine der Frauen, die schwatzend beisammen standen, nach Levi Rondas Haus. Sie verstummten und deuteten auf ein breites sonnengelbes Gebäude. Von ferne hörte ich das Mittagsläuten einer der großen Kirchen.

Sarah erkannte mich sofort, während ich einer fremden Frau gegenüberstand. Ihr Gesicht glich noch dem von damals, nur war daraus der Schmelz und der verführerische Glanz verschwunden. Stolz sah sie aus, und ihr Gewand zeugte vom Reichtum ihres Mannes.

„Felice", sage sie, „du bist hier sehr willkommen", und ich lauschte, ob ich noch etwas vom Klang ihrer Stimme erhaschen könne.

„Wir haben schon auf dich gewartet, wo ist deine Familie?"

Ehe ich antworten konnte, trat ihr Mann in das Zimmer, groß, dunkel, nach neuester Mode gekleidet. Er trug nicht wie manche der Männer, die mir draußen begegnet waren, einen Bart und eine Kappe, er hatte, soviel ich sehen konnte, die Merkmale seiner Herkunft mit Absicht verwischt. In seinem Gesicht fand ich den gleichen Ausdruck wie bei Lea, fremd und nicht recht durchschaubar.

Er begrüßte mich sehr liebenswürdig und fragte, ob ich Lea in Karlsruhe gesehen hätte.

„Ich habe sie gesehen", sagte ich, „wenn auch nur einmal, da wir kurz nach ihrer Ankunft abgereist sind, ein schönes Mädchen."

„Ja, das ist sie", sagte Sarah, „ich hatte gehofft, sie könne mit deinen Kindern Freundschaft schließen."

„Wenn wir wieder zu Hause sind, wird sich das sicher finden, aber das wird nicht vor dem Frühjahr sein."

„Schade", sagte Sarah leise, von ihrem Mann aber traf mich ein kühler, kalkulierender Blick, der meine Zusage irgendwie in Frage stellte. Da er uns nicht alleine ließ, wollte keine unbefangene Unterhaltung aufkommen, nach seinen Geschäften mochte ich nicht fragen, auch nicht, welche Gäste Sarah in ihrem Salon empfing. Nach einer halben Stunde verabschiedete ich mich.

Ich fand Lotte und die Kinder sehr vergnügt auf dem Dachgarten, von dem ich noch gar nichts gewusst hatte. Signora Cecchini hatte ihnen die Tür aufgeschlossen, von der aus man über eine schmale Stiege hinaufgelangen konnte. Der Blick ging über die vielen verwinkelten Dächer bis hin zum Markusplatz, aber die Kinder waren absolut nicht mit diesem Blick beschäftigt. Sie knieten auf dem Boden vor einem Spiel mit vielen bunten Steinen, die man durch ein Labyrinth zum Ziel bringen musste.

„Ich habe schon als Kind damit gespielt", sagte unsere Wirtin und ließ uns allein.

Lotte sah mich fragend an:

„Hast du sie gefunden?" Ich nickte. „Du bist enttäuscht", sagte sie. Ich nickte wieder.

„Es ist eine fremde Welt, ich konnte jedenfalls nicht hineingelangen, und Sarahs Mann misstraut mir."

„Warum das - er kennt dich doch gar nicht."

„Sie sind wie Tiere im Käfig", brach es aus mir heraus, „obgleich sie Geld haben und viele Freiheiten, und er misstraut mir, weil ich Sarah in einer anderen Welt kannte."

„Und sie?"

„Ich weiß nicht, ich konnte nicht allein mir ihr sprechen."

„Gehst du noch einmal hin?"

Ich schüttelte den Kopf. Von unten tönte Henriettes triumphierende Stimme:

„Ich habe gewonnen, meine Steine sind zuerst angekommen."

„Wisst ihr was", sagte ich und schüttelte meine Beklemmung von mir ab, „habt ihr Lust, morgen mit einem Boot nach Murano zu segeln?"

Mit Signora Cecchini hatten wir wirklich einen Glücksgriff getan. Sie begleitete uns am Morgen zu den Fondamenta Nuove, wo sich immer Schiffer fanden, die bereit waren, Fremde zu den Inseln zu bringen.

Sie ließ mich gar nicht zu Worte kommen, sondern verhandelte schnell und resolut mit einem Mann, den sie kannte und der zustimmte, uns hinüber zu segeln.

Es war ein stiller, dunstiger Tag, an dem nur ein schwacher Wind wehte, der aber doch die Segel zu mäßiger Fahrt blähte. Wir saßen im Heck des Bootes auf zwei niedrigen breiten Holzbänken, vom Wasser stieg der modrige Geruch der Lagune auf. Schneller als wir dachten tauchte neben uns die Gräberinsel San Michele auf und dann allmählich zur Linken vor uns der Leuchtturm von Murano.

Die Kinder waren ganz verstummt, selbst Ruben stellte einmal nicht seine vielen Fragen. Neben dem Leuchtturm machte der Schiffer das Boot an einer schmalen Holzbrücke fest, wo er auf uns warten sollte. Die Insel ist nicht groß, und ich hoffte, mich allein zurechtzufinden. Wie Venedig ist sie von einem breiten geschwungenen Kanal durchzogen, an dessen Ufer die Glasbläser ihre Werkstätten haben. Ruben brannte darauf, wenigstens eine von ihnen zu sehen, und auch Lotte war begierig auf die Erzeugnisse dieser schönen

Kunst. Aber zuvor wollte ich Henriette etwas anderes zeigen, wovon Signora Cecchini mir erzählt hatte, denn sie war auf Murano geboren. Ich fand die Kirche des Märtyrers Petrus, wie sie es mir beschrieben hatte, der Turm ragt weit über die Häuser hinaus. Hier sollte Henriette die Engel sehen, die neben der Madonna auf Bellinis Bild ihre himmlische Musik machen.

„Die sind lieb", flüsterte sie, „sind sie schon lange hier?"

„Sehr lange", sagte ich ebenso leise, „und sie hören nie auf, für die Madonna zu musizieren." Sie legte den Kopf schief und lauschte. Wir überließen sie eine Weile ihrer Betrachtung, und selbst Ruben saß still neben seiner Schwester. Aber vor der Kirche hatte die Freude ein jähes Ende. Neben der Tür hockte eine Frau und bettelte, eine Hand langte nach Lottes Kleid, die andere streckte sie nach uns aus.

„Gebt, gebt mir, mein Kind hungert", und sie wollte Lottes Rock nicht loslassen. Henriette wurde schneeweiß.

„Was tut sie, hat sie nichts zu essen?" Und dann liefen ihr auch schon die Tränen herunter. Ich sah, dass Ruben auf eine, die seine Mutter anfasste, am liebsten mit Fäusten losgegangen wäre. Ich konnte ihn gerade noch zurückhalten, legte ein Geldstück in die Hand der Bettlerin und schob meine Familie weiter. Ich hatte in Venedig schon viele Bettler gesehen und ich wusste, dass sie nicht alle so arm waren, wie sie taten. Aber das konnte ich meiner Tochter hier sicher nicht erklären. Sie blickte sich noch eine Weile nach der Frau um.

Trotz der Hitze konnten wir uns lange Zeit nicht von der Werkstatt der Glasbläser trennen, die uns das Zusehen erlaubt hatten. Die Kinder meinten, das sei doch Zauberei, wie da aus den glühenden Glasklumpen nur durch ein langes Rohr und den Atem eines Menschen so wunderbare Figuren entstanden: Vasen und Schalen, Fische und Vögel, springende Pferde oder die Blumen und Tropfen, aus denen die glitzernden Kronleuchter zusammengesetzt werden. Ich sah, wie Ruben der Mund buchstäblich offen stehenblieb, ich spürte, wie Henriette neben mir von einem Fuß auf den anderen trat vor Spannung, wenn wieder eine neue Figur entstand, und ich sah, wie Lottes Blick voll Entzücken zu dem farbigen Lüster wanderte, der über dem Eingang der Werkstatt hing.

Ich wusste, dass sie ihn im Geiste in unserem Wohnzimmer über dem Hammerklavier hängen sah. Endlich mahnte ich zum Aufbruch, aber vorher gab es noch eine vergnügliche halbe Stunde, in der ich mit dem Meister über den Kronleuchter verhandelte. Ich fragte natürlich nach den praktischen Möglichkeiten der Verpackung und des Transportes, den Preis ließ ich Lotte gar nicht hören.

„Gewiss kann man ihn transportieren, signore", sagte der Glasbläser, „unsere Ware geht in viele Länder. Die Kristalle werden einzeln eingewickelt und mit dem Gestell in eine Holzkiste verpackt, da liegt alles wie in Abrahams Schoß."

Die Kinder lachten, diese Vorstellung kam ihnen sehr komisch vor.

„Wohin soll denn die Kiste reisen?"

„Es genügt, wenn Ihr sie nach Padua schickt, von dort nehmen wir sie selber mit", und ich nannte ihm den Namen von Amadeos Verwandten.

„Und ihr", fragte er die Kinder, „was hat euch denn gefallen?"

Ruben deutete auf ein handgroßes Pferd, das neben der Tür auf einem breiten Holztisch stand, und Henriette berührte vorsichtig eine Glaskugel, auf der ein Hauch schillernder Farben spielte.

„Darf ich Mario etwas mitbringen?" fragte Ruben leise.

„Natürlich, noch ein Pferd?" Ruben nickte.

In einer stillen Ecke bezahlte ich den Glasbläser ohne zu feilschen, denn ich bewunderte diese uralte Kunstfertigkeit. Beim Abschied hängte er Henriette eine Kette aus winzigen bunten Glasperlen um den Hals und ließ einen bewundernden Blick über Lottes Haare gleiten.

An diesem Abend beschlossen Lotte und ich, Weihnachten in Venedig zu feiern. Ich wusste, dass es meinem Vater nicht gefallen würde, aber ich fing an, diese Stadt zu lieben und konnte mich einfach noch nicht von ihr trennen. Auch

Lotte und die Kinder wollten jeden Tag mit Feuereifer neue unbekannte Plätze und Kanäle entdecken, oder wir ließen uns gemächlich von einem Ende des großen Kanals zum andern rudern.

Allmählich fiel alle Hast und Geschäftigkeit von mir ab, ich dachte nicht mehr an Krieg oder Amalias Kummer, nicht an meines Vaters Liebschaft oder die Geschäfte in Karlsruhe. Jeder Tag trieb den anderen in träumerischem Gleichmaß vor sich her, die Nächte waren erfüllt von den Geräuschen der femden Stadt, von unserer Liebe und einem tiefen traumlosen Schlaf.

Signora Cecchini begegnete unseren Kindern mit viel Freundlichkeit und ließ sich immer wieder von ihnen erzählen, wie wir in unserer Heimatstadt lebten. Wir machten es uns zur Gewohnheit, die Abendmahlzeit in ihrer Küche einzunehmen, die jeden Tag nach neuen leckeren Gerichten duftete.

Sie begleitete uns durch das nächtliche Venedig zur Christmesse im Markusdom, wo von vier Emporen die Musik ertönte und wir im Schein unzähliger Kerzen unter den glänzenden goldenen Gewölben knieten.

An einem dunklen, wolkenverhangenen Tag im Januar 1797 nahmen wir Abschied von unserer Traumstadt. Unsere Wirtin weinte, Lotte und die Kinder weinten. Taddeo war gekommen, unser Gepäck zu tragen, und in dieser Geschäftigkeit konnte ich meine eigenen Tränen hinunterschlucken. Ich hatte einen Boten nach Padua geschickt, Amadeo möge sich in Bereitschaft halten.

Er freute sich so, uns zu sehen, für ihn waren wir viel zu lange ausgeblieben. Ich hatte in Venedig, wie es schien, alle fassliche Form des täglichen Lebens verloren und musste sie nun langsam wieder zusammensetzen. Die Kiste mit dem Glas war richtig angelangt, Amadeo und ich verstauten sie vorsichtig in der Kutsche, die Kinder erzählten ihm, welche Schätze darin verborgen waren. Aber als Ruben ihm von den Wundern der Glasbläserei erzählen wollte, winkte er ab. „Ich weiß", sagte er, „für die Arbeiter ist es oft die Hölle."

So hat jedes Wunder auch eine andere Seite, von der wir nichts wussten. Ruben schwieg betreten, und ich glaubte den Grund zu kennen, warum Amadeo Venedig lieber fernbleiben wollte.

Lorenzo freute sich, als wir kamen, Amalia folgte mir auf Schritt und Tritt, wenn auch immer mit einem scheuen Seitenblick auf Lotte, Agnese zog unsere Tochter an sich, nur mein Vater konnte in den folgenden Tagen schlecht seinen Unmut darüber verbergen, dass wir so lange ausgeblieben waren. Aber diesmal sprach ich offen aus, was ich dachte:

„Lass doch nicht das alte Muster wieder aufleben vom Zorn des Vaters auf seinen Sohn. So habe ich dich nie gekannt und möchte lieber mein gutes Bild von dir behalten. Du gehst doch auch deine eigenen Wege."

„Was meinst du?" fragte er.

„Der Schmied hat mir von deiner Freundin erzählt", sagte ich unverblümt.

Er schwieg eine Weile, dann sagte er:

„Ich hätte mir denken können, dass du es hörst. Ändert das etwas zwischen uns?"

„Nein, Vater, nicht zwischen uns, aber offensichtlich zwischen dir und Amalia."

„Du siehst zu viel", antwortete er, „Amalia ist ein verwirrtes Menschenkind, das Träume und Wirklichkeit durcheinander wirft. Sie verlangte zu viel von mir."

Da mein Vater nicht weiter sprach, mochte ich auch nicht weiter fragen. Aber eines musste ich ihm klarmachen:

„Bitte versuche nicht, Ruben festzuhalten, auch nicht in Gedanken. Er wird im März mit uns zurückreisen, das ist ganz gewiss."

„Er ist begabt", sagte mein Vater, „sehr begabt."

„Ich weiß, und ich sorge dafür, dass er den Beruf ergreift, den er möchte. Ich erlaube gern, dass er noch einmal auf deiner Orgel spielt, aber knüpfe daran keine Erwartungen, auch nicht ihm gegenüber."

„Alles wiederholt sich", murmelte er.

„Nein, Vater, nicht alles, du bist freiwillig hier, und Ruben wird freiwillig mit uns gehen."

Er legte wirklich seinen Unmut ab und widmete sich mehr als vorher den Kindern, ich hörte sie oft zusammen lachen. Er brachte Henriette dazu, dass sie einen von den sanftmütigen Eseln bestieg und langsam mit ihm im Kreis vor dem Stall herumritt. Ruben sah ihr dabei mit überlegenem Spott, aber auch einer gewissen Anerkennung zu.

Wenn ich Amalia und Lorenzo zusammen sah, dachte ich, hier sorgt ein Vater für sein Kind, nicht ein Ehemann für seine Frau. Es stimmte, was mein Vater gesagt hatte, sie ging die meiste Zeit herum, als sei ihre Arbeit und ihre Umgebung nicht wirklich und wichtig. Ihre Augen schienen immer ein Ziel zu suchen, das nicht vorhanden war oder das sie nicht finden konnte.

Lotte erzählte mir manchmal, wie Amalias sehnsüchtige Blicke auf ihr und ihren hellen Haaren ruhten, wenn die drei Frauen zusammen in der Küche waren.

„Es kommt mir so vor, als wenn ihre Hände alles von allein tun, aber ihre Gedanken sind ganz woanders. Ist sie so unglücklich?"

„Sie ist unglücklich", antwortete ich, „sie kann aus den Irrsalen ihres Lebens nicht mehr herausfinden."

„Wollen wir sie mitnehmen nach Durlach, dass sie ihre Tochter und ihren Enkel einmal sehen kann?"

„Nein", sagte ich, „diese Welten kann ich nicht mehr vermischen."

Lorenzo dagegen ermunterte ich, wieder seine Zitronen über die Alpen zu schicken.

„Ich denke, wir müssen keine kriegerischen Unruhen mehr fürchten, Raffaele hat mir geschrieben, dass in Rastatt über einen Frieden verhandelt werden soll."

„Wir werden sehen", sagte Lorenzo, „aber ich bleibe hier, ich mag die weite Reise nicht mehr machen."

Im Februar, als die ersten Mandelbäume blühten, verschwand Amalia. Sie hatte nichts mitgenommen, keine Kleider, kein Geld, kein Brot, keinen Esel. Ich wunderte mich, wie gelasssen Agnese unserer Suche zusah, wie sie kaum sprach, wenn wir abends von unseren Ausritten zurückkamen. Jetzt kochte sie allein oder mit Lottes Hilfe und kümmerte sich um alle Arbeit. Erst am dritten Tag sagte sie ganz ruhig und bestimmt:

„Ihr werdet sie nicht finden." Lorenzo sah sie an.

„Was weißt du?"

„Ich weiß, was ihr alle gesehen habt, sie begriff nicht mehr, was ihr geschah."

„Aber sie muss doch irgendwo sein, niemand ist ihr begegnet."

„Sie macht es wie die Tiere, die finden immer einen verborgenen Winkel zum Sterben."

Ich erschrak, dass vom Sterben die Rede war, und war froh, dass die Kinder es nicht hörten. Ruben begriff sehr wohl, was vorgefallen war, nur Henriettes sanftem Gemüt mochten wir die Wahrheit nicht zumuten.

„Amalia ist krank", sagte ich zu ihr, „sie muss an einem anderen Ort behandelt werden." Wenigstens ein Teil der Wahrheit steckte darin, und ich war froh, dass Henriette nicht weiter fragte.

Aber eines musste ich noch versuchen, so fragte ich Agnese nach dem Kloster, in das Bianca geflüchtet war.

„Vielleicht ist sie dort", sagte ich mit vager Hoffnung. Agnese schüttelte den Kopf.

„Das glaube ich nicht, Amalia hat Gott nicht geliebt, sie glaubte immer, dass er es mit ihr nicht gut meine." Sie sprach von ihrer Schwester, als wäre sie schon tot.

Mein Vater wollte über Amalia nicht reden, auch wenn er in den nächsten Tagen weiter bei der Suche half.

Lorenzo schwieg, was er dachte, wusste ich wirklich nicht.

Nur Lotte weinte, wenn wir abends in unserer Schlafkammer allein waren.

„Es tut mir weh, dass niemand sie geliebt hat", sagte sie.

Ich versuchte, sie zu trösten, aber es war selbst im Gebet schwer, einen Weg zu Amalias verlorener Seele zu finden.

Dennoch ritt ich zwei Tage später allein zu dem Kloster, in dem Bianca nun schon so viele Jahre lebte. Lorenzo beschrieb mir auf meine dringenden Fragen den Weg, wenn er auch immer wieder zweifelnd den Kopf schüttelte.

„Jemand hätte uns gesagt, dass sie dort ist."

Es war ein einsames, steinernes Haus mit einem winzigen Kirchlein, von dessen Dachreiter eine einzige Glocke in den Mittag bimmelte, als ich dort an die Pforte klopfte. Eine kleine Luke öffnete sich, hinter der das Gesicht einer Nonne erschien.

„Gelobt sei Jesus Christus", sagte ich, „ist Amalia Sciatti zu Euch gekommen?"

Die Luke schloss sich, und ich musste eine lange Weile warten, vielleicht wollten sie mich auch gar nicht einlassen oder mit mir reden. Ich hatte sie nicht erkannt, aber das Gesicht hinter der Luke war Bianca gewesen, und nur deshalb ließ man mich in den dürftigen Vorraum. Die Schwester, die mit mir sprach, hatte ein strenges Gesicht und eine strenge Stimme. Bei ihr gab es keine höflichen Redewendungen, vielmehr sagte sie kurz und trocken:

„Die Frau, die Ihr sucht, ist hier. Sie lag auf dem Eselskarren zwischen den Mehlsäcken, sie hatte sich wohl dort versteckt. Dass sie hierher kam, war sicher nicht ihr Wille. Aber da Gott es so gefügt hat, bleibt sie hier, die Welt ist ihr verleidet." Dann schlug sie das Kreuz und bedeutete mir zu gehen.

Also kein Tod, mir hätte das Herz leicht sein müssen, aber doch eine Art Tod, der mir wiederum das Herz beschwerte.

Die Familie nahm die Nachricht ganz unterschiedlich auf, Agnese schüttelte den Kopf und meinte, dass Amalia wieder etwas bekommen habe, was sie nicht wollte. Mein Vater schien erleichtert, war nun doch die Verantwortung auf andere übergegangen. Lorenzo war so traurig, wie ich ihn noch nie gesehen hatte. Zwei Frauen seiner Familie waren verschluckt worden auf Nimmerwiedersehen, lebten in unsichtbarer Abgeschiedenheit, und ich sah, dass er immer noch mit Schuld und Sühne rechnete, die die Vergangenheit aufgetürmt hatte.

Lotte weinte wieder, weil sie dieses Schicksal gar nicht verstand, aber für mich war es süß, sie zu trösten, denn selbst in der Trauer ging von ihrem Gemüt ein heller Schein aus.

Den Kindern sagten wir, dass Amalia eine Weile bei den Nonnen bleiben wolle, bis sie wieder gesund sei. Henriette war es zufrieden, aber Ruben sagte, als wir allein waren:

„Du glaubst nicht, dass sie wiederkommt, Vater." Ich war ihm eine ehrliche Antwort schuldig.

„Nein, Ruben, sie kommt nicht wieder." Mein Sohn war auf dieser Reise sehr erwachsen geworden.

Ich hatte gesagt, der März sei der Monat unserer Rückreise, und so lange mussten wir tatsächlich warten wegen des Schnees in den Bergen. Der Frühling war lieblich hier, überall brachen vehement die Knospen auf. Dennoch wartete ich mit Ungeduld auf den Tag unseres Abschiedes. Dies war mehr als ein Abschied auf Zeit, es war ein Abschied für immer. Die Idylle eines unbeschwerten Besuches war vorbei, und es schien, mein Vater sah das inzwischen ebenso. Er hatte zweimal sein Leben hinter sich gelassen, nun musste er bei dem bleiben, was er für sich gewählt hatte. Für mich gab es, das wusste ich jetzt, nur eine einzige Heimat.

Ruben fing an, von seinem Pony und Mario zu reden, er kam mit keinem Wort mehr auf die Orgel in Monza zurück, und auch mein Vater sagte nichts mehr davon.

Henriette war es überall wohl, wo ihre Familie war, nur einmal fragte sie, ob die Soldaten nun aus Karlsruhe weggegangen seien.

„Ich hoffe es", sagte ich, „du musst keine Angst haben."

Sie überraschte mich mit ihrer Antwort.

„Ich habe keine Angst, das sieht nur manchmal so aus." Und dann kam der Nachsatz, träumerisch und wie nebenher: „Danke für die Engelchen in Venedig."

So trug jeder den Bodensatz der schönen oder schmerzlichen Erlebnisse in sich herum, was Lotte mitnahm, wusste ich nicht so genau. Ich sah sie oft sehr ernsthaft mit Agnese reden, aber ich mischte mich nie in ihre Gespräche. Erst am

Abend vor unserer Abreise nach dem festlichen Mahl, das die Frauen für uns gekocht hatten, sagte sie:

„Agnese ist eine starke Frau, ich habe viel von ihr gelernt."

Amadeo hatte die Pferde gestriegelt und die Kutsche bereit gemacht, jetzt blieben nur noch drei Menschen, denen wir Ade sagen mussten. Lorenzo versprach, die Zitronen zu schicken, mein Vater umarmte uns alle und flüsterte Ruben etwas ins Ohr, Agnese blieb stumm mit einem ernsten Neigen des Kopfes.

Karlsruhe fanden wir unverändert, wenn auch nicht frei von fremden Truppen. Verwundete Österreicher, gefangene Franzosen mussten hin und her gerückt werden und konnten offenbar ihren richtigen Platz nicht finden. Wir aber begrüßten mit Freuden den Ort, an dem wir zu Hause waren. Die Stimmen der Kinder erfüllten das Haus, unser Gepäck stapelte sich in der Diele, Frieda kam den Berg herunter geeilt, uns zu helfen, aber noch vor ihr stürmte Mario durch die Tür. Amadeo trug die kostbare Kiste herein, dann knallte er mit der Peitsche und fuhr die Kutsche hinauf zu Raffaeles Haus. Das Kaleidoskop schüttelte sich, und die bunten Steinchen fielen an ihren richtigen Platz, so wenigstens kam es mir vor.

Aber nicht alle Steinchen fügten sich in das Muster. Als ich nach drei Tagen Castellos Haus betrat, um die Fäden der Geschäfte wieder aufzunehmen und ihm für seine Hilfe zu danken, herrschte dort tiefe Trauer. Nun, da sie endlich ohne Sorgen gelebt hatte, war Lauras Mutter gestorben. Wenigstens konnte ich sie mit zu Grabe tragen und Laura trösten um der alten Zeiten willen.

Irgendwie hatte ich das Gefühl der Verantwortung für sie nie verloren, auch wenn Fabio Castello sie liebte wie eh und je. Nur sah ich jetzt, wie stark der Kitt des Unglücks zwischen Mutter und Tochter gewesen war und wie hart dieser Abschied in Lauras Leben einbrach.

Auf der anderen Seite der Straße warteten Herr und Frau Marx auf meinen Besuch. Dorthin zu gehen fiel mir weitaus schwerer als in all den Jahren zuvor, und ich zögerte diesen Gang von Tag zu Tag hinaus. Zum Glück hatte ich wenigstens einen guten Grund für den Aufschub. Zu unser aller großen Freude war der Markgraf in seine Residenz zurückgekehrt und befahl mich eine Woche nach meiner Heimkehr zur Audienz. Ich konnte mir nicht vorstellen, was er von mir wollte, aber ich machte jetzt das Versprechen wahr, das ich Ruben einmal gegeben hatte, ich nahm ihn mit ins Schloss. Da geschah es tastsächlich, dass mein Sohn überhaupt keine Fragen stellte, sondern absolut stumm und gespannt neben mir ritt. Das Pony war nun schon fast zu klein für ihn, wir mussten uns bald nach einem richtigen Pferd für ihn umsehen.

Der Lakai, der uns zum Audienzzimmer führte, verzog verwundert sein Gesicht über Rubens Gegenwart, sagte aber nichts. Ich war ganz sicher, dass Serenissimus uns gütig empfangen würde. Als wir uns aus unserer tiefen Verbeugung aufrichteten, erschrak ich, wie alt er geworden war, ich hatte vergessen, neben meinen eigenen auch seine Jahre zu zählen. Seine Blicke gingen zwischen meinem Sohn und mir hin und her, und ich sah das alte Wohlwollen in seinen Augen.

„Dein Sohn?" fragte er ohne Einleitung.

„Ja, Durchlaucht, es war sein sehnlichster Wunsch, Euer Durchlaucht einmal aus der Nähe zu sehen."

„Und wie heißt du?"

„Ruben, Durchlaucht", er hatte mir diese Anrede gut abgelauscht.

„Jetzt hast du mich gesehen", sagte der Markgraf, „warte draußen, bis ich mit deinem Vater gesprochen habe."

Wie der Blitz entfernte sich Ruben durch die große Flügeltür, er vergaß die Verbeugung und auch, dass er eigentlich rückwärts gehen sollte.

„Er sieht aus wie dein Vater", sagte der Markgraf, „wie geht es ihm?" Und noch ehe ich antworten konnte, war er schon bei dem Grund für diese Audienz.

„Edelsheim sagte mir, dass du deinen Vater in Italien besucht hast, hat sich die Kutsche bewährt?"

Also auch das wusste er.

„Großartig, Durchlaucht", antwortete ich, „meinem Vater geht es gut."

„Wir werden wieder anfangen, hier bei Hofe ein geselliges Leben zu führen. Es geht nicht an, dass alle Gedanken nur auf den Krieg gerichtet sind. Glaubst du, dein Vater würde noch einmal in meine Dienste zurückkehren?"

Ich zögerte nicht lange.

„Nein, Durchlaucht, das glaube ich nicht. Aus vielen Gründen hat er beschlossen, für den Rest seines Lebens in Italien zu bleiben. Trotzdem danke ich Euer Durchlaucht für die Ehre der Anfrage."

Er schwieg eine Weile, ich wunderte mich, dass er für solche Probleme Zeit und Muße hatte, und dann sagte er völlig unerwartet:

„Ich habe wenige so gute Untertanen wie deine Familie."

Die Audienz war zu Ende, ich verneigte mich stumm, nahm vor der Tür meinen Sohn an die Hand und verließ mit einem Klumpen im Hals das Schloss. Erst als wir schon ein Stück geritten waren, wagte Ruben zu fragen.

„Was hat er gesagt, warum bist du traurig?"

„Er hat gefragt, ob Großvater wiederkommt."

Da sagte Ruben nichts mehr, er hatte auf dieser Reise begriffen, dass viele Dinge endgültig zu Ende waren.

Die Uhr in der Diele tickte ihren alten Gang, der Frühlingsabend war hell und windig, und ich versuchte, während ich die Treppe hinaufging, mit diesem Wind alle Last von meiner Seele zu fegen. Lea saß bei ihrer Großmutter am Fenster und erhob sich bei meinem Eintritt, eine solche Höflichkeit hatte ich von ihr nicht erwartet. Herr Marx war begierig, von mir etwas aus Venedig zu hören, offenbar hatte Sarah ihm noch nicht geschrieben. Dass ich sie in all der Zeit nur ein einziges Mal besucht hatte, musste ich ihm jetzt erklären, wenn auch die tieferen Gründe dafür verborgen blieben. Ich sprach von der schönen Stadt Venedig, von unserem Ausflug nach Murano und endlich von meinem Besuch im Ghetto.

„Sie haben ein schönes Haus", sagte ich, „und Sarah hat mich gleich erkannt."

Frau Marx lächelte.

„Natürlich hat sie dich erkannt, wie sollte sie nicht."

Er aber, der stolze Vater seiner schönen Tochter, wollte mehr hören.

„Ich habe auch Sarahs Gatten kennen gelernt", sagte ich, und dann stockte ich schon, schließlich wusste ich von ihm nur, dass er mich nicht mochte und mir misstraute.

„Und?" fragte Herr Marx.

„Er scheint sehr erfolgreich zu sein, wie ich sah, fehlt es Sarah an nichts."

Beide hatten schon zu lange in unserer Stadt gelebt, um nicht die Zurückhaltung in meinen Worten zu empfinden.

„Es ist eine andere Welt", sagte Frau Marx leise und legte dabei ihrer Enkelin den Arm um die Schultern, „Lea möchte nicht zurück."

Ich schwieg, ich musste ihnen nichts erklären, doch ich konnte versuchen, um vieler Dinge willen den Mangel etwas auszugleichen.

„Wann immer du magst, kannst du zu uns nach Durlach kommen", sagte ich zu Lea, „Lotte und die Kinder werden sich freuen."

„Danke", sagte sie leise, und ich merkte erst jetzt, wie unsicher sie in dieser neuen unbekannten Welt war.

„Ruben braucht ein Pferd", sagte ich zu Herrn Marx, „ist ein Handel inzwischen wieder möglich?"

„Schwierig", antwortete er, „aber für deinen Sohn werde ich schon eins auftreiben."

Wir wussten es beide, auch wenn mir Sarahs Leben im Ghetto nicht gefiel, hatte sich an unserer Freundschaft nichts geändert.

Wie aus dem Nichts tauchte meine Schulzeit vor mir auf, vielleicht hatte die Erinnerung an die lateinischen Stunden auch mit dieser Familie zu tun. Nicht nur hatte unser Praezeptor uns die Sprache beigebracht, sondern uns auch die Welt der alten Sagen und Mythen nahegerückt. Damals hatte ich eher gelächelt über die Versuche der Götter, sich mit den Menschen zu vermischen oder über die Versuche der Menschen, in den Himmel der Götter einzudringen. Es war nie gelungen und endete meistens mit Verwirrung und Schrecken.

Die Juden konnten hier handeln und reich werden, aber eine Heimat hatten sie nicht.

Mein Vater hatte zwei Heimatländer und doch keines, und Lorenzo hatte alles verloren, was er liebte.

„Woran denkst du?" fragte Herr Marx, „Lea hat dich schon zweimal nach Henriette gefragt."

Ich entschuldigte mich und wiederholte meine Einladung, aber plötzlich hatte ich es eilig, nach Hause zu kommen.

Herr Marx begleitete mich, wieder standen wir dort, wo er mir zum ersten Mal die Uhr gezeigt hatte, ich dachte an Sarahs verführerischen Mund - ein halbes Menschenleben entfernt. Und wieder wie aus dem Nichts sagte Herr Marx:

„Karoline Wirbs ist gestorben."

„Ja, ich kam gerade rechtzeitig zu ihrer Beerdigung."

Dann schwiegen wir beide, aber ich wusste schon, was er sagen würde.

„Du weißt, dass sie auf unsererm Friedhof war, du hast sie all die Jahre beschützt."

Ich neigte zustimmend den Kopf.

„Warum?" fragte er.

In dem dichter werdenden Schatten der Diele unter dem unermüdlichen Ticken der Uhr, die ihre Zeit zum Lobe Gottes maß, erzählte ich ihm Katharines Geschichte und sprach von dem ohnmächtigen Schmerz und Zorn der Mutter. Ich konnte sein Gesicht in der Dunkelheit nicht mehr sehen, ich hörte nur seinen Atem, den er mühsam ins Gleichmaß zu bringen suchte.

„Jetzt hat Gott ihre Tränen abgewischt", sagte ich leise, „vielleicht kannst auch du ihr verzeihen."

Ich streckte ihm meine Hand hin, die er nach einem Augenblick des Zögerns ergriff.

„Kommst du wieder?" fragte er.

„Natürlich", antwortete ich und ging leise hinaus.

Mein Geburtstag wurde wieder wie schon einmal vor so vielen Jahren mit einer Komposition gefeiert. Diesmal hatte nicht mein Vater, sondern mein Sohn sie gemacht.

Er saß selbstvergessen und eingehüllt in seine Musik am Hammerklavier, nur ab und zu erfüllte ein Lächeln sein Gesicht, und das sandte er als stumme Botschaft zu mir.

Sie waren alle gekommen, diesen Tag mit mir zu feiern, aber nur Gino und Rufio teilten meine ganze Vergangenheit mit mir.

Ich sah, wie Lotte zu dem farbigen Lüster aufblickte, der im Schein der Kerzen glitzerte und dessen Kristalle auf die Musik mit leisem Klingen antworteten.